诺贝尔文学奖作家作品

大地的成长

GROWTH OF THE SOIL

〔挪〕 克努特·汉姆生 著

叶 刚 译

北京出版集团

北京出版社

图书在版编目（CIP）数据

大地的成长 / （挪）克努特·汉姆生著；叶刚译 . —
北京：北京出版社，2021.4（2025.7重印）
（诺贝尔文学奖作家作品）
ISBN 978-7-200-14148-1

Ⅰ．①大… Ⅱ．①克… ②叶… Ⅲ．①长篇小说—挪
威—现代 Ⅳ．① I533.45

中国版本图书馆 CIP 数据核字（2018）第 194557 号

诺贝尔文学奖作家作品

大地的成长

DADI DE CHENGZHANG

〔挪〕克努特·汉姆生　著
叶　刚　译

*

北 京 出 版 集 团 出版
北 京 出 版 社
（北京北三环中路 6 号）
邮政编码：100120

网　址：www. bph. com. cn
北 京 出 版 集 团 总 发 行
新 华 书 店 经 销
三河市天润建兴印务有限公司印刷

*

140 毫米 × 202 毫米　32 开本　13.875 印张　322 千字
2021 年 4 月第 1 版　2025 年 7 月第 3 次印刷
ISBN 978-7-200-14148-1
定价：76.00 元
如有印装质量问题，由本社负责调换
质量监督电话：010-58572393
责任编辑电话：010-58572757

作家小传

克努特·汉姆生（Knut Hamsun，1859—1952），原名克努特·彼得森，1859年8月4日出生于挪威古德布兰斯达尔谷地，父母都是农民。汉姆生两岁时，全家迁居挪威北方的哈马罗依岛汉姆生农场。8岁的时候他被家人送到叔父家做工。5年后，13岁的汉姆生回到父母身边，在一家杂货铺做工。此后，他一边自学写作，一边从事鞋匠、送煤工、养路工、用人等各种职业。20岁时，汉姆生创作了中篇小说《弗丽达》。后来，由于生活日趋拮据，汉姆生两次流落美国，做过电车售票员、农业工人等。在美国最底层生活的这段时间，汉姆生对美国社会有了一定的了解，阅读了很多马克·吐温的作品，并深受其影响。1888年，回到挪威的汉姆生以在美国的生活经历为基础，写下了作品《现代美国的精神生活》（1889），书中马克·吐温风格的幽默和讽刺随处可见，表达着对美国所谓的"现代生活"无情的嘲弄。

1890年，31岁的汉姆生和一个离异女人结婚。同年发表了小说

《饥饿》，汉姆生由此成名，开始在挪威文坛崭露头角。该小说通过对一个年轻的挪威作家尽管忍饥挨饿却不放弃理想的描述，刻画了一个低贱得让人可怜却又高傲得令人敬佩的人物形象，这可谓作者十多年来生活的真实写照。此后，汉姆生创作了多部长篇小说，包括《神秘的人》（1892）、《牧羊神》（1894）、《维多利亚》（1898）等。汉姆生在这些作品中，塑造了一些"另类的英雄"，他们要么被社会规则所不容，要么将自己的一切抛到脑后。其中小说《维多利亚》，通过对爱情故事的描写，刻画出了约翰内斯和维多利亚这样一对具有十分鲜明性格特征的男女主人公形象。

1917年，汉姆生出版了《大地的成长》（又名《大地的果实》）这部小说。该小说的出版标志着汉姆生的创作生涯步入成熟阶段，作者也因此获得了诺贝尔文学奖。这部小说讲述了主人公艾萨克对于现代文明的抵制，对自给自足的农耕生活的向往和追求，表达出了作者反对现代文明和向往自然的哲学观。

此外，汉姆生一生创作了大量的文学作品，如《最后的欢乐》（1912）、《最后一章》（1923）和《流浪者》（1927）等小说，以及若干诗集和剧本。

第二次世界大战期间，汉姆生对纳粹的侵略行为表示支持，甚至到1940年德国占领了他的祖国挪威的时候，他依然大肆发表文章对希特勒的纳粹主义表示拥护，并且与侵略挪威的纳粹军队有过直接合作。战后，已入耄耋的汉姆生遭受了审判，被判处叛国罪，但因为年事已高并且身患疾病，被免于监禁而软禁在老人院中度过残生。尽管也有一些人将其支持纳粹行为的原因归结于其对西方现代文明的反对，然而实际上，其思想中的超人主义哲学或许起到了更大的作用。1949年，获释的汉姆生在老人院中创作了最后的作品

《在杂草丛生的小径上》，书中尝试为自己的行为开脱，但历史真相是无法改变的。晚年的汉姆生的作品大多比较低沉，不复昔日作品中的热忱，是作者的人生陷入沮丧和苦闷的真实写照。1952年2月19日，汉姆生在格里姆斯德因病逝世。

授奖词

瑞典学院诺贝尔委员会主席　哈拉德·雅恩

　　根据诺贝尔基金会的章程，克努特·汉姆生因为《大地的成长》这部具有标志性的作品，瑞典学院将1920年的诺贝尔文学奖授予了他。

　　这本书刚一问世就被翻译成多种语言，在很多国家流传开来，在这里就不必对其详细赘述了。它在情节和风格上的独创性，使得各个国家的读者都对它青睐有加，不同类型的读者都表示对它很有兴趣。就在前不久，英国一位举足轻重的保守派评论家在对这本书进行评价时说，它的确是一部非常伟大的作品，虽然这部作品才刚刚在英国发行，但被人们称赞是理所应当的。那么，这部作品究竟有什么特别之处，可以取得如此大的成就呢？相信即便过了很长时间，文学研究者们也会对此展开深入的探讨。可是现在，我们也有必要先探讨一下它的作用和意义。

一般情况下，我们会觉得文学要立足于现实，要客观，可是通过《大地的成长》我们发现，它只是对生活的基本形式进行描述，有人在过日子，有人在建房子，不管在什么样的社会发展中，这些都是常态。作品在描写这些时，也没有被任何与从前高度文明有关的记忆所歪曲和影响。这些场景之所以能够引起共鸣，就是因为无论身在何种场景下，一个人只要努力向上，在和异常顽固、很难征服的大自然做斗争时，一开始都免不了要经历各种艰难。而作品之所以直抵人的心灵，就是因为这一点。相比那些"古典的"作品，差不多找不出来任何一本书可以像它那样有那么突出的对比。

　　通常情况下，我们在对一本书进行形容时，所用的"古典"一词只是一种意义不太明确的溢美之词，可是在对这本书进行赞美时用到这个词，却具有更深邃的意义。根据我们古代的文化传统，古典作品并不是指那些让人争相效仿的完美作品，而应该是从现实生活而来，具有深邃意义，并且通过一种具有永久意义的方式表现出来的作品。那些根本找不出什么内涵的作品，当然不具备任何意义，就如同表现形式有瑕疵或是临时抱佛脚创作出来的作品那样，不能被叫作古典作品。可是要排除一种情况，那就是人生中遇到的宝贵的东西，它虽然看上去很平常，可是如果首次被放在了合适的位置，就可以马上把它的价值展现出来，并和伟大的事物一起，因为非常重要和风格上的意义而被归为古典一类。站在这个角度上来说，汉姆生的《大地的成长》是我们这个时代所拥有的一部堪比古典之作的作品。这也表明，曾经的时代不能代表以后的时代，因为时代在进步，也在变化，所以，新时代的天才们会以一种前所未有的方式推动世界前进，超过从前的时代。

　　这部作品是一部对劳动进行赞美的叙事性诗歌，并经由汉姆生那杰出的文体表现出来。可是，他所创造的劳动力，并不是指让人脱离心灵，而是将人分成各种不一样的劳动力，并把这些都聚合到一起。从其最单纯的形式来说，可以对人的品性进行打造，对让人安心的劳动力进行塑造，并将部分合成一体，可以用不断前进的、有规律可循的进步来对精神的成果进行保护和发展。由此，诗人的描绘、拓荒者的辛苦以及他和大自然之间展开的各种搏斗都拥有了英雄式奋斗的特点，可以和光荣献身于国家的英雄相提并论。在作品中，汉姆生深入描绘了他理想中的农民形象，就像农民诗人赫希欧德所描绘的那样，那个农民专心致志，将自己的整个生命都投入土地的开垦中。在这个过程中，他无所畏惧地和大自然设置的所有磨难做斗争。假如要说汉姆生忘记了如今世界的文明记忆的话，那么事实上，他也经由自己的作品，为文明奉献出了自己的力量，让我们开始了解一种全新的文化，而这就像我们想象中的一样，是来源于劳动力的进步，是对古代文明的传承。

汉姆生在舞台上塑造的角色种类并不丰富，不管男女，那些角色都是富有朝气的，而且在一个非常谦卑的环境中生活。他们中的一部分人，而且还是那些非常突出的人，不管是在追求生活还是思想方面，想象力都非常匮乏，他们就是想成为一个寂寂无名的人，成为一个一直在田间勤奋劳作的农民。而其他人则是一些牢骚满腹，通常会被自私自利的欲望和愚不可及的行为牵绊而难以脱身的人。他们身上拥有挪威人的特点，而且从某种程度上来说，被《大地的成长》书名的两层意思所束缚，一个是"土地的成长"，另一个则是"大地的成果"。这种特点在和我们起源相同的几种语言中也可以找到，在不同的情境下，相同的词语会有不同的意思。当瑞典人说到《大地的成长》时，我们自然而然就会联想到饱满、富饶的东西，之所以会不自觉产生这种观念，也许是因为我们一直处在农业生产的环境中。可是在汉姆生的作品中，他所表达的并不是这个意思。在这部作品中，"大地"的含义是无法被开垦的凹凸不平的荒凉之地。所以，它的果实并不是来源于肥沃的土壤，而是生长在这片荒凉的土地上的一切，不仅有好的，也有不好的；有美的，也有丑的；有人类，也有动物；有树林，也有田地；等等。而汉姆生作品中给我们准备的成果就是这个。

可是，我们瑞典人，或者说大多数瑞典人，都非常了解汉姆生书中所描绘的地方和场景。我们从他的作品中可以嗅到北方的味道，还有那里的自然和人文环境，这一点和我国的两处边境都极其相似。再加上，作品中也出现了一些瑞典人的形象，他们深深着迷于才被开垦出来的土地。而毋庸置疑的是，与其说他们是着迷于土地，还不如说他们是受到了土地上结出的丰硕的成果的引诱。就如同当挪威海边的城市在地平线上出现时，那些辛苦劳动着的、没有丝毫抵抗力的心灵深深被它那恢宏而俗套的面貌给吸引了。

这一人情味十足的设想，不但没有对故事中通过古典内容展现出来的内容造成损害，还起到了增强的作用。它让我们不再怀疑其过于理想化而不符合事实的想法，并确保了作品内容和角色都是真实的。他们身上所具有的特点具有共性，从它被各个国家、各个民族隆重欢迎的场景中，我们就可以看出这一点。而且，因为作者同情人类的命运和人性，因此即便对那些非常悲伤的事情进行描绘时，他也可以用一种令人愉悦的方式来表述。可是在设计故事情节方面，对于艺术设计的加工却是他一直重点关注的。他的作品的风格是简洁的、明快的，没有丝毫的做作。此外，在他个人色彩非常浓厚的作品中，我们还可以发现他那以本国语言为根基而散发出来的光彩。

　　为了亲自领奖，克努特·汉姆生先生不顾如此寒冷的天气，不远万里来到这里。瑞典学院深感荣耀，我们在场的每一位也都觉得非常高兴。刚刚，我代表瑞典学院，尽可能简洁地叙述了我们所欣赏的汉姆生先生因此获奖的作品。所以，我不需要再重复我个人的溢美之词了。现在，请允许我代表瑞典学院，祝贺您，也希望您这次的光临，可以记忆深刻，并且一直将我们记在心里。

获奖致辞

　　今天这个场合太隆重、太壮观了，以至于我都不知道如何是好了。我觉得自己的双脚已经离地，就像走在半空中一样，头昏目眩的。假如有人跟我说，在这样的场合你要淡定，我想说那太困难了。就在今天，我获得了无比巨大的荣耀和财富。虽然我一点儿都没变，可是一分钟以前，当大厅里响起祖国的国歌时，我的心里还是升起一股强烈的爱国之情。此刻的我似乎在半空中飘浮着。

　　这种感觉太好了，而且这种飘飘然的感觉还不是我第一次体验。在我的青年时代，我曾经体验过几次这样的感觉。只是这样的经历，每个年轻人一生中都会出现几次吧！当然，仅有的一种可能就是那种天生就内心沧桑而变成保守派的人，对于两脚离地，他们根本不知道是什么意思，更不可能亲身体验。对于青年一代来说，这种过早的成熟和淡漠可能并不是一件好事，甚至可以说是相当糟糕的一种命运。可是，让我们大感意外的是，在我们成年以后，这样的机会竟然还会出现很多次，这又是为何呢？我们依然是当初的我们，对于我们来说，这样的体验还是不错的。

可是，今天这个盛大场合聚集了各路人才，因此，即便我心里非常高兴，我也不能一直因为自己偏狭的智慧而得意忘形，尤其是接下来科学界的奖项会揭晓。我会迅速坐到自己的位置上去，可是今天可以说在我的人生中具有非凡的意义。因为你们的慈悲，我才能战胜其他人，成为诺贝尔文学奖的获得者。在此，我代表我的国家，感谢瑞典学院和瑞典人民，感谢你们赐予我这份荣耀。站在我个人的角度，只有当我俯首时，我才能承受住如此沉重的荣耀，可是同样让我感到自豪的是瑞典学院觉得我有能力承担这份荣耀。

就像刚才那位知名演说家所说的那样，我有自己独树一帜的创作方式，这也许是我感到自豪的仅有的一个地方了。此外，再无其他。可是，很多人都带给我启迪，没有哪个人的成长没有受到别人的影响吧！而其中，瑞典的诗歌给我带来的影响最大，尤其是上一辈人的抒情性诗歌。如果我可以多了解一些文学和知名的著作的话，那么我就可以把这些作品中出彩的地方无止境地引用过来，并坦承我作品中的好的地方是向谁学习的。可是，假如像我这样的人做这些的话，那么最后呈现在你们面前的就只能是一些毫无意义的名字和声音，缺乏浑厚的声音作基础。我的年纪也不小了，也做不动这些了。

不，在今天这个盛大的场合，在各位杰出人士面前，我有一个强烈的渴望，那就是向大家抛撒鲜花和诗歌——让大家重新回到青春时代，重新体验一次风驰电掣的感觉。在这个重大的场合，也是我平生最后一次参加的场合，我只想做这一件事，虽然我心里仍免不了打鼓，因为大家一定会笑话我。今天，我收获了财富和荣耀，可是最重要的一个礼物——青春，我却没有得到。相信我们中所有人都还记得它。虽然我们这些人已经变老了，可是假如我们用尊严和优雅退后一步，我想这是没问题的。

我不明白究竟应该怎么做，也不明白应该做些什么。可是，我现在想做的一件事就是，祝福瑞典的年轻人，祝福全世界的年轻人，祝福生命中的所有青春。

目 录

第一章

　　从荒野的沼泽里穿过一条崎岖的大道，绵延至很远的地方，可以抵达森林。这条路最先是由谁走出来的呢？是人，是一开始到这里来的人。那时，他面前根本无路可走。之后，嗅着小道上留下来的似有若无的气息，某种野兽留下了自己的足迹，让小道更加清晰地呈现在人们眼前。之后，那些拉普兰人穿过野地时，也隐隐看到了这条小道，从它走过，进而给驯鹿发现了更理想的牧场。就是这样，那条通过亚平宁山脉的路形成了。那条从无主林地和荒原穿过的公用小路，也这样出来了。

　　那人扛着一个麻袋，里面装着不多的粮食和几件工具，正朝着正北方走来。他长得很是健壮，铁锈色的络腮胡子格外明显，脸上和手上都伤痕累累。看到这些伤疤，人们不禁会对这个人起疑心，猜测他到底为何而来。走那么远的路到这里来，难道就只是为了这一方土地，想寻求一个安静之地？还是因为要逃避什么，才来到这个荒无人烟的地方？总的来说，理由是多种多样的。他刚来到这里时，万籁俱寂，除了他的声音以外，听不到其他任何声音。他独自走在这片森林里，时不时地嘀咕着什么，有时朝某个地方看过去时，会发出短促的惊叹声。他只要走到一片天空明亮、绿林里有栖息之处的地方时，就会停下前行的脚步，认真勘察一番。他就这样走一路，停一路，一会儿把麻袋扛在肩上，一会儿放在地上，一天很快就过去了。夜色越来越深，他就躺在柔软的石楠草地上，把自己的胳膊当枕头，进入甜甜的梦乡。

天亮了，他知道又到了起程的时候了，于是沿着北方，继续往前走。不知道时间早晚，他就通过太阳光的强弱来判断，饿了就拿一些大麦饼和羊奶酪充饥，渴了就拿溪水缓解，然后接着往前走。他一直行走在森林里，不分昼夜，他被森林里的那些地方吸引着，驻足观赏。

他在找寻什么呢？是一个地方，还是一块土地？可能他只是从别的地方搬到这儿来的吧。他小心翼翼地查看着四周，有时爬到山坡上去，有时查看脚下的足迹。很快，一天又过去了。

他顺着森林谷地的西侧往下走，眼前出现一片长满长杉和松木的林地，叶子挤挤挨挨的，苍翠欲滴。地上是一片绿茵茵的草地，踏在上面特别舒适。天色慢慢暗了下来，他隐隐约约听见了水流声，这使他激动不已，就如同突然有活物出现一样。他往山坡上爬去，在不太明亮的光线中俯视着下面的山谷。这时，南边的天色依然明亮，可是山坡这边却慢慢变暗了，于是他躺下来，打算休息。

黎明的曙光让他的梦想之地呈现在他的眼前。他从那片绿油油的山坡走过，便看到了那条让他激动的溪流，尽管那条溪流很小。可是，他依然很满足。

一只松鸡发出响亮的叫声，突然一跃而起。他的眼里闪烁着光芒。他太中意这个地方了，再加上还有这么多猎物。这里有石楠，有越橘，有处处是草莓的草地，还有七角星状的小鹿蹄草，真是太棒了。他蹲下来，查看了一番这里的土，发现这片土地优良，用来耕种再合适不过了。此外，这里还有一片泥煤，腐木和千年的落叶混杂其中。他思忖着，以后他就要在这里住下来了。每天，他都会以这个谷地为中心，慢慢朝四周探索，等到夜幕降临时再回到这里。他找到一块悬垂的岩石，铺了一层松枝在上面，然后就躺在上面睡着了，他慢慢有家的感觉了。

终于，在这一片人迹罕至的地方，他找到了自己的依傍，不用再四处奔波了。这里的生活让他很是喜爱，每天他都让自己沉浸在工作中，没有一刻是闲着的。他从谷地外找到桦树，剥掉皮后将汁液还在往外渗的桦树皮压实、晒干，捆成一大捆，再拿到村里去卖，换回来几麻袋粮食和新的工具。他就如同一个天生的负重前行者，对于背上的东西，他丝毫不觉得沉重，还可以走很远的路，似乎不背这些东西，他就觉得生活没有了意义一样。

有一天，他肩上扛着重物，手里还牵着三只羔羊往回走。他将这几只羊视若珍宝，似乎它们是世间少有的宝贝一样，非常悉心地照顾着它们。走到半路，他遇到一个游牧的拉普兰人，那人看到他手里牵着几只羊，就明白他会在这里长久住下来了，便走过来和他搭讪。

"你是准备定居在这里了吗？"

"没错。"那男人说。

"对了，你叫什么名字？"

"艾萨克，你知道我在哪里可以找到一个女帮手吗？"

"不知道，可是我可以帮你去打听一下。"

"唉，好。就说我这里有几头牲口，想请人照看。"

3

拉普兰人说完就离开了。艾萨克——我无论如何得帮他打听打听。拉普兰人想，他敢于讲出自己的名字，就证明他不可能是一个罪犯。如果真的是罪犯的话早就被抓起来了。他只是一个愿意付出劳动的老实人而已。他已经给山羊把过冬的饲料都准备好了，在山坡的一边清理了一片空地，开垦出了一块耕地，还弄来了一些石块，砌了一堵墙。秋天到了，他给自己建了一间既结实又温暖的草房子。不用担心它经不住暴风的侵袭，也不用担心它会被什么给烧毁。他就以这里为家了，这是属于他自己的家，他可以想做什么就做什么，其他人无权干涉。他喜欢在屋外门口的石块上待着，盯着过路的行人看，当他们说"看，这屋子的主人就是他"时，他会非常高兴，也非常自豪。他把这幢刚建好的小房子分成了两间，一间自己住，另一间给那些羊住。墙边堆放着那些羊需要的草料。他所有的东西都在这儿了。

这时，路上又走来两个拉普兰人。他们是一对父子，此刻正倚靠着长手杖休息，一回头就看到了艾萨克的这幢小房子，隐隐约约还可以听到山羊身上的响铃声。

"嘿！"那拉普兰人说，"这房子是你的吗？这里可真不赖！"拉普兰人微笑着说，还带着些许谄媚。

"你们知道这附近有没有女人愿意过来给我帮忙？"艾萨克说，他脑海里一直盘旋着这件事，几乎没有一刻忘记。

"女人吗？不知道。我们可以帮你打听打听。"

"那真是太感谢了！我有一幢房子，还有几片田地、几头牲口，如今就差个女人了。"

唉！每次他把树皮扛在肩上去村子里换东西，都想着能遇到一个女人，可始终不如意。每次到村子里去，他都会被那些寡妇或者其他女人审视，可是她们也只是看看而已，却没有一个上前和他说话的。艾萨克不知道是什么原因。什么原因呢？试问，有哪个女人愿意到那么偏僻的地方，到一个连去最近的邻居家都得走上一天的地方呢？更何况，他长得也并不是多么好，说话的声音也不动听。

因此，他就只能独自生活了。

冬天的时候，他把一些自己做的大木桶拿到村里卖，换回来不少粮食和工具。这段时间以来，他一直忙着做这些木桶，养活自己。他承载的东西越来越多，让他必须在这上面花精力，可是他还要花时间照顾那些山羊，因此他出门都是有时间限制的，要不然，他的羊就要饿晕了。为了让他的羊安然过冬，他必须想出更好的办法，以便更好地照顾它们。一开始，他想了一个办法，就是在快要出门的时候，让羊到树林里的矮丛里去找食物吃。后来，他又想到了一个更绝妙的主意。他在河边挂了一个很大的木桶，计算好河边的水，让木桶里每次刚好可以进一滴水，这样，十四个小时以后，木桶就装满水了。当水快要从桶里溢出来时，木桶就会往下沉，刚好拉开拦在饲料前的活门板。这时，三捆饲料就会全部掉出来，这样山羊就可以进食了。

他这方法是不是很不赖？

这个主意确实很妙，也许是上帝专门赏赐给他的呢。这里只有他自己，而这个装置就好像他的一个好帮手一样，帮他分担工作，直到深秋的时候都还能派上用场。直到初冬来临。那些天一直在下雨，紧接着又开始下雪，从来没有间断过。天气太糟糕了，以至于他的"好帮手"也不能给他"帮忙"了。那段时间，木桶里的水很快就满了，以至于门板早早就被拉开了。后来他又对其进行了改进，在上面加了个盖子，才让一切又回到正轨。可是到了严冬时节，水滴成了冰柱，在如此严酷的天气下，那装置只好退居二线了。

那些山羊只得像它们的主人一样——必须学会自给自足了。

每时每刻，他都希望有个帮手，尤其是在最艰难的时候，可是一直没有人来。无奈之下，他就只能求助于自己了。那些天他一直在家里研究，最后给他的屋子装了一个透明的玻璃窗。这样一来，即便是白天，他的小房子里也不用再生火照明了，他可以坐在屋子里阳光照到的地方做木桶。日子越来越好过了，也更加明亮了。

尽管他对看书一点儿兴趣都没有，可是像所有基督教徒一样，无比敬畏上帝，这种感觉是油然而生，就好像与生俱来的一样。这片辽阔的白雪被明亮的星辰、徐徐的清风覆盖，每当他感受到来自于天空和大地的力量时，他的内心都激动无比。他觉得自己犯了罪，那么虔诚地对着上帝祷告。因为敬畏上帝，敬仰圣日，每到星期日，他都会用心收拾自己。可是即便是星期日，他还是要像往常一样工作，而且工作量也不一定少于平常。

春天来临，他整理好那一块空地，把马铃薯种在了上面。他的羔羊也长大了，可以繁衍下一代了。那两只母羊分别生了两只小羊，如今他的羊已有七只了。他把羊的活动范围扩大了，还安了两个格窗的玻璃，他在为将来繁殖更多的羔羊做准备。哎，他现在的生活的确过得很舒适了，房子里找不到一个阴暗的角落了。

最后，他一直心心念念的那个女人，那个女帮手，也终于来了。那个女人刚来时，一直在山坡拐角处那里徘徊。走了很久的路又犹豫了起来。一直到夕阳下山，她才横下一条心，朝艾萨克的木屋走过来。这个女人个子很高，眼睛是深棕色的，四肢粗壮，一看就是个很健壮的人。她穿着用兽皮做的笨重的工作靴，肩上挂着一个小牛皮袋子，打扮和拉普兰人一样。她看上去年纪也不小，最起码有三十多岁。

她想这有什么好害怕的呢，便走过去和艾萨克搭讪，说话的语速很快："我要从这座山翻过去，得先经过这里，就是这样。"

"哦！"男人答应了一声。她的声音不太清楚，再加上说得很快，他差点儿没弄清楚她想要表达的意思。

"唉，从村上到这里可不近呢。"她说。

"是啊！"男人答，"你说你要从这座山翻过去？"

"是的。"

"你要去做什么？"

"去那边看一个亲戚。"

"噢，看亲戚啊，你叫什么名字？"

"英格尔，你呢？"

"我叫艾萨克。"

"艾萨克，你一个人住在这里吗？"

"是啊，我一个人。"

"噢，那也挺好的啊。"她接着说。

现在，他已经懂得在看一件事情时，不能太呆板了。此刻，他已经知道她之所以到这里来，就是为了那件事。是的，没错。为了到他这里来，两天前她就出发了。她有可能听别人提起过他在找帮手的事，所以过来看看。

"进来休息一会儿吧。"他说。

他们一起到了房子里面，她把自己带的新鲜食物拿出来，艾萨克把刚挤的山羊奶拿出来，后来，她还把一小袋咖啡拿出来煮了。他们就这样一边吃着，一边喝着，还一边交谈着，直到天色已经很晚了，到了该睡觉的时间。晚上，他要和她同房，她答应了。

次日一早，她没有起身离开，而是留在了那里，给他当起了帮手。她帮着艾萨克挤羊奶，帮着擦拭锅等用具。之后她也没有走。

现在，他已经是一个有家庭的人了，生活跟以前完全不一样了。说话时，他的妻子总是把脸扭到一旁，因为她耻于露出自己的兔唇。而且由于这个原因，她说话一直不清楚，尽管他对此并不太在意。他想，假如不是由于兔唇的原因，她是不会嫁给他的，他还应该对上帝表示感谢，多亏她有兔唇。更何况，他自己长得也一般，身体粗壮，半边脸差不多都被浓密的络腮胡子挡住了。看到他这张脸，人们很容易联想到阴暗和粗鲁这样的词，那的确很像长期被关押的犯人的神情。他的面容也和温和完全不沾边，反倒和无时无刻不在预谋逃跑的巴拉巴①很像。很奇怪，英格尔并没有跑掉。

她一直待在这里。每次他从外面回来，都可以看到英格尔在小房子里，似乎房子和她本来就是一个共同体一样。

自此以后，他又要多养一个人了，可是他并没有因此遭受什么损失，而是更加自由了。他不需要再担心山羊被困在家里了，他可以到更远的地方去看看了。他简直太高兴了！那边有条河，河水很深，而且水势很急，容不得人小看。他猜想，这河一定是发源于山里的一个大水源。他回家把钓具拿上，然后去河上探险。黄昏时分，他回来了，同时带回来了一篓子鳟鱼和红点鲑。英格尔太兴奋了，她从来没有吃过这么好的菜。她连连拍手叫好，兴奋地说道："哦，这是，这是从哪里来的……"英格尔的兴奋感染了艾萨克，艾萨克的兴奋也尽收她的眼底，英格尔很是得意，又说了一些相关的话——啊，这么肥美的鱼她还是第一次见呢，艾萨克究竟是怎么

―――――――――
①巴拉巴，《圣经》里的一个强盗头目。

把这些好东西找到的！英格尔在其他方面也表现得非常好。可能她称不上聪明伶俐，可是，她以前在亲戚家放养的两头小母绵羊，她带来了。这是他们可以希望得到的最好的东西了。家里又多了牲畜，有了产羊毛的绵羊和羔羊。小羊们一天天长大，繁殖的季节到了，你会看到它们的数量急剧上升，真是让人喜出望外。英格尔还带了些其他的东西过来，她的衣服，还有一些其他的小东西——一面小镜子、一串五彩的玻璃珠，还有一辆纺车，一切都太让人满意了。可是，假如英格尔照这样发展下去，小屋很快就会被填充得满满当当的了。艾萨克很是吃惊，看到这些急剧累积起来的财富，只是因为他天生不擅长言辞，交流上又有点儿障碍，所以就没向英格尔表述过什么。有心事时，他会朝门外石板上走去，看看天，然后又走回来。啊，艾萨克真是幸运极了，他觉得英格尔越来越迷人了，对她的爱也越发深了。也许，哦，不管怎么样，艾萨克是越来越喜欢英格尔了。

"你不需要带这么多东西来。"他说，"这么多，你根本用不上。"

"假如我想要拿，可以拿的东西还不少呢。对了，还有艾维特舅舅，你听说过吗？"

"没有听说过。"

"没有啊？他是个特别有钱的人，而且还是县里的财政科长。"

陷入爱情里的人，往往智商会直线下降。艾萨克觉得自己必须干出一番事业来。"英格尔，你不需要这么辛苦地去锄土豆，一会儿我回来弄。"

说完这句话，他就拿上斧头到树林里去了。

不远处传来艾萨克砍树的声音，然后就是大树倒地的声音。

她听了一会儿，就去给土豆锄地了。爱情通常也会让人变得更有智慧，对吗？

黄昏时分，艾萨克拖着一根大树干回来了。噢，艾萨克太可爱了，为了让她出来迎接他，吃惊于他的表现，他有意将树干弄出很大的响声，然后又发出哼哼的声音，还咳嗽了几声，只是为了让她关注他。

"你疯了啊！"英格尔一出来便大声嚷道，"这是一个人可以做的吗？万一受伤了怎么办？"他没有回答她，一丝一毫都不想辩解。他想，这有什么好大惊小怪的，只是比平常多干了一些活儿，活儿更重了而已，只是一根树干而已。

"你又有什么打算？"她问。

"哦，还没想好呢。"他漫不经心地回答道，似乎她根本不在旁边一样。

可是当他看到英格尔锄好了土豆田以后，显得不高兴了。他觉得英格尔做的工作和他是一样重的，他觉得无地自容，似乎自尊心被侵犯了。他走过去解下绑在树干上的绳子，接着又出去了。

"你还要出去，你的工作还没有结束吗？"

"没有。"他用粗粗的嗓音回答道。

没过多久，他又拖着一根一样粗的树干回来了，只是这次他非常安静，也没有大口大口地喘气。他把树干悄无声息地拖到了屋檐下，将它们堆放整齐。

那年夏天，这样的大树他砍了不少。

第二章

　　某天，英格尔在自己的小牛皮包里装了一些食物，之后告诉艾萨克："我想我的家人了，我想回去看看，看看他们过得如何。"

　　"是吗？"艾萨克说。

　　"我需要和他们交谈一些事情。"

　　艾萨克在房子里停留了一会儿，才缓缓走出去。看上去，他似乎没有一点儿着急的样子，也看不出有一丝一毫的伤心。当他走到门外时，英格尔的身影已经快看不见了。这时，艾萨克终于无法让自己平静下来。艾萨克使出全身的力气，朝英格尔的背影用力喊道："嘿，你会回来吗？"原本他没有准备这样问她，可是……

　　"回来？你在想什么呀，我当然会回来啊，我的家就在这里啊。"

　　"哦。"

　　唉，现在他又变成孤家寡人了，好吧……啊，突然间，心里的一根弦就松了。艾萨克心想，我不能就这样待在家里啊，这太不像我了。于是他又给自己打气，重新投入到工作中。他把拖回来的树干——进行整理，修理了一下树干上杂乱的树枝，将整个树干都弄得一点儿毛刺都没有。他每天都在忙活这个。晚上，挤完羊奶后，他就上床休息。

现在的房子又变得落寞了，包括墙壁和脚下的地面在内，让人没来由地觉得孤单。英格尔的纺车和毛梳原封不动地放在那里，英格尔那串玻璃珠也还在屋顶的横梁上放着。英格尔没有带走任何东西。可是，那单纯过度的艾萨克，在仲夏漫天的星辰里，他竟然无比惧怕那四周的黑暗，似乎看到窗外飘过一个鬼影。天还在黑着，大概两点，他就起床了。他做了满满一锅麦片粥，估计是一天的量。到了黄昏时分，他已经把一块新土地开垦出来了，这样土豆就可以多种一点儿了。

连续三天，艾萨克都在埋头苦干，连铁锹和斧头都被磨平了一层。英格尔明天就要回来了。他想好了，等她回来，就给她做满满一盘子鱼。可是抄近路去河边也许就会和英格尔相遇，那就只能……于是，他故意走了一条很远的路，还得从一个山岭翻过。艾萨克以前也没有走过这条路，路上有很多石头，有灰色的，还有褐色的，都和铜或铅的重量差不多。啊，也许那些石头里面还藏有宝藏呢，谁知道呢，可是艾萨克根本不在乎，他觉得这和他毫无关系。终于到了河边，艾萨克开始钓鱼了，不一会儿鱼竿就有了动静。看来今晚上运气还真不赖，艾萨克心想。不一会儿，钓了满满一篮子。英格尔肯定会乐不可支的。艾萨克又满足地看了一眼今天的收获，开始往回走。路上，他还捡了几块很好看的小石头，是褐色的，上面还带有深蓝色斑纹，拿在手上很有分量。

第二天，艾萨克并没看到英格尔的身影，艾萨克屋前的山路上静悄悄的。这已经是他又开始独立生活的第四天了，就像之前一样，他把羊奶挤好，然后到离这儿不远的采石场弄了些石头回来。把其中一些大石头挑出来，厚的薄的都有，他准备砌一堵墙。

第五天，他尽管有些担心，但还是回去睡觉了。梳子、纺车、玻璃珠都还在之前的位置放着，才让他心里安定了一点儿。屋子里很安静，连一根针掉在地上的声音都可以听见，他觉得心里发慌。时间就这样安静地流逝着，突然他听到外面传来脚步声，还有人喘粗气的声音，他告诉自己，没关系的，只是出现了幻觉，不会有其他什么东西的。"天哪。"他低垂着头，整个人没精打采的。虽然艾萨克是个寡言少语的人，可是屋外的脚步声再次传进来，门前还走过一个带着犄角的活物，他终于忍不住蹦了起来，朝门口冲去，"哦，天哪，这是什么东西？"艾萨克尖叫出声。原来他看到了一头牛，棚子里出现了英格尔和一头牛。

这简直难以让人相信，直到艾萨克目睹一切，并且亲耳听到英格尔正在跟牛絮叨着什么。可是，她就在那里站着。忽然，一个不好的想法涌现在艾萨克的脑海里，是的，他的妻子很能干，是过日子的一把好手，可是，这是不对的，这样做太不妥了。而且，家里的那些东西，像纺车、梳毛机，还有那精致的玻璃珠，的确属于英格尔本人吗？哦，这么大一头母牛，不可能是她从家里带来的，一定是她在什么地方捡来的，要么是在田间，要么是在小路上。不久，它真正的主人就会找过来吧。

英格尔走出来，一脸自豪地对艾萨克说：

"看，我把我的母牛牵过来了。"

"嗯。"艾萨克面无表情地答道。

"我之所以这么长时间才回来，就是因为它走得太慢了。"

"因此，这头牛是你的吗？"艾萨克不无担忧地问道。

"是啊，有什么问题吗？"她说，她已经准备大展拳脚了，让这个小家越来越红火。

"你怀疑我？"

艾萨克心里悬着块石头，只是没让她发现而已，只是说："过来吃点儿东西吧。"

"你看到了吗？它是不是很漂亮？"

"是的，的确是头好母牛。"艾萨克说，又假装无所谓地问，"你这是从哪儿弄来的？"

"它叫金双角。哦，你又干了这么多工作啊，这样下去身体怎么受得了啊，你在那里砌墙是想做什么啊？唉，算了，我们还是去看看牛吧，好吗？"

他们一起走了出去，尽管艾萨克穿得很单薄，可是这又有什么关系呢。他们把牛全身上下都看了个遍，头、肩、屁股，还有大腿，都一一查看了一番。他们把牛身上的斑纹小心翼翼地记了下来，还看了牛是怎么站着的。

"你觉得它有几岁了？"艾萨克小声地问道。

"这还用想吗？我一手养大了它，马上就四岁了。好多人都夸它可爱呢。艾萨克，我们这儿饲料充足吗？"

艾萨克开始相信一切都在向美好的方向发展，那些猜忌，只是他自己想多了。"饲料？当然，我们这里饲料很充足。"

之后，他们到房间去了，吃了晚餐不一会儿就开始休息了。

他们的话题依然围绕着那头刚来的牛。"它很可爱是吗？它快要生孩子了，名字就叫金双角。嘿，艾萨克，你睡着了？"

"没有。"

"你知道吗？真是太不可思议了，它竟然还认识我，像头羊羔一样，跟着我跑来跑去。昨天晚上，我们是在树林里睡的。"

"噢？"

"可是到了夏天以后，我们还是不能大意，得把它拴起来，要不然它肯定会跑了，不管怎么说，它终归还是牛嘛。"

"它之前生活在哪里？"艾萨克好奇地打探。

"它是我家的，当然和我的家人一块儿生活。你都不知道，我把它带走时，我的家人那个不舍啊，小牛也叫个不停。"

艾萨克心想，这应该是真的了，不可能是她胡诌的，她怎么可能编得这么滴水不漏啊。那这头牛就是属于她的了。这个发现真是让他高兴坏了。这下子，终于要向新生活出发了。他们有一幢温暖的房子，还有田地。这太好了，太让人满意。还有英格尔，他们又团圆了，相亲相爱，生活方式也一样，在一起过着简单又质朴的生活，也不缺少什么。"我们睡吧。"很快他们就睡着了，醒来时天已经亮了。新的一天又到了，他们的新生活也开始了，放牧、种地，这就是生活吧，在劳动中收获快乐，能享受好的，也能承受坏的。

艾萨克一直盘算着一件事，想将那些树干架起来，盖一幢木房子。在村里晃悠时，他会留心周围的建筑，偶尔停下来观察别人是怎么做的。艾萨克觉得自己也可以做到，那么，为什么不做呢？他完全有这个能力，不是吗？尽管如今他们已经拥有一处绵羊放牧场和一块母牛放牧场，可是以后他们会有更多的牲畜，真到了那时候，他们的房子就太小了。为了将来着想，现在必须想办法解决。在土豆还没有开花，还没到割干草的季节，马上着手进行这项工作。最起码现在英格尔还可以给自己搭把手，自己也没有那么忙。

半夜，英格尔还在呼呼大睡（自从那次从家里回来以后，她一直睡得很香甜），可是艾萨克却睁开了眼睛，随即起身到牛棚去了。你不会以为他去找母牛说话了吧？那你就太天真了。他只是和它打了个招呼，然后仔仔细细把它检查了一遍，看看会不会发现什么，身上有没有什么标记。没有，他什么都没有发现，这下子，艾萨克心里的石头总算落了地。

木材就在地上堆着，艾萨克摩拳擦掌，准备好好干一番。他滚动着木料，将它们全部靠墙竖起来，做成框架。大的就做起居室，小的就做他们的卧室。艾萨克在这件事情上消耗了不少精力，累得气喘吁吁的。一心扑在这项工作上的他，连时间都忘记了。直到小房子里升起袅袅炊烟，英格尔出来喊他，他才想起来到了吃早饭的时间了。

"你又在忙什么呢？"英格尔问。

"英格尔，早啊。"艾萨克只是和她打了个招呼，就走到一边去了。

啊，看艾萨克那神采奕奕的样子，明明揣了不少秘密，还不愿意说出来。这激起了她的好奇心，想去一探究竟。可能是她对他太过于关注了，想让他开心起来吧。艾萨克吃了点儿东西，歇了一会儿，他是在等什么吗？

"嗯，"他忽然站起身，"这样不行，得赶紧干活儿，我还有好多事情要做呢。"

"你是准备建房子吗？"英格尔问，"你想建什么样的房子？"

这个仅凭一己之力建造出房子的男人太骄傲了。他用怜悯的口气说："这是我自己盖的，我想你肯定明白我在建什么吧。"

"嗯，我明白。"

"我想，盖房子现在成了我们的当务之急。你带来的牛不是也需要一间牛棚吗？"

　　英格尔真是太可怜了，她并不像艾萨克那样聪明。迄今为止，她对艾萨克的了解还是很有限，对于他处理事情的方式，她也很疑惑。

　　英格尔说："可是，你并不只是想建一间牛棚吧？"

　　"哦。"他说。

　　"你真的是这样打算的？我——我还以为，你会先建一间我们自己住的房子。"

　　"哦，是吗？"艾萨克问，那表情就好像他根本没把他们放在心上一样。

　　"当然，之后将牲口拴在小房子里。"

　　艾萨克故意深思了一会儿："嗯，也许这是最好的办法了吧。"

　　"那是，"英格尔那志得意满的样子，好像全身上下都被智慧之光笼罩着，"你看，有时我的智商也是很高的。"

　　"哎，说正事，你觉得我们建个有两个房间的房子如何？"

　　"两个房间？那不是和别人家一样吗？我们有这个能力吗？"

　　事实证明，他们有这个能力。艾萨克最近在房子的修建上花了很大的力气，在树干上挖洞，把它们结合在一起，做成横梁。他还弄了个壁炉，所用的石料可是他精心挑选的，他着实费了一番工夫才把这个东西挖好呢。这项工作他进行得很艰难，而且对于最后的成果，他怎么看都觉得不是那么回事。可是割草的季节到了，他只好先放下这项工作去割草，割好以后一捆捆绑好，然后背回家。一个下雨天，艾萨克对英格尔说，他必须到村里去一趟。

　　"你去村里做什么？"

　　"我回来再跟你说。"

　　他去了两天，背了一个铁炉子回来，就是厨房用来做饭的那种铁炉子。他把铁炉子扛在肩上，走在森林中时，就如同一条在路上行走的船。"你一个人是怎么做到的？"英格尔大吃一惊，说，"你的命还要的吧？这么拼命做什么？"可是当艾萨克把那个老炉子拆掉，把新铁炉子安上时，英格尔还是高兴得直拍手："铁炉可不是每户人家都有啊，天哪，我们的生活多么美好啊！"

这些天，艾萨克一直忙着收割干草，之后成捆成捆地背回来。尽管树林里的草数量不少，可是林地草和牧草还是有天壤之别的，相比牧草，林地草的质量差多了。割草现在成了艾萨克的主业，只有有空时，他才能腾出时间来盖房子，而盖房子是个浩大的工程，要耗费的时间也不少。因此，直到八月，艾萨克搬完所有的干草时，房子也只建了二分之一。马上就九月了，最近英格尔身体有恙，不太想动。艾萨克想，这怎么能行呢，房子要修建的地方还不少呢。"英格尔，你到周边村子里找一个男工过来帮忙吧。"英格尔尽管极其不愿起身，最后还是收拾了一番，准备出门了。

可是艾萨克的想法又变了，又装出一副高高在上的样子。"不用去找别人来帮忙了，"他说，"我一个人没问题的。"

"这一个人怎么完成得了？"英格尔说，"你把自己累坏了怎么办。"

"你只需要给我搭把手就行了，帮我把这些桩子竖起来。"艾萨克说，"其他的就不用你帮忙了。"

转眼十月了，英格尔什么忙都帮不上了，对于艾萨克而言，这个打击可不小。在秋雨季节快到时，必须把这些房梁、木桩架起来，还要盖好房顶，时间真的不等人了。英格尔现在是怎么了？是身体不舒服吗？现在，她只是时不时做点儿奶酪，其他什么活儿都不做了。哦，她每天还会把金双角吃草的位置换上十几次。唉……

某天，她说："艾萨克，下次你到村子去时，帮我带个大一点儿的篮子或盒子回来吧。"

"那有什么用？"艾萨克很是疑惑。

"我有用。"英格尔说。

艾萨克把用作房梁的柱子用绳子拉了上去，英格尔在一边把它们的方向把稳，好像只要英格尔在，艾萨克就会觉得浑身有使不完的力气。这项工作进行得很顺利，房顶和地面的高度有限，可是盖房子用的木头却非常重。

最近风和日丽，雨季到来之前，英格尔一个人把地里的土豆收了回来，而艾萨克在一心一意地盖房子，房子很快就盖好了。晚上他们把羊都放到小屋里，和他们一起过了一晚上，这件事也的确回避不了，可是他们并没有什么怨言。

艾萨克打算去一趟村里，英格尔恳切地说："你能帮我带一个大篮子或大箱子回来吗？"

艾萨克一脸骄傲地说："我订了几扇玻璃窗，还要把已经上漆的门带回来。"

"再带个篮子回来吧，不会太费事的。"

"你要篮子有什么用？"

"有什么用？……哦，你想想吧！"

艾萨克若有所思地走了。两天以后他回来了，带回了新家要用的门和窗，还有英格尔一直想要的大箱子，里面还装了不少小东西。

"总有一天，你的身体会累垮的。"英格尔说。

"是吗？"艾萨克的身体一直很好。他拿出来一瓶药——石油脑，这是他专门给英格尔买的，艾萨克叫英格尔按时服用，说不久以后，她的身体就会痊愈的。看到那些窗子和才上过油漆的门，艾萨克得意了好一阵。他把那些门和窗子都安上，兀自欣赏了一会儿。哦，真是太好了，尽管这个门并不是新的，可是漆刷得很好，跟墙上的壁画有得一比。

现在，他们已经住到了新房子里面，牲畜们则住在以前那个老房子里。他们只留下了一只刚刚生产了小羊的母羊，让这只母羊来和母牛做伴，以免它太孤单了。

他们很好地扮演了山里的开荒者这一角色，连他们都觉得这一切的发生都是奇迹，太让人喜出望外了。

第三章

　　降霜以前，艾萨克一直忙个不停，他需要清理干净石头和树根，还要整理好明年要用的草地。当土地冻硬以后，田地的工作就结束了，艾萨克就要开始砍树了。一个冬天下来，艾萨克弄回来不少木材。

　　"你要这么多木头有什么用？"英格尔问。

　　"到时候你就知道了。"艾萨克卖了个关子。给人感觉他做这些只是无心之举，事先并没有什么规划，可是艾萨克早早就盘算好了这一切，这里是一片非常茂盛的树林，从家门口一直到树林深处都是如此，而这已经对他们的发展造成了阻碍，因为他们还要开辟更多的农田。而且，冬天需要木料烧火取暖的人也不少。艾萨克相信，这是个无比正确的决定，于是他在树林里花费的时间更多了。

　　英格尔经常会过来看望他，可是他装作没事人一样，似乎对于她来看他这件事，他从来不抱有希望一样，一言不发。可是，英格尔还是发现了，艾萨克很希望自己来看他。有时，他们会用这种怪异的方式交流。

"你很闲吗？还专门跑到这儿来挨冻？"艾萨克问。

"我非常好。"英格尔说，"可是我不明白的是，为什么你每天都要这么拼命。"

"嘿，你赶紧把我那件外套穿上。"

"穿你的外套？可是，我要回去了。金双角要生小牛了，家里还有一堆事呢，我才没工夫一直在这儿看你呢。"

"小牛要出生了吗？"

"嘿，说得你像个局外人一样。可是小牛应该怎么办呢？一直把它养到断奶怎么样？"

"这个你决定啊，这些事一向不是交给你的吗？"

"难道我们要杀了小牛吗？那也太残酷了，而且到时候我们就只有一头牛了。"

"我想，你肯定不忍心这么做。"艾萨克说。

他们就是这样交流的。这两个孤单的人，尽管长相一般，可是对于他们的生活来说，这却非常美好，难道不是吗？不管怎样，他们还要照顾那么多牲畜。

金双角生产了。在这个偏僻的地方，这可真是个让人兴奋的好日子。他们用面粉擦洗小牛的身体。艾萨克扛过来一袋又一袋面粉，丝毫不吝啬面粉的使用。那里躺着一只可爱的、美丽的小牛，身体也是红彤彤的。它的表情很是可笑，眼睛微微睁开着，一脸迷茫，好像还不知道自己现在在哪里。可是，两年以后，它就会像它的母亲一样，可以繁育下一代了。

"这头小牛长大以后一定是头好母牛。"英格尔说，"可是我们给它取个什么名字好呢？我不太会取名。"

英格尔还带着些许小孩子的天真，尽管有些蹩脚。

"取什么名字？"艾萨克说，"当然叫它银双角了，我觉得这个名字再好听不过了。"

第一场雪下过以后，路刚刚可以走，艾萨克便起身到村子里去，当英格尔问他此行有什么目的时，他依然缄口不语，装作很严肃的样子。艾萨克这次回来时，带了一匹马和一个雪橇回来，真是太不可思议了。

"你就是傻，"英格尔说，"这不会是你偷来的吧？"

"偷的？"

"难道是路上捡的？"

如果他可以说"这是我的——我们的马……"那就太好了。可是，他不能说，因为这只是他租来的，用来搬运木柴的。

艾萨克将木材成捆成捆地运了下去，带回来食物、青鱼和面粉。一天，他把一只小公牛放在雪橇上拉了回来。因为村子里饲料不足，小牛已经瘦得不成样子了，毛色暗淡无光。可是它的骨架还是很健壮的，只要饲料充足，相信不久它就会恢复到从前的样子。再加上他们原本就有两头牛，这样一来，他们的牲畜就足够多了。

"下次你又准备带回来什么东西？"英格尔说。

艾萨克带了很多东西回来。用一个冬天砍回来的木柴从村子里换了一把锯子、一个磨盘，还有一口铁饭锅。英格尔觉得他们好像走上了致富的快车道，每次都会惊叹着说："啊，又买新东西回来啦！我们已经有足够多的牲口了，我们可以想到的东西，现在我们都有了，真是太棒了。"

艾萨克一家已经算比较有钱的了，家里的这些家什，已经足够他们生活好长一段时间了。明年春天又要忙活什么呢？在冬天运那些木材时，艾萨克就有了主意。他要开辟出一块更大的田地，多砍一些树，多经受夏天的太阳的暴晒。这样，到了冬天，木柴才能卖个好价钱。下雪的时候，用雪橇把那些木柴运下山就更容易了。

艾萨克心里一直有一个疑问，即便过去了这么长时间，他也依然没有忘记。那就是金双角究竟来自于哪里。它的主人是谁？像英格尔这样的妻子，世界上再也找不出第二个了。哦，她太柔顺了，对他百依百顺，从来不会和他狡辩。可是——万一某一天牛真正的主人来了，要带走它可怎么办啊——这应该是最糟糕的情景了吧。哦，看到那匹马，英格尔说的第一句话是："是偷来的，还是捡来的？"最先出现在她脑海里的可是这个想法啊，她亲口说过这样的话。天知道，英格尔究竟可不可靠——自己应该怎么办呢？他已经问了自己千万遍了。可是现在，他却给这只有可能是偷来的母牛带回来一个伴儿。

尽管那马来到他们身边很久了，可是却是一定要还的，那匹马很友好，他的心里已经有眷恋之情了。

"这已经相当不错了。"英格尔安慰他说，"你表现得已经够优秀了。"

"唉，可是现在已经是春天了啊，这时候我刚好需要一匹马。"

次日一早，他一个人把最后一堆柴装到雪橇上面，到村里去了。第三天，他回来了。刚走到门口，就听到屋里传来奇怪的声音，仔细一听，那是婴儿的哭声。哦，真是太不可思议了，英格尔对此可是只字未提啊。

他刚走进去，就看到英格尔曾经几次三番恳求他带回来的那个箱子此刻就在床边系着，现在已经成了小孩的摇篮、小床。英格尔从床上下来，身上的衣服就像要掉了似的。她也恢复得太快了，现在已经和平常一样在挤牛奶了。

孩子的哭声已经止住了。"你把一切都打理好了？"艾萨克问。

"是的。"

"嗯。"

"你出去的那天晚上，他就出生了。"

"嗯。"

"当时，我只是简单整理了一下东西，把摇篮吊好就发现身体很笨重，就只好躺到床上去了……"

"你为什么不早跟我说呢？"

"我也不知道他会什么时候出生，所以就没跟你说。他是男孩呢。"

"哈，男孩。"

"我想了好久，也没想好叫他什么，你给他取个名字吧。"英格尔说。

艾萨克看着婴儿安静地睡着，五官清秀，没有兔唇，头发也很厚。看到躺在箱子里的那个小人儿，艾萨克觉得浑身发虚，这个结实健壮的男人似乎感受到了一股神奇的力量，在那神圣的雾霭中诞生的小人儿，如今却已经是个活蹦乱跳的生命了。很多年过去以后，他也会变成大人了。

"我们去吃点儿东西吧！"英格尔说。

艾萨克如今在砍树方面已经非常专业了，他有一把专业的斧子，比以前不知道好了多少倍。艾萨克竭力地工作着，砍倒了越来越多的树，把这些树全部堆放在一起，称为街道或城镇都不为过。现在英格尔大部分时间都在屋里待着，极少去看艾萨克做工了，而艾萨克有时会回来看一下。屋子里忽然多了个小生命，让人不由得感叹造物主的神奇。那个躺在箱子里的小家伙，艾萨克是全然不想关心，可是当听到他小声哭泣时，那哭声是那么低，就像小猫在叫一样，他的心会不由自主地被牵动，也许人的天性就是如此吧。

"离他远一点儿！"英格尔说，"你的手上全是松脂。"

"松脂？不可能！"艾萨克说，"自从我把这房子盖好以后，我就没碰过松脂了！让我抱抱孩子，你看他多好！"

五月初，一位客人跋山涉水，到了他们这个偏僻的地方。她是英格尔的一位远亲，看到她来看望他们，他们高兴极了。

她说："自从金双角被你带走以后，大家都一直对它恋恋不舍，我来看看它在这里过得如何。"

英格尔看着小婴儿，可怜兮兮地说："你这个小东西，你看都没有人关心你。"

"怎么可能，明眼人一下子就可以看出他过得很滋润。这个婴儿好漂亮啊。这要是搁在一年前，谁也想不到你会在这里定居，不仅把房子建好了，还有了一个小孩，生活得有滋有味的。"

"这都要归功于艾萨克，是他愿意和我在一起，用心打造美好的生活。"

"你们结婚了吗？我看出来了，没有。"

英格尔说："我们准备等到这小孩接受洗礼以后，再举行结婚仪式。可是因为一直忙得不可开交，所以一直没办。而且还要和教堂联系，事太多了。你说对吧，艾萨克？"

"嗯，是的，我们是准备结婚的。"艾萨克说。

"可是，奥琳，你能过来给我们帮帮忙吗？"英格尔说，"当我们出去时，你能过来小住几日吗？帮我们喂喂牲口什么的。"

"行。"奥琳一口答应了。

"我们会给你回报的。"

而那些，奥琳想他们肯定会弄好的……"你们是准备再建新房吗？用来做什么？这些房子还不够用吗？"

英格尔抽空回答她道："哦，这个我就不明白了，你只能去向艾萨克打听了，这些都是他说了算。"

"建新房子？"艾萨克说，"噢，这不是什么大事。可能是盖一间牛棚吧。对了，你刚才不是说想看看金双角吗？我带你去。"

他们一起来到牛棚边，看到金双角和它的小牛，还有那头公牛，奥琳的脸上露出了笑容。这里确实还不赖，所有一切都打理得井井有条。

"在照料牲畜方面，英格尔还真是一把好手。"奥琳说。

艾萨克把他心头一直压着的那个问题问了出来："以前，金双角一直是你们养的吗？"

"当然啊，我们一直养着它，在我儿子那里。哦，金双角的妈妈也一直被我们养着。"

这是艾萨克这么长时间以来听到的一个最令人振奋的消息了，他身上终于没有负罪感了。现在他才觉得金双角完完全全属于他们。说实在话，他曾经深思熟虑了很久，要不要在秋天的时候，偷偷处理了金双角，之后把它丢到很远的地方去。这样一来，他就不用一直想要弄清楚这头牛是从哪里来的，也不需要再为此烦恼。可是现在这一切也有了铁证，他替英格尔感到自豪。

"啊，是啊，"他说，"英格尔一直以来都很厉害，她是独一无二的，没人能和她比。可以这样说，只有当英格尔来了以后，我这里才慢慢走上正轨，开始新生活。"

"噢，那是当然，英格尔一直都非常优秀。"奥琳说。

就这样，那个走了很远的路到这里来的女人在他们这里住了两天，在小房子里睡觉。当她准备回家时，英格尔送了她一捆刚从绵羊身上剪下来的羊毛。让人疑惑的是，奥琳非常小心地把它藏了起来，不让艾萨克发现。

他们又和以前一样生活着，每天忙个不停，并且在其中找寻着乐趣。金双角的乳汁很丰富，尽管小牛已经不用再吃母乳了，母牛依然产了不少奶。英格尔用这些乳汁做了一排排红的和白的奶酪，把它们晾干。英格尔打算将这些奶酪都保存起来，然后买一架织布机回来。可是，英格尔，你会织布吗？

艾萨克的计划是盖一个棚子。他现在在做的是厢房，用双层的镶板，把一个有四个玻璃的窗子安上去，当然那门也是必需的，房顶先用板子搭建。一直到冰雪都化完了他才建好。尽管只把主要结构搭起来了，美化的工作还没做，可是，艾萨克做好了一个隔间，里面还有一个马槽，应该是给马用的。

五月底，冰雪经过太阳的照射都慢慢消散了，艾萨克终于完成了在厢房顶糊上刚解冻了的草根的工作。一天清晨，艾萨克吃饱喝足以后，带上些许干粮，把镐和铁锹扛在肩上，准备去一趟村子里。

"你能给我带三码印花棉布回来吗？"英格尔在他后面询问道。

"你有什么用啊？"艾萨克说。

艾萨克已经走了很长时间了，似乎不打算回来了一样。英格尔就像在等待船靠岸的港口一样，急得像热锅上的蚂蚁。不时看下天气，看下吹过来的风。她甚至要把孩子背上，出去寻他了。

后来，他可算是回来了，而且还牵着一匹马，拉着一辆车。艾萨克大声说了一句"吁"，等着英格尔出来，英格尔可全都听见了。那匹马也特别温驯，就那样安静地站着，朝着小草屋颔首，好像在说，我对这里还有印象。可是，艾萨克还在大声叫道："英格尔，你能出来帮我一下吗？帮我拉一下马。"

英格尔出来了。"它在哪儿呢？噢，艾萨克，你又把它租过来了吗？这段时间你都去哪儿了？你都走了六天了。"

"你觉得我会去哪儿呀？我想找到一条我的马车可以走的路，在林子里窜来窜去。过来帮我把马拉一下。"

"你的马车？你的意思是你把它买过来了？"

艾萨克没有接腔，他心里还藏了太多事，神情掩饰不住得意，他买回来的东西还有一张犁、一把耙子、一个磨盘、一些小麦种子和粮食。"孩子如何？"他问。

"挺好的。你是准备把那辆车买下来吗？可是我还想买一架织布机呢。"看到他回来，英格尔太高兴了，都和他开起玩笑来了。

艾萨克不说话了，忙着把他带回来的那些工具收拾好，一边想着在哪儿找一块空地出来，好放这些东西。可是，英格尔已经把这些事先放到一边了，开始和艾萨克讨论马的情况，他终于不再那么淡漠，开始回应她。

"所有农场都有马、车、犁和耙子这些东西。你如果那么想知道，那我就告诉你吧，这些东西，车、马，还有这马车上的所有东西，都是我买回来的。"他说。

英格尔一边摇头，一边嘀咕着说："真是的，你这样的人我还是头一次见。"

艾萨克的姿态比从前要高傲多了，变得不再谦逊了，如今的他有足够的底气骄傲地站立着，他终于可以不用什么都依靠英格尔了，他也有钱买下金双角。他能说："嗯，你看，我买了一匹马过来，我们叫金双角给它挪点儿位置。对于这个家，我们现在作出了相同的贡献。"

他高傲而睿智地站在那里，和以往完全不一样。他反复挪着犁，直到犁和墙紧紧靠在一起。如今，这个农场的主人就是他了。之后，他又把其他的工具，像耙子、磨，还有新买的权子整理了一下，这些东西都是些很宝贵的农具，对于这个新家来说举足轻重。而且在今后的生产中，它们也要派上大用场，如今他们的工具终于齐全了。

　　"我可以给你保证，我只要身体健康，早晚会把你要的织布机给你买回来。喏，你要的印花棉布在这儿，店里现在只有蓝色，所以我就给你买了这个颜色的。"

　　他像只永不知疲倦的蚂蚁一样，不停地往家里运东西，什么都有，就像城里的百货商店。

　　英格尔说："遗憾的是，上次奥琳在这儿没机会看到这些东西。"

　　这就是女人的虚荣心吧，她有没有机会看到有什么关系呢。艾萨克向她投了个鄙视的眼神。尽管如果奥琳真的看到这些，他也会觉得高兴。

　　屋里响起了孩子的哭声。

　　"你去看孩子吧，"艾萨克说，"我会把马照顾好的。"

　　他卸下马身上的器具，把马带到马厩里去，马厩里终于不是空着的了，他可以好好地照料这匹马，给它吃的，爱抚它。可是为了这匹马和这辆车，艾萨克可是负债累累呢。杂七杂八地加到一块，数目也不小呢。可是，这根本不足为虑，到了今年夏天，他就可以卸下这身债务了。屋檐下还有不少木材，去年剩下来的树皮，沉重的树干，等等，这些都是他的本钱，而且距离夏天还有很长时间呢。可是在这以后，有一阵子，一想到这笔庞大的债务，艾萨克也迷茫，所有都得仰仗于今年夏天的收成了，也不知道今年的天气怎么样。

　　艾萨克终日在田里忙活着，在那上面花费了越来越多的时间。他又开辟出了几块新田，清理干净了树根和石头，耕好地，施好肥。田里的那些大土块都被他掰开揉碎了。作为一个农夫来说，艾萨克是称职的，那些经过修理的田地再柔软不过了。两天以后，看到天要下雨了，他赶紧在地里播上了种子。

　　早些年，他的先辈们撒下种子。在大雁刚从天空飞过，在那个柔和而安静的晚上，天空下起蒙蒙细雨，土地渐渐被浸湿，人们非常严肃地种下种子。马铃薯也才被引进来不久，给人感觉这一切并不需要多么庄严的仪式。来自于其他地方的一种食物——泥土里的苹果，即便是女人和小孩都能种植。那个长得既像葡萄又像甜菜的作物的味道非常好，而且具有极高的营养价值。种子的重要性堪比面包，它就如同生命的起源一样，非常重要。

　　耶稣可以做证，艾萨克就是一个勤劳的播种者而已。尽管他的身体无比结实，可是他的心灵却充满了善良和美好。即便对待种子，他也像个慈母一样柔和。慢慢地，种子经历了发芽、冒穗、开花、结果的过程，把更多的种子繁衍出来，整个世界都是如此，只要是播了种子的地方都不例外。巴勒斯坦、亚美利加、挪威本国的山谷——在这辽阔的世界版图内，艾萨克作为其中的一分子，作为一个播种者，他的种子在空中划出一条优美的抛物线，凝望着那多云的天气，只等下一场雨，迎来丰硕的果实。

第四章

雨季到了，农闲的时候也到了，可是奥琳并没有出现。

现在艾萨克不用到田里去忙活了，于是又开始忙其他的事。他准备了两把镰刀、两只钉齿耙来割草。他把一块木板钉在了马车上，用来放草，还给雪橇做了两根滑橇和一些适合的木头。有空时，他还鼓捣了不少有价值的东西，他甚至还在房子里做了两个架子，可以用来放各种各样的东西，在他们的小房间里放着，跟日历很像。他还做了一些不太常用的长柄勺子和器皿。不管艾萨克做什么，英格尔都支持，并真心为他感到高兴。

要想满足英格尔，真是太容易了，她会满足于很多事。打比方说，自打小牛和公牛到他们家以后，她就不需要对金双角严加看管了，而可以任由它们自己去奔跑。山羊也长得很壮实，母羊的乳房都快和地面相接触了。有空了，英格尔就会把印花棉布拿过来，给小男孩做洗礼用的长袍，上面还有迷人的小帽子。小男孩常常目不转睛地看着她做事，这让英格尔很是满足。忽然，英格尔脑海里涌现出一个名字——艾勒苏，就是它了。既然她如此喜欢，就叫这个名字好了，艾萨克也没有提出异议。她用了差不多一码半的印花棉布才做好了这件袍子，很漂亮，还有个长拖边呢，这是他们的第一个儿子，是他们的宝贝，多用一点儿又有什么关系呢。

"你那些玻璃珠子还在吗？"艾萨克说，"要不然……"

当艾萨克提到那些珠子时，英格尔早就想到了，你要相信，母爱永远是最无私的。尽管英格尔没有明确说什么，可是从她的神情可以看出，对于这件事，她是非常骄傲的。玻璃珠数量有限，给小孩做项链有点儿不够，可是装饰在帽子上还是很漂亮的。

一切都准备就绪了，可是奥琳还没有来。

假如不是非要在家里照顾牲口，他们早就下山去让孩子接受正式的洗礼了，要不了几天就可以回来了。原本英格尔独自带孩子去也是可以的，可是婚礼上还有很多事情要忙。

艾萨克提议："英格尔，我们把婚礼延迟一下，如何？"可是，英格尔不愿意。最起码要等十一二年以后，艾勒苏才可以单独留在家里，或者帮忙挤牛奶呢。

艾萨克想，他必须把这件事给解决了。他们已经控制不住整个事件的发展了。可能婚礼也很重要，和洗礼一样，可是他不知道啊！干旱的天气已经持续很久了，土地都被晒得快裂缝了，谷子也快要颗粒无收了，可是，他又能怎么办呢？这全靠上帝的安排了。艾萨克已经准备到村里找个帮手来了，这一来一回要走的路程又不少。

而这所有的事情都只是为了洗礼和婚礼这两件事！唉，在人迹罕至的地方生活就是这样，有很多事情单凭一己之力是无法完成的。

奥琳终于来了……

终于，他们成了合法夫妻，结婚了，受洗了，按照规定完成了所有的礼节。有意把婚礼先办了，就是想让他们的孩子可以以婚生子的身份去接受洗礼。可是，他们依然被干旱所困扰，连那块柔软的田地里的作物都快要死了。这一切都在上帝的掌握之中啊！尽管春天的时候，艾萨克给那一小块牧草施了不少肥，可是收入却非常微薄。山坡上的草被他割了无数遍，直到再也找不到一丁点儿了，他还不满足，又继续往远处割，像个勤劳的小蜜蜂一样，因为这些青草用来做草料还差得远。多亏现在他有了马车，可以帮忙托运，畜牧场也不错。可是，到了七月中旬，他必须把青苗割了做青草料了。啊，这实属无奈之举啊。今年的收成可全仰仗马铃薯了。

难道和咖啡这种外来的奢侈品一样，那些马铃薯又是毫无价值的吗？哦，当然不，马铃薯这种果实可是很伟大的，不管天气如何，它都能自如生长，完全不在意天气的影响，再糟糕的环境也可以承受。如果你对它照顾有加，它可以回报给你十五倍大的果实。也许它比不上葡萄汁可口，可是却可以长出栗子肉，可以蒸了吃，也可以煮了吃，随便怎么做都行。尽管做面包的麦子不足，可是只要有马铃薯，就可以活下去。在余烬里把马铃薯煨一下，就可以饱餐一顿；放水里煮一下，一顿早饭就解决了；单独把马铃薯拿出来，就可以做成一道菜、一顿主食。马铃薯可以任由你搭配，一碗奶、一条鲱鱼，都很合人胃口。在马铃薯上涂抹黄油是富人喜欢的做法，而穷人通常只加一点儿盐就可以吃了。星期天，艾萨克用马铃薯加上金双角的乳脂，做了一顿好吃的，嘿，这享受可是富人才有的哦。马铃薯可真是了不起啊。

可是如今——连马铃薯也深受其害，收成不容乐观。

每天，艾萨克都会无数次看天，天色依然碧蓝碧蓝的。有几天黄昏，他都觉得好像要下暴雨。他激动地跑去对英格尔说："这天终于要下了。"可是，一两个小时以后，乌云便被风吹走了，天依然是湛蓝一片。下雨的希望又落空了。

干旱一连持续了七个星期了，天气依然酷热难耐。马铃薯还开着花，甚至开得比从前还要鲜艳。远远望过去，田地上方似乎被一层白雪覆盖。这该如何是好啊，这样的情况从来没有出现过，从史书上也找不到任何记录。可是也难怪，现在的史书已经和从前不能比了。现在，史书估计也没什么意义了。看上去，天好像要下雨了，艾萨克兴冲冲地跑去对英格尔说："上帝今晚准备下雨了。"

"是吗？真的吗？"

"嗯，你看马抖个不停，每次快下雨了都会如此。"

英格尔看了一眼门外说："是的，你说得没错，是快下雨了。"

果不其然，天空一会儿便开始飘雨。等他们吃过饭，过了几个小时以后再出来看时，天空又变得万里无云了。

"雨可以下下来就已经很好了。"英格尔说，"权当让这最后一点儿地衣再多晒点儿太阳。"英格尔尽可能劝着艾萨克。

艾萨克不停地收集着地衣，把最好的都收集过来，一个不落。可不要瞧不上这些地衣，这可都是很好的饲料。艾萨克把收集到的地衣放在树林里，用树皮盖着，就像处理草料一样。现在，在太阳下晒着的也就只有这一点儿了。当英格尔说到这件事时，正值艾萨克心情无比低落的时候，他觉得一切都没有指望了，便说道："既然干了，就放在外面吧。"

"艾萨克，你不是开玩笑的吧！"英格尔说。

第二天，艾萨克果然对地衣不管不顾了，任由它在外面晒着。就像他所说的那样，反正一直干旱，就遵照上帝的旨意让它晒着吧。假如太阳没有烤煳它们，那么就等到圣诞节再收吧，也晚不到哪儿去。

　　艾萨克觉得自己受了很大的委屈，也没有雅兴再在门口坐着欣赏那田地的美景了。田地里的马铃薯像疯了一样，花开得鲜艳无比，可是很快又凋谢了。这个艾萨克，有什么东西是他在乎的呢？别看他平常一副老实的样子，也许他心里揣着什么鬼点子呢，可能他现在在做什么连他自己都是稀里糊涂的。天色慢慢变了，可能在尝试着下一场雨。

　　黄昏时分，天色看上去好像又要下一场雨。

　　英格尔对艾萨克说："你去把地衣收进来吧。"

　　"为什么？"艾萨克一点儿都不在乎。

　　"你是魔怔了吗？看这天色，肯定要下雨了。"

　　"哪里会下雨啊，你自己也很清楚，每次都是虚晃一枪。"

　　尽管话是这样说的，可是他却希冀满满。夜幕慢慢笼罩了下来，他们从玻璃窗看向外面，外面黑漆漆的一片。"梆、梆"，玻璃被什么东西敲得直响，玻璃上有了水。英格尔激动地推着艾萨克。

　　"下雨了，你快看！"

　　艾萨克却露出一副鄙夷的表情，完全不相信英格尔所说的。

　　"雨？怎么可能，你又在乱讲。"

　　"嘿，你还在这儿装什么，赶紧起来。"英格尔说。

　　艾萨克确实在装。啊，下雨了，这可是真正的大雨啊。可是，雨水才把地衣淋湿，就又不下了，天又放晴了。"你看，我说什么来着。"艾萨克面无表情地说。

　　这场大雨毫无意义，马铃薯依然耷拉着脑袋，艾萨克对此也束手无策，只好让自己沉浸在繁忙的工作中以发泄心里的怨气，不停地做着冬天雪橇要用的滑橇和车辕。啊，上帝啊，岁月流逝，小孩也慢慢长大，英格尔不停地做着奶酪，生活还是可以维持的，只要稍有智慧又肯工作，即便碰到这样的灾年也不会闹饥荒。而且，九个星期以后，下了一场大雨，而且连续下了一个白天加一个晚上，一共下了十六个小时。假如这场雨再推迟两个星期下，艾萨克会说："一切都来不及了！"可是现在，他对英格尔说："你看，我们的马铃薯还是有救的。"

"是的。"英格尔也信心满满地说，"肯定会有救的，你等着看吧。"

这日子终于慢慢好了起来。现在，差不多每天都可以酣畅淋漓地下一场雨。山林又恢复了活力，一派绿意盎然的样子。马铃薯的花还开着，可和从前相比，看上去情况更差劲了，顶部长了个大疙瘩。不知道它的根部变成什么样了，艾萨克实在没有勇气看。某天英格尔偶然发现一棵马铃薯藤下长有二十个小马铃薯。"而且还有五个星期呢。"英格尔说。哦，这个英格尔呀，从她的兔唇里说出来的话永远都会带给人希望。尽管她说话的声音并不太动听，而且带有杂音，就如同阀门里放出来的水柱的声音一样。可是在这人迹罕至的地方，即便是再简单不过的激励，也会让人心里暖融融的。不管什么时候，英格尔都会让人觉得快乐。

有一天她对艾萨克说："你有空再做一张床吧。"

"好的。"他说。

"尽管不是太着急，可是总归是会需要的……"

马铃薯已经成熟了，到了收获的时节了，根据习俗，在米迦勒节前，他们必须完工。尽管今年的收成不是最好的，可是也还过得去，可以说是中等。这又一次印证了天气不会给马铃薯造成太大的影响。不管天气如何，马铃薯都可以遵照自己的生长规律成长。一个中等的年景和他们的计划差得太远了，对他们的生活质量造成了直接影响。某天这里经过一个拉普兰人，看到他们马铃薯的收获和质量，不由得感叹起来，说他们的收成如何好，而村上的是多么差劲。

再过一段时间就是霜降了，艾萨克还可以在田地里忙活一段时间。牛羊现在都在外面肆意地奔跑。而艾萨克就在这附近忙活着，时不时还可以听到从牲口身上传来的铃铛声。有时他还要起身看它们一眼。可是，你看那公牛太调皮了，用它的双角顶着地衣堆，而那些山羊到处跑，都跑到屋顶上去了。看到这样的场景，真是令人心旷神怡啊。

突然出现了很多麻烦事。

某一天，艾萨克的耳边忽然传来一声尖叫，英格尔把孩子抱在怀里，在门口的石板上站着，手指着那边的公牛和可爱的小母牛银双角——它们正在交配。艾萨克一个箭步冲了过去，可是还是没有来得及阻止它们，它们已经交配完了。"哦，你这小流氓，银双角还得半年呢，它还没有成年啊！"艾萨克把银双角拉到小屋去，可是已经太晚了。

"算了，算了，"英格尔说，"这也还算好，更何况，假如继续等下去，银双角就会和金双角同时生产了。"唉，这个英格尔，也许论聪明比不上某些人，可是，今天早晨她任由这两头牛单独待在一起，肯定是有意的。

冬天来了。英格尔在家梳毛、纺线，而艾萨克则往山下运木材，质量好的木材的销路总是很好，艾萨克已经没有债务了，现在这些马、车和犁都已经真正属于他了。英格尔制作的山羊奶酪也被他运到了山下。然后他又从山下买了毛线、一台织布机、梭子、滚动条等很多东西，还有些面粉、钉子等。一天，艾萨克还买了一盏灯回来。

"哦，真是太不可思议了，这是真的吗？"英格尔说。事实上，英格尔一直想要一盏灯。当天晚上，他们就把灯点亮了。灯光闪耀，恍惚间，他们像是到了天国。小艾勒苏似乎觉得它就是太阳了。"你看，他一直盯着它看。"艾萨克指着艾勒苏说。以后，英格尔就可以在灯光下纺线了。

艾萨克给英格尔买了衬衫布和新粗革皮鞋回来，还把英格尔一直想要的羊毛染料也带回来了。一天，艾萨克带了一口钟回来，英格尔看到以后激动得无以复加，连话都不会说了。艾萨克挂好钟，大概对了一下时间，把发条上好，那钟便开始工作了。艾勒苏听到声音也跟着转了起来，一会儿看看钟，一会儿又看看妈妈。"哦，你是觉得它很怪吗？"英格尔走过去抱起他，轻轻地摇晃着。在这荒芜之地，最让人安心的东西莫过于整个冬夜都在转动不停的钟了。

当运完所有的木材以后，艾萨克又开始忙活其他事情了。他又开始去山上砍树，全部码在一块，都快赶上几条街了，街道的名字就是他的木材城。他砍树的半径越来越大，屋子旁边已经出现不少空地，可以用作耕地。他再也不需要砍完成片树林，只需要把那些干枯的大树砍完就行了。

当英格尔告诉他需要再做一张床时，艾萨克忽然知道她为什么这么说了。是啊，这张床得赶紧做出来。一个漆黑的黄昏，当艾萨克从外面干活儿回来，家里又传来一个婴儿的啼哭声，另一个男孩降生了。英格尔已经打理好了一切，正躺在床上休息。那天早上，这个英格尔还想让他到村子里去一趟。"马应该做点儿事情了，"英格尔说，"它每天除了吃就没干别的。"

"我没空管这个。"艾萨克边说边往外走。现在艾萨克也醒悟过来，她只是想把他支开而已，可是她为什么要这么做呢？他在家不是更好吗？这样她也能轻松点儿。

"这样的大事，你为什么从来都是缄口不言呢？"他说。

"你去做一张小床，到小房间去睡吧。"英格尔说。

可是做了床架还得准备垫子啊。可是现在，他们只有一条羊毛毯子，另外一张去哪里弄呢？无论如何都要等到明年秋季猎杀的时候才行啊，更何况做一张毯子的话，两张羊皮还不够呢。那段时间艾萨克过得很是窘迫，晚上瑟瑟的寒风吹过来，让他直打寒战，他和干草堆、牛紧紧挤在一起，成了一条丧家之犬。幸亏已经是五月了，很快就到六月了，再接下来就是七月了……

才短短三年时间，他们已做了太多事情。在这荒郊野岭的地方，把自己的房子建好了，有了一个温馨的小家，耕耘出了不少田地，还养了那么多牲畜，而这一切都是在三年内完成的。如今，艾萨克又在着手盖房子了，他准备把房子再往外拓展一点儿，形成一个单坡屋顶的坡屋，这样那些牲口就都有地方住了。当艾萨克钉长钉子时，英格尔必须站出来说句话了，那动静已经给小家伙造成了严重的影响。

"哦，那些小东西，你去陪陪他们，而艾勒苏，你拿个木桶盖给他玩儿就好了。我很快就好了，把横梁钉好以后，钉板子的声音就会小很多了，就像做玩具房子一样。"

马厩里堆放着不少鲱鱼，还有面粉和其他食物，尽管相比放在露天里，这样会好一点儿，可是猪肉还是有点儿变质了，他们不得不快点儿把坡屋搭建好。这也怪不得艾萨克要弄出那么剧烈的响声了。那些小东西，不久就会对这些响声习以为常了。艾勒苏时常生病，可是营养倒是吸收得不错，长得胖墩墩的，不哭的时候，他就睡觉，让人省了不少功夫。他们给小儿子取名赛维特，虽然艾萨克更想叫他雅各布。这两个名字都是英格尔取的，艾勒苏这个名字是从英格尔教区牧师的名字取过来的，这个名字倒还不错。而赛维特这个名字的渊源是她那位出任财政科长的舅舅——一个没有成家的富人。其实这个名字也不错。

没过多久，春天来了，又要开始忙碌地劳作了。那些种子在降灵节以前播种好就行了。以前，当有了艾勒苏以后，英格尔只能照顾艾勒苏，帮不上他什么忙。而现在，他们有了两个小孩了，情形却大不一样了。英格尔不仅在田里给他帮忙，还帮忙做了很多乱七八糟的事，像种马铃薯、胡萝卜等。有这样一个妻子实属不易。英格尔有空还织布，冬天内衣的半成品她都已经织好了。她把羊毛染成红、蓝两色做成衣服，有自己的，也有小家伙们的，剩下的她给艾萨克做成了毯子。英格尔的织布机可派上大用场了，她织出来的东西不仅耐用，而且实用。

哦，截止到现在，这两个生活在荒郊野岭的人都已经做得相当好了。如果今年再来个大丰收，他们的日子就会引得众人称羡了。现在这个家还少什么呢？一个干草棚，又或许是一个打禾场的大仓库，可是这些不久以后也会有的。如今正是繁殖的时节，牲口都孕育了下一代，银双角、绵羊、山羊都有了自己的孩子，小牲口们让这个地方更富有生机了。而他们的那个小家呢，艾勒苏已经会走路了，他总是愿意左看看，西瞧瞧，而小赛维特也接受了洗礼。英格尔呢？看上去，她又有孕在身了。论生孩子，英格尔可一点儿都不矫情，对于她来说，再生一个孩子再简单不过，英格尔也因此觉得很骄傲。所有人都可以看出这些可爱的小家伙活力无限。他们的到来不仅要感谢上天的恩赐，更要归功于英格尔。英格尔年纪还不大，精神头十足。尽管她不是天生的美女，而且因为相貌的关系，她还走过不少弯路。尽管她能干，而且擅长跳舞，男人们仍然看不上她，她的可爱也没被那些男人发现。可是现在，她到这里来了，这个地方也因此出现了一个又一个奇迹。而艾萨克也一样诚实可靠，他对她一如既往地好。而他也很满足，在英格尔没来以前，他想方设法想过好日子，而英格尔来了，他理想中的一切就都实现了。

这一年，又是一个严重的干旱之年。那个牵狗的拉普兰人奥山德尔跟他们说，下面村子里的饲料严重匮乏，都到了砍小麦苗子的地步了。

"都这么严重了，看来局面确实不容乐观。"英格尔说。

"可是，听说他们捕捞上来不少鲱鱼啊。还有，你叔叔赛维特想搬到乡下来住了，正准备建一栋别墅。"

"这是怎么了，他以前不可能会这样啊。"

"你说得没错，也许他要和你们一样了。"

"说到这个，感谢上帝，我们现在生活得很好。我们家对我和艾萨克是怎么看的？"

她的家人一直对英格尔的事情津津乐道，也乐于看到她过上好日子。即便是擅长言辞的拉普兰人奥山德尔，也无法把那些祝福语一一说出来。拉普兰人总是以说话见长的。

"你想喝点儿羊奶吗？我去给你端过来。"英格尔说。

"谢谢，那我就恭敬不如从命了。你能帮我的小狗找点儿吃的吗？"

英格尔给奥山德尔端了杯羊奶过来，给小狗找了点儿吃的。听到音乐声，奥山德尔的头抬了起来。

"这是什么声音？"

"是钟的声音。"英格尔说，"一到整点就会响起这样的音乐。"英格尔一脸得意地说着。

拉普兰人不由得感叹道："你们不仅有别人想得到的东西，也有别人没有的东西。"

"是啊，我现在的生活非常好。"

"对了，奥琳让我转达她对你的问候。"

"奥琳？她现在怎么样？"

"嗯，还可以。你丈夫呢？"

"现在应该还在地里工作。"

"他们说你们还没有买下这块地？"拉普兰人假装无意地问。

"谁说得把这块地买下来？"

"他们跟我说的。"

"可是这又找谁买？这本就是公家的啊。"

"可不是嘛。"

"这可是艾萨克辛辛苦苦开垦出来的。"

"可是，他们说土地属于国家。"

对于这一观点，英格尔不知从何辩解。"也许是吧，这些话是奥琳说的吗？"

"我忘记是谁说的了。"拉普兰人说，可是他的眼睛却有意瞥到了一旁。

对于奥山德尔今天的表现，英格尔很是纳闷，拉普兰人总是讨要东西的。可是奥山德尔却把他那口泥制的烟斗拿在手上，点燃了烟。一时之间升起袅袅烟雾，奥山德尔则像个巫师一样被烟雾笼罩在里边。

"那两个可爱的小家伙是你的孩子吧？"他奉承英格尔道，

"他们长得和你可真像，就像是一个模子里刻出来的。"

这全都是奉承英格尔的话，英格尔和漂亮完全不沾边儿，甚至因为兔唇，脸部线条都不流畅了。不过，听到这番话，英格尔依然觉得很自豪。就算是拉普兰人，也会让一个妈妈高兴起来。

"我去给你拿些东西过来，这样你的袋子就可以装满了。"英格尔说。

"那就太谢谢您了。"

英格尔抱着孩子去房里取东西，艾勒苏站在外面和拉普兰人交谈。看到拉普兰人的袋子里有一团白花花的东西，看上去很是柔软，小孩子便忍不住伸手去摸。不料，拉普兰人身边的狗却马上叫起来。听到声音，英格尔赶紧从房里跑出来，连手里拿的东西都掉在了地上。

她一脸惊慌地说："你那是什么东西？不要离我的孩子这么近。"

"一只小兔子而已。"

"哦，好吧。"

"是孩子自己好奇，想看看的。早上，我的狗把它抓住，并咬死了……"拉普兰人一直尝试着给她解释，可是……

英格尔给了他干粮，他便沉默不语了。

第五章

今年的收成并不好，但艾萨克越来越有耐心。对于眼前的状况，他也能平静接受。地里的小麦又被烤干了，草料少得可怜，只有马铃薯的长势还可以。情况虽然很差，但也不算太糟糕。艾萨克还准备了一个季度的木材卖给村里的人。海滨渔场旁的渔民捕了很多鱼，足够他们支付木材的钱。可是说实话，老天似乎特意安排谷物有个不好的收成，否则真的无法找到谷仓和打麦场来处理收好的小麦。姑且把这当成上天的安排吧，老天爷也并不会只干坏事。

当然还要记得一样东西。夏天时，那个拉普兰人跟英格尔说过的话——付钱，可他不知道要付什么钱，土地、树林原本就在这里，几乎没有人来过这里，是艾萨克独自一人把这里开垦出来的。他吃自己种出来的东西，凭自己的努力获得这一切。他常常想去问问区长，可区长是个难缠的人，加上艾萨克并不会说话，他不知道要和区长说些什么。

没想到区长自己找上门来了，随行的还有一个背着文件包的人。来者的确是吉斯勒区长。他环顾了一下四周，宽阔的山坡，打理过的覆盖着白雪的木材。他或许觉得那是一片田地，而艾萨克是它的主人，他问："唉，你不会真的觉得自己能白白拥有这么大一片土地吧？"

事情终归还是来了！艾萨克吓呆了，什么话也不敢说。

"你之前应该先到我那儿买下这块地。"吉斯勒说。

"是的。"

区长说了一大堆话，首先估算了土地价值，接着提到地界、税费，即缴纳给国家的种种税款。艾萨克觉得这番话不无道理。区长转问他的同伴，问道："你是检测员，你觉得这块地有多大？"那个人还没回答，他便自顾自地估算出一个数字。接着他又转向艾萨克，了解小麦、草料和马铃薯的收成，以及地界问题。这片地的积雪已经齐腰，他们无法绕着这块地走上一圈，而即使在夏天他们也无法爬上那个地方。可是，艾萨克自己知道林场和牧场的面积吗？其实他也不清楚。区长和艾萨克说，国家需要的是准确的地界面积数。"地界面积越大，你要交的钱就越多。"

"好。"

"当然你无法随心所欲，不是想要多少土地就能拥有多少土地，你只能留下足够用的土地。"

"好。"

英格尔给客人拿来了牛奶，客人喝完后，她又拿出一些。这区长是个怎样的人呢？这时吉斯勒摸了摸艾勒苏的头发，看着他："你在玩石头吗？我可以看看吗？嗯，真沉，似乎是一块矿石。"

"山上到处都是这样的石头。"艾萨克说。

区长转回原来的话题："从这里往南和往西都是你想要的土地

吧？让你拥有这块向南两弗隆（英国长度单位，一弗隆相当于一点八英里①）的地如何？"

"两弗隆，太多了！"他的助手忍不住叫了起来。

"你连两百码都耕不了。"区长道。

"要花多少钱？"艾萨克问。

"还不清楚，看情况。不过我写报告的时候会尽量把价格压低一点儿的，毕竟这块地太偏僻了，出行也很不便。"

"两弗隆呢！"他的助手插嘴道。

区长在笔记本上写上向南两弗隆，接着又问："你需要山上多少土地？"

"一直到水源边的地我都要。"艾萨克说。

区长把它记下来。"北边呢？"

"北边无所谓，那里几乎没有什么树，荒地也多。"

区长把北边的地界定为向北一弗隆的区域。

"东边呢？"

"东边也无所谓，一直到瑞典边界，田地很少。"

区长在本子上一一记下来，估算了一下说："这块地的面积很大，买下的话得花一点儿钱，村子附近的地更贵，也没有谁能买。这样吧，我在报告中说成一百块，这很少了，你看如何？"他问助手。

"太便宜了。"区长助手回答说。

"一百块？"英格尔问，"艾萨克，我们非得买下这么大一块地吗？"

"是的——的确是。"艾萨克终于说话了。

区长助手连忙插话道："我早就说了，对你来说，这块地实在

①英里，英制长度单位，1英里等于1609.34米。

47

是太大了，你要用来做什么呢？"

"这块地可以耕种。"区长说。

他坐在那里，一边估算一边做着笔记。小孩子太吵闹了，他心烦意乱，实在不想再核对一次了。他必须尽快出发了，否则他今晚就别想回家了，或许明早都无法出发。他把笔记本放进袋子里，事情马马虎虎就可以了。

"把马牵过来。"他对助手说，接着对艾萨克说，"说真的，你一个人开垦出这么大一片荒地，实在不容易，原本我们不应该要钱的，反而应该给你补贴一点儿。我会在报告里把这点写上去的，尽量帮你争取，再看看下国家收取多少地价。"

艾萨克不知道该说些什么。当他做完这些事情，知道自己的土地值这么多钱，似乎也没有很不开心。他肯定会想方设法尽快还清那一百块的。他没有太多想法，只想和从前一样，继续除草、耕种、伐木。一直以来，艾萨克都这样，无论发生什么事情，他都不会感到焦躁，只是埋头工作。

艾萨克三番五次感谢了区长，恳请他在政府报告里帮他们说好话。

"肯定的。这事情我也无法做主，但是我会把真实情况和我的真实感受如实反馈给他们的。你最小的孩子多大了？"

"很快六个月了。"

"是男孩还是女孩？"

"是个男孩。"

区长并非蛮横的人，他只是很刻薄、鲁莽。原本，估算土地价值是他的助理布理德·奥森的特长，可他完全不管他的建议，自己做了估算，并定了下来。在艾萨克和他的妻子的眼中，这件事十分重要，将给他们好几代后代带来影响。但区长却凭一己之力定夺了这件事，完全不顾他人的建议。他算是一个和蔼可亲的人，从口袋里拿出一枚硬币送给赛维特，朝余下的人点点头，便朝马车走去。

忽然，他掉头问："这个地方有名字吗？"

"需要有名字吗？"

"是的，有名字吗？这个地方需要一个名字。"

谁也不曾想过给这片土地取个名字。英格尔和艾萨克听到他这样问，都目瞪口呆。

"赛兰拉如何？"区长问，这个名字或许是他胡编的，甚至都算不上一个名字。但他再次点了点头，嘴里念叨着："赛兰拉！"便驾着马车走了。

这件事就这样仅凭区长的心情定下来了，不管名字、价格，还是地界……

几个星期后，艾萨克从村里人那里听到一些有关区长的流言蜚语，有传言称他无法准确报出一笔账单，被人投诉。唉，一向如此，后面的人总在努力追赶前面的人。

某天，艾萨克在卖木材回来的路上遇到了吉斯勒区长。区长从大树后面走出来，走到路中央，朝他挥手，对他说："我能坐你的车吗？"

区长坐上了艾萨克的车，但谁也没有开口说话，区长从口袋里拿出一瓶酒，喝了几口，递给艾萨克，艾萨克没有接受。

"走完这一段路，我的胃估计会受不了。"区长说。

他聊起艾萨克的那块地："我后来向上面递交了报告，还提出了自己的想法。赛兰拉这个名字真不错。说实话，他们不应该再收你的钱。当然，我没有权力做主。如果我提出这样的建议，只会惹他们生气，价格还是他们说了算。我最后建议他们收取五十块。"

"哈，五十块，不是一百块吗？"

区长皱着眉头想了一会儿，接着说："是五十，如果我没有记错的话。"

"你打算去哪里？"艾萨克问。

"我妻子的娘家，法斯特博顿。"

"现在去那边的路不好走。"

"我有办法，你能捎我一段吗？"

"好的，没问题。"

两个人到了艾萨克家，那晚区长在他们家过了一夜。早晨他喝起了酒："我敢说出这趟门一定会让我的胃遭罪。"他和上次一样，依旧和蔼可亲、做事干脆，不过十分苛刻。或许情况总会好转的。艾萨克提到那片山坡上的耕地是零散的、不集中的。听到他的这番话，区长露出诧异的表情。"我知道，上次做报告的时候我就知道了。可是我的那个助手布理德什么都不知道。布理德太差劲了，他只懂得纸上谈兵。看到我登记的信息，看到少得可怜的耕地、草料和马铃薯，他们就觉得这片土地十分贫瘠。你知道吗？我会竭尽全力地帮助你。现在国家非常需要像你这样的人。"

区长点点头，转头问英格尔："你们最小的孩子几岁了？"

"九个月。"

"是个男孩吗？"

"是。"

"你要尽快搞定这件事，"他转向艾萨克说，"现在有人看上了这里到村子的那块地，如果他买下了这块地，这块地就会更值钱了。所以你要先行一步，抢先买下这块地，这样你就不会吃亏了。要不是因为你的耕种，这块地现在还是一片不毛之地呢。"

他们十分感激区长的建议，问这件事是否由他本人来处理。区长告诉他们，这得看国家的安排，他已经尽力了。"我打算长期定居在法斯特博顿啦。"他坦言道。

　　他慷慨地递给英格尔一块钱。"下次你顺便带些肉去我家吧。"他说，"我妻子会把钱给你的，还带些乳酪，孩子们喜欢吃。"

　　艾萨克带他爬过几座山，山路比下面的路好走很多。艾萨克得到了报酬，整整一块钱。

　　吉斯勒区长离开后就再也没有回来过。人们经常说，他走了未必不是一件好事，大家觉得他十分可疑，是个探险家。他懂得的东西很多，可是生活却不检点，还挪用别人的钱。也有传言说他是被他的领导——阿姆特曼·普利姆县长批评了一顿后悄悄离开的。政府没有处理他的家庭，他的妻子和三个孩子都没有离开。后来，他从瑞典寄过来一笔他报不上账的钱，大家才知道他的妻儿并不是被扣押在这里，而是他们自己喜欢这个地方，不想离开这里。

　　对于吉斯勒区长处理这片土地的方式，艾萨克和英格尔毫无怨言。他们有些迷惘，不知道谁会接替吉斯勒的工作，说不定他们还要走一遍程序呢！

　　新来的区长大约四十岁，叫郝耶达尔。他的父亲是某个地方的行政官员，年轻的时候家庭经济状况很糟糕，所以没有接受大学教育，就这样当上了公务员。十五年来，他负责的工作就是撰写文书。他还没有结婚，因为经济条件不允许。他曾为前一任县长工作，现任县长阿姆特曼·普利姆也以微薄的薪水聘请了他。郝耶达尔没有拒绝，依旧做着撰写文书的工作。

　　艾萨克鼓起勇气前去拜访区长。

　　"赛兰拉？文件在这里呢，部里刚拿过来，上面还有一些事情没有弄清楚，吉斯勒把这些弄得一塌糊涂。"他说，"部里想弄清楚，那笔不菲的浆果销售额是否也应该算进田产里，那里是否还有优质木材，附近山林里有没有矿质和金属，这些是否要计算进去呢。还有水域，鱼的产量也没有提及。吉斯勒似乎知道部分信息，不过这个人不可靠。我现在负责这件事情，我要亲自去一趟赛兰拉，做个估算。从这里到山上的距离有多远？部里要求给出明确的地界，所以我们要把这些事情搞清楚。"

"这季节不好定地界，"艾萨克说，"这件事要到夏末才好办。"

"无论怎样，这件事得尽快解决。不能让部里等上一个夏天。我会尽快过去的，还有一个人想买那块地。"

"是村子到我家中间的那块地吗？"

"或许是。买主也在这里就职，他是我的助手，也是上一任区长的助手。他向吉斯勒提过这件事，可他一直拖着不给办，说他根本种不了地。后来他直接给普利姆县长递交了申请书，县长下令我来处理这件事。吉斯勒把这些事情弄得一塌糊涂！"

郝耶达尔区长带着他的助手布理德到了农场。他们上上下下地划定地界，经过荒野和雪地的时候，他们身上都湿透了。第一天，郝耶达尔区长干劲儿十足，到了第二天明显疲惫不堪，只能站着指挥助手布理德去忙活。他再也没有提到那些"附近的山"里的矿产，地里的草莓，他说回去的时候再去看看。

部里制定了表格，要求严格填写各个方面的信息。有关木材的信息比较合理。的确，有一些优质木材在艾萨克准备买下的区域内，可数量并不多，只够他自用，根本没有多余的拿出去卖。即便有大量的优质木材，谁能进来把它们拉出去卖呢？只有艾萨克，他会像滚球一样把木材从山上滚下来，再用马车把它们运回家，用来建房子、搭牛棚。

看来，那个令人摸不清的吉斯勒制定了一份天衣无缝的报告。继任的区长想找出其中的错误，可是一无所获。和前任区长的做法不一样的是，他做什么事都要咨询助手的意见。虽然依旧是这位助理，但由于他也想买下这块地，所以他提出的意见和过去有点儿出入。

"价格如何？"区长问。

"最多只能算五十块。"助理答道。

郝耶达尔开始写报告，他的辞藻十分华丽。之前吉斯勒写下的文字是这样的："该户每年缴纳地税不超过五十块。由于该户条件有限，所以特允许其分十年还清，如果政府不接受这个报价，可以回收土地及其劳动成果。"可是郝耶达尔区长改成了这样："该户向贵部恳请：准许该户拥有土地使用权，经该户打理，这片土地大为改善。现申请地税五十块，分几年还清，望部里准许。"

郝耶达尔表示会努力帮艾萨克争取："我希望你能获得土地的使用权。"他说。

第六章

　　他们把大公牛送走了，它体积庞大，吃得又多，他们没有能力再养活它了。艾萨克想把它拉到村子里，换一头小一点儿的牛回来。

　　这是英格尔的想法，她总叫艾萨克到村子里去，她这样做是有理由的。

　　"你最好今天出发。"她说，"牛现在是最强壮的时候，能卖出好价钱。你把它卖给村里人，村里人再卖给城里人。城里人喜欢吃牛肉，他们舍得为此花大价钱。"

　　"好。"艾萨克答道。

　　"我担心它会在路上闹情绪。"

　　艾萨克没有说话。

　　"它上周就在外面活动，应该熟悉外面的环境了。"

　　艾萨克还是一声不吭。他在腰间别了一把大刀，接着拉着牛出去了。

　　这头牛十分强壮，身上很光滑，走路的时候屁股不停地抖动，十分难看。它的四条腿很短，走路的速度很快，胸脯就像个火车头，能把路上的野草都碾平了。它的脖子十分粗壮，还有点儿变形，但力气很大。

"只要它不闹情绪就好。"英格尔说。

艾萨克想了一会儿说："如果它真的发脾气，我就在路上把它杀了，再拿去卖。"

英格尔坐在门口，觉得疼痛万分。直到再也看不到艾萨克和牛的身影，她才忍不住发出声来。小艾勒苏已经会说一些话了，他问母亲："妈妈难受吗？""是的，很难受。"小家伙也学妈妈的样子，双手按着腰，呻吟起来。小赛维特还没有醒。

英格尔抱着艾勒苏到了屋里，给他拿了些东西就没再管他了，自顾自地躺到了床上。她快要生产了，可是头脑却异常清醒，看着艾勒苏玩耍的同时，还一直看着墙上的挂钟。她一声不吭，也没有挣扎，一切都悄悄地在腹中完成了。最后，小东西终于自己滑了出来。这时她的耳边传来一声让人讶异的哭声，这个声音太小了：这个孩子如同奇迹一样降生到了这个世界……现在她还要打起精神来，她抬起头看向下面。在看到那个小东西的一瞬间，她的脸变得毫无血色，没有任何表情，一脸漠然，最后她终于叫了出来，这是极其讶异的一声闷哼。

她躺了回去，休息了一分钟。这会儿她必须打起精神来，那个小东西哭得越来越大声了，她费了半天劲，终于又爬了起来，看向那边——噢，天哪，太恐怖了！她只有死路一条了吗？一点儿希望都没有了吗？——这是个女孩！

艾萨克应该已经走远了，不知道多久才能回来。十分钟不到，英格尔就生下了她，可是却让她一生下来就夭折了……

第三天，艾萨克带回了一头饿得奄奄一息的小公牛，因为走了很长一段路，到家累得几乎无法动弹了。

"事情办好了吗？"英格尔问。她觉得自己身上脏兮兮的，心里还十分难受。

艾萨克算是完成任务了吧。走到距离村庄两英里的时候，牛忽然发起脾气。无奈之下，他只好把牛拴好，独自跑到村里去找人帮忙。等到他回来的时候，牛已经逃走了，以致找了很长时间才找到。后来，他以高价把牛卖给了村里的一个人，那人转手又把牛卖给镇上的肉商。

"这是新买回来的牛，"艾萨克说，"叫孩子们出来瞧一瞧。"

艾萨克费了很大劲才把牛拉进门。英格尔仔细看了看牛，摸了摸牛的全身，问了下价格，让赛维特骑到牛背上。"还是那头老牛好，"英格尔说，"它十分强壮，希望被杀的时候不会太遭罪。"

农忙季节到了，他们有很多事情要做。他们把牲口全都放出来，把一堆马铃薯种放在棚子里。今年艾萨克要多种一些小麦，他要想办法增加收成。他刨好地，让英格尔在上面种了胡萝卜和白萝卜。

为了掩饰体形上的改变，英格尔把一袋干草放进衣服里，接着一点点拿掉，直到最后拿走袋子。艾萨克还是发现了英格尔的改变，他惊奇地问："发生什么事情了？我以为你……"

"这次不是。"

"噢，发生什么事了吗？"

"这是天意吧。艾萨克，你觉得我们要花多长时间才能把地种满？"

"话虽然这样说，可是……你是说你已经生下了孩子，可是发生了意外？"

"是的，发生了意外。"

"你还好吗？没有受伤吧？"

"我很好，艾萨克，我考虑过了，我们要买一头猪。"

艾萨克没有办法接过新话题，他很久都没有说话，最后说："好，我们买一头猪。我每年春天都有这个打算，可我们要先准备好充足的猪食，我们要有马铃薯、土地和小麦。我们现在还没有这个能力，先看看今年的收成再做打算吧。"

"可有头猪挺好的。"

"是的。"

时间就这样过去了，一天又一天。有一天下起了雨，地里的庄稼和草地上的草都长势喜人。看来今年的收成会很好，不需要担心，一切都进展顺利：吃饭、睡觉、工作。每到周日，艾萨克就会洗干净脸，梳好头，穿上英格尔给他缝制的新红衬衫。原本，他们的生活风平浪静，可是这次又发生了一件事：一只母羊带着它的小羊羔钻到悬崖缝隙里，卡在那儿了。晚上英格尔数羊群的时候发现丢了两只羊。艾萨克听闻后火急火燎地出了门。还好这次是周日，他没有很多事情要做。他四处寻找，几乎找遍了整个山头，一家子焦急坏了。英格尔让孩子不要吵闹，家里弄丢了两只羊，他们要听话。他们都有相同感觉，就连母牛似乎都知道发生了什么事，在那里"哞哞"直叫。英格尔隔几分钟就要跑出门，对着树林呼喊。天彻底暗下来了。在森林里这可不是一件小事，甚至是一场灾祸。她反复呼叫着艾萨克的名字，可没有任何回应：他可能听不到吧。

这两只羊到底去了什么地方？它们发生了什么事情？是不是被熊抓走了？还是从瑞典或芬兰过来的狼把它们吃掉了？事情并不是

这样的。艾萨克最终找到了它们，两只羊被夹在石头缝中，动弹不得，一只折断了一条腿，乳房也被割破了。两只羊应该困在这里很久了，这两只可怜的东西，它们太饿了，把周围的草都啃光了。艾萨克小心翼翼地把它们抱出来。刚放下来，母羊已急不可待地啃起草来。小羊羔吸起奶来，缓解了母羊因肿胀受伤的乳房的痛楚。

艾萨克用石头把那个石头缝填满了。这个地方太可怕了，再也不能让其他羊遭罪了。艾萨克解下皮带，环住母羊的腰，托住受伤的乳房，背上母羊，朝家里走去，小羊跟着他。

回家后，艾萨克使用夹板和柏油绷带帮母羊包扎了伤口。几天后，母羊受伤的那条腿又能活动了，只是看起来还有些疼痛。事情终于又回到正轨。

日子就这样平静地度过，对住在这个山林的人家来说，一点儿小事都显得尤为重要。而这根本并非小事，反而是会影响到他们的命运，让他们幸福、富裕的大事，或是让他们陷入险境的坏事。

农忙季节又到了，艾萨克和从前一样，刨平了他砍下的木材，还挖到一些石材，存放到家里。这些石材的用处可不少，他用它们围成一堵墙。一年前，英格尔还十分好奇，她不知道艾萨克为何要这样做，常常问他要做什么，而现在她似乎早已习惯了，所以不再问什么，只是自顾自地做着自己的事情。英格尔常常放声高歌，从前的她可不会这样。她还教艾勒苏念晚祷文，这件事她也是第一次做。艾萨克十分怀念过去的英格尔，从前的她总是问东问西，这会让艾萨克觉得倍儿有面子，他会觉得自己很了不起。而现在，英格尔似乎不再在意他所做的事情，她什么都没有问，最多说一句"艾萨克真是疯了，干起活儿来太拼了"。"她嘴上说很好，但自从上次的事情发生后，她的心情一直很低落。"艾萨克心想。

奥琳又来看望他们了。换在从前，他们会热烈欢迎她的到访，现在他们却不那么欢迎她。英格尔心里有些介怀，可以说自从他们上次分别后，英格尔甚至开始讨厌她。

"看来我不应该这个时候来。"奥琳颇有深意地说。

"你有什么想说的？"

"发生什么事情了，你们的三个孩子都接受洗礼了吗？你现在过得如何？"

"不需要啦。"英格尔说，"这件事就不麻烦你了。"

"噢。"

奥琳转移了话题，开始称赞英格尔的孩子们，说他们长得很好，越来越讨人喜欢了。"艾萨克应该又掌管了很多土地，你们又打算建新房子了吧？你们总是很忙，不过这个地方真好，别处可没有这么好的地方。他这次打算建什么？"

"你问他吧，"英格尔说，"我不知道。"

"算了，"奥琳答道，"这和我也没关系，我只是想看看你们，你们出现在我跟前的时候我就会感到很开心。金双角肯定过得也很好，这里是它最好的归宿了。"

她们又闲聊了几句，英格尔的态度转变了很多，没有刚才那么冷淡了。墙上的挂钟发出悦耳的嘀嗒声。奥琳抬起头，看了看那个钟，眼眶里泛出了泪花。她的生活十分窘困，她不曾听过这么悦耳的声音——就像教堂的钟声，又像乐器声——奥琳是这样说的。英格尔顿时感到十分骄傲，觉得自己已经过上小康生活了，她说："我的织布机在这个房间，我给你瞧瞧。"

奥琳留在那里一整天，时不时和艾萨克说上几句话，她为他做的每件事喝彩。

"听说你掌管了不同方向的好几英里的地，这是免费的吧？我觉得不会有人硬抢你的东西。"

艾萨克原本就想得到别人的称赞，听到她的这番话，他觉得十分骄傲，感到男人的尊严又回来了。"我花钱买来的，国家卖给我的。"艾萨克答道。

"啊，原来如此，他们不会克扣你的钱吧？你为什么急着盖房子啊？"

"这个我也不清楚。这个影响不大。"

"你真的太厉害了，建了房子，钱也有了，还新漆了大门，买了一个钟——我想你打算建一栋豪华的新房子吧？"

"哎，这可不能乱说……"艾萨克说道。当然他的心里喜滋滋的，他对英格尔说："既然客人来了，你要给她做点儿美味的奶油冻啊。"

"做不了呢。"英格尔说，"所有的奶我都做成奶油了。"

"这可不是乱说。"奥琳赶紧说，"我不过是个好奇心重的笨老太婆。依我看，你如果不是在建新房子，肯定是在做新粮仓吧。你看，你们有那么辽阔的田地和草场，它们都长得很好。你们还有很多牛奶和蜂蜜，这简直和《圣经》里描述的一样。"

"你们的情况怎样，小麦收成好吗？"艾萨克问。

"唉，和以前一样，只要老天不再炙烤庄稼。我们都要看天吃饭，你们这里的情况比我们那里好太多啦。不得不承认，我们那里根本没法儿和你这边相比。"

英格尔问起了其他亲戚，尤其是她的赛维特舅舅。在这个家族中，他的地位十分重要，拥有辽阔的渔场，并且收成颇丰，他是一个富翁。这女人说起了赛维特，经过比较，艾萨克的状况简直不堪一提了，她不再过问房子的事，艾萨克只好说："你真的想知道的话，告诉你也无妨，我是想着建造一间有打麦场的仓库。"

"我也是这样想的。"奥琳说，"这是聪明人的想法，他们思前想后，总会这样做。这地方的一只壶、一个罐子都是你想要的。对了，你刚才说要建造打谷场，对吗？"

艾萨克像个孩子一样。他很喜欢听奥琳说的这番奉承话，答道："说起我的新房子，那里肯定要有一个打谷场，我的计划就是这样。"

"真的建造打谷场啊？"奥琳边说边摇晃着脑袋。

"是的，否则种出来的麦子没办法处理。"

"也是，我也是这个想法。你做所有事情都是经过再三考虑的。"

英格尔这时有点儿不开心，她不喜欢听他们的对话，于是插嘴道："你要我做奶冻，怎么做？难不成到河里钓？"

奥琳赶紧说："英格尔，上天会庇佑你的。孩子啊，不要再说奶冻的事情了，我这个闲得慌的老太婆，只会四处串串门！"

艾萨克坐了一会儿，接着站起来说："都下午了，我啥事都没干呢。我要去采石头，还要把它们搬回来，那边的围墙还没有做完呢。"

"唉，那堵墙需要的石头可不少。"

"石头？"艾萨克说，"何止不少，简直要太多了！"

艾萨克离开后，两个女人又闲聊了一阵，她们坐着聊了好几个小时。晚上，奥琳到牲口棚看看牲口，棚里有一头奶牛、一头公牛、两头小牛，还有一群山羊和绵羊。"你们家发展得真好啊。"奥琳看着天空说。

奥琳留在他们家过了一个晚上。

第二天早晨，她准备回家。这次英格尔送给她很多东西。艾萨克这时还在石场干活儿，为了不碰上艾萨克，奥琳特地走了另一条路。

可两个小时后，奥琳却急忙赶了回来，她走进屋子，急忙向英格尔问道："艾萨克在什么地方？"

英格尔正在洗碗筷。奥琳应该在路上碰到艾萨克了，孩子们也在那里，英格尔忽然知道有事情发生了。

"艾萨克？你找他做什么？"

"啊，没事——我刚才离开的时候还没来得及告诉他。"

两个人都无话。奥琳瘫坐在椅子上，英格尔什么都没有说，她的脚一点儿力气也没有。看她的样子，分明是有重大的事情发生了，她已经吓呆了。

英格尔终于忍不住了，她怒不可遏，大喊道："我知道奥山德尔送来的是什么东西！都是你做的好事！"

"你说什么……什么东西？"

"兔子！"

"兔子？"奥琳的声音异常温柔。

"噢，你还不承认！"英格尔大声说，"我要打破你的脸！"

的确，英格尔打了她。奥琳被打了一下还坐在那里，英格尔不停地说："臭婆娘，你当心，我知道你做的好事！"英格尔继续敲打奥琳，直到把奥琳打倒，她猛地扑到她的身上，用膝盖撞她。

"你打算杀死我吗？"奥琳问。这个跪在她身上的女人，身材高大，长着兔唇的女人，手里抓着一根长柄勺。奥琳受伤了，伤口流出了血，但依旧不愿意求饶。

"你想杀死我！"

"对，杀死你。"英格尔边说边打，"我要打死你！"她可以肯定奥琳已经发现了她的秘密，现在什么都无所谓了。"我要撕烂你这张鬼脸。"

"鬼脸？"奥琳大口喘着气，"噢！你先瞧瞧自己的样子吧，你那才是鬼脸！"

奥琳十分固执，不愿意认输。英格尔打了一会儿，一点儿力气也没有了，只好停下来。可她继续瞪着奥琳，狠狠地说："我没打够！没打够，你等着，我拿把刀来，让你见识我的厉害！"

英格尔站起来，似乎要去找菜刀。她的怒气似乎已经消失了很多，所以只是嘴上不停地咒骂，奥琳努力站起来，跌坐到椅子上，她的脸被打得青肿，还淌着血。她将将额前的头发，她的嘴巴破损了，嘴里狠狠地咒骂着："你是个魔鬼！"

"你到森林里去探查！"英格尔破口大骂，"瞧你干的好事，你发现了那座坟，你应该给自己挖一座坟！"

"好，你等着瞧！"奥琳的眼睛闪烁着复仇的光芒，"我不和你多说，你走着瞧，我让你失去这座房子还有墙上的那个钟！"

"你拿不走它们！"

"好啊，你走着瞧吧，我奥琳没有什么做不了的事！"

她们就这样争吵着，奥琳几乎不高声争吵。她看似柔弱，内心却十分阴险："我把你给的那袋东西扔到树林里了，你给的羊毛，我不稀罕！"

"噢，你觉得我是小偷。"

"哼，你心知肚明。"

两个人又因那袋羊毛吵了起来，英格尔让她去瞧瞧那只山羊，它的毛已经被剪掉。奥琳不屑一顾，冷笑道："第一只羊从哪里来的都说不准呢。"

英格尔随即说出了第一只羊的出处："你小心点儿你的嘴巴！"她威胁道，"别胡说八道，否则我会让你吃不了兜着走。"

"哈哈！"奥琳笑了起来，她一点儿也不怕英格尔，"我的嘴巴？亲爱的，你还是小心你自己的嘴巴吧！"她指着英格尔的兔唇笑道，说她是遭了天谴。

英格尔耻笑奥琳的肥胖，索性叫她老肥婆："你就是一条狗，一条肥狗。我迟早会把你送给我的那只兔子还给你的！"

"兔子？"奥琳说，"它长得如何？希望我做的事情没有比那只兔子更加糟糕。"

"如何？你不知道兔子的模样吗？"

"和你一样，和你一模一样！"

"滚，滚！"英格尔吼道。

"你叫奥山德尔带来了那只可恶的兔子，我不会让你好过的。我要把你送进牢房。"

"牢房？你想让我进牢房？"

"噢，我拥有这一切，我知道你眼红。"英格尔说道，"自从我和艾萨克结婚，拥有这一切，你就憎恨我了。臭婆娘，我哪里对不起你了？你的孩子全都在外作恶，这些怨我？我的孩子生下来就健康美丽，你忌妒我，我的孩子比你家孩子优秀，名字也比你家孩子好听，这也是我的错吗？"

奥琳感到怒不可遏，几乎到了抓狂的地步。她也生了几个孩子，孩子就是她的全部。她为孩子们感到自豪，经常在外吹捧他们，还容忍他们犯错。

"你说什么？"奥琳说，"你怎么不去死！和你的孩子相比，我的孩子就像天使！你竟然诋毁我的孩子？他们是上帝赐予我的礼物，七个孩子每个都健康成长，你胆敢再说说……"

"你家的丽斯呢？哼！她不是进牢房了？"英格尔问道。

"她是受了冤屈！丽斯是无辜的。"奥琳说，"她现在住在城市里，在卑尔根，可你呢？"

"聂耳呢？别人说他的话我都听到了。"

"哼！我不和你扯那么多！你埋在树林里的那个，她是怎么被你弄死的？"

"出去！一，二，三！滚！"英格尔边大叫边扑向奥琳。

奥琳一动不动。她的镇定让英格尔大吃一惊，不由得退后几步，嘴里念叨着："走着瞧，我现在去拿刀来。"

"不需要拿了，"奥琳说，"我现在就离开，你赶我出门……算了，我不和你胡扯。"

"马上走，马上滚！"

奥琳没有立刻离开，两个人又开始对骂起来，直到墙上的挂钟敲响半点。奥琳讥讽地笑了笑，这让英格尔抓狂。最后，两个人都慢慢冷静下来，奥琳这才打算离开："我还要走很远的路才能到家，你让我带些东西回家吃，可以吧……"

英格尔没有回答，她也冷静了，转身端出一盆水给奥琳。"你洗洗。"她说。奥琳也赞同，她的确要洗洗，可她看不到伤口，只能胡乱擦了一通。英格尔站在旁边，告诉她应该擦哪里。

"这里，那边也要洗洗，眼睛上面也擦擦。不，是另一边，你看不到我指的地方吗？"

"我怎么知道你指的什么地方？"奥琳说。

"你嘴巴还有血迹，难道你还怕水？难道它还会咬你？"

最后英格尔帮她擦拭干净，又丢给她一条毛巾。

"我想说什么来着？"奥琳显得十分镇定，"艾萨克和孩子们该如何是好？他们承受得住吗？"

"他知道这件事了？"英格尔问。

"他肯定知道了，他自己都看得到。"

"他说了哪些话？"

"他能说什么话？他和我一样十分震惊，什么都说不出来。"

两个人都没有再说话。

"都怨你。"英格尔失声痛哭起来。

"这件事也怨我吗？求求你了，我和这件事一点儿关系也没有。"

"我要问清楚奥山德尔，无论如何我都要搞清楚。"

"可以，你问吧。"

两个人都平静下来，奥琳的怨恨也消退了很多。奥琳太聪明了，看到情况不对劲马上转变了方向，她的语气中透露出对艾萨克的同情，她觉得这件事对于艾萨克和孩子们来说太沉重了。

"是。"英格尔也知道这些，于是又大哭起来，"那件事让我吃不好，睡不好。"奥琳觉得她能帮助这个家庭，解救他们于水火之中。英格尔进牢房的时候，她可以上山来帮他们照顾家庭，看管牲口。

英格尔的哭声戛然而止，她竖起耳朵，似乎在聆听什么，又似在沉思。

"你放心好了，孩子的事情不用太担心。"

"放心？我能放心吗？这种话你也说得出来？"

"哎，我了解……"

"在这个世界上我最放心不下的就是孩子们。"

"噢，你放心不下的是你的孩子。"英格尔说，"可我的孩子呢？只要想到你为了诅咒我，带了那只兔子过来，你太狠毒了！"

"我？"奥琳说，"你指的是我？"

"是的，我就是说你。"英格尔又忍不住哭了起来，"你竟然能做出这样的事，你的心太狠了，我不会再相信你，你会偷走全部的羊毛，就连我们家的奶酪都会被你偷得一干二净。"

"你竟然这样想！你太狠了！"奥琳说。

英格尔边哭边说，时不时擦擦眼睛。奥琳没有再说话，如果她不在乎这些，就当奥琳什么也没说。奥琳可以像从前一样，回家和聂耳过日子。可是如果英格尔进了监狱，艾萨克和无辜的孩子们就要受苦了，奥琳不忍心看到事情变成这样，补充了一句："你再好好想想吧。"

英格尔没有继续逞能。她边哭边摇头，眼睛直勾勾地盯着地面。她像梦游一样走进屋里，给奥琳拿出一袋食物。"麻烦你了。"奥琳说。

"这一路你总不能什么都不吃。"英格尔说。

奥琳离开后，英格尔偷偷地溜出来，侧耳细听石场那边的动静。她走近石场，看到孩子们在那里玩小石子。艾萨克坐在那里，膝盖夹着铁橇，头枕在上面休息，他就这样一动也不动地坐着。

英格尔偷偷来到树林边的某个地方，她在那里插了一个小十字架。十字架倒在地上，泥土蓬松了，那地方的泥土被人翻过。她蹲下来，接着坐在旁边。

她只是想知道奥琳是否把这里翻得乱七八糟的。她留在这里，因为牛羊还没有回家。英格尔坐在那里痛哭起来，她不停地摇头，双眼盯着地面。

第七章

就这样，一段时间又过去了。

阳光和雨水都很充沛，这是个好季节，庄稼长得很好。他们很快就把草割完了，囤积了很多草料，棚子里几乎放不下了。他们把草料堆在岩石下面，放在马厩里，还有一些放在屋内的地板下。他们准备把余下的草料装进牛棚里。英格尔是个很好的帮手，她一刻也不停歇地干活儿。下雨的时候，艾萨克会给新谷仓修房顶，南边的墙已经修好了。一旦新谷仓修好，他们可以把所有的草料都堆在里面，所有的事情都不成问题！

可巨大的痛楚和灾难无法改变那件事给她带来的沉重打击。好事都会风轻云淡地过去，罪恶却常遭报复。艾萨克的态度十分明确，他没有多说话，只是简单地问英格尔："她是怎么死的？"英格尔沉默无语。他又问："你是勒死她的吗？"

"是的。"英格尔答道。

"你做错事了。"

"是的，我错了。"她说。

"你为何会这样做？"

"她长得和我一样。"

"你说的是什么意思？"

"她的嘴巴。"

艾萨克沉默良久才说："唉，算了。"

很长一段时间他们都没有再说起这件事，日子风平浪静，就这样一天天地过去了。还有很多草料要收进来，地里农作物的产量也惊人，就这样，两个人逐渐遗忘了这件事。可无论如何，这件事是这个家庭挥之不去的阴影。他们知道奥琳不会替他们保守秘密；即使奥琳沉默不语，别人也会猜到的。一切无声的证据总会找到可疑的地方传达出去，这房子的围墙，森林里的那座坟墓。奥山德尔的那个拉普兰人也会说起这件事，英格尔自己或许会在梦中说出这件事。他们已经做好了准备，迎接最坏的结局。

艾萨克没有任何办法，他只能顺其自然。英格尔即将临产的时候都将他支走，其实他知道原因，她害怕自己生出一个兔唇的孩子，更害怕别人看到这个孩子。她生孩子的那三次都是如此。艾萨克感到十分无奈，他摇了摇头，为妻子感到哀伤——英格尔太可怜了。他知道拉普兰人带过来一只兔子，他没有怨恨妻子。两个人的感情越来越好，可谓风雨同舟。英格尔对他百依百顺，而这个强壮的男人对她更是爱到如痴如醉。英格尔穿着皮鞋，就像其他拉普兰人一样，她和她们又不一样，她身体强壮，不像她们那么弱小。现在是夏季，英格尔打着赤脚，露出膝盖以下的腿，她的腿深深地吸引了艾萨克。

这个夏天她都在唱赞美诗，还教艾勒苏读祷文。可她背弃了自已的信仰，她怨恨所有的拉普兰人，甚至对路过的拉普兰人直接表达了自己的厌恶。或许还会有人送兔子过来，就像上次一样，随便了，她什么都不想去想。

"兔子？"

"你不知道奥山德尔上次带来了一只兔子？"

"不清楚。"

"好，我不在乎有谁知道这件事，他带了只兔子来我家，那时我和孩子们就在家里。"

"天哪！这个行为太可恶了，然后呢？"

"你不需要知道后面的事情，你带上这些吃的，赶紧离开吧。"

"你家里有皮革吗？我鞋子破了，需要补一补。"

"我家没有皮革。你赶紧走，否则我要打人啦。"

拉普兰人乞求的时候可怜兮兮的，可是如果被人拒绝，他们便会怒不可遏。那天有一家拉普兰人经过，一对夫妻和两个孩子。一家人站在那里歇息，用拉普兰语对话，很快男人走上来想看看。他待在院子里一段时间，接着他的妻子和孩子都走了上来，他们站在石板上聊天。男人往屋里看了看，屋里一个人也没有。墙上的挂钟敲响了，那一家人感到十分疑惑。

英格尔似乎知道家里有陌生人登门，于是急忙跑回家。果不其然，她看到那一家子，她上前问："你们在这里做什么？没看到屋主外出了吗？"

"呃……"男人吞吞吐吐。

"你们马上离开。"英格尔强调道，"到你们应该去的地方。"

一家人不情愿地挪动步伐："我们什么也没做，只是听了听你家的钟声，那个声音太动听了。"那个男人说。

"你可以给我们一点儿面包吗？"那个妻子问。

"你们的家乡在什么地方？"英格尔问。

"在水的对面，我们走了一夜。"

"你们的目的地是哪里？"

"这几座山的另一边。"

英格尔给他们拿出一些食物，可那个女人还不满足，她向她讨要更多的东西：一顶帽子、一点儿羊毛、几块奶酪等。英格尔很忙，艾萨克和孩子们还在田地里，于是她说："你们现在可以离开了。"

那个女人开始说好话："我看到你们家的农田了，还有牛羊，你们家有很多牛羊，就像天上的星星一样。"

"是啊，太厉害了。"那个男人说，"你们有不用的鞋子吗？我刚好需要一双鞋子。"

英格尔没有再搭理他们，只是关上门，径自跑回山上。她的背后传来男人的叫声，她装着没有听见，自顾自地走自己的路。可有一句话她听得十分真切，那就是："你打算买几只兔子吗？"

他的意思表达得十分清楚。拉普兰人或许只是无意，但也有可能他们真的听到了什么，又或许这些话是在伤害她。无论如何，英格尔都把这句话当成一个警示：这是某件事发生的前兆。

时光就这样一天天流逝。他们一边干活儿一边等待即将到来的事情。他们和森林里的独居动物一样，紧密相依。大半年过去了，马铃薯要翻新了，这一年马铃薯长得特别好，不仅大，还富含粉质。日子依旧波澜不惊地过着，他们等待的事情也还没来，为何还不来呢？现在已是八月末，九月很快就要来临。他们能顺利度过这个冬季吗？他们惶惶不安，晚上蹑手蹑脚地爬上床，庆幸自己又躲过了一天。十月的某天，区长带着公文包找上门，他还带了一个人。法律找上门了。

这次的审查花了很长时间。他们私下审问英格尔很多次，可英格尔拒绝承认这件事。森林的那座坟墓已经被挖开，里面的尸体也被带走了，他们要带它去做检验。那个裹着艾勒苏洗礼时穿的那件衣服，头戴着小帽子的小东西。

艾萨克开口了。"唉，"他叹了口气，"我们没办法再躲了，我之前就说过，你做错了。"

"是的。"英格尔说。

"你做了些什么？"

英格尔一阵沉默。

"你怎么下得了手……"

"她和我一样，所以我把她的脸扭到了一边。"

艾萨克摇了摇头。

"我就这样扭死了她。"英格尔哭了起来。

艾萨克沉默良久："唉，算了，现在哭也无法弥补了。"他说。

"她长着一头棕色的头发，"英格尔一边抽泣一边说，"就在后脑勺儿那里……"

两个人相对无话。

日子还是和从前一样，英格尔没有被送进监狱，法律十分仁慈。郝耶达尔区长也和平时一样说："竟然有这样的事情发生，太遗憾了。"英格尔想知道是谁告的密，区长自己也弄不清楚，似乎很多人都知道这件事，也有可能是英格尔自己告诉拉普兰人的。

确实，英格尔对很多人提起过奥山德尔的事，说他那个夏天来到她家，还带了一只兔子，这让她肚子里的宝宝长了兔唇。这兔子就是那个奥山德尔带来的，区长似乎一点儿也不知道这件事。但无论怎样，这件事毫无根据，他是不可能写在自己的报告上的。

"我还是胎宝宝的时候，我母亲就是因为看到一只兔子……"英格尔说。

硕大的谷仓建好了，两边堆着草料，中间是打谷场。棚子和临时场地也被清理出来，他们要在那里堆放草料。小麦都收回来了，晒好的麦秆也堆到了谷仓里。英格尔把地里的胡萝卜和白萝卜都收了起来。全部农作物都收好了，他们拥有了所有必需品，日子过得红红火火的。趁着霜降还没来临，艾萨克开垦出一片种小麦的土地。艾萨克真厉害，是个百分之百的庄稼汉。十一月的某天，英格尔说："她如果尚在人世，都有六个月了，开始认人了。"

"现在说这些还有什么意义呢？"艾萨克说。

冬天降临，艾萨克和英格尔在新的打谷场上打好了所有的麦子，两个人的动作都十分灵敏。孩子们在旁边玩。麦子粒粒饱满，让人看了十分愉悦。新的一年到来了，路也很容易走。艾萨克把一车车木材运到村子里，他拥有一批固定的客户，夏天晒好的干柴很热销。有一天，艾萨克和英格尔商量好，要把金双角生的一头小公牛带给吉斯勒太太，还捎上一片奶酪。吉斯勒太太感到很意外，但十分开心，连问需要多少钱。

"不需要了。"艾萨克说，"区长已经把钱给我们了。"

"老天保佑他，他真的付钱了吗？"吉斯勒太太感动地说。她也送了一些东西给艾勒苏和赛维特：蛋糕、图画书，还有一些玩具。艾萨克把这些东西带回家，英格尔看到这些，瞬间就掉起眼泪来。

"发生什么事了？"艾萨克问。

"没事，"英格尔说，"她如果没死，现在都一岁了，应该能认出这些东西了。"

"是的，可你也知道她要面对什么。"艾萨克安慰道，"何况，这件事或许还不至于太糟糕，我现在知道吉斯勒住在什么地方了。"

英格尔抬起头，问："这能帮助我们吗？"

"我也不清楚……"

艾萨克把小麦运到磨坊里，磨成粉，再运回家。为了迎接下一个冬季，他又开始砍树。他整天忙忙碌碌，不让自己停歇。农田的季节来临的时候，他在农田忙活；树林的季节来临的时候，他在树林忙活。他在这里干了十六年，英格尔也来了五年了。如果没有意外发生，他们会一直这样幸福地过下去。但事情总不如期望中的那么如意，英格尔虽然和往常一样织着布，看管着牲口，唱着歌，可她的歌声却饱含哀怨，就像一座即将失声的老钟。

路通后，英格尔被送到村中候审。艾萨克留在家里，一个人在家的时候，他时不时会这样想：到瑞典找那个前任区长——吉斯勒，他对他们家一直很好，或许他能找到应对的方法。英格尔回到家后，她说自己已经弄清楚所有的事情，也知道要判几年。依据刑法规定，她应该被判处终身监禁。可她在法庭上认罪良好。村里的两名证人都很同情她，法官也十分友善，但严明的律师会依法定她的罪。在普通老百姓的眼中，律师是神圣不可侵犯的，他们研究刑法已久，对刑法十分熟悉，不管什么时候，他们都能引用刑法。是啊，他们都是些大人物，可他们并非冷血动物。英格尔十分清楚，法庭是公正的，她没有再提起兔子的事，她哭诉不希望看到自己有缺陷的孩子要来到人间受苦的时候，法官十分严肃地告诉她："你也有兔唇，可你也活得好好的啊。"

"谢谢上帝，我现在是活得很好。"她只能这样说。她不愿提及自己年幼时，以及少女时代所经历过的一切。

但法官应该知道她的感受吧，因为他就是一个有缺陷的人，他有一只畸形足，这让他无法跳舞。"至于刑罚，"他说，"我很为难。的确，依据刑法，应该判处终身监禁，可我也说不准，或许我们能减刑，降到二级或三级，换言之，改判十二年到十五年，或九年到十二年。为了让法律更加人性化，政府已经成立了一个刑法改革委员会，现在我还没有办法给出最终的宣判结果。无论如何，你们都要朝着积极的方向想。"

英格尔带着认罪服法的心情回到家。他们觉得没有必要马上把她抓起来。两个月后，区长带着他的新助理离开赛兰拉后，艾萨克拿着钓回来的鱼回到家。

英格尔十分开心，迎接丈夫的归来，虽然丈夫钓的鱼很少，但她还是由衷地称赞了他。

"是有人来过吗？"他问。

"谁啊？怎么啦，你怎么这样说？"

"门口有脚印，那应该是个男人，还穿着皮靴。"

"是区长和他的助手。"

"他们来所为何事？"

"你心知肚明。"

"他们要来送你进监狱？"

"不是，有关判刑的事情。上帝保佑，事情没有想象中那么糟糕。"

"是吗？"艾萨克连忙问，"判多久？"

"判几年。"

"多少年？"

"我暂时不告诉你，或许你觉得很久，可我已经很感激了。"

英格尔最终都没有把具体的年数告诉他。晚上，艾萨克问英格尔何时进监狱，可英格尔也不愿意提起这件事。她心里一直念叨着这些事情，还说起即将到来的事，她说要和奥琳见一面。艾萨克也想不出其他办法。

奥琳现在如何？她今年都没有上过山。是否因为上次的争执？奥琳是不是打算以后老死不相往来了？农忙季节已经过去，奥琳依旧没有上山，她是否想让他们亲自请她上山？这个老太婆，这个肥婆，这个老怪物，指不定哪天就会上山来的。

她终于来了。一切出乎意料——似乎她们之间不曾出现过任何嫌隙，她甚至在为艾勒苏织袜子。

"我来看看你们最近过得如何。"她说。其实她早已把一袋衣物放在附近的树林里，她似乎有长住的打算。

那晚，英格尔悄悄地对丈夫说："你之前不是打算去找吉斯勒区长吗？趁现在空闲，你可以去。"

"是的。"艾萨克说，"奥琳也来了，我明天早上就出发。现在最重要的就是这件事。"

英格尔十分感激，当面感谢了他。

"带上钱，"她说，"把所有的钱都带上吧。"

"不留些在家吗？"他问。

"不用了。"她说。

英格尔给艾萨克准备了一袋食物。半夜时分，醒过来的艾萨克准备出发。英格尔跟在他身后，看着他走远。她没有掉眼泪，也没有埋怨，只是说："他们随时会来抓我走。"

"你知道是哪天吗？"

"我不知道。他们应该不会那么快来的，无论如何……你去找吉斯勒，把事情告诉他，让他帮帮忙。"

事到如今，其实吉斯勒什么忙都帮不上，但艾萨克还是出发了。

英格尔，唉，其实她什么都清楚，可她什么都不想说。奥琳说不定也是她私下请来的。艾萨克从瑞典回到家，英格尔已经离开了，只有奥琳和两个孩子在家。

艾萨克顿觉晴天霹雳，他高声问道："她离开了吗？"

"是的。"奥琳说。

"发生什么事情了？"

"你离开的第二天她就被抓走了。"艾萨克终于明白，英格尔是故意支走他的，她让他带走了家里所有的钱，噢，她应该留一点儿给自己的，那条路那么漫长！

可孩子们一无所知，他们只想和艾萨克带回来的一头小猪玩。艾萨克一无所获，除了带回来的这头猪。吉斯勒早已不在瑞典，他回到了挪威，现定居在隆金。艾萨克抱着这头小猪走了一路，他用奶瓶喂奶给它喝。在山上的时候，靠着它一起睡觉。他满心期待回家能见到英格尔看到它时露出的笑脸。现如今，只有艾勒苏和赛维特逗着它玩，它对他们来说不过是一个新奇的玩具罢了。艾萨克看着孩子们，暂时忘却了心中的烦闷。奥琳从区长那里得到最新的消息：政府已经决定好处理赛兰拉土地的方式，艾萨克要到政府还清款项。这不失为一个好消息，至少能减轻他的痛苦。艾萨克身心疲惫，衣服也破了，但还是准备了一袋食物，马上朝着村子出发。英格尔可能还在那里，他或许还能再见她一面。

可他并没有如愿见到英格尔。英格尔已经离开了，她被判了八年。艾萨克感到自己正慢慢坠入一片暗无天日的深渊，他觉得浑身无力，也听不清区长的话——这件事太可惜了……希望她可以改邪归正……以后再也不会残杀自己的孩子了。

郝耶达尔区长已经结婚，他的妻子没有生孩子的打算，她不想要孩子，非常感谢，她一个孩子都不想生。

"现在我们说说赛兰拉的事情，"区长说，"我奉命来执行这件事。部里很友好，你的申请已经批准了，地价也和提议的一样。"

"好。"艾萨克说。

"忙活了那么久，这件事终于圆满了，我的提议上面都没有驳回。"

"好。"艾萨克点点头。

"地契给你。在第一次庭审的时候，你可以来办理地产转移手续。"

"好，"艾萨克说，"我需要支付多少钱？"

"每年十块，部里把每年五块改为了每年十块。你应该没有意见吧？"

"只要我有偿还的能力……"艾萨克说。

"可要还十年……"艾萨克抬起头，有些惶恐。

"部里提出的条件就这些，不管怎么说，这个价钱买下这么大一块耕地，真的值了。"

艾萨克支付了十块钱，这些钱是他卖掉木材和英格尔做的奶酪赚的钱。支付这些钱后，他身上仅剩下一点儿钱。

"还好部里不知道你妻子的事情，"区长说，"否则不会把这块地卖给你。"

"好。"艾萨克说，"英格尔真的离开了，并且被判了八年吗？"

"是，这是毋庸置疑的事实——毕竟她触犯了法律。实际上，这个刑期不算重。你现在还有一件事要处理，就是把你的那块地和国家的地划分开来。在我当时留下的记号上画上一条直线就好，界线内的树木都属于你。我到时会到现场查看的。"

艾萨克迈着沉重的步伐回家去了。

第八章

　　当一个人日渐年老的时候，时光流逝的速度会越来越快。艾萨克还年轻，依旧活力飞扬。对他来说，这几年过得太慢了。他终日在地里忙碌，甚至没有时间打理自己的胡子。

　　日子过得波澜不惊，当拉普兰人经过或家里的牲口出了意外的时候，他的日子才会掀起一丝波澜。有一次，一群人来到赛兰拉打尖、吃饭、喝奶，还向艾萨克和奥琳问路。他们是来标记电报传输线的路线的。有一次，吉斯勒来到这里。他从村子里爬上山，和从前一样，轻松自在。他带了两个人，还有采矿的锄头、铁锹。

　　吉斯勒和从前一样，没有任何改变。他和大家打招呼，和孩子们说说笑笑，看了看屋子、草棚和牛棚。

　　"挺好的！"他说，"艾萨克，你还有这种石头吗？"

　　"石头？"艾萨克一脸惊奇。

　　"我上次来的时候，孩子们玩的那种小石头，有点儿沉。"

　　艾萨克把这些石头放在伙食房里，压住捕鼠器，他把石头拿了出来。吉斯勒和其他两个人拿着石头仔细研究起来，他们一边敲打着石头，一边商量着什么。"这是铜。"三个人异口同声道。

"你在什么地方找到这些石头的？能带我们去吗？"吉斯勒问。

艾萨克带着这几个人朝山上走去。虽然距离很近，那几个人还是在山上停留了几天。其间他们四处搜寻矿物，还用炸药爆破了好几个地方。最后，他们背回了两袋沉甸甸的石头。

艾萨克把家里的事情都告诉了吉斯勒，说他已经买下了这块地，只是价格从五十块涨到一百块。

"这个价钱不算什么，"吉斯勒说，"你这块地很值钱，有成千上万的财宝。"

"哟！"艾萨克惊叹道。

"可你要尽快登记好地契。"

"好。"

"只有这样，政府才不会来找你的麻烦，明白吗？"

艾萨克清楚。"我最放心不下的是英格尔。"

"嗯。"吉斯勒沉默良久，他很少这样，"我们可以上诉，申请重新调查此案，或许能争取减刑，或者申请特赦，不过也有可能结果不会有任何改变。""嗯，如果这个真的行得通的话……"

"不过现在还无法申请特赦。对了，我想问你送给我妻子的东西值多少钱？肉和奶酪这些。"

"噢，区长，您已经给过钱啦。"

"我付过了吗？"

"您帮助过我们。"

"那可不算，"吉斯勒说，"拿着。"他拿出几张一块钱。

很明显，吉斯勒不会白拿别人的东西。他的钱袋胀鼓鼓的，似乎很有钱，可只有他自己清楚他到底有没有钱。

"不过她来信说她过得很好。"艾萨克心中一直记挂着她。

"谁？噢，你妻子！"

"嗯，她在里面生了个女儿。小家伙十分健康。"

"很好。"

"她还说那些人对她很好。"

"你听好，"吉斯勒说，"我会带些石头给一些矿物学专家检测，如果里面含有大量的铜，你就发达了。"

"嗯，"艾萨克说，"你觉得我们什么时候能申请到特赦？"

"我帮你递交申请，应该要不了多久。我很快就会回来的。刚才你说什么？你妻子在监狱里生了个女儿？"

"是的。"

"那她被带走的时候还怀着孕？他们不能把孕妇带走。"

"这样吗！"

"无论如何，我们又多了一个理由申请特赦。"

"如果真的可以的话……"艾萨克激动地说。

艾萨克不知道该如何游走于各部门之间，也不知该如何写文件，申请赦免孕妇。地方政府没有马上关押她，主要有两个原因：其一，村里没有收押的地方；其二，他们想从轻处罚她。他们无法预料之后发生的事情。他们带走英格尔之前，谁也不曾问过她是否是一名孕妇，她自己也没有提及。或许是她刻意隐瞒了这件事，想让孩子陪在自己身边。她如果表现很好，和孩子见面也不是什么难事。又或许，她觉得事情没有任何转机，所以想独自离开……

艾萨克又开始忙起来，他挖了沟，开垦出新的麦地，画好了地界，还收集了一季的木材。做这些事情，只是习惯使然，他的耳边少了英格尔的絮絮叨叨，少了她的惊叹，这些事情毫无乐趣可言。庭审开了两次，他都没有把地契拿回来，他觉得这件事无足轻重。直到那个秋天，他终于把手续办妥。现在，对于艾萨克来说，很多事情都颠倒了，他和从前一样沉默寡言，是的，他现在完全失去了说话的兴趣。他一点儿办法也没有，只好弄出一块块兽皮——羊皮和牛皮，把它们浸泡到水里，再晒干成制作鞋子的皮革。冬季来临，第一次打麦的时候，艾萨克准备好第二年春天需要用到的麦种，他是一个喜欢忙碌、喜欢提前做准备的人。他做什么事情都井井有条，但孤独乏味。天哪！他又恢复了单身，其他呢……

现在的周日失去了原有的乐趣。洗干净身体，穿上整洁的红衬衫，可欣赏的人已经离开，打扮还有意义吗？周日，对他来说简直是度日如年，在这个空闲的日子里，他会胡思乱想：想想家里的事情，以及即将要做的事情。无论到哪里，他都要带上孩子，抱抱孩子，听听他们的声音，回答他们的问题，这让他暂时忘却伤痛。

他让老奥琳留在这里，因为他无法找到其他人。并且奥琳可以帮上一点儿忙。她可以梳毛、织布、织袜子和手套，还会做奶酪，只是她比英格尔消极沉闷，她做这些事情也十分无趣，因为她并非为自己做。有一次，艾萨克从村子里的商店带回了一只陶瓷壶，它的盖子上有一只狗头，这可以用作烟灰缸，放在架子上。奥琳把盖子扔到地上。英格尔剪了几枝花，在玻璃下养着。奥琳把玻璃取开，用力地压死了那些花。艾萨克不忍心看她把花压死，脸上露出不快的神情。奥琳根本不在乎他的脸色，还轻声说："这与我无关。"

"我不想说什么。"艾萨克说，"可你不应该去弄它们。"

"我不会再弄那些花。"奥琳说。可那些花已经死了。

奇怪的是，最近总有拉普兰人跑上山。如奥山德尔，他其实没有必要上山。在一个夏天，奥山德尔就来了两次，他没有放养驯鹿，他不过是个乞丐。每次他过来，艾萨克都会放下手头的工作，和他聊聊村里的事。他离开的时候，艾萨克还会送他一大袋东西。两年了，艾萨克没有对他发过脾气。

奥琳又向他索要新皮鞋了，实在让人忍无可忍了。现在还是秋天呢，奥琳只愿意穿新皮鞋，不喜欢穿木鞋和粗皮鞋。

"嗯，今天天气晴朗。"艾萨克说。

"是的。"奥琳说。

"艾勒苏，你今早不是数了有十块乳酪吗？"艾萨克问。

"是的。"艾勒苏答道。

"可现在只有九块。"

艾勒苏又数了一遍，接着想了一会儿，说："是的，原本有十块，可奥山德尔拿走了一块。"

很久，大家都没有说话。最后，奥琳觉得自己有必要解释一下。

"我的确给了他一块奶酪。我觉得这个无妨啊。可这两个孩子还那么小就学会搬弄是非了。他们遗传了谁的基因，我心知肚明，可是艾萨克，我知道你并非这种人。"

这句话的意思再明显不过了。"孩子一点儿错也没有。"艾萨克说，"我倒想知道奥山德尔什么时候帮助过我的家人。"

"帮助？"

"是的，我想知道。"

"奥山德尔什么时候帮助过你们……"

"是的，不然我为何要送奶酪给他。"

奥琳早就做好了准备。

"噢，我从来都不觉得你要给他奶酪。可是艾萨克，我不是第一个提起奥山德尔的人，我如果从前认识这个人的话，不得好死。"

奥琳太精明了。艾萨克和从前一样，不得不认输。

可奥琳依旧纠缠不休："你如果觉得我应该光脚度过冬天，那就直接说出来。三四个星期前我就告诉过你，我要一双皮鞋，可现在连鞋子的影子都没看到。"

艾萨克问："你的那些鞋子都坏了吗？都无法穿了？"

"怎么无法穿了？"奥琳似乎知道应对的方法。

"是的，我想知道你的鞋子怎么了。"

"我的旧鞋？"

"是的。"

"噢……我为你这个家付出了多少？梳毛、织布，看管牛羊，照顾孩子——你怎么不说这些呢？我想知道，你当初也是让你那个坐牢的老婆在冬天打赤脚的吗？"

"她穿旧鞋，"艾萨克说，"不管到什么地方，教堂，串门，她穿的都是旧皮鞋。"

"是的，不过会更漂亮些。"

"是，她总是这样。夏天，她最多塞些草进鞋子里，你呢，全年都穿着长筒袜和皮鞋。"

奥琳说："鞋子迟早都会坏的，可我不愿它们那么快就坏了，对吧？"奥琳放低了姿态，就像平时一样，半眯着眼。"我们之前总说英格尔'心口不一'，"她接着说，"她和我的孩子们在一起好多年，学了很多东西——结果这是给我们的报复。我有个女儿在卑尔根定居，戴了顶帽子，我想这是她离开南方的原因吧。要专门到特隆金买一顶帽子，嘻嘻！"

艾萨克站起来，走出房间。奥琳已经打开了心门，再也无法关上了，她心里所有的阴暗一览无余。的确，这个阴暗的奥琳。谢天谢地，她的儿女都没有裂唇，他们不曾因为这个低人一等。对，她的儿女都不会把自己生下来的孩子掐死。

"你小心点儿说话。"艾萨克抓狂了，"你这个丑老太婆！"

可奥琳根本不会在意自己说了什么，她抬起头，看着天空，意味深长地说："长了兔唇是什么事情都能干出来，只是没想到那么残忍！"

还好，艾萨克成功逃离了那扇门。他一点儿法子也没有，只能乖乖去给奥琳买一双新鞋子。这个森林里威风凛凛的庄稼人，现在连叫仆人"滚"的勇气也没有。她知道艾萨克会满足她所有的要求。

气温日益降低，夜微寒，一轮明月挂在天空。沼泽地已经结冰了，太阳出来的时候冰块会融化，满地泥巴，难以通过。一个寒夜，艾萨克为了给奥琳买鞋子，独自到村子里去。他还给吉斯勒太太带了两块奶酪。

走到半路，艾萨克看到一户有钱人家，毫无疑问，那栋房子是请村里人盖起来的，种上马铃薯的荒地也是请人开垦出来的，户主自己什么都没干。这个户主是布理德·奥森，区长的助手，他负责村里的很多事务，请医生或杀猪都归他管。他还年轻，还没满三十岁，已经有了四个孩子，他的妻子和孩子们都十分完美。噢，或许布理德的条件会差点儿，他不过是个小职员，每天负责催讨税款的工作，收入应该没有多少。他计划靠这片土地赚钱，所以向银行借了一笔钱，在荒无人烟的野地里建了一栋房子。郝耶达尔太太给这里取了一个名字，叫布里达布立克，十分好听。

清晨，艾萨克匆忙经过屋子，他不想浪费时间仔细观察一番房子，不过他透过窗户能看到孩子们已经起床。艾萨克匆匆走过，他想在路没有解冻，明晚之前回到家。一个住在森林里的人连出门都要再三斟酌，找准时机。他这段时间并不是特别忙，可路上还是十分惦记家里的孩子们，现在是奥琳在照顾他们。

他边走边回忆，他想起第一次走上这条路的场景。时间已过去多年，最近这两年特别难熬，特别漫长。赛兰拉发生了各种各样的事情，其中不乏坏事。天哪！现在又多了一个人在开垦荒地。艾萨克十分了解这片土地，当年他上山的时候也发现这块土地很优质，可他还是走向更远的地方。当然，这里和村子的距离更近，可树木没有那么茂密，地势也相对平坦，土质相对贫瘠，在地表能种些东西，可深挖的用处不大。布理德最终会发现这里并非翻一下土就能种庄稼的。他为何不在草棚尽头再弄一个棚子呢？这样他能把马车和工具都存放进去。艾萨克发现院子里停了一辆马车，上面也没有篷子。

他到了鞋店，定做了皮鞋，吉斯勒太太已经不在这个村子里了，所以他把奶酪卖给了店主。当天晚上，艾萨克出发回家。霜冻越来越严重，不过这方便他前行。他这一路走得并不顺畅。无人知晓吉斯勒的归期，英格尔又离开了家，或许他不会再回来了吧。英格尔去了遥远的地方，这日子就这样过着……

他不想在回来的路上再看到布理德的房子，所以他绕了一条路。他只顾着走自己的路，没有搭理路上遇到的人。布理德的马车就这样放在那里，他打算以后也把马车放在那里吗？不过，这与他无关。艾萨克自己也买了马车，也搭了车篷，可这有何用呢？他的家已经支离破碎，现在他的家充其量只能算半个家。

天拂晓，他看到半山腰上的房子，十分欣喜，那是他自己的家，赶了四十八个小时的路，他已经筋疲力尽。炊烟袅袅，那是他自己的家，孩子们飞奔出来迎接他。他走进屋子，发现里面有两个拉普兰人。奥琳显得十分惊讶，她站起来说："你那么快就回来啦！"她正在炉子上煮咖啡。咖啡？是的，咖啡！

艾萨克早就发现这个了，每当奥山德尔或其他拉普兰人登门的时候，奥琳就会用英格尔的小壶煮咖啡，并且煮很久。每当艾萨克到林子里或田地里干活儿，她就背着他煮咖啡，有时他回来撞见她的时候，她总是一句话也不说。他十分清楚，有时会少一块奶酪或一袋羊毛，可他什么都不说。真不知这个男人为何能容忍奥琳，为何不把她撕碎。艾萨克一直没有发脾气，默默做着好事，他心里到底有什么想法呢？或许是为了家里的平静，或许是想英格尔早日回归。他变得十分迷信，做任何事情都小心谨慎。那年初秋，他发现屋顶的草皮滑了下来。他咬着胡子，想了想，笑了笑，找来几根竿子把草皮钉牢，一句埋怨的话也不曾说。还有一件事：他的伙食棚子是靠着崖壁搭建起来的，后来，有小鸟飞了进去，在里面四处乱飞。奥琳十分讨厌这些小鸟，因为它们啄食了食物，还弄坏了肉，甚至还在里面拉粪便。艾萨克却说："唉，这些小鸟也十分可怜，它们找不到出口。"所以空闲的时候，他又把墙壁修补好。

他的脾气什么时候变得那么好了？真搞不清楚，或许他觉得自己付出得越多，英格尔就能越早回来吧。

第九章

　　日月如梭，好几年过去了。

　　有一次，很多人来到了赛兰拉：一个工程师、一个工头，还有两个工人，他们来这里的目的是选择电报路线。他们选好的路线要经过房子屋顶，还要穿过山林。对艾萨克一家子来说，这是一件好事，终于能和外界相连接，以致不会再像从前那么冷清了。

　　"这里，"那个工程师说，"穿过峡谷的两条线路的交会点就在你们这里，或许他们会让你当这两条线路的接线员。"

　　"嘀！"艾萨克感到十分惊讶。

　　"你每年都能拿到二十五块的薪酬。"

　　"我要怎么做呢？"艾萨克问。

　　"让线路不受阻碍，有时还要修理线路，疏通线路旁的树枝。到时他们会把机器挂在墙上，那时你自然懂得操作了。到时你无论在做什么，都要第一时间处理线路的事情。"

　　艾萨克考虑了很久。"冬天的话还好。"他说。

"无论何时，你必须进入工作状态。"

"这应该不行，"艾萨克说，"冬天除外，其余季节我都有很多事情要做，没有多余的时间。"

工程师盯着他看了好一会儿，接着问了他一个没想到的问题："你种田赚的钱更多？"

"更多？"艾萨克满脸疑惑。

"你在地里种田赚的钱比我们多？"

"我说不准这个。"艾萨克回答，"你也知道，这块地就是我的所有。我还要养活一家子，还有牲口，我们的生活全依赖这块地。这就是我们的生活。"

"如果你不想做，大把人愿意做。"工程师说。

虽然工程师的话带有威胁的意味，但是艾萨克还是松了一口气。他并不想让这个大人物失望，解释道："我有一匹马、五头母牛、一头公牛。此外，还有二十只绵羊、十六只山羊。我们的食物、穿的衣服还有鞋子都是它们带来的。我必须养活它们。"

"对，对，你说得没错。"工程师说道。

"所以，我不能在农忙季节扔下它们，去忙电线的事情。"

"你不用说了。"工程师说，"我能找到其他人来做这份工作，你家下面的布理德·奥森，他十分乐意接受这份工作。"他掉转头对后面的几个人说，"同志们，我们接着做。"

从艾萨克的话中，奥琳知道艾萨克依旧是那么执拗而蛮不讲理，她刚好抓住机会奚落他一番。

"你说什么，艾萨克？十六只山羊？你只有十五只！"她说。

艾萨克看着奥琳，她一点儿也不害怕，也目不转睛地盯着艾萨克。

"不是十六只吗？"他问。

"没有。"她说，接着用无辜的眼神看着那一行人，似乎想说这个人太蛮不讲理了。

"嗬！"艾萨克轻叹了一声。艾萨克拉起一缕胡子，放进嘴巴里。

工程师离开了，那些工人也走了。

如果艾萨克要教训一下奥琳，或是打她一顿，现在就是一个天赐的好机会。那些人离开后孩子们也走了，屋里只剩下他们两个。艾萨克站在房子中间，奥琳坐在火炉旁。艾萨克一副欲言又止的样子。他天性不喜计较。他十分清楚家里有几只羊——这个女人简直是个疯子，他每天都要和每只羊唠嗑，自然知道家里有几只羊，一直都是十六只，难道弄丢了一只？他想起某天有个女人从布里达布立克上来，奥琳应该把一只羊卖给了她。"嗯。"艾萨克说，这段时间他一直吞吞吐吐。奥琳究竟做了什么？她或许没有把它们杀掉，但和杀掉没什么分别，他能想到那十六只山羊的命运。

但他不能就这样站着，一声不吭。"嗯，"他说，"嗬！所以现在只有十五只山羊了，是吗？"

"正是如此，"奥琳轻声说，"你最好自己数一数，这样就清楚了。"

现在正是天赐良机——他可以揍她：用力把奥琳拉起来，狠命地捏，她就会丢了性命。他的确能这样做，可他最后什么都没做，而是朝门口走去，高声说："我不想和你多说。"接着走出门口，似乎在向奥琳示威：绝无下次，否则不会放过她。

"艾勒苏！"他高声喊。

艾勒苏跑到什么地方去了？两个孩子跑到什么地方去了？他们的父亲迫切想找到他们，他想弄明白一些事情。他们长大了，已经懂得很多事情。两个孩子跑到谷仓的石板下，想躲在那里，可艾萨克还是听到了他们轻声交谈的声音，循声找到了他们。兄弟俩像罪犯一样爬了出来。

原来，艾勒苏捡到了工程师落下的一段彩色铅笔，他拿着铅笔想把它还回去，但那个大人物带着一群人飞快地消失在森林里。艾勒苏停止了追赶，他忽然想到——只要他保守秘密，就能留下这段铅笔！他想到一个好方法，找来赛维特分担赃物，于是两个人拿着铅笔藏到地板下。噢，那么小的一段铅笔，在他们眼里显得如此珍贵！他们用铅笔画了一个圈，把刨木头剩下的刨花圈了起来。他们发现铅笔两头有不同的颜色，一头是蓝色，另一头是红色，于是交替着使用两头。听到父亲呼唤他们，艾勒苏低声说："肯定是那群人发现铅笔弄丢了，来找我们要了。"他们的脸上由晴转阴，小心脏紧张得扑通直跳。两兄弟爬出来，艾勒苏递过铅笔，说："给，铅笔还是好的。"要是从来不曾见过这支铅笔该多好！

两个人环顾了一下四周，没看到工程师的身影。他们紧张的心情顿时放松下来。

"昨天有个女人来到这里？"他们的父亲问。

"是的。"

"那个女人是从山下来的，你们看到她离开了吗？"

"看到了。"

"她离开的时候有没有带着一头山羊？"

"没。"两兄弟问，"一头山羊？"

"她没有带着山羊离开吗？"

"没有，没看到。"

艾萨克觉得十分诧异。晚上，他像往常一样数了一遍山羊——

十六只。他一口气数了五次。依旧是十六只羊，一只也不少。

艾萨克如释重负。但这是为何？奥琳太可恶了！难道她连有几只羊都不会数？他高声斥责她："你弄什么鬼？分明是十六只羊。"

"十六只？"她委屈地问。

"是的。"

"哦，好吧。"

"你的数数能力可真好啊。"

奥琳可怜兮兮地问："感谢上苍，一只都没少，否则你就会觉得奥琳把它吃掉了。奥琳太可怜了，还好真相大白了。"

艾萨克觉得十分满意，他自认为事情圆满解决了，实际上，奥琳在打着她的小算盘。他没有数绵羊的数量。他根本不在乎自己一共有多少头牲口。不过，奥琳算不上坏透，无论如何，她帮他照看家里和牲口。她最大的缺点就是太蠢了。所以也没有必要赶她离开，就让她留在这里吧，没必要和她斤斤计较。可是，艾萨克过得不快活，他十分忧愁，终日沉浸在哀伤中。

好几年过去了。房顶上长满了草，甚至连新建的谷仓上也长满了草。仓房里住进了很多来自森林的老鼠。山雀和其他小鸟也四处飞。半山腰的鸟儿越来越多，连乌鸦也多了不少。最令人大吃一惊的是，前年夏天，这里飞来了很多海鸥，它们从海边飞来，在田野里定居下来。许多生物都到艾萨克的农场拜访。第一次看到海鸥，艾勒苏和小赛维特是什么表情？噢，这些鸟儿来自遥远的地方，不多，有六只，它们浑身白色，几乎分不清彼此，在田野里大摇大摆地走来走去，时不时啄食青草。

"爸爸，它们为何会到这里来呢？"孩子们问。

"因为海上刮起风暴，它们躲到这里。"他们的父亲说。噢！

这些鸟儿多么神奇啊！能看到它们真是太令人惊奇了！

艾萨克经常教他的儿子一些有用的知识。他们是时候上学了，可学校太遥远了，在几英里以外的村子里。所以，每到周日，艾萨克就会教他们认字，先教会他们二十六个字母。对于一个农民来说，这是他所懂得的全部知识。所以，他只能把《教理问答》和《圣经》放在一旁。显然，艾萨克觉得男孩子不需要掌握太多的知识。他只有在孩子面前才会变得快乐，上帝把两个珍宝赐给他，他常常回忆起孩子小时候的事情，因为他的手上沾上了树脂，孩子们的母亲便不允许他抱孩子。噢，树脂是这个世界上最纯洁的东西！虽然柏油、羊奶和骨髓都极好，可这纯洁的树脂更迷人。

孩子们生长的乐园脏兮兮的，而又是纯洁无瑕的，他们就这样长大了。有时，他们也会洗得一尘不沾，这时，他们都是帅小伙。赛维特健康活泼，而艾勒苏沉稳懂事。

"海鸥怎么能预料到暴风雨的来临呢？"他们问。

"因为坏天气会让它们觉得不舒服。"他们的父亲回答，"但它们的症状比苍蝇轻多了。我不清楚苍蝇是怎样的，或许它们会痛风或头晕。不要打苍蝇，因为那样会让它们的症状更加严重。孩子们，不要忘记！还有一种特殊的马蝇，它们会自己死掉。夏天，它们会突然出现在你的眼前，在某一天，它们又会忽然从你的视线中消失，这意味着它们死了。"

"它们死的时候是怎样的？"艾勒苏问。

"它们体内的脂肪会变硬，就这样躺着死去。"

他们每天都能接触新知识，如怎样从高处的石头上跳下来，怎样不会咬到舌头。当他们大点儿的时候，他们学会了用艾菊擦身体，这样他们去教堂做礼拜的时候就能散发出香气。他们的父亲十分聪明，他教会他们辨认形状各异的石头，如打火石，还让他们懂得白色的石头比灰色的石头坚硬的原因。他会用捡到的打火石做成打火机，他还教会他们辨别上、下弦月，让他们懂得能用左手拳头遮住月亮的空缺处，它就是上弦月，而用右手能实现的话就是下弦月。孩子们，不要忘记！很多时候，艾萨克讲得十分神奇。某个周五，他说一匹骆驼进天堂的难度要大于人类穿针眼。还有一次，他和他们说天使的荣耀，告诉他们天使的脚后跟点缀着繁星。艾萨克是一个农民，他教给孩子们的知识简单而有用。村里的老师估计会对他的教学嗤之以鼻，可艾萨克的孩子们却觉得这些知识让他们过得充实。这些知识让他们了解周围的世界，这是最好的教育了。秋季，是屠宰牲口的季节，两个小家伙都十分好奇，而又十分害怕，为即将被宰的牲口感到难过。艾萨克抓起牲口，准备打下去，奥琳在旁边搅拌着鲜血。老山羊被放出来，它长满胡子，十分机智，两个孩子偷偷站在角落里。"风太大了，吹得我生疼。"艾勒苏边说边转身擦眼睛。小赛维特放声大哭起来："太可怜了！"杀死山羊后，艾萨克告诫他们："杀牲口的时候，不要站在旁边，也不要可怜它们，更别说它们可怜，否则它们会挣扎得更厉害，更加难以死去。不要忘记！"

几年的时光又逝去了，春天即将到来。

英格尔给他们来信了，她在信中说她过得很好，在那里学到了很多知识。她的小女儿叫丽奥波尔丁，十一月十五日是她的生日，她现在也长大了。小女儿手很灵巧，会各种各样的手艺，不只会刺绣，还会编织。

让艾萨克大吃一惊的是，这封信是英格尔写的。艾萨克无法认全信中的字，所以他到村子里寻求帮忙。店里的人读了一遍，艾萨克就全部记住了，到家后，他已经能完整转述信中的内容了。

他正儿八经地坐在桌子旁，展开信，读给孩子们听。那时他多想奥琳也在身边，听到他一字不落地读信里的内容，可是他才不会直接叫她过来听呢。读完信，他对两个儿子说："瞧瞧，你们两个，这封信是你们的母亲写的，她在那里学了很多知识，还有你们的小妹妹，她懂得比我们多很多。太好啦！"两个孩子坐在那里，一句话也不说，在思索着什么东西。

　　"噢！太厉害了！"奥琳说。

　　她想说什么呢？难道觉得他在说谎，还是她根本就在质疑艾萨克能读信的能力呢？谁也不知道奥琳的想法，她坐在那里，脸上毫无波澜，嘴里说着恶话。艾萨克没有理她。

　　"你们的妈妈回来后，就叫她教你们写字。"她对两个孩子说。

　　奥琳一边把放在炉子边烘干的衣服挪开，一边挪开一只水壶，又把衣服放到一边。她不停地忙活，谁也猜不透她在想什么。

　　"这里所有事情都做得很好。"她说，"是时候买包咖啡回来了。"

　　"咖啡？"艾萨克情不自禁地说。

　　奥琳一脸平静，说："这么长时间，我都是用自己的钱买的，可是……"

　　在艾萨克眼中，咖啡只存在于梦和童话世界中，就像彩虹一样，那么遥远。奥琳太疯狂了。他没有对她发脾气，不过想起她之前和拉普兰人做的那些生意，于是生气道："好，我买给你。一袋咖啡，是吗？不要一磅？要不买一磅给你好了。你肯定想要那么多。"

　　"艾萨克，没有必要用这种冷嘲热讽的语气。我兄弟聂耳那里有咖啡。山下的布里达布立克家里也有。"

　　"是的，那是因为他们没有牛奶，他们一滴牛奶也没有。"

"或许吧。既然你会认字，轻松就能读信，那你应该清楚咖啡是必需品吧。"

"你太可恶了！"艾萨克说。

看到艾萨克大发雷霆，奥琳坐下来，一句话也没说。

"说到你家的英格尔，"她说，"说实话……"

"你说，我听着。"

"她迟早会回来的，又在外面学了那么多本领。或许她会戴着珠子插着羽毛的帽子回来，对吧？"

"是的。"

"嗯，"她接着说，"既然她成了一个高贵文明的人，她或许会用高雅的方式来感谢我。"

"你？"艾萨克说。

奥琳说："是，当时要不是我在中间使小手段，她也不会离开啊。"

艾萨克惊呆了，他有一堆话想说，可最终一句话也没有说出口，就这样盯着奥琳。他没听错吧？可奥琳一副若无其事的样子，似乎刚才自己什么都没有说过。准确地说，艾萨克完全迷糊了。

他摇摇晃晃地走出屋子，大脑里一片空白。奥琳，这个满身横肉的老巫婆，一肚子坏水的坏婆子——为何第一年他不拧死她呢？他心里就像打翻了五味瓶，他努力想让自己平静下来。他一直是个处变不惊的人，可现在他无法平静！即便是别人，在这样的情况下也无法平静下来。

接下来，发生了一件非常戏剧性的事情。艾萨克走进牲口棚，数了一遍山羊，一只也不少。又数了一遍母牛、猪和十四只母鸡和两只小牛。"啊，我没有数绵羊。"他说。他十分担心，又数了一遍绵羊。艾萨克十分清楚，绵羊的数量不够，很早他就知道了，但他装着不知道的样子。上次奥琳欺骗他，说少了一只山羊，实际上山羊一只不少；他也大闹一场，可最终以失败落幕。每次和奥琳的战争，奥琳都是胜者。到了秋天宰牲口的季节，他才发觉少了一只母绵羊，他原本能质问奥琳，但他没有勇气，也不敢给奥琳有任何解释的机会。

今天，艾萨克决定把这件事说出来。他再也无法忍受奥琳了，他数了很多遍，一边数一边高声念，声音大得奥琳也听得到。他说了奥琳很多坏话，她的"奥氏喂羊法"效果真明显啊，竟然把羊给喂丢了，唉，不是刚丢了一只母绵羊嘛！她是个贱女人，她心知肚明！噢，艾萨克多希望奥琳就站在外面，听到他骂她。

他离开牲口棚，跑到马厩里数了一遍马，数完后他就要进去了，他要找奥琳算账。他走得十分匆忙，连衣服都被风掀了起来。他从窗子里看进去，屋子里的奥琳一副毫不在意的样子。她镇定自若地拿着一个袋子走向牛棚，没有露出一丝慌乱。

"那只扁耳朵的母羊到哪里去了？"他问。

"母羊？"

"对。它如果还在，早就产下两只小羊了。你一下害我丢了三只羊，知道不！"

奥琳吓呆了，她感到不知所措。她不停地摇头，似乎随时会倒下去。她的脑筋转得飞快，她的脑袋常常能冒出好点子，以应付突发情况，这次应该也能啊！

"是，山羊和那只母羊都是我偷走的。"她最后显得十分淡定，"你觉得我能把它们怎么样？难道我一个人吃了？"

"你心知肚明！"

"哟！你这话，倒像你家没给我吃饱，要我偷吃一样。我要说清楚，这些年我不至于吃不饱。"

"说，你把羊弄到哪里去了？给了奥山德尔了？"

"奥山德尔？"奥琳放下桶，抱着手，说，"不知你在说什么！母羊，羊羔？乱七八糟的。"

"你这个女人太可恶了！"艾萨克气坏了，转身要离开。

"哎，艾萨克，你这个人太奇怪了，我都不知怎么说你好。你家里一堆绵羊、山羊，羊棚几乎都挤不下了，你还不满足。我哪知你说的是哪只羊，哪只羊羔呢？你应当感谢上帝。现在是夏天，冬天很快来临，那是产羊羔的季节，到时你的羊羔就会产出三倍多！"

噢！奥琳这女人！

艾萨克震怒了，他边走边说："我当初真是瞎了眼了，应该在她进来的第一天就杀了她！"他不停地咒骂，骂自己愚昧。"太蠢了！简直就是笨蛋！不过现在也不晚，再迟两天，今晚不可以，明天吧……明天早上动手，一下没了三只羊羔，她哪里还有脸来提咖啡！

第十章

第二天发生了某件大事。有一个客人前来拜访，他就是吉斯勒。夏季还没有来临，原野上的道路并不好走，吉斯勒还是走上了山。他穿着一双发亮的高头皮靴，戴着一双黄手套，看起来精神抖擞，身边还跟着一个帮忙提东西的村里人。

事实上，他是带着目的前来的，他打算从艾萨克手中买下一块地，就是那块有矿石的山地。价格如何呢？此外，他还带来英格尔的好消息——她在特隆金十分讨人喜欢。他去看过她一次。"艾萨克，你这里干得很好啊。"

"还好吧，你见过英格尔了？"

"你弄的这个是什么？打谷场吗？自己打小麦？真不错，看来我上次离开后，你又翻新了一大片土地啊。"

"她过得怎么样？"

"噢，你的妻子吗？她过得很好。我们到隔壁房间聊聊？"

"房间还很乱。"奥琳说。为何阻止他们进入房间？奥琳有她自己的原因。他们还是不顾奥琳的反对，踏进了房间，还把房门关上。奥琳在厨房，一句话也听不到。

吉斯勒坐下来，用力拍了拍大腿，他操控着艾萨克的命运。

"你那块含有铜矿的土地没有卖给谁吧？"他问。

"还没有。"

"好。我想买下来。我除了见英格尔，还见了其他人。她很快就能回家了，这个案件应该已经呈给国王了。"

"国王？"

"是的。在别人的帮助下，我和你妻子聊了很久。'哎，英格尔，你过得怎么样？''还好。''想回家吗？''肯定想。'我和她说：'你很快就能回家了。'艾萨克，我把这些告诉你，是因为她是一个好女人。她没有哭，一直都保持着微笑。他们把她治好了，缝好了她的嘴唇，她不再是兔唇了。'再见啦。'我说，'我可以保证，你很快就能出来了。'"

"之后我去找了监狱长，这并不是什么难事。'这里关了个女人。'我说，'她叫英格尔·赛兰拉，她应该被释放回家。''英格尔？是的，她的表现很好，我觉得关她八年并不合理。'他说。'对的，你们肯定不会这样做的。'我说，'她已经被关了很长时间了。''很长时间？'他问，'你知道她犯下的罪吗？''我清楚，事情的来龙去脉我都清清楚楚。'我说，'我曾经负责她那个区，是那个区的区长。''噢，'他说，'你可以坐下来谈吗？'他很有礼貌。接着他又说：'我们很关照她们母女俩。原来，她来自贵区。我们给她买了一架缝纫机，她走遍了这里的每个车间，学会了很多手艺，如纺织、家务、染色、裁剪等。你说，她在这里关了很长时间？'其实我早就准备好了这个问题的答案，不过我没有回答，打算以后再详谈。我只说她的案情复杂，理应复查一次。现在刑法已经进行了改革，说不定她应当释放了。接着我向他提起那只兔子。'兔子？'监狱长问。'是的，兔子，'我接着说，'这是她那个孩子带兔唇的原因。''噢，'他笑了笑，'我知道你想说什么了。你是觉得这可以作为她减刑的理由吗？''他们压根就不知道这件事。''嗯，不过情况不至于太糟糕。''可这对她来说已经够糟糕了。''你觉得一只兔子的力量有那么神奇吗？'他问。'我不想过多讨论那只兔子是否有魔力的事情。关键是，一个兔唇的孕妇面前出现了一只兔子，她会有什么想法？'嗯，接着他在那里思索了一会儿。'嗯。'一会儿，他说道，'或许吧。我们的确忽略了这个情况，而我的工作只是负责接管其他地方送来的犯人，至于刑期，也不会重判。英格尔现在还要服刑。'"

"这时，我把之前的想法和观点告诉了他。'这个案子忽略了很重要的一点。'我说。'忽略了哪一点？''是的，首先，她不应该到其他州服刑。'他瞬间变得面无血色。'对的，的确不应该这样。'他说，'可这不是我们说了算。''其次，'我说，'她进牢房的时候还是一个孕妇，当局竟然没有发现这个情况。'显然，道理都站在我这边，他沉默了好一会儿，最后才问：'你是来调查此案的吗？''对的。'我说。于是，他开始称赞英格尔，说她是一个很好的女人，又说他们教会了英格尔很多手艺，帮她做了很多事——甚至教会了她认字。他们还把小女孩送到一户正经人家寄养。我把你这边的情况告诉了他，英格尔离开后，留下来两个小孩，只有一个老婆子在照顾，我还说了其他情况。'我是带着她丈夫的申诉过来的。'我说，'我要把它递交给相关部门，看能否翻案或提前释放。''我能看一下他的申诉书吗？'狱长说。'可以。'我说，'我明天带过来。'"

　　艾萨克坐在那里，静静地听着，太神奇了，这简直就是一个神话故事。他紧盯着吉斯勒的嘴巴。

　　吉斯勒接着说："我回到了旅店，开始写申诉书，你也知道，这都是我自己手写的，不过最后署上的是你的名字——艾萨克·赛兰拉。不过我丝毫都没有批判监狱制度。第二天，我拿着这份申诉书去了监狱。'请坐。'监狱长说。他看了一遍我写的东西，一边看一边点头，最后说道：'写得非常好。可是，翻案并不是一件容易的事情，可……''稍等，'我说，'我还有一份用得上的文件。'瞧，我又吓住他了。'嗯，'他连忙说道，'从昨天开始我就在考虑这件事，我觉得申请特赦是有一定可行度的。''监狱长会申请特赦吗？'我问。'肯定会支持了，我会尽力帮忙的。'接着我向他鞠躬致谢，说：'如果长官愿意帮忙，特赦应该难度不大的，非常感谢，请允许我代表这个受害者的家庭向你致谢。'接着他说：'这个案子贵区就不需要再进行调查了。您见过这个女人就好了。'我清楚得很，他想私下解决这件事，所以我没有反驳，我说去收集会耗费大量的人力、物力。"

　　"说完了。艾萨克，事情的经过就是这样的。"吉斯勒看了下时间，"我们说回正事，你能再带我去看一眼上次的那块地吗？"

　　艾萨克目瞪口呆了，他的脑子一下转不过弯。他依旧心心念念想着英格尔，反反复复问了很多问题。吉斯勒和他说，那份申诉书已经呈交给国王，第一轮国会的某次会议就会作出决定的。"真是太神奇了！"他说。

　　几个人一起进山了，吉斯勒和他的助手，还有艾萨克，他们在山上逗留了好几个小时。很快，吉斯勒就圈出一块矿地——他想买下这里。他来回踱着步，仔细察看了这块地。他是一个果敢的人，但他不愚蠢，所以不会出错。

他们回到了艾萨克的家，还带回了一袋矿石样本。吉斯勒拿出笔，开始写着什么东西。他一边写，一边说："艾萨克，这次的地比上次的小，不过我会支付两百块给你。"他又不停地写写画画，"我离开之前想看看你的打谷场。"他看到织布机上红红蓝蓝的画，问："谁画的？"是艾勒苏画的，一匹马和一头羊。他没有纸，用彩色铅笔在织布机和所有木具上画了个遍。"有些画得很好。"吉斯勒递给了艾勒苏一枚硬币。

吉斯勒继续写了一会儿，接着抬头说："很快就会有人来买这附近的地。"

他的助手插话道："有人已经买下了。"

"谁买了？"

"噢，就是住在布里达布立克的那家人——大家都这么叫他，男主人叫布理德。"

"他啊！"吉斯勒轻蔑地哼了一声。

"还有两家也买了。"

"他们还不知有没有那个能力呢！"吉斯勒说，他现在才看到屋里还有一个孩子，他拉过赛维特，又给了他一枚硬币。吉斯勒总是这么特殊。这时，他的眼中似乎泛起血丝，看起来有些辛酸。或许是由于睡眠不足，也可能是喝酒的缘故。虽然如此，但他看起来和当年一样，干劲儿十足。他继续写了一会儿，又说了一会儿，毋庸置疑，他所有的心思都在他的文件上，因为他忽然又取出一张纸，开始涂写起来。

他终于写完了。

他对艾萨克说："噢，我要说清楚，这份交易并不会让你一下成为富翁，不过交易条款日后还是可以作出更改的，这些我们日后再议。现在我可以先支付你两百块。"

对于这件事，艾萨克一点儿头绪也没有，不过能有两百块钱，这也算得上一个奇迹，这个数目可是天文数字。当然，他现在只能得到一张纸，而不是现金，随便了。他一心想着其他的事情。

"你觉得上级会批准她的特赦吗？"他问。

"嗯？噢，你说英格尔，如果有人发电报到村里，我会马上发电报到特隆金问清楚的。"

听到电报这个词，艾萨克觉得十分神奇。那不过是一根电线杆，支在地上的一个东西。听到电报这件事，艾萨克忽然变得忧心忡忡，他有点儿怀疑吉斯勒的话，于是问："如果国王不批准呢？"

吉斯勒说："如果他不批准，那我就得再次补充资料，就是要再次陈述案情。到时他们肯定会释放她的。"

接着他读了读自己写的文件，就是那块土地的交易合同。事先支付两百现金，等到矿石产出后，或将铜矿卖出去后，艾萨克能享受到高分红。"在这里署上你的名字。"吉斯勒说。

艾萨克很想马上署上名字，但他毕竟没读过书，他这一生只是偶尔在树林里的树皮上练过自己名字的首字母。可恶的是，现在那个奥琳就在旁边，所以他拿起笔——太奇怪了，笔轻飘飘的，就像一片羽毛。他费了好大劲儿才握好笔，在纸上写下自己的名字。接着吉斯勒又在上面加了一点儿东西，应该是备注吧，接着让助手以证人的身份署上名字。

合同的一切就这样弄好了。

可是奥琳一动也不动，就站在那里。

"准备下桌子，吃饭了，奥琳。"艾萨克说，语气里带着一份签上名字的骄傲。"家常便饭，请不要介意。"他对吉斯勒说。

"闻起来很吸引人。"吉斯勒说，"肉和酒应该都有。艾萨克，这是支付给你的钱。"吉斯勒说完从包里拿出两包钞票，放在桌面上。

"你数一数。"

他愣住了。

"艾萨克。"吉斯勒叫。

"好的。"吉斯勒开心得失了神，喃喃自语道，"你帮了我那么大忙，我也不知该支付些什么给你。"

"这些是十块的，这些是二十五块的。"吉斯勒说，"但愿你很快就能得到分红。"

这时奥琳才回过神儿来。这件事终究来临了。她已经把饭菜摆好。

第二天，吉斯勒去看磨坊，它就在河边。它十分精巧，适合矮小的人使用，但建造它的是一个男人，它倒也结实牢固。在艾萨克的带领下，他沿着河边走了一圈，看到了一条瀑布，原本艾萨克打算利用它来建一个锯木坊。"这里也有不方便的地方，"他说，"这里和学校的距离太远了，孩子们得去村里上学。"不过吉斯勒是一个高瞻远瞩的人，他觉得无须担心这件事，"越来越多的人会来这里定居，很快这里就会建起一所新学校。"

"希望早日成真吧，只希望到时他们还没长大。"

"为何不让他们住到村里的一个农场呢？你可以把食物和他们一起载到那里，三个星期后再接他们回家。六个星期后，再把他们送回去。这应该不难实现吧？"

"是的。"艾萨克说。

唉，如果英格尔在家该多好！他有房子、土地和珍贵的物品，还有钱以及强壮的体魄。他是个健壮、旺盛的男人。

吉斯勒离开后，艾萨克憧憬了很多将来的事情。是啊，吉斯勒离开的时候也说，他会尽快发回电报的。"两个星期后，你到邮局走一趟。"他如是说。这件事真是个奇迹。这时，艾萨克开始忙着给马车加一个位置。是的，可拆卸的那种座位，装草料的时候能取出来，赶马车的时候能装上去的座位。他装好后，凳子简直太干净了！还有太多事情没有做呢！首先，要把房子重新粉刷一遍。其次，他想建一个带桥的房子，用来放谷物。他还要加快建锯木坊的进程，把麦地圈起来，再弄一艘在山那边的小河里用的船。他还有很多事情想做。他不停地干——终究还是快不过时间。是的，时间飞逝，总是不够用。原本还是周日，眨眼下一个周日又来了！

不管怎么说，一定要重新粉刷一遍房子，他已经下定决心，一定要弄好。房子光溜溜的，就像套了两只空洞的袖子。现在还不是农忙的季节，春天也还没来临，地上的霜冻也还没有解冻。

艾萨克拿了些鸡蛋到村里，他把鸡蛋卖掉，买回一些油漆。这些油漆只能粉刷一座房子。谷仓已经刷上了大红色。他这次买的是黄褐色，他想用这种颜色的颜料来粉刷房子。奥琳每天都在说："我也说过了，这里会越变越华丽的。"奥琳十分清楚，她在赛兰拉待不久了。她是一个要强的人，这些并非承受不了，只是觉得有些委屈。艾萨克现在不想搭理她，也不想再提过去的事。离开之前，奥琳还是会顺走什么东西的。他把一只小羊送给了她，她这些年为这个家付出不少，报酬也不算多。奥琳对孩子们也还好，她并非死板的人，不会严厉地教训孩子们。她会尊重孩子们的想法，有自己的一套方法来教孩子。她如果在做奶酪，会给围在身边的孩子们尝尝；如果星期天他们不想洗脸，她也不会强求。

艾萨克给房子粉刷了一层，接着又到村子里买回了几种涂料。房子一共刷上三种颜色，窗格子和房子四角是白色的。晚上，艾萨克走在回家的路上，他看到半山腰上的房子，觉得那就是一座童话里的宫殿。此刻，荒野已经彻底改头换面，这是他们的福祉，有人在那里居住，孩子们在外面玩耍。森林无边无际，和蓝天交接。

当艾萨克再次下山买涂料的时候，收到店主交给他的一封信，信封是蓝色的，印有纹印，店主收了他五斯吉林。这是吉斯勒区长发来的电报。吉斯勒是个大好人！他在电报中说英格尔已经被释放——"即将回家。吉斯勒。"看到这个消息，艾萨克觉得天旋地转，柜台和店里的人似乎离他越来越远。艾萨克似乎觉得自己说了一句："天哪！感谢上帝！"

"她如果已经离开特隆金，"店主说，"明天应该就回到这里了。"

"啊！"艾萨克说。

他等了一天。没有等到英格尔，等来的是从码头过来的邮差。"她可能要下周才能到。"店主说。

也好，再等等，艾萨克还有很多事情要做。他不能把家里的地抛下不管，他回到家，把肥料都运完了。他用撬棍敲土，地里的冰块慢慢融化。阳光猛烈，冰块融化了，地里长出了春草，牛也过来找吃的了。艾萨克犁完田，种下了小麦和马铃薯。还有两个小伙子也来帮忙，他们有一双灵巧的双手，已经能帮父亲干活儿了。

艾萨克把马车彻底清洗了一番，接着装上座位。他和孩子们说，他要去一趟村里。

"你今天不走路吗？"

"是的，我想赶马车去。"

"我们可以一起去吗？"

"你们留在家里，听话。你们的妈妈很快就要回来了，她会教你们做事的。"

艾勒苏很想学本领，他问："爸爸，在纸上写字有什么感觉？"

"没什么特别的感觉，似乎手里什么也没抓住。"

"它会自己动吗，就和溜冰一样？"

"什么会自己动？"

"笔啊，你写字的笔。"

"是的，钢笔。你会学会用它的。"

小赛维特想的是另一件事，他只想驾马车。马还没有拴好，他径直坐上去，接着迅速驾起车。艾萨克只好把他们都放上车，带他们走了很长一段路。

第十一章

艾萨克一直把马车赶到荒野的一处水潭边。这个水潭很深,水面很平静。艾萨克可以把这湖水当成一面镜子。他端详着干干净净的自己,身穿一件红色衬衫。然后开始用剪刀修理胡子。这个臭美的汉子,他难道想剪掉自己蓄了五年的胡子吗?他一边剪,一边盯着水面中的自己。其实,他可以在家里剪的,但他不想在奥琳面前做这些事,在她面前穿上那件红色衬衫已经有些不好意思了。他剪掉的胡子掉进水里。马有些不耐烦了,开始往前走。艾萨克就像改头换面一样,他又细细看了看全新的自己,觉得十分满意。他觉得自己似乎瞬间年轻了很多——谁知道呢,不过是剪掉了一些胡子而已。艾萨克赶起马车,朝村里走去。

第二天,邮船停靠岸了。艾萨克站了起来,看了看四周,没有看到英格尔。有一家子游客从船上下来——天哪!——英格尔不在。他原来是躲在石头上偷看的,现在没有必要躲藏了。他朝着汽船走去,看到一箱箱货物从船上滚下来,人和包裹也出来了,依旧

110

没有看到自己要等待的人。船出口那边有一个带着一个小女孩的女人，只是那个女人太漂亮了。天哪！那正是英格尔！艾萨克"嗯"了一声，朝她们飞奔过去。"过得怎么样？"英格尔朝他伸出手。她的手有些冰凉，或许是因为长途跋涉，她的脸色有点儿苍白，路上她生了一场病。艾萨克目瞪口呆，最后才说："嗯，今天天气很好。"

"我很早就看到你了。"英格尔说，"我只是不想和别人一起挤。你是今天来村子里的吗？"

"是的。"

"家里好吗？"

"很好，谢谢。"

"她是丽奥波尔丁，她这一路比我坚强。丽奥波尔丁，这是爸爸，来握握手。"

"好。"艾萨克说，他觉得怪怪的，觉得面前站的是陌生人。

英格尔说："我还有一架缝纫机、一个箱子在船上，你上去找找。"

艾萨克如释重负，走上船去。船员指了指箱子的位置，但缝纫机不知放在什么地方。英格尔只好亲自跑上船。那个箱子是方形的，上面盖着圆盖子，上面还有个手提柄，形状奇怪，倒也精致——这就是那个区的缝纫机！艾萨克一手拿着缝纫机，一手提着箱子，对妻子和女儿说："你们在这里等我，我把这些搬上去再来接她。"

"接谁？"英格尔笑了，"她已经会走路啦，她都成大姑娘了。"

他们一起走向艾萨克的马车。

"新买的马？"英格尔问，"那个是新装的座位？"

"是的，"艾萨克说，"我想起来了，你们要吃点儿东西吗？我买了吃的。"

"边走边吃吧。"她说，"丽奥波尔丁，你能一个人坐上去吗？"

可她的父亲十分担心，害怕她摔下来。

"你们一起坐吧，我赶马。"

他们坐上了马车，艾萨克跟在后面。

他边走边看着马车上的妻女。那的确是英格尔，她的装扮完全变了，真好看，兔唇也不见了，上唇只留下一点儿疤痕。说话的声音十分清晰，没有了咝咝声，太神奇了！她在黑发上包了一块红白相间的头巾，很漂亮。她转过身，对艾萨克说："你要带条毯子来就好了，晚上气温低，我怕孩子会着凉。"

"把我的外套给她穿上吧。"艾萨克说，"林子里有一条毯子。"

"噢，林子里有毯子？"

"是的，我没有随身带，我怕你们今天赶不回来。"

"好，你刚才说家里怎么样，一切都好吧？"

"好，谢谢。"

"他们应该都长大了吧？"

"是的。他们会种马铃薯了。"

"噢！"孩子们的母亲一边笑，一边摇头，"他们会种马铃薯了？"

"是的，艾勒苏和赛维特都能帮上忙了。"艾萨克骄傲地说。

小丽奥波尔丁想吃东西。噢，这个小女孩真漂亮！坐在马车上的小美女！她的声音十分动听，有特隆金的口音。他有时听不懂她在说什么，英格尔就会给他翻译。她和哥哥们很像，棕色的眼睛，还有和妈妈一样的椭圆形脸蛋儿。都是她的孩子，怎么会不像她呢？看着自己的小女儿，艾萨克觉得有些不好意思，不敢直视她的小鞋子、细长的棉袜和短上衣。小姑娘初次见到父亲，行了一个屈膝礼，接着伸出自己的小手。

他们在山上停下来休息，还喂了马。丽奥波尔丁在山林里四处奔跑。

"你变化不大。"英格尔看着丈夫说。

艾萨克没有直视她的眼睛，看着别处说："我没变化吗？你变化挺大的，越来越高贵了。"

"哈哈！哪里？我现在都老了。"她笑着说。

艾萨克越来越拘谨。他很紧张，装着冷淡的样子，心里却十分害怕，还有些自感汗颜。他的妻子多大年纪了？应该超过三十岁了——可她看起来不可能超过三十岁。艾萨克吃着饭，又拉了一根草放进嘴里咀嚼起来。

"你在吃草？哈哈！"英格尔笑起来。

艾萨克丢掉嘴巴里的草，吞了一大口饭，走到大路上，高高抬起马的前蹄，让它用后脚站立。英格尔觉得十分震惊。

"你做什么？"她问。

"噢，只是闹着玩。"艾萨克把马放下来。

不过他到底想做什么？只是一时兴起，还是想掩饰自己的窘迫？

他们继续赶路，三个人走了一段路，到了另一处农场。

"谁家的农场？"英格尔问。

"布理德家的，他买下这里了。"

"布理德？"

"那个地方叫布里达布立克。地很多，不过树很少。"

他们一直议论这块地，艾萨克发现布理德的马车依旧放在外面。

孩子有些困了，艾萨克轻轻地抱起孩子。他们继续赶路，丽奥波尔丁很快睡着了。英格尔说："给她盖个毯子，让她在车上睡吧，这样舒服些。"

"马车晃得厉害，她会醒的。"艾萨克依旧抱着女儿。他们穿过原野，又走进山林。

英格尔把马车停下来。她抱过孩子，让艾萨克把缝纫机和箱子挪到一边，腾出一个位置给丽奥波尔丁。

"晃吗？没有啊。"

艾萨克把东西挪到两边，用毯子把女儿包起来，又把衣服叠成枕头，放在孩子的脑袋下。马车继续朝前走。

两人闲聊着，天色已晚，夕阳还挂在天边，周围暖洋洋的。

"奥琳睡在什么地方？"英格尔说。

"小房间。"

"和孩子们睡在一起吗？"

"大房间还有一张床，他们睡那里。你离开后，我又在那里加了一张床。"

"瞧你，"英格尔说，"还是和以前一样。当年你的肩膀不知道挑过多少重东西，现在也没什么变化。"

"嗯，或许吧。你这些年在外面是怎么过的？受得了吗？"艾萨克的声音十分温柔，心里却有些迟疑。

英格尔说："过得还好。"

他们一直交谈着，言语之间满是情意。艾萨克问："你累吗？

要不要到马车里休息一会儿？"她连忙拒绝："不用，不过我今天似乎有点儿奇怪，生了病之后，总是觉得肚子很饿。"

"你想吃点儿东西？"

"嗯，先把马车停下吧。"

也许并不是英格尔自己想吃东西，而是想让艾萨克吃一点儿吧。他上一顿饭没有正经吃东西，现在是得吃点儿东西了。

今晚并不冷，月光也很皎洁，他们就坐了下来。前面还有几英里的路在等着他们。

英格尔从箱子里拿了一个袋子出来，说道："我们到那边的树林去吧，去看看我带给孩子们的东西，那边不会太冷。"

他们从一片地穿过，来到了树林。她把袋子打开，一一展示她带回来的东西：有给孩子们的带扣背带裤，有印好字样的临摹本，几支铅笔和两把小刀，还有一本供她自己阅读的好书。"看，上面还有我的名字，是用来祈祷的。"这是临别时狱长赠送给她的，说是做个念想。

艾萨克安静地看着她一一展示这些东西。她把一包小衣领圈找出来——都是给丽奥波尔丁准备的。还有一条像丝绸一样闪亮的黑色围巾，是送给艾萨克的。

"那是送给我的？"他问。

"对的，没错。"

他非常小心地拿在手上抚摩。

"很好——把这条围巾戴上，我就可以周游世界了。"

可是艾萨克的手太粗糙了，丝质围巾被他挂住了。

包里的东西拿完了，她把这些东西收拾好以后，安静了下来。她的腿露在外面，还可以看到腿上红边的长筒袜。

"嗯，"他说，"这些东西都是从城里带来的吧？"

"是我在城里买了毛线自己织的。太长了，把膝盖都盖住了，你看……"

一会儿以后，她喃喃自语道："噢，你……你还是没变……和过去没有任何区别！"

短暂沉默以后，英格尔开始驾马车。"我还买了一袋咖啡，"她说，"可是还没煮，今晚不能喝。"

"今晚我们根本不需要喝咖啡。"

他们走了一个小时以后，太阳下山了，温度开始下降。英格尔下来自己走。他们给丽奥波尔丁整理了一下衣服，看她睡得那么香，两人都笑了。夫妻俩又开始交谈。英格尔的声音太动听了，引发人无限遐想。

"我们现在是不是不止四头母牛了？"她问。

"肯定不止这个数，"他骄傲地说，"现在我们有八头了。"

"八头啊！"

"我是说把公牛也算进去的话。"

"你卖过黄油吗？"

"卖过，还有鸡蛋。"

"什么，我们现在还养鸡？"

"是啊，还有一头猪呢！"

听到这些消息，英格尔太兴奋了，情不自禁地"吁"的一声，让马停住了。艾萨克的脸上当然写满了骄傲，继续说着，想让她更加高兴。

"那个吉斯勒，"他说，"你还有印象吗？前段时间到我们家来过一次。"

"噢？"

"我卖了他一块有铜矿的矿地。"

"嗬！你说什么——铜矿？"

"是的，没错，就是铜。就在靠水的那块山上。"

"你——你是说他把钱已经付给你了？"

"是啊，付清了。吉斯勒不会白白拿走的。"

"那么，他给了你多少钱？"

"嗯，这个嘛，说来你肯定会大吃一惊——可是他的确付了我两百块。"

"什么，两百块！"英格尔再次兴奋地尖叫起来，呵斥马停下来。

"没错，就是两百块，而且地价也付清了。"艾萨克说。

"啊……你真是太厉害了！"

没错，艾萨克再次和英格尔相见，并让她跻身至富人行列，他很是兴奋。还告诉她，如今他们已经不欠外债了，欠店里或其他人的东西也都还清了。吉斯勒付给他的钱不仅原封不动地放在那里，而且他还存了一百六十块钱。噢，他们确实要好好感谢上帝！

他们又说到了吉斯勒，英格尔将他营救自己的过程事无巨细地都告诉艾萨克。看上去，对于吉斯勒来说，这并不是一件简单的事。为了英格尔的特赦，他耗费了不少精力，而且几次三番到监狱长那里活动。此外，吉斯勒还上书给几位国会议员和部分官员，当然这些都是在监狱长不知情的情况下做的。他知道后非常生气，可是这也是预料之中的。可是吉斯勒一点儿都不害怕，他申请翻案，重新审理，等等。最后国王也同意了。

前区长吉斯勒一直帮衬着他们这家人，他们一直觉得很疑惑。

他们只能口头上表示感谢，却拿不出什么回报——因此对吉斯勒的做法表示难以理解。在特隆金时，英格尔也曾经问过吉斯勒，可是吉斯勒没有给出答案。

"在这个村子里，他只对我们这一家表示关心。"她说。

"他是这样告诉你的？"

"是的，他对村子里的人都很讨厌，说迟早要让他们受到教训。"

"啊！"

"迟早会让他们苦不堪言的，到时候他们会懊悔失去了他这么一个人。"他说。

他们走到树林的尽头，家已经出现在他们的视线里。不仅有主宅，还有好多非常好看的建筑物。

英格尔觉得眼前的一切都好陌生，她停下了脚步。

"你——你不会想要告诉我这就是我们的家吧——这些都是吗？"她惊讶地问道。

小丽奥波尔丁终于睡好了，睁开了眼睛。他们把她抱下了马车。

"我们是不是到了？"她问道。

"是的，这里是不是很美？"

屋子里晃动着两个小人影儿，那正是艾勒苏和赛维特，此刻他们正朝这边跑过来。英格尔忽然觉得身体一阵阵发冷，鼻子吸溜着，还止不住地咳嗽，眼睛也变得通红通红的，不停地流泪。坐船太容易感冒了，眼睛一个劲儿地流泪！

可是，两个男孩越走越近时，却突然停了下来，看着眼前的人，他们一脸迷茫。他们早就忘了自己母亲的样子，而又从来没有见过这个小妹妹，甚至父亲也是他们走近后才认出来的——他刮了胡子。

第十二章

现在一切都走上了正轨。

艾萨克先把麦种撒下去，然后再耕土，最后借助滚筒的力量，把种子滚进地里。小丽奥波尔丁觉得好玩，非要坐上去。怎么可能？她还太小了，什么都不懂，哥哥们都知道，滚筒上面根本没有座位。

可是看到小丽奥波尔丁如此信任他，父亲还是很高兴。他和她交谈，跟她说她穿着这么好看的鞋子，要在田地里怎么走才不会弄脏。

"那是什么，快到爸爸这边来，今天你穿的是蓝色的上衣吗？哦，没错，还系了腰带呢。我们坐那艘大船回来，你还有印象吗？那些引擎——看到没？对——现在回家去找哥哥们，他们会陪你玩的。"

奥琳走了，英格尔又开始重复从前的工作，每天在屋子里收拾，或者在院子里拾掇。她比奥琳要强一些，做事爽快干脆。她一向不同于常人。现在家里变化很大，就算是老屋墙上的玻璃都窗明几净。她还清理了箱子和盒子。

可是她也只是这几天、这几个星期充满热情，时间长了，她就觉得这些索然无味，缺乏干劲儿了。她觉得把所有时间都用来清理棚屋什么的太浪费了，她要实施自己的计划。从城里人那里，她学了一些技术，现在要派上用场才行。于是，她又把纺车和织布机搬了出来，实事求是地说，相比从前，她的动作更敏捷了——简直太快了——嗬！——尤其是艾萨克站在一边时，他觉得太不可思议了，一个人的手指竟然可以这么灵巧——她那双大手上的十指纤长灵活。可是英格尔有时要马上把手里的活儿先放下来，去干其他的事情。哎呀，还是不要做了，因为相比以前，现在的事情多了很多。她也很难再像以前那么有恒心，她慢慢变得烦躁起来。

首先，她要照看那些花——有球茎和剪枝。窗玻璃空间太有限了，窗台又窄得要命，花盆根本放不下。其次，家里根本找不着花盆。所以艾萨克必须做几个小花盆，把秋海棠、吊钟花和玫瑰种下去。还有，窗台也少了——一个房间只有一扇窗子怎么能行呢！

此外，英格尔还说了："噢，对了，还需要一个熨斗，家里都找不到一个好的熨斗。我缝衣服时，熨斗是必不可少的，要不然好的衣服是做不出来的。"

艾萨克答应她去买一个好的熨斗回来。噢，艾萨克已经打定主意，无论她提什么样的要求，有什么样的计划，他都会答应。因为他看到英格尔学会了不少本事，人也变得机敏了，无人能敌。此外，她说话也比从前温柔了，语调更轻松了，用词也更加文雅。从前她都是粗声大嗓地叫他："快来吃饭！"而现在，她会说："饭好了，用餐吧。"现在一切都变了。之前的艾萨克只会应付一下，或者干脆闭口不言，再忙活一会儿才去吃饭，可是现在他会说："谢谢。"而且说完以后就马上进屋，不再拖沓。睿智的人通常会因为爱而智商下降，很多时候艾萨克会连声道谢。尽管这都只是一些微不足道的事——可是不管怎么说真是大不同。每当艾萨克简单而直截了当地说"大粪"的时候——像一个地地道道的农民那样——英格尔会用"肥料"这个词，她说："你要为孩子们考虑一下。"

她非常关心孩子们，教会他们很多本领，还教会他们认字。没过多久，小丽奥波尔丁就对针线活儿很拿手了，而男孩们在读书写字方面也有了很大的进步，这样他们去上学以后就不会拖后腿了。三个孩子中，最聪明的要数艾勒苏了。而小赛维特，说实在话，确实很一般，很是调皮，母亲的缝纫机上的按钮他也敢去动，他还用新小刀把桌子和椅子都弄得一团糟。英格尔时常恐吓他要没收小刀。

当然，孩子们还拥有很多牲口，艾勒苏还保留着自己的彩色铅笔。那支铅笔是他的宝贝，连弟弟妹妹们想玩他都不让。但是，随着他在墙上不停地画画，铅笔变小了。最后艾勒苏只好借给赛维特，但规定只在周日借给他，而且画一幅画就要还给他。赛维特提出了抗议，可是艾勒苏比他大，也比他强壮，就算是打架，艾勒苏也是占上风的，所以艾勒苏根本不允许他提出质疑。

赛维特动不动就会跑到树林里去，去找鸟窝。有一次，赛维特眉飞色舞地说找到了一个老鼠洞，说得夸张极了。还有一次，赛维特说自己在河里看到了一条大鱼，几乎和人差不多大。很明显，他都是胡说一通。水里的鱼到了他嘴里，可以被说得上了天。赛维特就是这样一个人，可是他的本性还是很好的。看到母猫生了猫，他会用牛奶给它们喂食，因为母猫一看到艾勒苏靠近，就会扑向他。可是对于这些蠕动的小动物，赛维特非常喜欢，尤其是喜欢它们的小爪子。

他还会聚精会神地看鸡，看斗志昂扬、高傲的公鸡，看低头咕咕叫的母鸡，看它们寻找食物，或者下蛋后咯咯咯直叫唤。

他还会看那只大羊。之前，小赛维特就对此比较了解，再加上看了些书，可是他无论如何也想不到，它的鼻子竟然那么好看，还是罗马型的，直挺挺的。天哪！他的确是难以说清。可是他可以做得更好，因为那只大羊一出生，他就和它认识了，他对它非常了解，也成了它的朋友。曾经有一次，他忽然觉得心里升腾起一种奇怪而质朴的感觉，他对此印象颇深。这时，那只大羊正在田里漫不经心地咀嚼着食物，忽然把头抬起来，停下了嘴里的动作，呆呆地看着其他地方。赛维特也跟着看向同一个方向。没有——没发现什么异常。可是赛维特又觉得有一种别样的感觉。

"它就像看到了伊甸园一样。"他想。

还有母牛——每个孩子分到了两头——这些很会游水的动物，性情温驯，不管你什么时候去抓它们，它们都会乖乖站在那里。小孩子们可以在它们身上肆无忌惮地拍。还有那头大白猪，只要把它照顾好了，它就会对自身特别关注，会专注地聆听各种声音，非常好玩，还特别喜欢吃，总像个小朋友一样难以摆脱。还有那只大山羊——赛维特一直想要一只大山羊，一只死掉以后还会出现另一只。恐怕只有它才会这么一本正经又可笑吧？有时它可以负责照顾那一大群羊，可有时它又会觉得烦躁，直接躺倒在地。这只面色严肃、长着大胡子的老山羊，此时和亚伯拉罕的祖先无异。可是，它又会突然站起来，去追赶前面的羊群，一阵阵臭味弥漫在它身后的空气里。

地里田间平常就是这样生活的，偶尔有旅行的人从这里路过，会询问："这里现在怎么样了？"

这时，艾萨克就会说："还可以，谢谢！"

艾萨克整日忙个不停，有时会借鉴历书，晚上观察月亮的变化，时刻注意天气变化，等确定以后才接着工作。他已经把那条直通向村里的路走宽了，马车也可以经过了。可是大部分时候，他还是更乐意自己背，有时是乳酪，有时是树脂、树皮、兽皮，有时是黄油和鸡蛋，只要能拿去卖的，他都是这样背到山下去卖的，然后换其他东西回来。可是，到了夏天，他下山的频率就明显减少了，原因就是从布里达布立克下去后的那最后一段路根本走不了了。他当着布里德·奥森的面提过，希望他可以修一下路，他也相信他不会拒绝，表面上布理德是同意了，可是布理德却一直停留在口头上。自此以后，艾萨克也不想再提了，宁愿背东西下山。英格尔经常会说："我真的难以想象，之前你都是怎么做的。"噢，他做什么都可以想到主意。他的鞋子很厚重，鞋底是铁的，扣子是用铜钉做的，你根本无法想象，一个人竟然可以穿这样的鞋子走路。

有一次下山时，艾萨克看到原野上有一群人在忙个不停：打洞、竖电线杆。有些人是村里的人，布理德也在，按道理来说，他应该在家里忙活自己家的田地才对，艾萨克不明白，为什么他还会有时间倒腾这些。

这群人的头头征求艾萨克的意见，问他能不能把一些电线杆卖给他们，艾萨克委婉地回绝了。我们把价钱开高一些行吗？——那也不行，噢，如今艾萨克已经很有做生意的头脑了，因此想都没想就回绝了。假如对方买过去，他当然可以得到一笔钱，可是这样一来，他就会缺木材了，这根本不利于他。负责的工程师亲自过去咨询他的意见，他还是没有同意。

"电线杆我们倒是有。"工程师说，"可是假如我们找你买的话，会方便得多，不需要运输。"

"可是我的木材没有多余的。"艾萨克说，"我还准备多锯点儿木头来盖房子呢。"

这时布理德·奥森打断他的话说："如果换作是我，艾萨克，我一定会同意的。"

艾萨克虽然是个很有耐心的人，可还是瞥了布理德一眼，说道："嗯，我也觉得你会这样。"

"哎呀——你干吗这么说啊？"布理德问道。

"可是我不是你。"艾萨克说。

有几个工人忍俊不禁。

对，艾萨克自然有道理让他的邻居下不来台。有一次，他在布里达布立克那里看到三只羊，他认识其中的一只，那是奥琳卖掉的一只扁耳山羊。艾萨克一路想着，等他养好了，布理德两口子就可以满足自己的一切需求，那就让他们养着吧。

他一直想着建一座锯木坊，很早以前他就有这个打算。去年冬天，道路还在结冰时，他就请商店运来了木锯和配件。配件都在牛棚里放着，他担心生锈太严重，还给涂上了油。他还买了些横木来做架子，一切都准备好了，只等开工。可是最后，这件事还是被延期了。原因是什么呢？是他不再那么积极了，还是体力跟不上了？他自己也不明白。可能别人觉得没什么，可是艾萨克自己觉得很不可思议。他脑子还正常吧？如果放在以前，体力活儿他根本不在乎，可是自从上次他建了一个几乎一样大的磨坊以后，他就有了些许变化。也许可以请几个村里人来帮忙，可是他还是想凭借一己之力完成。也许哪天他就开始施工了——到时候英格尔还可以做他的助手。

他跟英格尔说了他的这个计划。

"嗯，过段时间，我想建一个锯木坊，你有空过来帮我吗？"

英格尔想了一下说："有——吧，我尽力吧，你准备建一间锯木坊？"

"是的，我是这样打算的，我已经想好具体步骤了。"

"会不会难度很大？和那间磨坊相比呢？"

"要难得多。因为必须做得非常精确，一丝差错都不能出，而且锯子本身要在最中央的位置放着。"

"你可以吗？"英格尔脱口而出。

艾萨克明显有点儿不高兴了，答道："你就等着瞧吧。"

"找个对这些比较了解的人来帮忙不行吗？"

"不用。"

"那么，你到时一定会抓耳挠腮的。"她又说。

艾萨克把手举起来拽头发——就好像熊把熊爪举起来。

"我担心的就是这个。"他说，"也许我自己真的会遇到不少问题，因此我才要请教你这个内行。"

他很生气所以才会这样说，可是这根本没什么意义。英格尔只是昂了下头，自顾自地转过身，说不会给他帮忙。

"好吧，这样吧——"艾萨克说。

"难道你想让我在河里泡着，全身都弄得湿漉漉的，之后倒在床上起不来吗？这样的话，针线活儿、喂牲口、看家，还有其他一大堆事情都要指望谁？"

"是的，你说得没错。"艾萨克说。

可是，他也只是死角的柱子和两面稍长一点儿的墙中间的那几根柱子需要帮助而已，其他的他可以自己搞定。难道就因为在城里生活过一段时间，英格尔就变得他快要不认识了吗？

的确，英格尔发生了太大的变化。现在，和他们共同的利益相比，她对自身的利益更加关注。尽管她再次把纺车和织布机推了出来，可是她明显更青睐于缝纫机。从铁匠铺把熨斗买回来以后，她就一心一意打算做个裁缝了。她现在有自己的专长了，先是给丽奥波尔丁缝制了几件小上衣，得到了艾萨克的夸奖。可能是夸奖得有点儿夸张，所以英格尔隐喻地说这只是小儿科，她如果把真实本领发挥出来，做得可比这个好多了。

　　"可是短了一些。"艾萨克说。

　　"城里的款式都是这样的。"英格尔说，"这些你又不懂。"

　　艾萨克自知说得有点儿过分了，于是为了弥补自己的愧疚，他提出给英格尔买些布料回来做衣服，或者其他的什么也行。

　　"那就做一件斗篷吧！"英格尔说。

　　"可以，只要你喜欢。"

　　英格尔答应他去买些做斗篷的料子回来，而且还仔细地跟他说了要什么样的。

　　可是，在做斗篷的时候，她需要让其他人看一下。因此，只要男孩们到山下上学时，她都会跟在后面。尽管这次短途旅行不算什么，可是别人却深深地记住了她。

　　她首先去的是布里达布立克，看到有人经过，女主人和孩子都探出了头。只见英格尔身披一件斗篷，和两个孩子坐在马车上，正得意扬扬地去山下。布里达布立克的女主人看到这一场景，心像被针扎了一样。她穿不穿斗篷倒没什么要紧——感谢上帝，她可没有心思去招摇这些。——可是……她家的孩子们，已经长大成人的巴布罗，还有老二黑格尔和老三凯瑟琳，他们正在上学。之前还在村里住着时，老大和老二都在上学，可是自从住到这偏僻的布里达布立克以后，两个孩子就上不了学了，成了异教徒。

"也许你需要给孩子们拿点儿吃的？"女人问道。

"吃的？你看到这个箱子没？这是我从外面带回来的，里面装的全部都是吃的。"

"都是些什么吃的？"

"好多啊，光肉都有不少，像猪肉，还有面包、黄油、奶酪。"

"嗯，看来你现在在赛兰拉过得不错啊！"对方说道，再看看她那几个孩子，一个个饿得只剩下皮包骨头，听到她们说吃的，口水都流了出来。

"那他们要住哪里去呢？"那个母亲问道。

"铁匠家。"英格尔说。

"噢！"对方说，"那挺好的，我的孩子们很快也要开学了，到时候他们会在区长家住。"

"噢！"英格尔说。

"嗯，也许去医生家或牧师家住。当然了，那边和布里德关系好的都是些声名显赫的人物。"

英格尔假装无意地整理了一下斗篷，有意地露了一点儿黑绸子花边儿出来。

"你这件斗篷是在哪里买的？"女人又问道，"是从城里带回来的吧？"

"这不是买的，是我自己做的。"

"啊，真是太让我吃惊了，就如我所说：你们家现在这么有钱……"

英格尔赶着马车继续往前走，她正扬扬自得呢，也许到村里后更会高兴得忘形了。看到那件斗篷后，赫耶达尔区长的夫人一脸气愤。赛兰拉家的这个女人忘记自己姓甚名谁了吗？忘了过去的五年都是在哪里度过的吗？可是英格尔最起码好好炫耀了一次，鞋店家、铁匠铺家和校长的女人都请她帮忙做一件——可是暂时肯定是不行，得等以后了。

很快就有很多人到英格尔家拜访了。还有一两个女人专门从山那边赶过来，想看一眼英格尔的斗篷。也许奥琳那张大嘴巴给其他人说了她原本想要埋在心里的事。英格尔家乡的信息也有人捎了过来。有客人到她家去，她都是拿出咖啡招待人家，还把她的缝纫机展示给他们看。沿海一带和村里的年轻姑娘们也会三五成群地来请教英格尔，这时正是秋收的季节，她们手里攒了些钱，都想缝制一些新衣服，所以才来请英格尔提供帮助。当然啦，英格尔在外面待过，对最新的时装了如指掌，偶尔也会裁几件给她们。

对于客人的到访，英格尔本身也很激动。当然，她技术精湛，手法灵活，而且对于客人的到来，也非常亲切，给别人提供了不少帮助。不需要样板，她照样可以把一块料子裁好。有时她还会无偿拿自己的机器给别人在料子上作出一条长缝，之后戏谑地说："拿走——自己缝扣子总没问题吧！"

快到年关时，村里有人叫英格尔去给一些大户人家缝制衣服，英格尔没有同意。因为她还要照顾一大家子，还要喂牲口，还要操持家里的所有事情，又没有人给她帮忙。

"没有什么？用人？"

有一天，她跟艾萨克说到了这件事。

"如果有个人来帮帮我就好了，那样，我缝制衣服的时间就可以多一点儿了。"

艾萨克觉得难以理解："帮忙？"

"是的，找一个女用人来帮忙打理家务。"

艾萨克完全没当一回事，甚至还嗤笑了一声，就当自己听了一个好笑的段子而已。"是的，我们应该找个用人过来帮忙。"

"你看城里的主妇们，哪个没有用人。"英格尔说。

"嗬！"艾萨克说。

老实说，艾萨克现在很憔悴，不但不温柔，也不知足，没错，建锯木坊的事已经被他提到了议事日程上了。这可是一个巨大的工程，需要经过一个漫长的过程，他没办法拿着大木头的同时，又把水平仪拿在手里，而且还要固定杆端。可是孩子们在家就好办多了。孩子们帮的忙还不少呢，真是要好好感谢他们！尤其是赛维特，钉钉子方面，他可真是不赖，而艾勒苏在掌握铅垂线方面可是一把好手。一个星期以后，艾萨克和孩子们竟然安装好了基柱，结实地和横条固定在一起。

一切都有条不紊地进行着——每部分都进行得很顺利。可是不知道是什么原因，一到晚上，艾萨克就觉得特别累。他不单单要忙这座锯木坊，还要忙其他的事情。割好草料以后，还要收割小麦，过段时间还要收起来。马铃薯也要收起来。孩子们倒是起到了很大的作用。他没有感谢他们，他们家一直都是如此，可是父亲看到孩子们的行为后还是感到很欣慰。很多次，活儿干完一半，他们会停下来休息一会儿，同时聊会儿天，父亲会征询孩子们的意见，打比方说接下来要干什么。这通常是孩子们最引以为傲的时候，他们也明白了审慎思考，以免出现差错。

"我们务必要在秋天的雨季到来之前盖好锯木坊的顶子，要不然就太遗憾了。"他们的父亲说。

如果英格尔能恢复从前的干劲儿，那就再好不过了！可是，看上去，英格尔在监狱里待过以后，虚弱了不少，这也是情理之中的事。此外，她的想法也和从前不一样了。真是让人匪夷所思，现在的她根本就没有思想，对任何事情都是事不关己，高高挂起，这个冷酷的女人还是英格尔吗？

有一天，她提到了那个被她掐死的孩子。

"我真是太笨了，我竟然会做这样的事。"她说，"我不应该掐死她，我带她去医治不就行了，这能有多难。"现在她不会趁大家不注意跑去那座小坟墓那里了。过去她曾经亲自把上面的土拍平，还在上面立了一个小十字架。

可是无论如何，英格尔还是温柔的，对于她的孩子们，她都照顾得特别好。她把他们收拾得很整洁，还做了很多新衣裳给他们。有时晚上还会趁他们睡觉的时候给他们补衣服。她衷心希望孩子们能有出息。

麦子、马铃薯都收好了。

冬天到了，而他们的锯木坊没有照艾萨克预想的那样把顶子盖好，可是这也实属无奈——不管怎样，这都不是什么生死大事。夏天还会再来的，时间充裕极了。

第十三章

　　到了冬天，依然要忙一大堆农活儿：搬木材、修理工具、用具什么的。英格尔整天要忙着家里的事情，有空时也把针线活儿放到了一边。男孩们又到山下学校参加考试去了，一个漫长的学期又开始了。这么多年以来，冬天的时候，滑雪鞋一直都是兄弟俩一起用的。只要两个人都在家，这双滑雪鞋就可以派上用场。一个用的时候，另一个就在旁边看着，或者站在后面看。是啊，尽管鞋子只有一双，可是他们可以将它派上最大的用场。他们觉得这是再好不过的事情了。他们不仅纯真，而且很高兴。可是上学以后就全变了，学校里的孩子每个人都有一双鞋子，包括布里达布立克家的孩子在内。因此到最后，艾萨克必须再给艾勒苏做一双新鞋，而原来的那双就由赛维特用。

　　艾萨克做了不少事情，并不仅限于这些。他把讲究的衣服送给孩子们，还把经久耐用的靴子也送给他们。这些做完以后，艾萨克去问店主有没有金戒指。

"戒指？"店主问道。

"没错，就是戴在手上的那个。我现在家里有点儿钱了，想给妻子买一枚戒指。"

"你是想买银的，还是金的，还是只是镀金的黄铜戒指？"

"银的吧。"

店主考虑了几分钟。

"艾萨克，听我跟你说，"他说，"假如你真心想买，我觉得你买个金戒指更好，这样你的妻子戴上不会太失身份。"

"什么！"艾萨克惊叫出声。也许他心里一直在想这件事情呢。

他们商讨了好久，最后一致同意先把指头的宽度量一下。艾萨克犹豫了很长时间，一直觉得付出的代价太大了。可是店主只订购金戒指。回家的路上，艾萨克一直暗自庆幸自己的决定，可是又有些忐忑，因为不管怎么说，他买了那么贵重的一件东西，可是他之所以这么做，都是因为他深深地爱着他的妻子。

那一年的冬天，下了一场雪，幸好不算大。新年一开始，道路运行顺畅，村里的人开始抬着电线杆上山，抬一段就放下来堆着。他们领了一大群人，从布里达布立克越过，又从赛兰拉穿过去，直到和另一队人相遇，之后顺着那边的山坡，把电线杆抬下去——所有路线就都结束了。

日子就这样风平浪静地过着。无论如何，这里能有什么事发生呢？春天来了，又该竖起电线杆了。布理德·奥森照常待在那群人里面，哪怕这个时候，他原本应该待在自家田地里忙活。

"我真是想不通，他怎么有这么多空闲时间。"艾萨克想。

艾萨克整天忙得团团转，几乎都没有休息的时间。他要耕种那么一大片田地，紧赶慢赶才终于忙活完了。

接下来又到了农闲的时候，他趁着这段时间盖好了锯木坊的屋顶，又开始对机器零件进行组装。大家看啊，经他手建造出来的这座锯木坊坚实无比，发挥着巨大的作用。锯子可以锯木，还可以像锯木厂一样削木头。艾萨克到村里之后非常认真地观察过。他建造的这个锯木坊既精致又牢固，他觉得很满足。他还把日期和自己的名字刻到了门上。

可是，那个夏天，赛兰拉确实发生了非比寻常的事情。

修电路的工人们已经离荒原很远了，到山上去了。一天晚上，走在最前面的一队人到他们家来了，希望能在他们家住一晚上。赛兰拉一家同意了，并把谷仓提供给他们住。几天以后，又来了一队人，依然在赛兰拉家借住。工作进度已经到了前面，早就离他们的田地很远了，可是工人们依然会回到谷仓里住。终于在一个星期六的晚上，那个负责的工程师来了，把工资发给了工人们。

看到那个工程师以后，艾勒苏紧张极了，之后悄悄从家里溜了出去，害怕彩色铅笔的事被人提起来。噢，这下躲不掉了，又不知道赛维特跑到哪儿去了，看来他要孤军作战了。艾勒苏像个鬼魂一样，顺着屋角慢慢往外溜，准备去求他母亲把赛维特叫回来。现在的艾勒苏孤立无援。

对于这件事，赛维特倒没怎么放在心上——当然了，再怎么说他也只是一个从犯。他们往前走了一段以后，坐下来休息。突然，艾勒苏说："现在，你就承认是你做的。"

"我？"赛维特说。

"你的年龄小一些，他不会拿你怎么样的。"

赛维特想了下，看到哥哥现在确实遇到难题了，再加上哥哥现在在请求自己，他觉得自己身份倍增。

"好吧，也许我可以给你提供帮助。"他学着大人的样子说。

"好，那太好了！"艾勒苏说，然后将最后一截铅笔交给了弟弟，"现在它归你啦！"

两人向屋里走去，可是艾勒苏忽然想起来锯木坊里还有活儿没干呢，更确切地说，是磨坊里还有活儿。他必须关注这件事，这件事已经耗费了他很多精力，直到现在依然没完工。于是赛维特独自一人进去了。

工程师在那儿坐着给工人发工资，有钞票，还有银圆。发完以后，英格尔把一只大奶罐和一个杯子端过来，请他喝牛奶。他向她表示感谢，之后跟小丽奥波尔丁讲话，这时他发现了墙上的画，是用红、蓝两色画的，马上问这是谁的杰作。"是你吗？"他询问赛维特。这个男人，可能是想要感谢英格尔的热情招待，所以对墙上的画进行大力赞扬，想要让他高兴。英格尔自己倒是实话实说了，说是两个男孩一起画的。她还没回来时，家里都没有纸，孩子们就只能在墙上画了。可是她也一直没舍得擦掉。

"为什么要把它们擦掉呢，就这样挺好的呀！"工程师说，"你刚刚说没有纸？"他给了他们一沓很厚的纸，"给，拿去画吧，下次我再给你们带一些来。笔，你们需要吗？"

赛维特把手里只剩一点儿的铅笔头拿上前去。男人见状，又把一支新的彩色铅笔递给了他。

"现在，你们又可以开始干活儿啦！可是，假如换作是我，我会画一匹红颜色的马，再画一头蓝色的山羊。蓝色的马，你没有见过吧？"

工程师和他们道别以后，出发到别处了。

他们走后，又来了一个村里人。这个人提着一只篮子，里面装满了各式各样的东西，他把这些东西分发给工人以后就走了。可是，他刚走,外面就安静下来。有人在演奏手风琴,充斥着男人的大嗓门儿,有人在唱歌,还有人在跳舞。有一个人盛情邀请英格尔和他一起跳,而谁也想象不到的是,英格尔却笑得很开心,还真的接受了邀请。之后陆陆续续一直有人来邀请她跳舞,她都没有拒绝。

没有人知道英格尔心里是怎么想的,也许这是她头一次跳舞跳得这么痛快。三十个男人同时邀请她跳舞,她没有其他的竞争者,只有她一枝独秀。在这些粗壮的电线杆工人的邀请下,英格尔跳得很痛快,为什么要拒绝呢?艾勒苏和赛维特已经进入了梦乡,完全没有被外面的喧哗所影响到,只有小丽奥波尔丁还静大着双眼,在旁边看着妈妈出神。

艾萨克一直在田里忙活,晚饭一吃完就又出去了。回家以后,他原本准备睡觉,可是他不知从哪里弄了一瓶酒,就忍不住喝了几口,之后坐在旁边抱着丽奥波尔丁,看着他们跳。

"看你今晚很高兴啊。"他温柔地对英格尔说,"可是你这双脚今晚可吃了苦头了。"

又过了一会儿,音乐声停了,舞会也进入了尾声。工人们准备离开了——他们要到村里继续,也许第二天一整天都要待在那里,等到周一早上再回来。舞会结束以后,赛兰拉很快安静下来,两个年纪大一点儿的工人没有走,而是进谷仓准备休息了。

晚上,艾萨克一觉醒来,发现英格尔不见了。他心想着,是不是去看奶牛了?他起身去牛棚。"英格尔!"他大声叫道,可是没有人回答他。听到声音,几头奶牛纷纷对他侧目。四下安静极了,他想都来不及想,就数了一下牛羊的数目,因为有一只母羊不喜欢进棚子,喜欢待在外面,果然这次也是一样。"英格尔!"他再次叫道,还是没有人回答他。难道她和那群人一块儿下山了?

夏天的晚上，气候宜人。艾萨克在石板上休息了一会儿，就去森林里找那只母羊。在树林中，他看到了英格尔的身影。可是，她的旁边还有一个人。他们一起在石楠丛里坐着，英格尔把玩着对方的鸭舌帽，两个人还在亲密地说着什么——看上去，她又有了追求者。

艾萨克缓缓地走向他们。英格尔一回头看到他，马上低下头来，完全没有了刚才的意气风发。

"嗯，你知道那只母羊又待在外面了吗？"艾萨克问，"噢，不知道吧，你肯定不知道。"

那个年轻的电线工把他的帽子捡起来，一边往后退一边说道：

"我想我得去赶上他们才行。"他说，"晚安。"

没有人说话。

"因此，你在这儿坐着，"艾萨克说，"是不是想在外面多待一会儿？"他说完就转身回家。英格尔站了起来，然后跟在他后面走。于是，丈夫和妻子就一前一后朝家里走去。

英格尔赶紧想了一会儿，找到一个托词。

"我出来是想看看那只母羊在哪儿。"她说，"我看到它又跑出来了，后来正好遇到一个工人，他就陪我一起找。我们才刚坐下，你就过来了。你现在要到哪儿去？"

"我吗？我还是不要麻烦你了。"

"不要，不要，你回家休息吧。我去找，你回家吧，你不能再劳累了。更何况，那只母羊在外面待着也没事——反正它已经在外面待了很多次了。"

"之后沦为野兽的美食吗？"艾萨克说完，一个人往前走。

英格尔跟在他后面跑。

"不要，不要去了，真的不划算。"她说，"你回去休息，我去找。"

艾萨克终于没再坚持，可是他也不同意英格尔一个人去找。于是，两个人一起回了家。

一进屋，英格尔就赶紧去看孩子们。她先是去看了看男孩们——似乎这件事再寻常不过了。对，看上去的确是这样，可是她在尽可能和艾萨克和好——在她给他解释以后，她希望艾萨克对她的爱意更深。可是事情并没有像她所期望的那样发展，艾萨克也没有那么快就原谅她。他想看到英格尔真的陷入痛苦中，然后洗心革面、重新做人。对，只有那样，他的心里才舒服一点儿。为什么在树林里看到她时，艾萨克会觉得全身无力？那一刹那间的惭愧吗？——假如这一切可以快速结束，那她一开始为什么要那样做？

直到第二天，他依然冷若冰霜。这天刚好是星期天，他一个人忙个不停，要么去看锯木坊，要么去看磨坊，要么就带着孩子们去田地看看，要么独自一人。有一次，英格尔试图和他一起，可是他没有理她。

"我要去河上。"他说，"那里还有事情没干完……"

他心里还是不舒服，可是只能自己憋着，没有朝英格尔宣泄。噢，艾萨克的确有过人之处，像以色列人一样，许诺以后即便遭遇了背叛，也依然愿意相信。

到了星期一，气氛比之前要好一点儿了，慢慢地，到了周六晚上，不快慢慢消失了。时间真是一剂良药，吐一口口水、耸一下肩膀、吃一顿饭、睡个好觉，一切就都过去了。实际上，艾萨克并没有那么烦恼，更何况，英格尔是不是真的欺骗了他，他根本就不知道。而且，先把这些放在一边不说，很快收获的季节又到了。最后一点，也是至关重要的一点，线路工程马上就完工了，他们又可以不被打扰了。这条路是国王的，是通向光明的，它从两边立着电线杆的山林穿过，从杆端电线架空而过。

下周六是他们最后一次发工资的日子，艾萨克希望那时候自己在外面——这样最好。他把乳酪和黄油带上，去了山下的村子，星期天的晚上才回来。在谷仓里过夜的男人走了，几乎都走完了，因为这时从谷仓里走出来的只有一个男人，脚步趔趄，也许这是最后一个吧。可是艾萨克看的时机不太对，因为还有一个袋子放在谷仓地上。艾萨克丝毫不关心袋子主人的去向，因为一顶鸭舌帽在袋子顶上放着——艾萨克之所以气愤不已，就是因为这个。

艾萨克把袋子提起来，用力朝院子扔去，帽子也随之飞了老远。然后艾萨克把大门用力地关上了。他走到马厩里，对外面的动向进行观察。他此刻的心理活动应该是这样的："袋子就放在那里吧，帽子也是。这人简直不是一般的龌龊，我干吗要跟他计较。"——可能他是这样想的。可是等到那个家伙来拿自己的包裹时，艾萨克一定不会善罢甘休，他会紧紧抓住他的胳膊不松手，让他的胳膊苦不堪言，甚至把他踢出去，让他一直记得这一刻——这样的行为非常符合艾萨克的风格，他不会心慈手软的。

因此艾萨克离开了马厩，回到了牛棚，从里面看向外面，心里还是愤愤不平。那个袋子的口是用绳子绑住的，那个可怜的家伙竟然都没有一把锁，现在绳子已经被甩开了——艾萨克忽然觉得自己的行为是不是有点儿过火了。无论如何——他都不清楚自己的行为是否正确。刚刚在村里，他还看到了那把新耙子，这是他刚订的新货——噢，那把耙子太神奇了，让人忍不住膜拜它。他一定会因为那把耙子而好运连连的，而天上带领人们往前进的神，这时也应该在看着，看他有没有这份幸运，去得到这么一件神物。艾萨克一直以来都把天当作神，没错，他分明可以感觉到神就在他身边，那个秋收的晚上，在森林里，他就看到过了，他终生都不会忘记当时的场景。

艾萨克来到院子里，就在袋子旁边站着，他依然在犹豫，之后将帽子掀向后面，扯了扯自己的头发，看上去好像要不惜一切代价好好较量一番一样。那冷峻的神色让他此刻和一个西班牙人无异。可是他心里应该又产生了这样的想法："我是什么呀，我又不是什么声名显赫的人物，只是一个平凡的农民罢了。"于是，他快速系好袋子，捡起了那顶帽子，将它们重新放到了谷仓，这件事就这样结束了。

他走出谷仓，走向磨坊，从院子穿过，从所有地方穿过，可是从窗子看过去，依然没看到英格尔。那就算了，不管她了，随便她吧——毫无疑问，她现在应该在床上，要不然还能到哪儿去呢？可是，早些时候，那时英格尔还很天真，和现在完全不一样，她几乎都不休息，只要他进村了，她都会一直在屋里等他，再晚都是一样。现在却不同了，所有东西都不一样了。就打比方说，他送给她那枚戒指时，她的反应都不一样了。最让他觉得受伤的莫过于这件事了。艾萨克一向不是一个高调的人，压根儿不敢跟她说，这是一枚金戒指，只是说："这又不是什么值钱的东西，可是你可以在手指上戴一下。"

"是金的吗？"她问道。

"是的，可是有点儿细。"他说。

之后她回答他说："没有，我觉得已经很粗了。"可是她又补了一句，"也是，的确细了一点儿，可是还是……"

"不要再说吧，根本都不是什么贵重东西。"他最后这样说了一句，觉得太失望了。

可是英格尔收到这枚戒指以后，还是激动坏了，还戴在了右手上。当她做针线活儿时，这枚戒指就显得格外醒目。有时，村里的姑娘上山来请教她或是找她要什么东西时，她都会让她们戴一会儿。笨蛋艾萨克——他根本不知道，她有多么自豪收到了这枚戒指……

　　一整个晚上，就这样在磨坊里坐着听瀑布声未免太枯燥了。艾萨克又没犯什么错，干吗要躲起来。于是，他从磨坊朝家里走去——之后进了屋。

　　实事求是地说，艾萨克自己应该觉得惭愧万分，当然这其中也夹杂着激动。因为，此刻坐在屋里喝咖啡的是他的邻居布理德·奥森。是的，英格尔还在等他，他们两人就那样坐在那里边喝咖啡边聊天。

　　"艾萨克回来啦。"看到他回来，英格尔很是激动，也起身给他倒了一杯咖啡。"晚上好！"布理德也非常高兴地问候他。

　　艾萨克发现！布理德刚和那些工人们度过了最后一个晚上。他看上去有点儿疲惫，可是依然很友善，而且看上去也有兴致。他又自我夸耀了一番："我根本没时间做什么电缆的工作，光地里的活儿就让我忙得晕头转向的，可是工程师那么诚挚地邀请我，我真的不好意思拒绝。"是的，正是因为这样，布理德才勉为其难做了线路检测员。当然他不是因为钱才去的，他在村里挣的钱远比这多几倍，只是他觉得盛情难却。他家的墙上还安装了一个很奇妙的小机器，和电报有点儿像。

　　是的，布理德不单单是一无所长的废物，还是个喜欢说大话的人。就算是这样，艾萨克也对他没有丝毫的恨意。相反，那天回来以后，看到是他的邻居在屋子里，而不是陌生人，他心里的一块石头才算落了地。艾萨克是一个非常沉静的人，情绪不容易外露，但也很执拗。他和布理德交谈，频频对对方发表的拙劣的见解表示认可。"给布理德再倒一杯咖啡。"他吩咐英格尔，英格尔没有拒绝。

英格尔说到了那个工程师，说他是个特别和善的人，看到孩子们在墙上画画，还说要把艾勒苏带过去做事。

"去他那里做事？"艾萨克说。

"是的，去城里的办公室做职员，写写文书什么的——因为他觉得艾勒苏的画和字都非常好。"

"嗬！"艾萨克说。

"那么，你有什么看法？孩子们必须去受坚信礼，这件事也马虎不得。"

"是的，的确不能马虎。"布理德说，"而且，那个工程师一定会信守诺言的。我了解他，你只管相信我就行了。"

"可是我觉得，农场也需要艾勒苏。"艾萨克说。

之后是一段长时间的沉默，让人觉得窒息。一直以来，艾萨克都是一个很固执的人。

"可是，假如孩子自己想去的话，"英格尔最后说，"而且他有这样的天赋。"四下又是一片沉寂。

布理德笑着打破了僵局："那真是太遗憾了，他没有和我家的女儿成亲，我有好几个女儿，最大的是巴布罗。"

"这个姑娘不错。"英格尔寒暄着说。

"是的，我也是这么觉得的。"布理德说，"巴布罗确实不错，人很乖巧，又聪明——现在要去区长家帮忙了。"

"去区长家？"

"是的，我不能拒绝——区长夫人说了好几次，我无法不同意。"

眼看黑夜就要过去，布理德站起来要走。

"我在谷仓里放了一个袋子和一顶帽子，"他说，"我是说，如果那些工人没有顺便带走的话。"他又戏谑性地补了一句。

第十四章

时光如白驹过隙。

在英格尔的坚持下，艾勒苏终归还是去了城里。他在那里受了坚信礼，之后就开始在工程师的办公室里工作，而且在撰写文书方面越来越出色，前前后后有一年的时间都待在那里。他时不时会用红色或黑色的墨水给家里写信，就像画画一样。信上，他有时会写为了生活所需，要家里给他寄钱，打比方说为了准时上班，需要买一只手表和表链。同样，像城里的其他年轻职员们一样，他还需要烟斗和烟草。他还要他们给他寄零用钱，用于学习各种技能，购买各种和他身份相符的东西。总的来说，艾勒苏要想继续在城里生存，可需要一笔不小的费用。

"零用钱？"艾萨克问，"就是那种小票子？"

"是的，就是那种。"英格尔说，"也就是说口袋里总归得有点儿钱，尽管不是很多，但多多少少是有用的。"

"嗯，也就是说，"艾萨克的脸色没那么好看了，"每天都花一点儿。"他之所以脸色突变,只是因为他想念艾勒苏了,希望他能早点儿回来。"如此下去,什么时候是个头儿啊。"他说,"老是这样的话,我可没这个能力一直供养他,你赶紧给他写信,告诉他以后无法供养他了。"

"噢,那不错啊!"英格尔很是气愤。

"再说赛维特——他根本就没有什么零用钱。"

英格尔说:"城里人都是如此,城里你又没去过,你肯定不知道。赛维特在家,哪里需要什么零用钱。再说了,等到他的舅姥爷老赛维特去世以后,赛维特哪儿需要因为钱伤脑筋啊。"

"你压根儿就不了解。"

"不,我非常了解。"

确实可以这么说,老赛维特是说过,以后他的财产由小赛维特来继承。赛维特舅舅听说了艾勒苏,也极其不满他在城里的所作所为。他颔首,紧闭着嘴唇,喃喃自语道,一个也叫赛维特的外甥——和他叫一个名字——一定会过上富足的生活。可是这位赛维特舅舅拥有什么样的巨额财富呢?难道他名下不仅仅有农场、渔场,还有一笔巨额财富吗?没有人清楚其中的原委。此外,赛维特舅舅非常固执,一再坚持要小赛维特和他住在一起。他声称能和他一起住,对方应该觉得受宠若惊。既然工程师带走了艾勒苏,那么他就有义务抚养小赛维特,他会给予他最好的照顾。

可是要怎么做呢?让小赛维特从他们家离开吗?——这是绝对不可以的。如今,艾萨克就只有他这么一个帮工。更何况,要孩子去和他那个声名卓著的舅姥爷一起住,孩子自己也不乐意。他曾经去过他家一次,可最终还是回来了。他受过坚信礼了,身材魁梧,两颊还长出了胡子,已经是个大人了,结实的双手,就像唯命是从的奴隶一样。他现在干活儿也和一般大人无异。

多亏了赛维特的鼎力协助，艾萨克才把那座新谷仓建起来。谷仓上还建了桥楼、通风口等，差不多有牧师宅子里的那座谷仓那么大。事实上，这座谷仓并不是全部用木料建成的。屋顶上盖的是木板，且非常牢固，每个角落都用铁钩钉得死死的，艾萨克自己在锯木坊里锯来的木板被铺在了地板上，厚达一英寸。在从旁协助时，赛维特可不只是走走过场，他举起过沉重的横梁，差点儿虚脱了。赛维特和父亲配合默契，踏实在他身边工作，他是名副其实的又一个艾萨克。尽管他很质朴，可是到了圣日，他依然会上山采撷艾菊，认真清洗身子，然后去教堂做礼拜。丽奥波尔丁因为是家里仅有的一个女孩，所以有些娇纵。打比方说那年夏天，因为没有糖浆，她连稀饭都不吃了，说是难以下咽。而且在家务方面，她从来都是甩手掌柜。

一到春天，英格尔就会在艾萨克面前表达她想请个用人的想法，可是艾萨克没有一次不是拒绝的。不管是裁布、缝制衣物，还是那些灵活的针织活儿，英格尔都很擅长，更别提绣花布鞋了，当然她得有时间才行。因此到了后来，尽管艾萨克还是满腹牢骚，但明显已经没有那么坚决了。噢，这可是第一次，他还为此发表过一篇长长的演讲，当然不是因为自豪，也不是因为正义和理性，而只是因为懦弱，因为生气。可是如今，他好像已经意识到很羞愧而准备妥协。

"现在急需要一个用人帮忙处理家务。"英格尔说，"要不了几年时间，丽奥波尔丁就可以给我当帮手了。"

"给你当帮手？"艾萨克说，"你究竟要别人给你提供什么帮助啊？"

"什么帮助？你可真搞笑，你为什么要赛维特一直给你提供帮助？"

这种争论没有任何意义，艾萨克都不知道该说什么了。于是，他说："好，那行，等请了女佣后，你们应该可以承揽下犁田种地、收割一类的活儿了，我和赛维特就可以去做其他事情了。"

"也许吧。"英格尔说，"可是我得先说明一点：巴布罗不久就要来了，她已经写信给家里说了。"

"巴布罗？"艾萨克说，"你是说布理德的那个女儿？"

"是的，她现在就在卑尔根。"

"我表示反对，不能让那个巴布罗过来。"他说，"除她以外，其他任何人你都可以请。"

不管怎样，这样总好过一口回绝。艾萨克只是反对叫巴布罗来，又没说不能请其他用人。

艾萨克不喜欢布里达布立克的巴布罗那样的姑娘，她和她的父亲没什么两样，都是肤浅又荒诞的人，也许她母亲也是如此，而且一点儿都不细心，做事情也欠妥帖。她在区长家只帮佣了一年就离开了。受过坚信礼以后，她又去鞋店帮佣了一年。在那里，她才开始对宗教表示百分之百的信仰，救世军来村里时，她别了一枚红袖章，带了一把吉他跟着去了。她是去年坐着店主的船去的卑尔根，衣着打扮也没变。她发了一封电报回来。那封电报艾萨克见过：一个正值青春年华的姑娘，头发卷卷的，一条长表链挂在胸前。小巴布罗的父母很骄傲有这样一个女儿，只要有人到他们家拜访，就会把那封电报拿出来显摆。她学着城里人的样子，他们好像还觉得特别光荣。可是，看上去，她应该离开了军队，那把吉他可能也落满了灰尘。

"我让区长太太看过那张照片了。"布理德说，"她都没有把她认出来。"

"她准备以后就在卑尔根住吗？"艾萨克略带疑惑地问。

"当然可以啊，除非她还要去克里斯提尼亚。"布理德说，"她在这里能有什么作为呢？现在，她有了一份新工作，负责两个青年职员的家务，他们都是单身一人，给她开了很高的工资。"

"开了多少？"艾萨克问。

"这个她倒没说，可是不管怎样，毫无疑问，肯定高过这里的普通人家。因为，圣诞节他们还送了她礼物，其实不光是圣诞节，其他时候也给她送了礼物，而且她的工资不变。"

"噢！"

"你不是想请她去你家吗？"布理德问。

"我？"艾萨克大吃一惊，说道。

"没有，肯定不会了，哈哈，我就是随便说说而已。巴布罗在那里生活得很好。我刚想要说什么来着？哦，我想起来了，电报线路，你有没有发现哪里有问题？"

"没有啊。"

"噢，行……这线路检测员自从由我来做以后，就一直很正常。而且，我还安装了一个报警器在我家墙上，只要出现异常就会报警。这几天，我得找时间去检查一下，还要处理一大摊子事情。一个人还真有点儿分身乏术，可是我只要继续在这里工作，就一定会兢兢业业。假如我没有做这份工作，当然……也许很快就到头了……"

"怎么了？"艾萨克说，"你准备辞职了吗？"

"这个，我现在也不好说。"布理德说，"我还没想好。他们又要我回村里工作。"

"谁要你回去？"艾萨克问。

"噢，所有人。区长和医生都说要我回去工作，牧师太太也几次三番请我去帮忙，遗憾的是两地距离太远了。艾萨克，上次你不是卖了一块地吗，现在怎么样了？他们把该付的钱都付给你了吗？"

"付了。"艾萨克回答。

"可是，吉斯勒为什么要买这块地呢？太匪夷所思了，那块地一直在那里，这么多年都没有动过。"

的确是让人匪夷所思，艾萨克也反复想过这个问题，他甚至还在区长面前提到过这件事，还把吉斯勒的地址要了过来，准备给他写一封信……啊，真是想不通。

"我也不清楚。"艾萨克说。

布理德把自己对这桩交易的好奇表现得淋漓尽致。

"他们说山里不单单有你那块地，还有其他矿产。可是我们却什么也做不了，也完全不知情，真是郁闷。我准备哪天自己亲自去查看一番。"

"可是，你了解金属矿产吗？"艾萨克问。

"这个啊，我了解一点儿。也问过一两个人。无论如何，我都准备去开采点儿什么，要全家上下都指望这块地过活根本不行啊。我不能跟你比，我这儿都是荒地，你那儿土地肥沃，而且还有木材。"

"荒地也不赖啊。"艾萨克插嘴道，"我自己的也是如此。"

"可是水排不出去，这是致命伤。"布理德说。

当然做得到。艾萨克那天下山时发现空地又多出来几块，明显是新翻的，其中有两处离村子很近，地势不高，另一处位于布里达布立克和赛兰拉之间的山上——现在人们都来开荒了。艾萨克初次上来时，这里还是一片荒地。新来的三家来自于别的区，看上去是接受过教育的人。他们到这里来，并不是为了盖房子，而是在山上住了一年，把地挖好以后就消失了，从此杳无音信。其实这样挺好，先把地挖好，然后再耕种。现在艾瑟克尔·斯特隆家和艾萨克家之间的距离最短。他来自于海尔格兰，还是单身，智慧超群。他找艾萨克借了一把新耙子，用一年的时间开垦，建了一顶棚舍、一间草房屋并养了两头牲畜。他还给取了一个曼尼兰的名字，原因是在夜光的辉映下，这里就像一个世外桃源一样。他家里没有女人，而且因为离山下太远，请帮手也很难，可他依然将自己家里的事处理得井井有条。这完全不同于布理德·奥森，他才在山上把家安好，就让全家都搬上来了，结果光靠那一小块地，他们一家人根本活不下去。布理德·奥森对排水系统了解吗？对开地的过程有所了解吗？

布理德整天无所事事。有一天，他从赛兰拉路过，口口声声说只是想寻找价值连城的宝藏，可是等到傍晚，他却是空手而归，志得意满的他还说尽管没有真的找到矿产，可是却找到了不少线索。过一段时间再上山，到瑞典那边的山林再好好搜索一遍。

果不其然，布理德再次上山了。毫无疑问，他对这项工作有着十二分的热情，可是这次他说他之所以上来，是为了检查整个电报线路，看看有没有问题。他的妻子和孩子就负责管理田地了，或者说他自己已经管理过了。艾萨克因为布理德的多次叨扰而烦不胜烦，只要他来了，艾萨克就会从房间出去，让英格尔留下来和他交谈。他们有什么话题可聊呢？布理德时常去村里，总会聊些大户人家的八卦。英格尔则和他截然不同，她会讲那次去特隆金的宝贵经历，还有在那里生活过的经历。她离开后的这几年里，变得越发能说，不管对面坐的是什么人，她都能聊得起来。是啊，她已经不是从前那个简单直率的英格尔了。

姑娘和女人们时不时会来请英格尔帮忙，有时是裁一块布料，有时是在缝纫机上裁一条长缝，英格尔每次都会满足她们。奥琳也来过，也许是不由自主吧，春天来过一次，秋天又来过一次，说尽了好听的话，可是太假了。"我来看看你们过得好不好。"她的口头禅一向如此。"我一直想着来看看孩子们，他们太可爱了，我很喜欢他们。噢，如今他们都不小了呢，真是难以置信……我脑海里老是会涌现出他们小时候的样子，那时他们还围在我身边呢，你们家又新建了不少房子啊，快赶上一座小镇的规模了。准备和牧师住宅一样，在谷仓顶上也挂一个大钟吗？"

　　有一次，奥琳带了一个女人一起过来，她们仨人那天过得很愉快。有更多的人围坐在英格尔身边，她缝衣服就更加有劲儿，剪、熨一气呵成，让人看得眼花缭乱。这时，她的脑海里通常会出现之前学习这些技术的地方，那时有很多工友一起在车间里干活儿，英格尔坦诚地告诉她们，她这些技术都是在特隆金学的。说到这些时，给人感觉她似乎没有在监狱待过，而只是在一个学习机构待过。特隆金让她有机会学习针线活儿、写字认字、装饰、染色等各种技能。在说到那个地方时，她也是一副说到自己家的口吻。她在那里认识了不少人，主任、女领班、服务员等，回到这儿以后，她和之前的生活断了联系，整天觉得没事干，心灵空虚。以至于都有人觉得她生病了——山上的空气太冷了，她难以适应。回家后因为身体太差了，她连户外工作都不能做了，所以才需要请一个帮手。

　　"没错，上帝保佑。"奥琳说，"你当然应该请一个用人啊，你又有学问，又有经济基础，还住着这么好的房子，要什么有什么。"

　　得到同情以后，英格尔很是兴奋。她继续在她的机器上忙活，整个房子都跟着颤动不已，手上的戒指也发出动人的光芒。

"就是那个，你看看。"奥琳对和她一起来的那个女人说，"我没有骗你吧，英格尔戴着一枚金戒指。"

"你们想看看吗？"英格尔边说边把戒指摘了下来。

奥琳把那枚戒指拿在手里左看右看，还认真察看了上面的商标。

"瞧，我没有骗你吧，英格尔有的是钱。"

另一个女人非常谨慎地把戒指接过来，笑得很谦卑。

"你可以戴一下试试。"英格尔说，"放心，没那么容易坏。"

英格尔在她们面前提到了特隆金的大教堂，语气亲切而友善，她的开篇语是这样的："特隆金的大教堂，你们见过吗？噢！你们肯定没见过，你们都没到那儿去过。"听她讲得眉飞色舞的，似乎那座教堂的主人是她一样，她吹嘘着，跟她们说它有多么雄伟，堪称奇观！教堂里同时站着七个神父，一起在那里布道，而且都是自成一体。"圣·欧拉夫井你们肯定也没见过吧？在教堂的正中间，往边上去一点儿，这口井是没有底的。对了，上次我们去时，每个人还专门带了一块小石头去试，果然是没有底的。"

"没有底啊？"那两个女人遗憾地摇头叹息。

"教堂旁边还有其他古迹，都有上千年的历史了。"英格尔饶有兴味地说，"首先，那里有一只圣·欧拉夫自己用过的银箱子，还有全部用大理石建的一座小的大理石教堂。战争期间，曾落入丹麦人之手……"

两个女人到了回去的时间了。奥琳把英格尔拉到外面的伙食房里，关上了门，奶酪放在哪里，她一清二楚。

"发生什么事了？"英格尔问。

奥琳特意压低声音说："那个奥山德尔，我跟他说了，他不敢再上来了。"

"噢！"英格尔说。

"我跟他说，他对你都做了些什么事，看他还有胆量上来吗？"

"噢。"英格尔说，"可是自从那件事以后，他依然来过啊，而且还不止一次。而且我无所谓啊，随便他。"

"对啊，你是无所谓。"奥琳说，"可是我对他的底细再了解不过了，如果你需要，我可以帮你去起诉他。"

"噢！"英格尔说，"谢谢了，你不需要这么做，这样做根本不值得。"

可是有奥琳支持她，她还是很激动的。当然，她付出了一块奶酪的代价，奥琳一个劲儿地感谢她："我就说嘛，我一直都说，英格尔是个很大度的人，不会把以前的事放在心上，也不会斤斤计较。你肯定觉得奥山德尔无所谓了，可是我已经不允许他再来骚扰你了。再怎么说，这点儿事我还是可以做到的。"

于是，英格尔说："回过头来说，他就是来了又如何呢？他再也伤害不到我了。"

奥琳疑惑地问："噢，你是不是有了什么对策？"

"我以后不会再生小孩了。"英格尔说。

她们说了再见，现在彼此手里都有一个撒手锏：因为奥琳已经很清楚，前天，奥山德尔那个拉普兰人已经离开了人世……

为什么英格尔不想再生小孩了呢？并不是因为她和丈夫有了矛盾，相反，他们都是很和气的人，都不喜欢争吵。偶尔发生争执，也不会大吵大闹，而且没过多久就和好了。有很多次，英格尔想要回到从前，拼命在牛棚或田地里干活儿，似乎身体又和从前一样健康了。这时艾萨克就会对妻子充满了感激，如果他口头表达能力不错，他可能会说，"嗯，这是何意，嗯？"或者说和这相似的话。可是他总是能在心里藏很长时间，最后才勉强说出几个表扬的字。因此毫无疑问，英格尔觉得不需要这样，于是没过多久也就不干了。

哪怕到了五十岁，她想生孩子也不是问题，可是现在，她看上去才三十多岁。在监狱里，她学会了不少技能——是不是也学会了耍小聪明呢？和女杀人犯在一起生活了那么久，回来以后，她已经变成一个具有较高素养的人，而且有的男人——打比方说从监狱的看守和医生那里，她应该也学会了很多东西吧。有一天，她和艾萨克聊起一个年轻医生，对于她曾经所犯的罪过，那个医生是这样认为的："杀死婴儿有什么理由也被称为犯罪？——对，即便这个婴儿是没有任何缺陷的。他们只是一团肉罢了。"

艾萨克问："那么，他是不是一个特别残忍的人？"

"不是的。"英格尔极力反驳，还举例说那个医生待她是如何友好，给她做缝唇手术的医生就是他给她叫来的，还帮她接生了一个婴儿。如今，疤痕已经不太明显了。

是的，只是一个疤痕，而且她有很多与众不同的地方，身材高挑、纤瘦、皮肤健康、头发浓密。一到夏天，她基本上都穿着短裙、赤着双脚，她一点儿都不担心把腿露出来。

他们一直很和谐。艾萨克根本不会吵架，他太内向了，想跟他吵架着实不易，而且他老婆现在反应越来越机智了。她只要说几句话，他马上就找不到方向了，完全不知道要如何反击。更何况，他非常爱她，爱到无可救药。因此有时，他压根儿没想过要反击。英格尔也没什么好抱怨的，从多个方面来说，他都是个很杰出的丈夫，她也就不再强求什么了。艾萨克值得人尊重，想当年，她有可能会和一个比不上他的人结婚。他现在很累，但也没有到多么恶劣的地步。和之前一样，他的精力很旺盛，身体也还算健康。人到中年，他们彼此都还可以尽职尽责地履行自己的义务。

可是在他身上可以找到什么特别出彩的东西吗？找不到。这时她的优越性就表现出来了。可能英格尔有时会默默想起她所见过的超过他的上等人，那些英俊潇洒的绅士们执手杖、用手帕、戴颈圈——噢，这些城里的绅士们！她没有强求艾萨克改变，也没有让他享受到什么优厚的待遇。他只是一个农夫，是一个地地道道的乡下人，还住在森林里。就是因为自己有兔唇，她当初才会选择和他结婚。是的，她值得拥有一个更好的男人！他只能给她破旧的房子和俭朴的生活。而且她完全可以和同村的人结婚，最起码还会有邻居和朋友陪在自己身边，而不是像现在这样住在森林里。她已经不适合在这里生活了，她应该改变一种生活方式。

真是不可思议！对于同样一件事物，同一个人的观点竟然发生了彻底的改变。多了只牛犊，英格尔再也不会兴致勃勃了；当艾萨克带回来一满篮鲜鱼以后，她也不会欢呼雀跃了。当然不会了，再怎么说她在外面待了六年，已经长了不少见识。最近她把饭做好以后，都是这样叫他的："饭好了，你过来吃吗？"听上去不太热情，语气也变得生硬了不少。一开始，艾萨克还觉得摸不着头脑，这种方式太奇怪了。听起来毫无温度，就是你爱吃不吃的语调。他答道："是吗？饭好了呀！"于是英格尔会接着说他本应知道的，可以猜到的，看看太阳就应该觉得到吃饭的时间了。艾萨克陷入沉默。

可是，他现在揪到她的小辫子了——那次她正准备把他的钱拿走。并不是说艾萨克在钱方面很小气，而只是因为那确实是他的钱。噢，那次几乎就被她拿走了，差一点儿就化为泡影了。可是，即便是那一次，她也没犯什么滔天大罪。她只是为了把钱给他的宝贝儿子艾勒苏，他又没钱了。让他寒酸地和那些上等人家的孩子混在一起，她于心不忍。无论如何，她都是一个心软的妈妈。一开始这钱，她是向孩子父亲要的，可是后来发现好像不太合适，就自己出了。不管是艾萨克早就察觉到了，还是意外发现，不管怎样，这次是被现场抓到了。他一把把英格尔提到半空中，然后用力摔在地上。她被吓坏了，就像一场雪崩发生在自己面前一样。艾萨克的力气很大，完全如同当年。英格尔头仰向后面，双肩抖动不已，"哎哟哎哟"地叫着，手里的钱也掉了一地。

即便这时，艾萨克也一个字都不说，虽然英格尔没想过要阻拦他。最后他只是粗声粗气地说了一句："啐！你——你有什么资格掌管这里！"

她丈二和尚摸不着头脑。噢，这是压抑了许多的痛苦，一下发泄出来了。

难过的一天总算过去了，新的一天又来临了。艾萨克出去了，躺在了外面，可是无论怎样，英格尔都得把外面的干草收进来。赛维特又和父亲一块出去了。陪在英格尔身边的只有小丽奥波尔丁和牲口，可是她觉得太无聊了，时而抽噎，时而摇头。这是她一生中第二次觉得这么痛苦，第一次是她把刚出生的婴儿杀死的那一天。

艾萨克和儿子到哪里去了呢？他们当然在忙。他们把割晒草料的工作先搁置在一旁，用一个白天和一个晚上的时间，打造了一只木船，一只有些寒酸、粗制滥造的木船，可是非常结实，就像他们曾经做过的所有东西一样。如今他们自己有了船，以后捕鱼就可以只带渔网了。

回到家，他们发现外面的干草还是干的，丝毫没有折损，反而还更好了，原本他们已经对这堆干草不抱希望了。赛维特反应过来，欢呼道："噢，妈妈把草晒过了！"艾萨克看了眼下面的田野，也同意了儿子的意见。艾萨克当然发现了草料的异常。现在，英格尔应该在吃午饭吧。前天，他刚斥责了她，还"啐"了一口，可是现在她竟然还帮着把草料晒了一下，着实不简单。而且晒草料的活儿其实很烦琐，她应该是铆足了劲干的，因为她不只干了这些，她还要给牛羊挤奶……他叫赛维特先进去吃点儿东西。

"你也进来吧！"

"不了。"

一会儿工夫，英格尔就出来了，毕恭毕敬地站在门前的石板上说："你也为自己考虑下，先进来吃点儿。"

艾萨克只好应付了一声"嗯"。可是英格尔这么温顺，还真是少见，因为她不再那么一意孤行了。

"你一会儿在我的耙子上再装两根牙吧，这样我干的牧草活儿就会更多了。"她说。是的，她朝她的丈夫——那个一家之主走去，请求他给她帮个忙，而且她还很感谢对方没有背过身去。

"你做得已经够多了。"他说，"你又耙草，还运了回来。"

"不，我还可以做更多。"

"我现在没空儿给你修耙子。你也看到了，天色已经在变了。"

说完，艾萨克就去忙自己的事去了。

毋庸置疑，他只是想让她歇一会儿，因为修耙子根本要不了多久，可是英格尔要干的活儿却要花费很长时间。可是最后，英格尔还是把那把没修过的耙子拿在手里，继续割晒草料去了，明显看出来不服气。赛维特把马和运草车拉过来了，于是三个人齐心协力，开始忙着搬草料。干这活儿可真畅快，艾萨克不由得想到那引领众生的神灵——从第一块钱，到把第一批干草收进去。还有那只船，想了那么多年，现在终于弄好了，就在湖中央漂着。

"天哪，上帝啊！"艾萨克说。

第十五章

　　这个晚上很是奇怪，具有里程碑式的意义。英格尔在过去的状态中生活得太久了，多亏了艾萨克把她从地上拎了起来，一切才又回到了正常。两人都把过去的事烂在了肚子里。自此以后，艾萨克的内心就充满了内疚——也就几块钱的事，说起来也是生不带来，死不带去的，给她不就行了。作为父亲，他当然也希望儿子不至于那么拮据。更何况——他的钱不也属于英格尔吗？这样一来，恭敬的人就变成艾萨克了。

　　这一段时间看上去，英格尔的想法又变了，不像从前一样力求完美，越来越认真了，又成了之前那个谨慎又充满智慧的农民的妻子。真是让人觉得不可思议，一个男人的推拉，竟然会诞生这样的奇迹。可是倒也说得过去，她本来就是一个强健的女人，后来只是因为某些因素，不得已长久地生活在一个喧哗的环境中，才会误入歧途——幸运的是，她遇到的是一个踏实的男人。这个男人一直在这里，一直守着这个家，他的意志不会因为任何东西而发生改变。

又经历了几个不同的时期，紧接着闹了一年的旱灾，庄稼成片成片倒在田地里，人们的信心经历着巨大的挫折。庄稼基本上都因为干旱死完了，可是唯独马铃薯竟奇迹般地活了下来，还开着灿烂的花朵。在这萧条的草地上，马铃薯的花格外显眼。尽管天上的万物之神给它们指引了方向，可是这草地还是没有存活下来。

有一天，前任区长吉斯勒来了。真是不可思议，他竟然还活着，而且还到山上来了，真是太激动人心了。他这次来有什么目的呢？

看上去，吉斯勒这次过来拜访并不是要带来什么惊人的好消息，不是来购买开矿权，也不是来签署文件的。他身穿有些破旧的衣服，一头银发，胡子也白了，眼圈也更红了。而且，这次连给他拎包的人都没有，甚至都没有公文包，文件就在口袋里装着。

"你们还好吗？"吉斯勒问候道。

"我们挺好的。"艾萨克和英格尔异口同声地回答道，"我们一直盼望着您来啊！"

吉斯勒颔首示意。

"对于我在特隆金时，您给我提供的帮助，我表示万分的感谢。"英格尔说。

艾萨克点头表示认可，说道："是的，我们俩欠你一个人情。"

可是吉斯勒——一直都不太讲究客气。他说："是啊，我正准备去瑞典。"

虽然赛兰拉一家人在干旱的影响下，心情不太好，可是看到吉斯勒到访，还是满心欢喜。他们把家里最好的东西都拿出来了，而且为了感谢他过去所做的一切，他们愿意竭尽所能，对他予以回报。

吉斯勒本人看上去兴致很高，一直滔滔不绝，频频对着外面的稻田点头。他站得直直的，神采奕奕，就像口袋里装着不少钱一样。因为他的到来，他们的精气神又回来了，心里充满了温暖。倒不是因为他讲了什么笑话，而是因为他生来就是个话痨。

"赛兰拉确实是个好地方。"他说，"艾萨克，你定居在这儿以后，现在又有几户人家住过来了，仅凭我就看到了五家。还有没有其他的？"

"一共有七家。从大路上看，有两家是看不到的。"

"七家啊，那人数应该有五十了吧。照这样下去，这里的人还会增加。我听说，你们这儿已经有学校了？"

"是的，已经有了。"

"看吧——我之前就说过，这所学校根本就是给你们办的，离布理德家很近，几乎就在中间那个位置。真是难以置信啊，这个布理德竟然摇身一变成了农场主。"说到这时，吉斯勒的嘴角咧开了，"对了，艾萨克，你的名字我可没少听说，大家都夸你是这一片最勤恳的人。听到这些消息，我很高兴。对了，还有那个锯木坊，你已经建成了吧？"

"是的，很普通，但我用也绰绰有余了。我还经常给山下的人锯东西呢。"

"真是好样的！"

"区长，假如您乐意，可以去看看，我想听听您对此有什么建议。"

吉斯勒装作一副很在行的样子点点头。当然，他要到现场好好去查看一番。接下来他又问道："你是有两个儿子吧，另一个现在如何？在城里？在办公室上班？"吉斯勒说，"这个看上去身体很强壮啊——对了，你叫什么？"

"赛维特。"

"还有一个呢？"

"艾勒苏。"

"他是就职于一个工程师的办公室吧？——有必要去那边学习吗？又填不饱肚子，跟我还好一些。"吉斯勒说。

"是。"艾萨克客气性地回了一句。那个时候他对吉斯勒是有点儿怜悯的。噢，这个男人，看上去应该没有钱请帮手吧，也许自己都要拼命工作才能勉强度日。那件夹克衫袖口的位置已经被磨得不成样子了。

"需要我找一双干袜子给您换吗？"英格尔边说边拿了一双自己的袜子出来。这是她之前最注重生活品质时穿的，细细的、薄薄的，而且还有褶边。

"不必了，你太客气了。"吉斯勒说道，即便自己身上连一块干的地方都找不到了。"还不如跟我呢。"他再次说道，说的是艾勒苏。"我需要他这样一个帮手。"他掏了一只银烟盒儿出来把玩。也许他身上唯一值钱的东西就是这个了。

可是吉斯勒有点儿坐立不安，不停地摆弄着什么。他把烟盒儿收回去，又换了一个话题。"可——那是什么呢？为什么草地都成了白色。我差点儿看成影子了。地面都是干的。赛维特，走。"

他忽然起身，也没吃饭，说走就走，走到门口才想起来对英格尔的饭食表示感谢。说完就不见了踪影，赛维特在后面跟着。

他们从山林和田野穿过，来到了河边。吉斯勒一路上都在左顾右盼，似乎在担心什么。"到了！"他忽然叫一声，不再继续往前走了，然后他说明了原因，"你们旁边有一条河流，完全可以让麦田都浸在水中，你们怎么无动于衷呢？我们得想个主意，让那片草地恢复生机。"

赛维特大吃一惊，过了好一会儿才回应了一声。

"从这里斜着挖下去——明白吗？在一条斜坡上挖。地面是平的，因此得挖一条水沟出来才行。对了，你们不是有个锯木坊吗？你找几块厚木板过来不成问题吧？太好了，你赶紧回去，拿一把鹤嘴锄和铁锹过来，就从这里开始，我也得回去一趟，把路线图研究一下。"

他快速回到家里，因为长筒靴已经一块干的地方都找不到了，所以他一边跑，一边发出清脆的响声。他叫艾萨克把水管做好，尽可能多做，之后埋在水沟无法挖通的地方。艾萨克说水流经过这么远的路程根本不可能，还没流到地里，半路就已经渗进了土里。吉斯勒给他解释，必须得经过一个过程才行，很快就可以流过来了。"到明天的这个时候，田里和草地就可以得到灌溉了。"

"嗨！"艾萨克说完，用尽全力开始装长板子。

吉斯勒又迅速赶去赛维特那里。"挖得不错——不要停——我是不是曾经夸过你，说你身体很强壮？我已经把标记做好了，你照着挖就行。如果前面出现大石头，就绕一下，可是一定要保证线是水平的，深度要保持一致。你听懂了吗？"

之后他又跑到艾萨克那里。"已经做好一根啦——真是太好了！可是光这一根远远不够，也许要六根。艾萨克，加油，明天你的麦子就得到灌溉了，就会变成绿油油的啦！"吉斯勒一屁股坐在地上，双手不停地在膝盖上拍打着，一脸的喜悦，又开始滔滔不绝起来，他的思维跨度太大了，常常让人跟不上节奏。"这儿有沥青、填絮一类的东西吗？那太棒了——那就万事俱备了。你要知道，一开始两边多少会有点儿渗水，可是慢慢时间长了以后，木头膨胀以后，就会非常紧。你竟然还有沥青和填絮！天哪！你竟然造了一只船？在哪儿呢？我得去看看！就在河上！真是太棒了！"

噢，吉斯勒还真是雷厉风行啊，迅速站起身来走掉了——好像相比以往，他的精神头更足。他不管干什么，有时就是一时冲动，有时又什么都不管不顾，可是效率倒是让人佩服。当然，不管怎么说，他也有特别突出的地方。可是，实话实说，他明显有点儿言过其实了，明天这个时候所有的田地不可能都变绿。可是不管怎么说，吉斯勒是一个善于决断的人，是的，他不同于常人。而赛兰拉那一年的庄稼之所以可以活过来，也全仰仗于他。

"你完成了多少？还差一些。你要多铺一点儿木板，这样水流的速度才会增快。要是可以的话，做成二十英尺①或二十五英尺长就更好了。这儿有那么长的木板？那真是太妙了。全部拿过来——等到收割的时候，你就知道它们的用处了。"

他又开始忐忑，又去了赛维特那里。"真是太棒了，赛维特，你做得太棒了。你老爸在做水管呢，要远远超出我的计划才行。你先去扛几根过来，我们马上开始干。"

一个下午的时间，他们都在往返，这么紧张的活儿，赛维特还是第一次见呢，他还真有点儿不太适应。三个人忙得团团转，都顾不上吃饭。可是不管怎么样，水已经流过来了！尽管他们还需要在一些地方挖深点儿，还要调整水管的高低，可是无论如何，水流过来了。三个男人一直忙到晚上很晚才接近尾声，最后还要检查有没有疏漏的地方。当水终于从最干燥的地方流过来时，赛维特高兴坏了。"我没有时间。"吉斯勒说，"现在几点了？明天这个时候就等着收获绿地吧！"

半夜时分，赛维特和父亲都偷偷起来去看外面是什么情况。真

_____
①1英尺约为0.3米。

是让人喜不自禁啊，这是一个值得纪念的日子！

次日一早，吉斯勒又没了昨天的热情，开始懈怠了，一直睡到中午才起来。他也没有了去翻山越岭看那只船的热情，就连那个锯木坊他都不想去看了，没办法，谁叫他事先承诺过呢。虽然他很感兴趣于灌溉工作，可是他的热情也消退了不少。当他看到过了一夜以后，艾萨克家的田地还是没什么变化时，他开始觉得失望。他压根儿没有思考过水是如何流的，只是想着水要一直流，灌溉这一大块田地。现在，他的想法终于有所变化了："也许得有个过程——可能明天你们还不会发现有什么变化，可是放心，肯定会有作用的。"

晚些时候，布理德·奥森带了一些石头样品过来了，请吉斯勒给他参谋参谋。"这次我有预感，肯定不同于那些普通石头。"布理德说。

吉斯勒根本懒得看。"你种地就是这样种的？天天在山上晃悠着寻找发家致富的办法吗？"他斥责道。

很明显，前任上司这样辱骂自己，布理德是不愿接受的。他觉得前区长和自己是平级的，于是用毫不客气的语气回答道："你觉得你说的我会放在心上……"

"你还是和以前一样天真，虚度光阴。"吉斯勒说。

"你也照镜子看看你自己，"布理德说，"你现在如何？我倒是很想知道。你不也在这儿买了一处矿地，你有什么收获？哈，还是放在那里对不对，一文不值。对啊，像你这样的人才配得到矿地，对吧？"

"滚！"吉斯勒说。

布理德待了一会儿，没说告辞就带着样品回去了。

吉斯勒坐下来整理文件，陷入了深深的思考中。看上去，他是一头扎进了采矿中，想对铜矿事业进行一番研究，好好梳理一下合同。之前是优质矿土，差不多是纯铜矿。他一定得抓紧时间开发出来，不能放任自流。

"我这次上山，就是想完全解决好这件事情。"他对艾萨克说，"我已经仔细想过了，准备尽早开工。我会雇用大量的人，早日完工，你觉得呢？"

艾萨克只是对这个男人充满了同情，所以没提出什么意见。

"这件事也关系到你，你明白的。到时候需要的人肯定不少，是的，不少人，难免会很聒噪。山上还要爆破——我不清楚你是否能承受。可是，还有啊，到时候这里肯定会非常热闹，你的农产品什么的都可以销售出去了。而且，价钱取决于你。"

"是。"艾萨克说。

"此外，你还可以从矿产里分红，这笔数额不小呢，艾萨克。"

艾萨克说："你付给我的已经够多了……"

第二天，吉斯勒便匆匆忙忙往东边走了，他要去瑞典。艾萨克说要送送他，他没有答应，说了句："谢谢你，不用了。"看到自己如此窘迫的样子，他不禁悲从中来。英格尔专门给他准备了一袋食物，特别丰富，让他在路上充饥。她拿出了家里最好的食物，还专门做了点儿薄饼，让他一起带上。即便如此，她依然觉得少了点儿什么，于是又给他拿了一罐奶油和很多鸡蛋。可是他不愿意把这么多东西都带上，英格尔沮丧极了。

吉斯勒没有像以前一样，走之前给赛兰拉一家支付一笔可观的伙食费，难免会觉得有点儿难堪，于是他假装自己付过饭钱了，之后把小丽奥波尔丁叫到跟前说："来，我也要把一样东西送给你。"说完他拿了一只银盒子出来，就是他那只烟盒儿，送给了她。"你可以清洗一下，放放大头针什么的。"他说，"很抱歉，这不算什么礼物，如果在我家的话，我可以送你点儿其他的，家里还有不少……"

尽管吉斯勒离开了，可是他主导的灌溉工作却依然在不眠不休地工作着，灌溉着那片土地，持续不断地发挥着神奇的作用。田野变绿了，马铃薯不再开花了，小麦也快速蹿高了……

山下新搬来的那家住房也按捺不住好奇，跑到山上来看个究竟。那个还是单身，家里也没有女眷，所有事情都靠自己处理的名叫艾瑟克尔·斯特隆的邻居也跑上来看。那一天他兴致很高，跟艾萨克说前不久，他请到一位姑娘过来帮他——总算把一件心事了结了。他没说他请的是谁，艾萨克也没有打听，事实上就是布理德的女儿巴布罗。要想把她从卑尔根叫来，得先给她发一封电报。尽管艾瑟克尔很是节约，甚至可以说是非常小气，可是那笔钱他还是付了。

今天吸引他到山上来的，正是这个灌溉工程。他兴致勃勃地前前后后仔细看了一遍。他那块地上只有一条小溪，连一条大河都没有。做水管的厚木板他也没有，可是挖一条条水沟还是不成问题的。直到现在为止，因为他的田地位于下面的斜坡上，地势比较低，所以受干旱影响还不是特别大。可是，要是一直干旱下去，他也得效仿艾萨克这样做了。发现自己得准备什么以后，他都没来得及进屋坐一会儿，就着急忙慌地回家了，因为他晚上就准备自己挖沟了。

这个男人和布理德可有天壤之别。

噢，布理德现在可以奔波在各个农场间，跟他们大肆宣扬"赛兰拉家的这个伟大的水利工程"的消息了。"你们再加油干也是徒劳的。"他会这样说，"你们看看人家艾萨克，只是挖了条沟，也不见得有多长，就浇灌了整片土地。"

　　尽管艾萨克是个性情很温和的人，可是却一门心思想离这个时常上门吹嘘的布理德远一点儿。每次布理德都声称到山上来是为了检测线路，既然他如今是公职人员，就应该兢兢业业地工作，保证线路没有任何问题。可是，他已经因为失职好几次被电报公司训斥了，而且对方还一直想把这份工作交给艾萨克。当然，布理德不会一直把电路检测的工作放在心上，他现在心心念念的只是山上的矿藏，他痴迷的理想其实是这个。

　　他现在来赛兰拉的频率越来越高了，自信心爆棚，说自己已经把矿藏找到了，不无得意地说："现在我还不能一五一十地跟你说，可是我可以先给你个提示，这一次，我会满载而归。"真的是虚度光阴又竹篮打水一场空。可是，每天晚上，当他回到自己的小房子里，都会在地上看到一小袋样品，之后坐下来抽烟，好像为了养活一家老小，只有他才这么劳碌一样。他种了点儿马铃薯在一小块酸性地里，割了房子四周的杂草——他的劳碌就是这些。他天生就对种地不擅长，而这样通常只有一个结局。他屋顶上的草皮已经不成形了，连接厨房的台阶也因为潮湿而腐化了，一块磨刀石就直接被扔在地上，院子里的马车也没拿什么盖住，就这样敞着。

　　可是，值得庆幸的是，布理德没有因为这些小事而懊恼。看到孩子们在地上玩磨刀石，他不仅没有大发雷霆，而且还带着笑，甚至还给他们帮忙。这个男人脾气好又懒惰，对人一向友好，却没有毅力、懦弱、没有责任感。可是，他终究还是会有办法养活一家老小，无论如何，他在尽自己的全力。可是，也不能把希望全部寄托在店老板身上，店老板已经不止一次跟布理德说了，这次又严肃地跟他说了一次。布理德承认他说的是对的，而且许诺一定不会像以前一样，他会卖掉田地，也许还会有人出高价买过去，之后就把店主的债务还上。

噢，即便会亏一笔钱进去，布理德也随时可以把那块地卖掉，——他把这块地留着也没有什么意义。他又开始想念从前那个村子，那里的生活喧哗而舒适，那里还有个小商铺——相比在这里种地，那里更适合他一些，可以将外界的那些喧嚣隔离在外，安安静静地过自己的小日子。他忘不了圣诞树和圣诞晚会，忘不了立宪纪念日的宴会，忘不了在会议室进行的各种义卖。他想和志同道合的人生活在一起，想和他们一起侃大山，对时事发表自己的看法。可是在这里，他能和谁说这些呢？曾经他以为赛兰拉家的英格尔和他是同道中人，可是后来她像变了一个人似的，再也不会和他畅聊了。而且，英格尔还在监狱里待过，对于他这样身份的人，和这样的人不能有太深的交情。

是的，他不应该离开村里，简直是大错特错，他让自己远离了尘世。他很气愤区长请了新助理，医生的司机也由别人担任了。那些曾经对他有需要的人，是他自己没有把握住机会。他离开以后，别人照样也过得很好。而那些替代他位置的人，实事求是地说，也做得很一般嘛。更确切地说，他，布理德，应该荣归故里才对。

此外，还有巴布罗——他一直心心念念，要让她去赛兰拉做用人，这是为什么呢？这个嘛，是他和妻子商量后的结果。如果一切顺利的话，还可以让女儿的前途光辉灿烂，也许他们一家都要跟着沾光了。在卑尔根负责那两个青年职员的家务也很好，可是这样下去，她的前途怎么办？巴布罗长得很漂亮，本身也对美很热衷，无论如何，到这儿来工作是最好的。因为赛兰拉家有两个儿子呢。

可是当布理德发现这个计划难以实现时，他准备重新想出路。

不管怎么说，让女儿和英格尔家的儿子结婚也不算什么很风光的事，英格尔还在牢里待过呢。因此，排除英格尔的两个小伙子以后，还有其他人选。打比方说艾瑟克尔·斯特隆。他凭借一己之力建成了家宅和农场，还养了家畜，吃穿不是问题，而且还是单身，又没有女人愿意给他当帮手。"对了，我可以坦诚地说，假如你把巴布罗要过来，你会发现她给你当助手再好不过了。"布理德对他说，"你可以先看看她的照片。"

大概一周以后，巴布罗真的来了。当时，艾瑟克尔正在忙活草料，白天割，晚上收，刚好这时巴布罗来了。真是福从天降啊！没过多久，他就发现巴布罗很能吃苦，什么都干，像洗衣服、打扫房间、做饭挤奶，还包括割草。艾瑟克尔决定付给她不菲的工资，希望她能一直干下去。

她不仅像照片上那么漂亮，而且身材也很好，声音有点儿哑哑的，各方面都很优秀，而且经验十足，她已经不是当初那个小女孩了。艾瑟克尔一直想不通的是，她为什么这么瘦，而且脸色也不太好看。

"看你的脸，我才能把你认出来。"他说，"你和照片上区别太大了。"

"因为坐车太辛苦了。"她说，"而且吸进去的都是城里的空气。"

的确如此，因为没过多长时间，她就看起来好多了，也更有精气神了。"你看，我没骗你吧。"巴布罗说，"坐那么久的车会让人的身体受损，再加上我一直生活在城里。"偶尔，她会把一些在卑尔根生活中所经受的折磨表现出来——在那里生活必须非常谨慎。可是他们交流时，她又麻烦他带一份卑尔根的报纸给她，这样她偶尔可以知道一下外面的世界是什么样子。她之前已经会定期看报纸了，还会到剧院去看戏，或者听音乐会，因此生活在这里，她难免会觉得有些无聊。

因为这个夏天请到了帮工，艾瑟克尔很是心满意足，所以也承诺会带报纸给她。可是，他也不太喜欢布理德一家总是到他家来吃吃喝喝。他一直想好好感谢这个帮工姑娘，一到周日的晚上，巴布罗就会把琴弦调好，和着吉他的曲调唱歌，她的嗓音略带沙哑，艾瑟克尔觉得特别美好，他已经彻底沉醉在这动听的异乡歌谣中了，他也真切地感觉到，他破旧的小屋里有一个人在唱歌。

是的，经过一个夏天的相处，对于巴布罗性格的其他方面，他也有所了解了。可是总体来说，他还是赞不绝口的。她有自己的兴趣爱好，而且回话会很迅速，或者说很爱顶嘴了。就比如这个周六的晚上吧，艾瑟克尔自己去村里买东西，原本巴布罗应该在那里待着，看着牲口和房子的，可是她没有。因为这件事，两人拌了几句嘴。后来问她去哪儿了，她说回家了。尽管她回的是布里达布立克，可是——那天晚上艾瑟克尔回来，巴布罗不在，他自己把牲口赶了回来，做了点儿吃的，之后就睡觉去了。第二天一大早，巴布罗回来了，还嗔怪地说："我只是想回家踩踩木地板。"艾瑟克尔一时语塞，因为他的房子是草做的，脚踩的是泥地。可是后来他说：我可以弄些厚木板来，迟早可以把木地板铺上。巴布罗听到这句话有些后悔了，不管怎么说，她还是个善良的人。因此哪怕是个星期天，她也依然去采了些新鲜松脂回来，用来铺地。

看到她这么好，做得又这么完美，艾瑟克尔觉得没什么可说的了，他送给她一块方头巾，是他前晚到村里给她买的。原本他想先放几天，等到她做了什么更值得他敬仰的事，再送给她的。哎呀，她明显很高兴，马上就戴在头上试了一下——是的，她还询问他的意见。当然，她本来就长得很美，如果她愿意，还可以把她的旧皮帽子戴上，一定会非常漂亮。听他这么说，巴布罗咯咯笑个不停，还揶揄了他几句："我如果去教堂做圣餐礼拜，一定不会忘记戴这条头巾，帽子就先放到一边。可是在卑尔根，没有人不戴帽子，要不然就成了乡下的女仆了！"

两人又和好如初，甚至比以前感情更好了。

当艾瑟克尔把从邮局买回来的报纸拿给她时，巴布罗开始读世界新闻：卑尔根某条街的珠宝店遭到了抢劫；两个吉卜赛人在吵架；某个港口发生了令人震惊的新闻——没有袖子的旧衬衫里被缝进了一个刚出生的婴儿。

"我想知道谁这么冷酷无情。"巴布罗说。和平常一样，她开始读商场物品价格表。

一个夏天就这样过去了。

第十六章

赛兰拉发生了翻天覆地的变化。

相比以前，这里已经大变样了。这里之前只是一片荒野之地，而现在已经有了各种建筑，像锯木坊、磨坊等，而且这里所居住的人口也越来越多，很是热闹。而英格尔应该是他们当中变化最大，也是最令人啧啧称奇的，她重新变得机智敏锐，亲切又和善。

她本性中的放荡不羁应该很难因为去年的那件事发生改变吧，她时不时又会回到从前的样子，偶尔会再提起"机构"和特隆金的大教堂。噢，原本不是什么大不了的事情，如今的她已经把那枚金戒指取了下来，裙子也放长了几英寸。以前她总是大大咧咧的，可是现在她变得沉静，上门拜访的人也越来越少了。现在村里的妇女和年轻姑娘也极少到山上来了，因为她们来了也不受英格尔待见。对于生活在深山里的人来说，他们根本无暇顾及那些枯燥无味的东西，快乐和胡闹根本不可同日而语。

在老林里，各个季节都有自己的特色，可是有一个相同点，那就是山林里总会响起一阵压抑的震耳欲聋的声音，给人感觉像被空气裹挟在其中一样。这里的森林黑漆漆的，树木看起来很友善，所有东西都给人压抑的感觉。在那里，可以出现任何思想。有一湾小湖位于赛兰拉北面，面积很小，还没有一个鱼池大，只能称得上是一洼水沟。一些一直长不大的小鱼在里面游来游去，毫无价值——天哪，什么价值都没有。那天晚上，英格尔静静地聆听牛铃声，可是她什么也没有听到，四下安静极了。后来英格尔听到一些细微的歌声从湖里传过来，是的，就是湖里的小鱼发出来的，隐隐约约，听得不太分明，会让人觉得幻听了。

在赛兰拉居住的人有一种好运是挡不住的，那就是每年春、秋两个季节，天空中就会飞过一群群灰天鹅，鸣叫声不绝于耳。就好像它们经过时，整个大地都不再运转了。而生活在这片天空下的人类，会觉得自己特别微不足道。他们继续忙碌着，而这以前，他们先要把呼吸调匀，以为那些外星人给自己带来了信息。

他们那里终年都可以看到奇迹，冬天有繁星点点，时常还可以看到北极光，一片羽翼从天空中飞过，就好像天府之国里的焰火。大多数时候，尽管频率不是太高，见到的次数不是太多，但依然可以听到雷声阵阵，这种情况大多在秋天出现，天气沉闷，人和兽都觉得很是神圣。在附近吃草的牲畜会抱成一团，直到雷声过去。它们脑袋向下低着——这是为何？是等待世界末日的到来吗？人也如此，那些在野外一听到雷声就低头伫立的人，他们又在等待什么？

春天——是的，春天会带给人欣喜和紧张。可是秋天会带给人恐惧，只能在晚上忠诚地念祷文。他们都曾亲眼见过天空给他们发出的警告。某一天，人们会出去找东西，男人去找木料，女人去找因为找寻食物而走丢的牲畜，之后各自心事重重地回家。他们是不是没注意踩到了一只蚂蚁，前半身被踩得稀烂，后半身动弹不得？或者离松鸡的巢穴太近了，激起母松鸡的反抗，驱赶他们？就算是那些牛儿们最喜欢的野蘑菇也是有一定的意义的，它们不只是白色的虚空之物。那些个头儿较大的蘑菇不会开花，也不会动，可是却让人震惊不已。它们和一头怪物无异，像动物的一叶肺，光秃秃地站在那里———个从身体离开的肺脏。

　　后来，英格尔变得越来越没有精神，她快被这片森林压抑死了，她开始信仰宗教。她这样做究竟有什么意义呢？可是在深山老林里住着的人没有其他的办法，那里的生活并不以名利为目标，那里的人心里装的只有忠诚的信仰、对死亡的害怕，以及过度的迷信思想。可能，英格尔自己觉得相比别人，对于上天的考验，她更加恐惧吧，她一直放不下这个。她很清楚天神是怎样用那双眼睛，等到夜深人静时出来到民间巡查的。是的，他一定会发现她的。在平常的生活里，她几乎没什么机会修行。是的，她可以取下手上的戒指，也可以给艾勒苏写信，让他信仰宗教，可是这些做完以后，她还能做什么呢。只能拼命干活儿，让自己一直处于忙碌中。对了，还有一件事，她尽可能打扮得俭朴一点儿，最多在周日的时候系一块蓝色缎戴在脖子上。虽然这种做法不太正确，而且也不需要这样，可是不管怎么说，这表现出她已经把世事看淡、严格自律和禁欲的样子。那条蓝缎带是她从丽奥波尔丁已经戴不上的帽子上剪下来的，并不是新买的，不仅颜色不再亮丽了，而且还不太干净——现在只有等到圣日时，英格尔才会非常庄重地戴上。对，也许她做得有些过分，故意装作穷人的样子，可是就算这样，假如她能因为佩戴这件东西而得到心灵上的抚慰，那又有何不可呢？就把这样一点儿沉静留给她吧，她有权利这样做。

她尽可能多干活儿，而且都做得很完美，远远超出了她的本职工作。就算家里有两个大男人，她也依然在他们外出时，悄悄做了锯木的活儿。她为什么要这么难为自己的身体呢？她这具躯体这么微不足道，意义也不大，就算她死了，那片地方和国家也不会给予多么大的关注，而只有在她自己家里，她才能把自己的价值表现出来。在这里，她甚至可以用伟大这个词来形容，也许她会觉得自己所经历的这么多考验都是有意义的。

　　她丈夫说："我和赛维特已经对这事进行过探讨，我们都觉得你不应该再干锯木的活儿，这样下去，你的身体会吃不消的。"

　　"我之所以这么做，只是想让自己良心上好过一点儿。"她说。

　　良心！听到这个词，艾萨克不说话了，陷入了深深的思考中。如今他已经在慢慢老去，思想也没有以前活跃了，可是不管做什么事情，他还是有所考量的。他想，良心这个东西一定不可小觑，要不然英格尔的改变怎么会这么大。无论如何，因为英格尔的改变，他也跟着发生了变化。他和英格尔一样，变得越来越恭顺，也老是忐忑不安。那年冬天，日子在波澜不惊中过着，而且非常沉闷，他想找个没人的地方躲起来。为了不让自己的树林受损，他又把附近的一块国家的树林买下来了，靠近瑞典，生长着很多质量上乘的树木，他凭一己之力砍树，没有请求任何人的帮助。他吩咐赛维特在家里看着自己的母亲，让她多休息一会儿。

　　所以，那些白昼时间明显变短的冬天，艾萨克每天都是早早出门，晚上很晚才回来。虽然不总是和星星、月亮相伴，因为它们出现的频率不高，可有时早上刚走过的路，等到了晚上，就已经变成白茫茫一片了。有一天晚上，终于发生了意外。

　　那天晚上，他已经快要回到家了，在月光的辉映下，他仿佛看到近在咫尺的赛兰拉和森林严格划分开来了，可是因为地上被白雪所覆盖，所以看上去没有那么威武。半墙上都是积雪。现在他已经积攒了很多木材，原想在告诉英格尔和孩子们它们的用途时，给他们一个惊喜的，他们不可能想得到它们有什么用处——在他的心里，他已经勾勒出了那座大建筑的样子。他在雪地里坐着，准备歇一会儿就继续赶路。

四下安静极了，希望上天不要打扰这份宁静，因为它给人的感觉太好了。艾萨克是个开拓荒地的人，这时他安静地观察着周围，想着接下来轮到哪片地了。他默默地想着，先把大石头挪开——他最擅长的就是这个。现在，他也知道他的这块土地上有一块裸露并被挖下去的土地，里面满满的都是矿藏。成片的金属薄膜漂在那里的水洼上面——他必须把它挖出来。如今，他已经有了一个规划，并开始计算了。他准备把这块地变成绿色，等到秋天可以结满果实。噢，土地只有被耕耘过才有播种和收获，他觉得这样才算合理，而且感到非常快乐……

坐了一会儿，他直起身来，却迷茫了。咦，发生了什么事？没怎么啊，只是休息了一会儿，怎么现在眼前出现了一个东西。一个活生生的物体，像神灵一样。灰色绸带——不，没有东西。他只是觉得纳闷儿——颤颤巍巍地往前走了一小步，再往前一步，他的眼前出现了一双眼睛，一张大脸，有人正盯着他看。这时，周边的白杨树都发出震天的声响。所有人都知道，白杨树林发出这么骇人的声音会是什么时候。可是，这么可怕这么让人想要逃的声音，艾萨克却是第一次听到，他抑制不住开始抖动。他往前伸出一只手，而他做过的最没有意义的动作就是这个了。

出现在眼前的这个东西到底是什么？是神灵还是真实的活物？

艾萨克平常喜欢发誓，希望有生之年，可以目睹更加高级的神灵，有一次还真的如他所愿了，可是他觉得那次见到的不像是上帝。这会是圣灵吗？假如是，那它为什么要在一片虚无里站着，而且只有眼睛和面容呢？假如它之所以到这儿来是因为他，要来把他的灵魂带走，那么他也毫无办法。无论如何，早晚会有这么一天的，他总归是要去天堂的，和那些受过福祷的灵魂相聚。

艾萨克一门心思想知道接下来会有什么事情发生，而这时他依然心惊胆战。眼前的这个东西一定是一个魔鬼，因为好像发出了一阵冷气。艾萨克这时才开始慌了，他一定是遇到恶魔了，可是它为什么要到这里来？他，艾萨克，刚刚做了什么动作？他没做什么啊，他只是在这里坐着休息了一会儿，在头脑中规划了一会儿地——这没什么关系的吧？此外，他真的想不出来他有做过什么冒犯它的事：他只是一个又累又饿而且刚经过一天的忙碌，现在只想回家的伐木匠——他想这不算什么坏事吧……

他又朝前走了一小步，而且，实事求是地说，他马上就又收回来了。眼前的景象依然如故，艾萨克很是疑惑，似乎在质疑什么。就算眼前的东西是一个魔鬼又如何，管它呢。魔鬼不一定就什么都会。打比方说，之前有个卢瑟不是差一点儿就杀了一个魔鬼吗？不是还有好多人用十字架标志和耶稣的名字把魔鬼吓跑了吗？艾萨克并没有准备跟眼前的魔鬼较量一番，他也没有想过要好好奚落它一番，只是他已经不再有"搏斗一下，死后到极乐世界去"的想法。他在胸前画着十字，又往前走了两步，一直冲向他面前的这个东西，嘴里不停地呼喊着："奉耶稣之名！"

嗯，当自己的声音传过来以后，他开始清醒了，一切都变得和之前一样了，而且半山腰上的赛兰拉又出现在自己眼前。刚刚出现在自己眼前的那两只眼睛也不见了踪影。

他心神不宁地快速跑回家，不想要和幽灵再斗争一个回合。当他毫发无损地到了家门口，觉得危险已经解除，而且自己浑身又充满了力量以后，他才咳嗽一声进了屋，就如同一个男子汉一样——对，就如同一个顶天立地的男子汉。

英格尔看他脸色很是难看，于是上前询问。

艾萨克将刚刚遇到魔鬼的事一五一十地跟她说了。

"你是在哪里遇到的？"英格尔问。

"就在我们家附近的山上。"

英格尔没有表示疑惑。当然，英格尔从来没有表扬过他，可是这次也没有斥责他或鄙视他。显而易见，英格尔的心情最近还不错。因此她没说更多，只是简单地问了一句：

"你看到魔鬼的本来面目了？"

艾萨克表示了肯定，他说他应该看到魔鬼的本来面目了。

"那你是如何赶走它的？"

"我用耶稣的圣名赶走了它。"艾萨克说。

英格尔的头摇得像拨浪鼓一样，她的心开始怦怦直跳，过了很久才恢复。她开始把晚饭端上桌。

"无论如何，"最后她说道，"以后你不能独自一人去林子里干活儿了。"

她担心艾萨克会遇到危险——他当然清楚。他像平常一样，做出一副无所畏惧的样子，还声明就算没有人陪他，他自己也能行。可是他这么说，只是不想让英格尔担心，不要因为他遇到了鬼，就怕得跟什么似的。他有义务给他的女人和孩子们提供保护，他是这个家的主人，是一个男人。

英格尔把他的想法摸得一清二楚，说：

"噢，我知道你是不想让我担心。可是不管怎样，你都得让赛维特跟着你一起去。"

艾萨克若有似无地答应了。

"你最近身体状况有点儿糟糕，万一哪天在林子里生了病怎么办。"

艾萨克又是鄙视地应和了一声，生病？辛苦什么的倒还说得通，可是生病？英格尔真的不需要对他那么忧心忡忡，他的身体还算健康，也很强壮，根本不会出现什么问题，干活儿也很得心应手。有一次，他砍树时，倒下来的树木把他的耳朵弄坏了，可是他根本没有在意，又重新安了回去，之后一直戴着一顶帽子，后来竟然自己好了。假如出现内科问题的话，他就自己在牛奶里煮点儿干草糖浆，然后喝下去出汗——这是一种很久远的民间偏方，在铺子里都可以买到。如果是手割破的话，可以用家里准备好的含盐液体清洗一下，然后过几天，它就自动长好了。因此赛兰拉家从来不需要医生的到访。

不，艾萨克身体很好。就算身体一向健康的人也不是没可能遇到鬼，再加上自那以后，他的身体也一直很好，而且更有力量了。

冬去春来，日子倒还凑合。他这个一家之主，觉得自己是个名副其实的英雄，他完全可以凭借一己之力解决问题，只要对他有十足的信心，没有什么是他办不到的。如果有需要，驱鬼也不是不可能的。

无论如何，现在白天的时间越来越长，万里无云。复活节也成了过去，艾萨克把一堆木料搬完了。一切都有条不紊地进行着，在经历了一个漫长的冬天以后，人们又恢复了从前的精气神。

英格尔又是第一个活蹦乱跳的人，她太久没有这么兴奋了。为什么这样说呢？原因是这样的：英格尔又怀孕了，她马上又会有一个小孩了。她的生活一帆风顺，越过越好。在曾经犯过那样的罪以后，她竟然还可以再生孩子，她觉得老天真是太善良了。她难以相信自己还会得到这样的回报。对，她真的运气很好，特别好。有一天艾萨克自己也意识到了，向她求证："你是不是又有了小孩，你有什么想法？"

"是的，没错，我太谢谢上帝了。"她说。

两人都吃惊不小，当然不是因为英格尔已经无法再生育了。在艾萨克眼里，不管从哪个角度来看，她都还很年轻。只是，家里又要多一个小孩……哎呀，行吧……小丽奥波尔丁要去下面的布里达布立克上学，一年得去好几次，这样一来，家里就没有小孩子了——此外，丽奥波尔丁也确实不是小孩了。

几天以后，艾萨克没有顾得上过周末——从周六晚上开始，一直到周一早晨——他都在下面的村里忙活。他从家里走时，也没有告诉家里人，他出去做什么。可是回来的时候，还多了一个人，是一个姑娘。

"她叫简森，"他给家里人介绍，"是来帮忙的。"

"你在干吗呀！"英格尔说，"我不需要一个帮忙的人。"

艾萨克说现在非常需要有人帮忙。

无论需不需要——不管怎么说，这表现出了他的体贴和大度，英格尔觉得既惭愧又感激。那个姑娘的父亲是一个铁匠，如今要和他们一起生活了。不管怎样，先把这个夏天过完吧，等以后再说以后的事。

"还有啊，"艾萨克说，"我发了一封电报给艾勒苏。"

听到这句话，英格尔太震惊了。一封电报？他是想表现得这么优秀，让她心生忐忑吗？最近因为艾勒苏，她的心情很不好——城里太危险了。她写信跟他说了他父亲体力不支的事，还提到了上帝。因为地域面积越来越广，小赛维特自己有点儿力不从心了，而且他终归是要去继承舅姥爷的财产的——他写了这些，还把他回家要用的钱也一起寄过去了。可是现在艾勒苏已经对城市里绚烂的生活很适应了，不想再变成农民。回到家里，他又能做什么呢？整天和土地打交道，将所有学到的知识都放弃吗？他原本是这样说的："说实在话，我想留在这里。假如能寄些布料给我，我做衣服的布料钱也可以省出来了。"他在回信里是这样说的。果然不出他所料，他母亲把做衣服的布料都寄给他了——有时还把大批做内衣的料子也寄给了他。可是自从她有了宗教信仰以后，她才发现艾勒苏在做布料生意，赚来的钱都花了。

对于这一点，做父亲的当然不会不知道，只是他保持了沉默而已。他知道母亲很心疼这个儿子，每次她叹息着在他面前哭，最后还是把大批布料寄给了他。他当然清楚，一个普通人哪里需要这么多做内衣的料子。总而言之，现在艾勒苏越来越没有名堂了，而艾萨克作为这个家的当家人，一定要插手这件事情了。是的，他给商店老板付了不少钱，请他给自己发一封电报。首先，艾勒苏看到这封电报一定不会无动于衷；其次，英格尔听到这样的消息一定会非常高兴。他回来时扛着女用人的行李箱，一路走回来。可是就算是这样，他还是打心眼儿里高兴，就如同上次他给英格尔带回来一枚金戒指一样……

自从那次以后，局势有所好转。为了在丈夫面前表现出她是多么贤惠，英格尔每天干活儿都很卖力。她又回到了从前的样子，经常跟他说："你是要累死自己吗？"抑或说："一个人可干不了这些活儿。"还有，"好了，休息一会儿吧，先吃饭，我把薄饼做好了。"为了取悦他，她会说："现在我想请你告诉我，你弄那么多木材干什么，你有什么打算？"

"怎么啦？我现在还不能告诉你。"艾萨克神秘兮兮地说。

对，就像回到了从前。自从这个小女孩出生以后——她是个大个子，长得很可爱，身体也很健康——从那以后，这个充满侠气的艾萨克当然要对上帝刚给他们的福音表示感谢。可是他究竟想做什么呢？这又给奥琳提供了八卦的素材——赛兰拉家又要建房子啦，是一间侧房，挨着主宅。赛兰拉现在人丁兴旺啊，还请了女用人。艾勒苏也快回来了，又生了一个尊贵漂亮的小女孩，才刚出生——现在老房子用的频率很低了，只是作为暂时的住宅而已。

当然，有一天，他还是按捺不住，把事情原委跟英格尔说了。她一直那么迫切地想要知道他到底在做什么，也许赛维特早就告诉她了——他们两人时常在一块儿嘀咕——可是听到这消息以后，她还是吃惊不小，胳膊都垂下来，说："你又想干吗呀——这是假的对不对？"

艾萨克觉得特别骄傲，说："有什么问题吗？以后你还在这里养育后代，我做这些不是应该的吗？"

现在，家里的两个男人每天一大早就出门，找一些石头回来砌墙，准备建新房子。他们都发挥了自己最大的力量，年轻的身体强壮一些，反应快一些，主要的工作是选择一些能用的石头，而老的拥有一双强健的手臂，很容易就能把撬棍举起来。只要把一项很难的工作完成以后，他们就会抽空儿休息一下，委婉又简短地交流一下。

"那个布理德要把地卖了。"父亲说。

"我也听说了，"儿子回答道，"他那块地可以卖多少钱？"

"这也是我想知道的。"

"你没有听到什么消息吗？"

"没有。"

"我听说他那块地值两百块。"

父亲凝神思考了一会儿，之后说道："你有什么想法？你觉得那块石头好吗？"

"那得先弄掉外壳才能决定。"赛维特边说边站了起来，把一把榔头递给父亲，自己则把大锤子抢了起来。他把身板儿挺得直直的，抢起大锤就用力敲了下去，之后继续刚才的动作，忙得不亦乐乎，全身都在淌汗。他用力锤了二十下，轰锤声响亮无比。他用力地一下下砸着，几次下来，他身上的衣服就全部湿了，于是他拉出了扎在裤腰里的衬衫，露出了胸膛。为了方便锤打，他每次都踮起脚，连续锤了二十下。

"等等，我先看看。"父亲说。

儿子停下手里的动作，问道："有没有裂痕？"

两人躺下来，对那块石头进行认真观察，仔细审视这块像魔鬼一样的东西。还没有裂痕。

"我准备用锤子试试。"父亲边说边直起了身。这项工作难度更大，要使蛮力。可是大锤已经开始发红变热，后来锤头砸碎，变得不再尖了。

"我担心锤头会掉下来。"他边说边停下了手里的动作，"真是跟过去不能比了。"

噢，他想表达的绝对不是这个意思，他不会这样想的。

这个身材魁梧的父亲，朴实、善良、坚韧，他只是想把最后几锤交给儿子，砸开石头。之后，石头就裂开了。

"哎，你果然不错。"父亲说道，"的确是这样……也许布里达布立克能取得一点儿成绩。"

"我的想法也是这样的。"儿子说。

"那块地已经刨得差不多了。"

"可是房子得重新盖。"

"是的，这是当然。都得全部翻新——看来一开始就是个巨大的工程啊，可是……我想说的是，你妈妈一到星期天就会到教堂做礼拜，你知道吗？"

"知道，她好像跟我说过。"

"噢！……嗯。你四处走走，看看有没有适合用来做门板的石头，有没有看到过？"

"没有。"赛维特回答道。

他们又接着忙碌开了。

两天后，他们都觉得砌墙要用的石头已经累积得差不多了。这天是星期五，晚上，父子两人坐下来休息，开始交谈。

"嗯，你有什么想法？"父亲说，"对于布里达布立克，我们考虑一下如何？"

"你想说什么？"儿子问道，"我们拿过来有什么用呢？"

"这个，我也还没有想好。从这里下去的半山腰上有一所学校。"

"那又如何？"儿子问，"我不清楚这块地有什么用处，所以我觉得不应该买。"

"你是这样看的？"

"不，我的观点不是这样的……除非艾勒苏准备负责那块地。"

"艾勒苏？这个，我还不确定……"

两人长久地沉默了一会儿，各自想着问题。父亲起来把工具收拾好，打算回家了。

"是的，除非……"赛维特说，"要不然你先问问他的意见吧，看他是什么态度。"

对于此事，父亲是这样结尾的："这个到时候看情况吧，我们现在连合适的门板都还没有找到呢。"

第二天刚好是星期六，他们起得很早，就是为了带孩子从山头越过去。那个女用人简森，和他们一起去，因为教母得她来当，而只有到英格尔娘家那边才能找到其他的教母。

英格尔认真地进行了一番梳洗打扮，一身尊贵的带白边儿的纯棉衣服，孩子们身穿带蓝边儿的白色衣服。那个新生儿太奇妙了，如今已经会笑了，还开始学说话，还会专注地听着钟表的声音。父亲给她取了名字，这是父亲的权利，他要履行这项权利——只需要放心交给他就可以了。起先，他一直拿不定主意，是叫雅各冰还是丽贝卡——这两个名字都与艾萨克有关，最后他去问英格尔的意见："丽贝卡这个名字你觉得如何？"

"有什么问题吗？我觉得不错呀！"英格尔回答说。

听到英格尔肯定的回答，他的底气又足了起来。"她不取名字也行。"他大声说道，"如果取名字的话，就一定要叫丽贝卡这个名字，我想好了！"

当然，他们去教堂，他也要陪着去，不但抱孩子的重任要交给他，而且这也是礼数上的要求。丽贝卡去教堂接受洗礼，后面必须跟着一群人才行。艾萨克收拾了一番，穿了一件红色衬衫，似乎一下又变年轻了。外面很热，可是他却把一套新冬装套在了外面，而且正好合适。虽然这样，艾萨克依然不是喜欢显摆、特别讲究的人，打比方说，他竟然穿了一双皮靴子，而且还是非常厚实的那种。

赛维特和丽奥波尔丁留在家里。

之前他们要绕很大个圈儿，如今他们只要坐船就可以经过小河，方便了不少。船行至半路，英格尔开始给小孩喂奶，艾萨克发现她脖子上多了一个亮闪闪的东西。等到了教堂以后，他又发现她手上的那枚金戒指又回来了。噢，英格尔——她果然忍到极点了！

第十七章

　　艾勒苏终于回来了。

　　他离开家乡已经好多年了，变化很大，如今的身高都超过了父亲。他的手很白，光洁而又修长，嘴唇的周围长了一层胡须，颜色还很浅。他不曾摆架子，给人一种从容而又亲和的感觉，他的母亲对他的成长很是满意。他和兄弟赛维特合住在家里的小房间里，两人感情很好，相处得十分融洽，而且他俩还经常以相互捉弄为乐。理所当然，艾勒苏也需要对新房子的建造承担些责任，由于他平时没干过什么体力活儿，所以还没干多少就感到异常疲倦，非常难受。比这更为糟糕的是，每当赛维特出门办事时，家里就只剩下了他和父亲，而艾勒苏却总是帮倒忙，几乎成了一个拖油瓶。

　　那么，赛维特到哪儿去了呢？原来，前两天奥琳特意上山来转述老赛维特的口信，老赛维特说他可能活不了多久了；因此，小赛维特到山下去探望他了。在这个节骨眼儿上，若出了岔子还让不让人活了。最关键的是，赛维特竟然不在，这真是太糟心了。可是，这一切也是迫不得已的。

奥琳说道:"坦白讲,我根本没有工夫过来传信,可是,我非常喜欢这些孩子们,他们中的任何一个我都喜欢,特别是小赛维特,如果我可以帮助他得到这笔遗产……"

"赛维特舅舅现在的情况非常糟糕吗?"

"糟糕?真主保佑。他目前的状况是越来越坏了。"

"现在他是病重得只能卧床吗?"

"上帝都已经宣告了,你竟然还能把死亡这两个字说得如此轻松,病重卧床?别想啦,赛维特,你的舅舅,他以后将无法继续奔驰在这个世界上了。"

从她的语气里可以听出,赛维特舅舅可能没有多少时日了。英格尔努力地劝说着,想让小赛维特立即出发。

小赛维特到了一看,他的赛维特舅姥爷简直是无可救药,他压根儿没有因病卧床,甚至他都没在床上躺着。屋子里的东西七零八落;本来应该在春天里做完的活儿只做了一半,冬天的粪便也都还堆在一边。而让人无语的是,说他可能没多少时日的人,早就不知道跑到哪里去了。赛维特舅姥爷已经七十多岁了,岁月的痕迹长久地留在了他的脸上,身体也病恹恹的。他衣衫褴褛地在屋子里走来走去。如果一生病,就要躺在床上休养好几天。这里里外外、上上下下都得有人为其整顿,如那张丢弃在牲畜棚里早已锈迹斑斑的渔网。唉,不管怎么样,他还能继续活下去;他吃着早已变质的鱼,手里把玩着烟斗,吐了口烟——云里雾里的。

看到这番场景,赛维特待不住了,虽然才刚来三十分钟,但立刻就想要回去。

"回去?"赛维特舅姥爷问道。

"对啊，家里正在盖房子，别人没有能帮忙的，父亲他自己正忙活着呢。"

"这样啊！"舅姥爷说，"可是，我听说艾勒苏早就回来了啊。"

"是的，他确实是回来了，可他对这些活儿一窍不通，完全没有头绪。"

"那你怎么会到这里来呢？"

赛维特将奥琳带口信给他们的事原原本本地告诉了他，还有她告诉他们老赛维特已经时日不多了。

"时日不多？"老赛维特惊叫道，"她的意思是我就要死了？她真是个愚蠢至极的人！"

"哈哈哈……"赛维特大笑了起来。

"怎么？你是在嘲笑我这个快要死掉的老头吗？不过你可别忘了，你跟我有着同样的名字。"老赛维特抬起眼睛认真地瞅了瞅他。

赛维特毕竟还年轻，再怎么样也无法装出难过的神情。再说，这个舅姥爷在他心里也没那么重要。于是，他又说了一遍："我要回去了。"

"嗯？看来你和他们想的一样，对吧？"老赛维特又一次反问，"你也觉得我是快要死掉了才把你喊了过来，是这样的吧？"

"这都是奥琳告诉我的。"赛维特答道。

他的舅姥爷静默了一会儿，又说："你来都来了，能不能帮我将那张渔网修补好呢，一会儿我还要交给你一样东西。"

"好。"赛维特说，"你和我说说是什么吧。"

"这个你暂时先不用知道。"老赛维特有些气恼地说着，说罢就又躺回了床上。

显而易见，修补渔网不是一天两天就能干完的。赛维特不太高兴了。他起身向外走去，环顾了一下四周，这里的一切都没有人打理，活儿堆积如山，让人有一种心如死灰的感觉。赛维特在外面待了一会儿就走了回来，此时，老赛维特已经站了起来，在火炉旁烤火呢。

"你往那儿看。"他伸手指向不远处的那只橡木制作的木箱。事实上，这只箱子本来是盛放瓶子用的，带有夹层，与法官出行和有头有脸的人出门时携带的箱子有些相像，只是，这只箱子现在已经不再用来装瓶子了，它是老赛维特任地方司库一职时，用来装文档合同之类的东西用的。只不过此时这里面装的都是他的记账簿和钱财。民间一直有传言说他的钱数不胜数，村民们也只是摇头叹息地说："真是！如果我也能够和赛维特一样，有一箱子的金钱，那可真是太好了。"

赛维特舅姥爷打开了那个箱子，拿出来一份文件，严肃地说道："你肯定认识字。"

小赛维特的阅读能力一向不好，但他多多少少地读明白了些东西：如果老赛维特去世了，他将继承他的一切财产。

"就是这样。"老赛维特说道，"从现在开始，你想做什么就去做吧。"他一边说一边把文件重新放入了箱子里。

其实，赛维特并没有感到特别吃惊，因为文件上的所有东西，他很早之前就知道了。他当时还很小，可他偷偷听到过大人们曾议论说老赛维特的财产都将会留给他。可是，动不动那笔财产又得另当别论。

"我觉得这个箱子内可能装了些珍贵的物品。"他说道。

"东西多得超乎你的想象。"老赛维特不痛不痒地说道。

对于外甥小赛维特，他有些愤怒，同时也有些心寒。给箱子上好了锁，他又躺回了床上，准备睡觉。躺下之后，他将自己以前的那些事一件一件慢慢地讲给他听："在这个村里，我任职地方司库为公家理财，至今已有三十多年了，难道我还要求得到别人的帮助吗？我现在只想弄清一件事情，奥琳到底是从谁那儿听说我快要不行了的？如果我要看病，不论何时，我都可以让三个人驾着马车去把医生请回来。赛维特，你太年轻了，当着我的面，不要太嚣张了！如此一看，你好像巴不得我快点儿死掉。文件已经拿给你，你也仔细地看过了，我把它们放进了箱子，现在，我想说的就这么多。可是，如果你当前就想走，不顾一切的话，那么请转告艾勒苏，说我要他前来。虽然他的名字跟我不一样，但还是要叫他过来。"

虽然老赛维特的话有些要挟的意味，但是小赛维特思索了一会儿，又说："嗯，我会转告他的。"

赛维特赶回赛兰拉的时候，奥琳还没有走。她去探望了艾瑟克尔·斯特隆和巴布罗，一回来她就神神秘秘地小声对他们说道："巴布罗那姑娘近来也不知道是怎么了，胖了一大圈儿。不过可别告诉其他人，这消息是从我这儿得知的。小赛维特已经回来了？我猜测没别的重大新闻了吧？老赛维特他已经死了吗？真让人痛心，不过这也是正常的，人活一世，死也是早晚的事，毕竟也是快入黄土的人了。天哪——你说他还活着？呀，那真是一件值得庆幸的事，这可是我最真诚的想法。你竟然说我乱掺和，那我该说些什么呢！你的舅姥爷安安静静地躺在那里，我以为他快不行了，谁会想到他竟然会装死？还有我之前是怎么说的，我只是说他没多少时日了。就算现在站在我面前的是国王，我的说法也不会改变。你想说什么？之前可是他自己躺在床上，将双手放在胸口，嘴里还嘟囔着他就要不行了的。"

奥琳的嘴无人能敌，几句话下来就把对方说得哑口无言，因此，大家都没有继续和她争吵。她一听到赛维特舅舅要艾勒苏前去，立马说道："你看看，我没瞎说吧。老赛维特叫你们去，就是想再见一见血浓于水的亲人，可怜他已没多少时日了。不要回绝，趁他还活着，趁他还能讲话，快去看一看他，我正好和你顺路，咱们一块儿走吧。"

临走之前，奥琳又将英格尔拉到了一旁，扯了扯巴布罗家那些事："你千万不要说是我告诉你们的，可是我真的没看错，她就是胖了。就目前来看，她就要成为那一家的女主人了，那一整块地都将由她来安排。这世界上，有的人一出生就拥有了所有，有的人一出生就如同海里的沙砾，毫无价值。如今，巴布罗如此风光，谁又能预料得到呢！不过，像艾瑟克尔这么聪明又肯吃苦耐劳的人早晚也会出人头地，田地什么的都不少，和你们家一样，没有人知道接下来将会发生些什么，英格尔你应该相信我所说的话，你的命也不错，有福气，想想之前，你可是独自来到这儿的。而巴布罗，她的箱子里只装了些羊毛而已，又不是珍贵物品，还是冬天那时的。她没说要给我，我也没开口向她要。平常我们见面时只是会说上句'午安''再见'等词客套客套，从她刚出生那时我就认识她，到现在已经很久了，而当时的你还是一名学生，在机构上学，那段时日我一直在赛兰拉住着……"

"真不好意思，丽贝卡她哭了。"英格尔没有让奥琳再继续说下去，只是拿了一些羊毛给她。

奥琳万分感激，不停地道谢。"瞧，如同她跟巴布罗说的那样，如今，和英格尔一样豪爽而又不吝啬的人已经不多见了，她一点儿也不小气，自己的东西都愿意与大家分享，即使家里穷得揭不开锅了，她也从未抱怨过。嗯，我得去瞧瞧那个讨人喜的小宝贝丽贝卡，她真的是绝无仅有的，和妈妈长得如此相像的小孩现在已经很少见了。不知道英格尔对之前说的话有没有印象了，她说她不会再生养孩子。喏，此刻她可是看得清清楚楚。还有，向那些老练的妈妈们讨教养儿育女的经验，又有什么人会知道天主的想法呢。"奥琳一直絮叨着。

奥琳这个老妇人满脸的皱纹，脸上也没什么血色，看上去有些可怜。她终于八卦完了，又赶忙去追艾勒苏，因为在她说话的这段时间里，艾勒苏早就走出去了好远。她也要去老赛维特那里，她要告诉老赛维特自己是如何劝说艾勒苏前来的。

可是艾勒苏本来就无须什么人来劝说，叫他前来又不是什么难题。如今，艾勒苏总归是比刚刚开始时好得太多。他从小就是一个讲道理，有礼貌，很随和的人，只不过是身子骨没那么硬朗而已。本来，艾勒苏是不打算回家的，而他不想回家也是有原因的，他的母亲因灭婴入狱一事他全知道了。之前在城市里没有任何人知道此事，也没有人提起此事，可是当他回到村子里时，却发现村民们都还将此事记得清清楚楚。何况，此时要让他在一个完全不熟悉的环境里生活，去认识其他的人，对于他来说这并不是一件易事。因此，较于之前他更是提高了几分警惕，情感也越发的细致了。他意识到刀和叉的作用是一样的，它们都很重要。他是经商的，作为商人，他用的都是最新的货币，可是回到家乡，这里的人们用的仍然是过去的银圆。唉，是他自己不想到山的另一边去走一趟，然而回到了家里，他只能将自己原本自豪而又优胜的感觉压制下来。他耐着性子曲意逢迎，虽然取得了不错的结果，但是他始终需要加强防范。举个例子，他回赛兰拉时正值仲夏，而且就在几周以前，可是他竟然买好了春季的衣服。他把衣服挂在钉上，其实他完全能让衣服上带有他名字缩写的银牌一面露在外边，可他并没有这么做。他还有一个用来行走的手杖，是去掉伞面的伞骨，单用伞柄制作而成的。如今，他将手杖拿在手里，只能让他紧贴在自己的一侧，尽量不让别人看到，这与他往日在城里拿着手杖挥舞前进的样子大相径庭。

是啊，就算艾勒苏爬过了山，越过了岭，去到了那边，这也不足以让人吃惊。对于建造什么的他一窍不通，他最大的特长就是写写书信，书信可不是所有人轻而易举就能完成的。但是在家里，只有母亲支持他，觉得这是一门艺术，而其他人都觉得这些是无所谓的东西。今天，他的心情格外好，他翻过山，穿过了树林，奥琳被他落在了身后，他想要去前面等一等她。艾勒苏跟大多数年轻人一样，满心的焦虑，做事冒冒失失。因为怕被别人看到自己的这副装扮，他还特意绕了一条路，避开了农场。实际上，他带着那件毫无必要的春装，又拿了手杖，是因为他觉得翻过这座山没准能遇到熟人或者是被什么人所遇到；也许还能抽空儿去趟教堂。所以他将那件春装搭在身上，在烈日下走着，即使汗流浃背他也感到很开心。

在建造房子方面，他们并没有感觉到缺了艾勒苏这么一个人有什么不行的。赛维特回来后，给艾萨克搭帮手，在这一方面，赛维特觉得一个自己就能赶上好多个艾勒苏，他从早上干到晚上，从不停歇。构置房子的框架耗费了他们大部分的时间；由于房子从正屋搭出，所以他们只需建三面墙就可以了。他们能够在锯木房里将木板和屋顶上的木块锯解，所以在木材方面基本没什么困难。那天艳阳高照，房子终于建了起来，新屋顶、新地板、新窗子，所有的东西都一应俱全。这个时节正值农忙，人们根本都抽不出时间，所以给房子刷漆和配置木板的工程只好先放一放了。

就在此时，一大批的人马浩浩荡荡地由瑞典翻山而来，为首的是吉斯勒。这一行人都骑着皮毛光滑，配有黄色马鞍的上等好马，看样子他们都是非常阔气的旅客。这群矮矮胖胖的男人太沉了，马都被他们压得弯下了腰。在这支庞大的队伍里，只有吉斯勒是徒步而来的。这支队伍的成员包括了吉斯勒、四位绅士以及两个仆人，仆人们还一人牵了一匹驮着物品的马。

他们来到了农场，农场主艾萨克早已在门口等候，骑手们翻身下马，随后吉斯勒介绍道："这位就是农场的男主人艾萨克。好久不见，艾萨克！之前我就说过会再回来的，现在我当真回来了。"

吉斯勒看起来还是和从前一样，没有太大的变化。即使他是徒步过来的，但他也并没有觉得自己有多卑微。是的，那件破破烂烂的长衫挂在他弓着的背上，看上去有些寒碜，可他毫不在乎，他仍然觉得自己很有气势。"我和先生们要上山看一看，走一走，正好，这还能帮助他们锻炼锻炼身体，减减肥。"吉斯勒说道。

绅士们都很谦逊，听完吉斯勒的话，他们相视一笑，随后对艾萨克说："冒昧来访，惊扰了，务请原谅。"粮食他们早就准备好了，不会将他家里的东西吃得干干净净的，他们只求能有个睡觉的地方，或许他们可以借宿到新房子里。

骑士们稍作休息，吉斯勒进去探望了英格尔和孩子们，随后他们就进了山，一直到傍晚才回来。这天下午，赛兰拉一家总能听到如雷鸣般的响声，紧接着一队人带回了许多矿石新样品。几人看了看矿石，又点点头，说道："是青铜啊！"一行人边画图纸边交谈，看起来学识不浅。在他们当中有工程师，也有矿石专家，还有一位既像是农场的场主，又像是工厂的经理。他们在讨论架空轨道和牵引缆车的问题。吉斯勒也总是插话，表述着自己的想法，其他人对此也都非常重视。

"湖南面的土地是属于谁的？"有人向艾萨克询问。

"当然是国家的。"吉斯勒抢先替他回答道。他机警灵敏，思维很活，此刻他的手里还握着艾萨克曾经签过字的合同。"很久之前我就和你说过，地是国家的，以后无须再问了。倘若你就是不信任我，你可以亲自去验证一下。"

天黑了些，吉斯勒拉着艾萨克来到一角，说道："要不我们将那座铜矿卖掉？"

艾萨克说："讲到此事，区长你之前已经从我手里买下且支付地价了啊！"

"是的。"吉斯勒说，"我之前确实买下了这块地，可是咱们说好的，你也持有一定的股份，可以从中获取部分利润，那么你是否情愿将你的那份卖掉呢？"

艾萨克听得一头雾水，完全不明白他在说什么，于是吉斯勒又详细地解说了一遍。艾萨克一直靠种地为生，是个地地道道的农民，他无法管理矿业，而吉斯勒自身也无法经营。对于资金方面，这完全不成问题，想要多少就有多少。吉斯勒根本没有时间，他总是四处奔波，南北方工厂的资金都需要他亲自打理。所以，吉斯勒现在想要将矿权移交给这几位绅士，绅士们都是他老婆的娘家亲戚，每一个都家财万贯。

"这么说你能听懂吗？"

"放心吧，你说怎么办我们就怎么办。"艾萨克说道。

真是的，艾萨克这种无条件的信任给了吉斯勒很大的宽慰。

"可是，我无法向你承诺，你这样做是否合算。"他略做思考后说道。然而，他又像是拿定了主意一般，突然说道："倘若你将一切全权交托于我，让我酌情处理这些，我可以向你保证，无论如何都会比你自己做要好很多。"

"好的，一直以来您都非常照顾我们，是我们的恩人……"艾萨克说道。

"好了。"吉斯勒蹙了蹙眉，打断了他，"这事就这么说定了。"

第二天早上，一行人坐下来商议着写字据的事。这是一笔很正经的买卖，首先需要拟写一份合同书，标明要以四万克朗①的价格收购矿产，其次吉斯勒需要立一份将自己那份财产全部转于老婆和孩子名下的字据。艾萨克和赛维特双双被请来做证。安排好这一部分后，绅士们又表示想要以五百克朗的价格将艾萨克的那一份也收购掉。"五百克朗。"简直是个不可思议的数目。"别闹了。"吉斯勒出言制止道。

艾萨克对这桩买卖的实情是完全不知晓的，他早就把地卖了，也收过钱了，他所知道的仅此而已。尽管如此，对于克朗他还是不太信任的，毕竟它跟银圆是不一样的，它不是真实的货币。相对于艾萨克，赛维特对这桩买卖还是稍微有点儿头绪的，他觉得这些人谈话的口吻有些奇怪，像是全家聚在一起开家庭讨论会。有一位客人说道："我的吉斯勒啊，你的眼睛未免太红了些。"吉斯勒一脸的严肃，他闪烁其词地说道："没错，我也知道这样做不对，可是世上所有本应得到的东西，并不是我们一定能得到的！"

话是这样说，这些绅士们为了以绝后顾之忧——怕吉斯勒会因为钱财再上门闹事，特地用钱收买了他。不容置疑的是，铜矿自身

①克朗，挪威货币名称。

就具有一定的价值，可是矿区偏僻遥远，这些绅士无非只是将矿权买过来，再将其卖给其他合适的人，好让别人来继续深入发掘。这样一说也是无可非议的。何况，就目前而言，如果将矿产卖出去，能不能获利还无从知晓，就算有人买了，将其开发了起来，到那时，四万克朗只占它总值的一小部分而已。倘若没有人买，将它搁置着，那之前的钱就全打水漂了。不管怎么说，想要掌握全部的矿权，他们的如意算盘是用五百克朗购置到艾萨克的那一份股份。

"现在我将全权为他代理。"吉斯勒说道，"倘若他的股份卖出后低于了买价的十分之一，我拒绝将其卖出。"

"是四千。"其他人说道。

"就是四千。"吉斯勒说道，"可是地不是我的，是他的，他的分红应当有四千，我分四万。你们再认真地思考下吧。"

"没错，可是——四千克朗啊！"

吉斯勒噌地一下站起身，说道："你们要买就买，不买算了。"

他们想了一会儿，小声地低语了几句，然后又去院子里交谈了好一会儿。"备马。"他们冲仆人喊道。其中，有一个人到屋子里给了英格尔一些钱，说是当作伙食和寄宿的费用。吉斯勒看似是漫不经心地在屋里踱来踱去，可他的内心中却十分的机警。

"上年的水利工程现在进展如何了？"他向赛维特询问道。

"庄稼全都完好，收成不错。"

"之前这里有许多的土墩，是不是你们将它们削平了？"

"没错。"

"这么大的农场，需要购置一匹马。"吉斯勒说道。他倒是把一切都看在了眼里。

有一个人走上前来，说道："如果这样，我们就了结了此事吧！"

众人一起走进新房，将四千克朗如数支付给了艾萨克，将那份给吉斯勒拟好的文件交给他，吉斯勒随意地将其塞进了口袋里，好像是它毫无价值一般。"一定要保存好，过段时间你的妻子就能拿到银行的存折。"他们对他说道。

"好极了！"吉斯勒将眉头蹙了蹙，打断了他们。

他们和吉斯勒的交易还没有完。虽然他只是在一边站着，什么都没有说，可他们知道他有所期待，可能他刚刚就说得很清楚了，要求他们给自己点儿利润。为首的人拿给他一大摞钞票，吉斯勒点了点头，说了声："好。"

"我们应当同吉斯勒举个杯！"又一个人说道。

众人一同喝了杯酒，这笔交易就完成了，他们准备离开，一起告别吉斯勒。

与此同时，布理德·奥森走了进来。他怎么会到这儿来，肯定是头一天听到了矿上的爆炸声，料到铜矿会有一些新的情况。他此次前来是想做笔买卖。他径直从吉斯勒身旁穿过，站在了几位绅士面前，矿区周围有很多奇形怪状的样本，非常不一样，有的红如血，有的白如银；山里的每一个角落他都非常熟悉，任何一个地方他都去过，他还知晓什么地方有长的矿脉，可暂时还没弄清是什么种类。

"你有采样矿石吗？"懂矿石的专家询问道。

那是自然，布理德做了采样。可是他们难道不能立即进山到现场去看一看吗？路途也不太远。说到样品，他虽装了一大堆，满满的好几箱，可是东西全放在了家里，他一块也没有带来。当然，他也可以回家去拿。不过，只要他们能稍等一会儿，他可以立即去山上采集一部分回来，相比而言这样会更加节省时间。

绅士们耸了耸肩，起程离开了。

布理德望着他们离开的背影，心里有些难过。他仅存的那点儿希望都在刚才消失得无影无踪了，掌管命运的天神从未偏向于他，他没有成功。庆幸的是，布理德并不是灰心丧气之人，直到绅士们骑上马，走远了，布理德依旧大声喊道："希望你们玩得开心！"唉，又是空欢喜了一场。

然后面对他曾经的上司——吉斯勒时，他没有像平日里一样将其以平辈的身份对待，而是非常谦逊，对他也甚是敬重。吉斯勒特意找了个理由将他的包拿了出来，任何人都能看出来，他的包被钞票撑得满满当当。

"如果区长能给我点儿帮助，将不胜感激。"布理德说道。

"你早点儿回家去，将田地种好吧！"吉斯勒淡淡地说道，并不打算给他提供帮助。

"事实上，我回家去带些样品回来不成问题，可是当时让他们直接和我一起去山上的现场参观一下，不是更好吗？"布理德说道。

吉斯勒并没有回应他，他转过头对艾萨克说："我的文件找不到了，你有没有看见？这可是举足轻重的文件——好几千克朗呢。谢天谢地，我找着了，它和那一堆钞票混在了一起。"

"那一大帮人是做什么的？"布理德问道，"是单纯的骑马出游，还是有什么别的事情？"

毫无疑问，吉斯勒已经从刚才焦躁不安的情绪中平复了下来，他还没有感到疲乏，还有劲头去做些什么。他找了张白纸，把从湖往南的这一片地画了张地图，接着跟赛维特上了山，谁也不知道他想做些什么。一晃好几个小时过去了，他下山后又来到了农场，发现布理德竟然还没有走，可是吉斯勒压根儿没有搭理他，他感到浑身乏力，挥挥手让他到一边去了。

他迷迷糊糊地睡了过去，直到第二天早上，太阳升起了，他才下了床，又有了精力。"赛兰拉真是个好地方。"说完他走向门外，环顾了一下周围的环境。

"全部的钱都给我？"艾萨克吃惊地问道。

"全部？"吉斯勒问，"上帝啊，我的兄弟，原本你能够得到的远远超过这些，难道你不清楚吗？事实上，根据合同上的条款来说，我应该将钱给你，但一切经过你也都目睹了，也只好就这样了。你拿到了多少？用老的货币计算，只有几千块钱。我认为你的农场里还需要一匹马。"

"没错。"

"哦，或许我能帮你找到一匹马。赫耶达尔有个助手，他的农场早就被他糟蹋得面目全非了，挨家串巷地售卖东西成了他的正事。他已经卖掉了大部分的牲畜，想必那匹马也会卖掉。"

"有时间我会去问一下的。"艾萨克说道。

吉斯勒摆摆手，说道："大地主，农场主，一切都是你的了。你有房子、牲口、田地，一样儿不缺，就算他们想饿死你也办不到了。"

"对，"艾萨克说道，"上天所能给予的东西，我们已经应有尽有了。"

吉斯勒将农场盛赞了一遍，就悄悄地进屋去找英格尔了。"你能够给我准备一些食物吗？我想路上带着。"他询问着英格尔，"不用准备很多，一点儿薄饼就好。你知道的，我不吃黄油和奶酪，饼里有足够的营养。好了，就按照我说的去做，我也不能带很多。"

出来后，吉斯勒的心里有些不安，于是他又回到屋里去了。他准备将文书写完。由于要写的内容之前已经想好了，所以没过一会儿，文书就完成了。他非常傲慢地跟艾萨克说道："你该知晓，这份文书是要寄去国家内务部做申请的。是的，我需要同时做的事情多得数都数不过来。"

他拿过食品向主人告别，又好像突然记起了一些事情，转过身说道："我想起来了，恐怕上次来时我欠了你们一笔钱，那时我特意抽了一张钱，将它放进了马甲兜儿，后来才发现那张钱我还没有还给你们。我太忙了，有一堆的事需要安排，脑子有时非常混乱……"说完，他塞了些钱给英格尔，然后走了。

"没错，一直威风凛凛的吉斯勒离开了。他既没有灰心丧气，也没有那种到了世界尽头的样子，之后他又来了一次赛兰拉，又过了好多年他才逝世。"大家都视他为好友，每一次他从赛兰拉离开时，大家都非常想念他。艾萨克原本想向他询问，对于购买布里达布立克一事有什么看法，一切都没赶得上。说不定吉斯勒会劝说他，也可能会认为购置一块土地拿去给当书记的艾勒苏是不太安全，有些风险的。

第十八章

　　不久后，赛维特舅舅便去世了。三个星期的时间里，一直都是艾勒苏在那里照顾他，一直到他去世。而他的葬礼也是由艾勒苏全程操办的。艾勒苏先是去附近的一个农家家里买了盆倒挂金钟，又将一面借来的旗子升起，恰好升到了一半的位置；为了遮住窗户，随后他又到商店里买来了黑纱。一切都进行得很顺利。艾勒苏还以主人的身份邀请了艾萨克和英格尔来参加葬礼，并且还给来宾奉上了茶点；他们在棺材抬出来的时候唱起了圣歌。艾勒苏还在入殓的时候发表了恰当的讲话。为此，他的母亲感到十分的欣慰和自豪。所幸，一切顺利。

　　事情完毕之后，艾勒苏便跟着父亲一道回家了。艾勒苏虽然在极力掩藏着他的手杖，可是他却又不得不当着父亲的面拿着他的春大衣。一路上倒也相安无事。可是，在上船之后，他父亲不小心坐到了他的衣服，刹那间，便听到"咔嚓"一声。"怎么回事？"艾萨克问。

"噢！没什么。"艾勒苏答道。

即便如此，艾勒苏也没有把那根断了的手杖扔掉。刚一到家，他就急匆匆地去找管子，准备用它来修理手杖。"我们能修好的。你听我的，先去找两块结实的木板包着，然后用蜡线把它紧紧地绑起来。"那个自以为是的赛维特说道。

"那我就用蜡线把你绑得紧紧的。"艾勒苏说。

"哈哈，我想你是想用一条红吊带袜整整齐齐地绑着吧？"

"哈哈……"艾勒苏自己也忍不住笑了。后来，他向母亲要了一只旧顶针。哦！你可别小看艾勒苏，虽然他的手又白又长，可他做起事情来并不是毫无办法。这不，他将旧顶针的顶磨掉后，做了一个很不错的金属套。

互相打趣是这两兄弟一直以来的相处模式。

"赛维特舅姥爷的遗产都给我了，是吗？"艾勒苏说道。

"有多少啊？你都拿到了？"赛维特问。

"嘿嘿，你这老财迷，我才不会告诉你呢。"

"好吧！随你怎么说吧，它都是你的。"赛维特说道。

"大概有五千到一万吧。"

"银圆？"赛维特不由自主地叫出声来。

艾勒苏早已不用银圆来衡量了。不过此时，他也不想否认，于是便点了点头。

他直到第二天才又提及此事。

"你不后悔吗？昨天你把所有的都给了我。"

"蠢货！我何曾后悔过。"赛维特说道。虽然他话是这么说的，但是五千也不是一个小数目，这可是整整五千啊！他想，如果他哥哥不是一个小气鬼的话，估计会分他一半吧。

"既然如此，那我老实告诉你吧。"艾勒苏解释道，"这些财产并不能让我一夜暴富。"

赛维特瞪大了双眼，"什么，不会吗？"

"老实说，不会。没你想象的那么厉害，也根本就没有你认为的有那么多的钱。"

的确如艾勒苏所言。此前，艾勒苏对账目也有略微的了解。对于赛维特舅姥爷那只装满钱的箱子，他不仅打开过，而且还仔细检查了其中的账目；他清算了一遍后，做出了一份资产负债表。老赛维特派遣他这个外甥所做的并非是下地干活儿或补补渔网，而是让他处理了一堆混乱至极的数字，以及一些他从来没有见过的簿记。例如，在好几年前，一个人便为一只山羊和一捆干鲤鱼付了税，然而现在压根儿没见到肉和鲤鱼。每当这个时候，老赛维特就会快速地在脑袋里面搜索一番，然后说："我确定，他已经付了。"

"好，既然他付过了，那我们现在就把他画掉。"艾勒苏说。

这种差事特别适合艾勒苏来做，他机警聪慧，还会安慰着病人说一些好听的话，所以他们两人相处得十分和睦，偶尔还会互相开开玩笑。在某些方面，艾勒苏有时会显得有些呆头呆脑的，赛维特舅姥爷也是这样。两人在一块儿商量着写了一份详细的遗嘱，所惠及的对象不仅仅有小赛维特，还有一个老赛维特服务了三十年的村公社。哇！这是一个多么伟大的日子啊！"艾勒苏小家伙，这份伟大的差事我再也找不到比你更合适的人来做了。"老赛维特说。到了盛夏，老赛维特让艾勒苏去买了些羊肉回来，而到了鲜鱼上市的季节，他又让艾勒苏去箱子里取了钱来付款。两人过着和美的生活。为了让大伙知道老赛维特生前的慷慨大方，他们还把奥琳叫去——没有谁比奥琳更适合坐在吃客这个位置了。双方各取所需，互惠互利。老赛维特说道："奥琳多年守寡，家境也不富裕，我们是否应该给她留点儿钱财？"艾勒苏呢，他只需要在遗嘱上面修改几笔，然后在末尾加一个附注就好了。所以，就这样，奥琳也成了遗嘱的受惠对象。

"我一定会为你着想的。"老赛维特说，"假如我这次没办法好起来，无法起身的话，我一定记着不会把你忘了。"奥琳早已感动得说不出话来了，泪水顺着眼角不断滑落，她打心里面感激他。"好人必有好报。"没有人像奥琳这样，把"来世好报"和一些世俗财礼联系起来。

然而艾勒苏呢？起初他还对老赛维特的财产抱着很乐观的态度，但是现在他不得不把心里的想法说出来。所以，他只是稍稍地提示了一番："我觉着这个账目有些不大对。"

"你放心吧，财产足够你们分的。"赛维特说道。

"你在银行里还存有其他的财产？"艾勒苏说道，"噢，是外面流传的传言。"

"我也记不清楚了，"赛维特说，"不过，不管怎么说，养鱼场、农场、牲口——红色、白色奶牛什么的，这些都是有的——所以艾勒苏，我的孩子，你不需要担忧这些！"

艾勒苏想不明白养鱼场到底哪里值钱。不过，牲口他倒是见过，就只有一头牛，一部分的毛色是白色的，另一部分的毛色是红色的。他想，老赛维特一定是糊涂啦。另外，还有一堆乱七八糟的数字，根本就算不出那些账目。而这位地区司库常把小单位克朗当作银圆，所以他以为自己很有钱！厘清楚账目之后，艾勒苏担心剩不下多少钱，有可能就连恰好让收支保持平衡都是一件难事。

难怪！这位舅姥爷的财产赛维特一点儿都不留恋，这么轻易地就答应让他来继承了！

　　这件事又成了两兄弟的玩笑。然而赛维特对此事压根儿没太放在心上。老实说，假如他放弃的是五千块或许还会有些后悔。但是他明白他只是碰巧跟老赛维特重名，他根本没有任何权利去继承老赛维特的财产。所以，他强行让给了艾勒苏去继承。"那当然，这些理应属于你。"他说，"来，我们写一份声明，我想看到你成为一个富翁，不过到时候你可不能目空一切。"

　　是的，他俩又拿这事打趣了起来。老实说，艾勒苏之所以能留在家，最主要的原因就是赛维特，假如没有赛维特，他的日子可比这难熬多了。

　　事实上，艾勒苏越发懒惰了。对他来说，在山那边过的三周闲散生活未必是好事。他去过教堂，在外人面前炫耀过，也遇到过几位姑娘。然而，在赛兰拉这儿的生活可与那有所不同。简森——个女仆人而已，就是一帮工，什么都不是，与赛维特倒是挺相配的。

　　有一天，艾勒苏说："我倒是想去布里达布立克看看巴布罗，不知道她现在长什么样了。"

　　"行呀，去艾瑟克尔·斯特隆家一趟吧。"赛维特说道。

　　艾勒苏在星期天这天去了。艾勒苏的自信心现已爆棚，这源于他上一次出门的顺利行程，所以现在的他充满了豪情壮志。甚至在艾瑟克尔的小屋他都焕发着荣光，夸夸其谈。哦！还有巴布罗，可不能小看了她，要知道，在这周围，她就是最年轻的，而且她还会用吉他演奏出明快的语调。她的身上总是散发出一种真正的香水味，这种香味儿是那种在商店里买的醇正香水的味道，而并非是随意涂抹的艾菊的味道。艾勒苏表示不久之后他就要去城里工作了，而他这次回来也只是准备在家里休息几天罢了。家里的环境虽然也还不错，在自家的老房子里还有自己的小房间，但是和城里终归是有差距的。

"没错，"巴布罗说，"城里和这里简直是没有可比性的。"

艾瑟克尔觉得和这俩人待在一块儿无聊极了，自己无法融入他们，索性就准备去农场看看，至于那俩人爱怎么聊就怎么聊吧。艾勒苏滔滔不绝，说起了自己在山那边是如何给舅姥爷办丧事的。没错，他怎么可能会落下在棺材旁的那一番讲话。

当他站起来打算回家时，他希望能邀请巴布罗一起走走。然而，巴布罗却拒绝了。

"我没有听说过你们那边还有女人送男人回家的习惯。"巴布罗说道。

听到这句话后，艾勒苏难得羞愧得满脸通红，他知道自己的鲁莽邀请惹怒了她。

即便这样，到了下个星期天时，他还是去了曼尼兰。然而，这次他可没忘了携带一件重要的物品——那根断了的手杖。他们依旧在那儿滔滔不绝地谈论着，无奈之下，艾瑟克尔也照旧出去了。

"你爸爸那块地挺大的，貌似现在还在建房子。"她说。

"是的，他规划得还不错。"急于炫耀的艾勒苏急忙说道。

"对他而言，买下这块地倒是没什么压力，可对于我们穷人来说就完全不是这么回事啦。"

"你，什么意思？"

"你不知道吗？前一段时间，他刚刚把那块矿地卖给了那几位瑞典来的百万富翁。"

"噢！真的吗？那他应该卖了不少钱吧？"

"嗯，很多。我不喜欢吹牛，他得卖了几千是肯定的吧。我刚刚说的什么来着？噢，对，盖房子。看你已经在这儿堆放了一大堆木材，准备什么时候动工？"

巴布罗说道："动工，怕是永远也动不了吧。"

"其实这么说太过于夸张了，也不符合实际情况。艾瑟克尔在秋天前便已经把石材准备好了，冬天，便用车子把它拉回来。恰好现在是农闲季节，像地基墙、地窖以及其他部分都已经弄好，现在就只差上面需要木盖的那部分。他打算在今年秋天之前弄好，还计划让赛维特过来帮忙，你觉着如何？"

艾勒苏对此并不太在意，笑着问道："为什么不请我给你帮忙呢？"

"你？"艾瑟克尔油然起敬道，"让你来干这活儿有点儿大材小用了吧。"

"怎么会，我还担心我这双手不大会干这些活儿呢。"他机智地答道。

"让我瞧瞧。"巴布罗一边说一边拉着他的手看了看。

于是艾瑟克尔又一次成了局外人，他便离开了房子，留下那两个人在那儿高谈阔论。他们两个是同年，而且还一起上过学。那会儿，他们经常在一起相互追逐打闹，亲吻，关系十分密切。现在，两人对过去的岁月都是轻描淡写地提一下，互相交换一下各自过去的记忆——很显然，巴布罗多多少少想在自己儿时玩伴的面前多显摆显摆。很明显，艾勒苏并非像那些办公室里的年轻男士那样，戴着斯文眼镜，再在手上配一块金表。但是在这个不毛之地，他也算一位绅士啦。她拿出自己以前的照片给他看。"现在都变样了。"巴布罗叹着气说道。

"怎么啦？发生了什么事吗？"他问。

"你没有觉着我变难看了吗？"

"呵呵，怎么会！实话跟你说，其实你比以前漂亮了许多。"他说，"和以前相比，现在更加丰满了，这叫难看吗，你怎么会这么想！"

"呵呵，那你看这件衣服好不好看？前后虽然都暴露了一点儿。还有这条项链，虽然是银的可也花了不少钱；这是原来我在一个年轻职工家工作时，他送我的。不过不幸的是，后来被弄丢了。确切地说，是为了回家的路费，拿去卖掉了。"

"能把这个照片送给我吗？"艾勒苏说道。

"作为念想吗？也不是不可以，那你打算送我什么呢？"

哦，关于这个问题，艾勒苏早已有打算，只是此刻他还不敢说。

"我把我的照片也寄一张给你吧，等我回城里后就去照一张。"他只能这么说。

巴布罗收起了照片，说道："不行，这是我仅剩的一张照片了。"

他的心灵不由遭受到重创，他不自主地伸手去抢照片。

"哎，现在就送给我嘛。"他笑着说。于是，他便趁机吻了吻她。

自从那次之后两人的相处越发的顺心了。艾勒苏越发的精神抖擞，兴致勃勃。他们在一块冷嘲热讽，眉来眼去，成了很要好的朋友："刚才你牵着我手的那一瞬间，我感觉就像触碰到了天鹅的羽毛一般，十分柔软——我是说，你的手。"

"噢，你或早或晚终归是要回城里去的，便不会再来这儿了，那时就只剩下我自己啦。"巴布罗说道。

"我难道是那种人？"艾勒苏说。

"哎，我猜你在城里面肯定还有别的喜欢的人。"

"没有，真的。坦白说，我还没有订过婚呢。"他说。

"怎么可能，你一定订过婚，你撒谎。"

"我对你发誓，我真没订过婚，你要相信我。"

他们就因为这个事，说了好大一会儿。这下子艾勒苏是完完全全坠入爱河了。

"回去后，我想给你写信。"他说，"好吗？"

"没问题。"她说。

"如果不是清楚你对我有意，我是万万不敢贸然给你写信的。"他突然萌发了些许忌妒，问道："我听其他人说你已经和这儿的艾瑟克尔订婚了，是这样吗？"

"艾瑟克尔？"她瞬间露出了不屑的表情。这下子艾勒苏的心情愉快了许多。"我今后要好好观察观察他！"这下她好像后悔了，说："不过，艾瑟克尔对我倒是蛮好的……我说想看报，他就立马去给我买，还送给我许多东西——还不少耶。这么看，他还挺不错的。"

"哦！那是。"艾勒苏持赞同意见，"或许他本人真的很不错，然而，还是……"

巴布罗好像想到了艾瑟克尔，一下紧张起来，她站起来对着艾勒苏说道："现在你赶快离开吧，我需要出去瞧瞧牲口了。"

第二周的星期日，艾勒苏来得比较晚，他的手里还拿着一封信。没错，的的确确是一封信！就是这封信让他开心了整整一星期。花了好长时间，最后终于写完了。在开头，他这样写道："致巴布罗·奥森小姐。数次有幸一睹小姐芳容，喜悦之情，难以言表……"

他来得这么晚，怕是巴布罗早已关好了牲口，没准都在床上躺着了吧。不过，这并不打紧——事实上，这样反而会更好。

不过，巴布罗在屋子里坐着，很明显还没有入睡。她表现得很是冷淡，一点儿也没有要和他亲热的意思——艾勒苏暗自猜度是不是艾瑟克尔抓住了她的某些把柄，然后威胁她。

"你看看，这是我承诺要给你写的信。"他说。

"谢谢。"她说着并打开信读了起来，听她的声音好像并没有什么太多感动，"好希望我的字也能写得这么好看。"

艾勒苏非常失望。是他做错什么了吗？她到底怎么啦？艾瑟克尔呢，去哪儿啦？他没在屋子里。或许他早已厌恶艾勒苏每个周末的访问，所以离开家了吧；又或许是前日进村被什么事给缠住了，反正没在家。

"多么美好的夜晚啊！你为何选择在这个沉闷的地方坐着呢？"艾勒苏问她。

"出去散散心吧。"

"我在等艾瑟克尔。"她回答。

"艾瑟克尔，这样说来，离开艾瑟克尔你是不是就没法活了？"

"不是，可是他回来后也得要吃些东西的。"

就这样，时间一点一点地过去，他俩也不似以前那番亲近了。巴布罗还是以前那番模样——别扭，冷漠。于是他又一次和她说起了他在山那边的事迹，尤其是那次别具意义的讲话："虽然我说的并没有多好，但是还是有许多人流下了眼泪。"

"是吗？"她问。

"此外，有一次星期日，我去了教堂。"

"哦，那儿有什么新闻呢？"

"新闻？噢，倒没有什么新闻。我就是随便看了看，据我了解，那个牧师没有什么特别的。"

时间一分一秒地过去了。

"倘若今晚艾瑟克尔又看到你在这里，他会如何说？"巴布罗突然说道。

看她说的！简直就是在他心口上来了一记重锤。难不成她忘了上次他们说过的话吗？他们不是早就说好了今晚要过来吗？艾勒苏的心遭受了重创，声音低沉。"如果你这么想的话，那我现在就离开。只是，我不明白，我做错了什么？"他的嘴唇都在颤抖。很明显，这一刻他的内心充满了痛苦和忧愁。

"你做错了什么？呃，你什么也没有做错。"

"那行，你告诉我，你今晚到底是怎么啦？"

"我怎么了？哈哈……不过认真想想，也难怪艾瑟克尔要生气啦。"

"既然如此，那我马上离开。"艾勒苏再一次说道。可是她依旧漠然，看到他坐在那儿悲痛万分，她却满不在乎。

现在他彻底愤怒了。开始他只是微妙地表示了他的不悦：她真的是一位不错的姑娘，几乎是女性同胞们的榜样。可是这番话却没有起到一丝丝功效——他后悔没能忍住而说了这些话，他真的不应该说这些的。可他还是没有那么做，说道："要是知道你今晚会这般，那我根本就不会来。"

"哦！你不来又如何？"她说，"你只不过是不能在我面前摆弄你那心爱的手杖了而已。"

噢，这个巴布罗可是曾在卑尔根生活过的，她见过真正的手杖，所以，她非常清楚如何去讽刺一个男人。于是，她开始质问他使用一把用旧伞柄做的手杖有什么意思。但是他并没有阻止她说下去。

"我猜想现在你是想把那张送我的照片要回去，是吧？"他说。他想，如果这一招儿还是不能让她回心转意的话，那就真的找不到可以打动她的事了。因为对于荒野中的人而言，没有比跟别人要送出去的礼物更让人不齿的行为了。

"看情况吧！"她闪烁其词。

"还你也不是不可以。"他大气地说道，"我很快会寄还给你的，你无须担心。如此，你也把信还我吧。"艾勒苏站起来说道。

如此甚好，她把信还给了他。但是在递过去的时候她的眼睛里充满了泪珠。这个女仆姑娘的内心还是被触动了，她的朋友就要抛下她，要彻底离开了。

"你也没必要走啊。"她说，"我才不在乎艾瑟克尔会怎么说呢。"

但是处于上风的艾勒苏却不打算就这样算了。他起身谢过，并和她道别："当一个姑娘那样生气的时候，男人是没有什么办法的。"

他离开那里，挥着手杖，吹着口哨儿朝自己家里走去。没过一会儿，巴布罗便追了上来，叫了他一两声。不错，他停下了脚步，可是却像一头受伤的雄狮。巴布罗后悔了，她坐在一处草丛里，惶惶不安地玩弄着手里的树枝。没过多久，他就又温柔起来，想要吻她，当作告别之吻。不过，她并没有同意。"能不能就像上次那样，和我亲热一下啊？"他乞求着她。他在她身边来来回回地走着，索要着这个吻。可是，她依旧没有同意，并站了起来。他就这样在那儿直直地站着，一点儿反应也没有，看得她只能闷闷不乐地离开了。

直到看不见他时，突然，艾瑟克尔不知道从哪里跑了出来，把巴布罗吓了一大跳。巴布罗问道："什么情况，你从哪里来的，准备去哪儿呢？"

"不去哪儿，就是从上面下来。"他说，"碰巧遇到你们俩走过来。"

"哦，是吗？我敢保证，对你而言，见到这一幕有不少的好处吧。"巴布罗气愤地说道，她现在一点儿也不怕他，"我很想知道，你在这儿偷偷摸摸的是想干吗啊？这和你有什么关系？"

艾瑟克尔克制着心里的怒气，说："这么说他今天又来了，是吗？"

"是啊，他来了，你想拿他怎么样？"

"我想拿他怎么样？我还想问问你俩想怎么样？难道你不觉得羞愧吗？"

"羞愧？我说你还是别这么说为好。"巴布罗说，"你是想让我像行尸走肉一般待在家里吗？我倒是想问问你，为何我要感到羞愧啊！如果你想让别人给你看这房子，你尽管找其他人，我马上离开这儿就是了。如果你还想让我留在这儿，那么我请你闭上你的臭嘴，我现在就回去给你做晚饭和咖啡，之后我爱干吗就干吗去。"

就这样，他们一路吵到了家里。

事实上，艾瑟克尔和巴布罗他俩向来不亲密，每隔几天便要吵一架。她在这里帮他管了两年的家，他们总是吵架。大多数是因为巴布罗说她要重新寻找人家，而他并不希望她离开，只希望她能够安下心来和他一起守护这个家，一起安安心心地生活。他明白如果没有了帮工，他以后的生活会是多么的艰辛。虽然有好多次她都表示不会离开——然而那仅仅是在她热情高涨的时候。可是一旦两个人为了一些事情发生争执的时候，她就会立刻表示她想马上离开，以此来威胁他。如果没有什么事，她就会以看牙为借口，趁机离开。走，离开这儿……艾瑟克尔想得找个理由把她留下才行。

留下她？如若巴布罗本身不想留下，他无论如何努力都没办法留下她。

"噢！所以说，你现在又打算离开这儿了？"他说。

"想走又如何？"

"你以为你想离开便能离开吗？"

"当然，为什么不行，你不会天真地以为我会因为冬天快要来临就退缩吧……只要我想，我随时可以在卑尔根找到其他人家的。"

然而，艾瑟克尔非常镇定地说道："也不是不行，不过也得过一段时间，你怀着孕怎么走。"

"怀孕？你在说什么？"

艾瑟克尔盯着她看，难不成这姑娘傻了吗？他应该再耐心隐忍一段时间的，现在他已经有了留下她的办法，过去的他过于自信，那本身就是一个错误。他本不应该太过责备于她，让她为此感觉疲惫。还有，那年春天，他不应该让她去种马铃薯——他本可以自己种的。只要娶了她，以后他有大把的时间可以吩咐她。但是在那之前他应该想着迁就迁就她。

可是，这个艾勒苏实在是太坏了，他这个在外任职的家伙，仗着手里的手杖，没有一点点羞耻感的无耻之徒。他怎么能够与一个早已许配了人家的姑娘——一个还怀有身孕的姑娘乱来。简直无耻至极。在这之前，艾瑟克尔还没遇到和他竞争的那人。然而，现在一切都不一样了。

"这是给你买的新报纸。"他说，"此外，我还给你买了其他东西，也不知道你有没有兴趣打开看看。"

巴布罗神色冷漠，他们俩就这样坐在那儿，喝着碗里的热咖啡。但是她的回复仿佛是冬天里的寒冰："我想你一年前就开始承诺给我买金戒指了吧，在哪儿呢？"

但是，她说的并不完全是对的，虽然是戒指，然而并不是金的。他不曾向她承诺过给她买金戒指——一切不过是她自己的一厢情愿而已。那是一枚外表有一对交叉镀金搭手，里面是银制的戒指，上面还刻有商标和店名。可是，不幸的是，巴布罗去过卑尔根，她见过真正的订婚戒指——所以和她说也没什么效果。

"哈！就这样一枚戒指啊！你还是自己留着吧。"

"那你说说这枚戒指怎么啦？"

"它怎么啦？我也不知道它怎么啦？"她一边说一边站起来收拾桌子。

"别难过啦，你现在先戴上试试。"他说，"等以后条件好了，我再给你买一个更好的。"

巴布罗没有回答。

今天晚上巴布罗算不上友善。好歹也送了她这样一枚新的戒指——最起码她也应该态度温和点儿吧！肯定是那个城里人的作风把她给带坏了。艾瑟克尔忍不住问道："我想知道艾勒苏那个老家伙来这里做什么？你们俩是什么关系？"

"和我什么关系？"

"对，难道他没见过什么世面，为什么他看不出你现在的情况，难道他脑袋上没长眼睛吗？"

听他这么说，巴布罗转过身来，说："你不会以为这样就抓到我的把柄了吧，我告诉你，你错了。"

"噢！是吗？"他说。

"对，而且我不会再在这儿待着啦。"

然而艾瑟克尔只是略微笑了笑。在她面前哈哈大笑，这是不可能的。因为他不打算惹恼她。然后他就像哄小孩子一样，和蔼地对她说道："巴布罗，听话一点儿，好不好。你清楚的，这是我们两个人的事。"

显然，巴布罗最后让步了，情绪也没有起先那么激烈，甚至，她最后还是戴着那枚戒指入睡的，而且睡得特别安稳。

压根儿不用为他们担心，时机到了，两人终归会和好的。

不错，草房子里的两个人现在已经和好了。但是，艾勒苏呢？他现在的情况可不容乐观。他对于巴布罗的冷淡和漠然耿耿于怀，他还在为此事纠结，硬是把巴布罗的态度当作她对他的残忍。巴布罗那个来自布里达布立克的姑娘，即便她在卑尔根待过，可是她未免太过于高傲了些……

他用自己独特的方式将那张照片退还给了她——一天夜里，他亲自带着那张照片来到她所住的草房子前，然后把照片从门缝里塞了进去。他并没有很粗鲁地制造出很大的动静，是的，他没有。相反，他轻轻地弄了很长时间，可是他还是不小心把她给吵醒了。她杵着胳膊，问道："你怎么回事啊？难道是晚上你就找不到门在哪儿了吗？"他就在那儿站着，感觉心就像被针刺到一般。他很清楚，她那话，她那语气，是对谁说的。他知道，不是他。他的心真的很痛。

他慢慢地走回了家。这次，他没用他的手杖，也没有吹着口哨儿——他已经丧失了这种心情。他再也不想勉强自己了，心就像被刀割了一般，痛得无法呼吸。

这个事就这样结束了吗？

在某个星期天他又下山去了，他只是想去看看，想偷偷观察一下情况。他很反常并且极具耐心地在草丛里待着，他的眼睛一刻也没有要离开草房子的意思。最后他终于看到了那里的一些景象，可恰恰就是那场景就要了他的命。艾瑟克尔和巴布罗一起出来，朝着牲口棚的方向走去。并且他俩卿卿我我，一副恩恩爱爱的样子。是的，他俩刚刚度过一段美好的时光；他们牵着对方的手，他正要帮她喂牛。没错，他没有看错。

艾勒苏看着两人，就像丢了魂一般，此刻他就像泄了气的皮球。或许，他的心里只有这样的想法：这会儿她正和艾瑟克尔·斯特隆手牵手，她怎么做得出来，前不久还揽着他的腰呢！他俩已经进了牛棚，现在看不到了。

算了，让他们去吧！难道他会一直趴在草丛里吗？怎么会呢？——怎么可以就这样趴在草丛里什么都不做呢？再则，她算什么啊？他可是一个男人，得振作起来。

他站了起来，拍了拍身上的尘土和杂草，他又重新竖直了腰板。然而，这回他发泄不快的方式也十分奇怪：他把所有的愤怒和绝望都抛之脑后，随后唱起了一首肤浅的民歌，而且，他还高声唱出了其中最不堪入耳的部分。

第十九章

从村子里回来的艾萨克领回来了一匹马。是的，我们没有看错，这匹马是艾萨克从区长助理的手里买来的，他果真说的一点儿也不假，这马的饲养员养它就是为了卖钱，为了买这匹马，艾萨克花了二百四十克朗，折合成银圆的话就是六十块。马的价钱在现阶段呈直线上升的趋势，并且涨势凶猛，在艾萨克童年的时候，即使是各方面都很好的马，也不过才值五十块银圆。

自己养一匹马多方便，为什么要买呢？艾萨克也曾经想过这个问题，自己买一只小马驹然后养大，他为此考察了两年之久。但他只有把在农场工作的一部分精力分出来给小马，才能养好它，但他不能在小马长大，能够帮助他驮运东西之前一直不打理农场，任其荒废。可是，区长助理却解释说："我觉得养一匹马要花的钱更多，我不想多花钱，我以后外出工作的话，我的夫人自己根本弄不来那么多的草料喂饱它。"

在很久以前，艾萨克就想自己买匹马，这个想法已经在他的脑海里萌生了好几年了，所以并不是吉斯勒的话动摇了他的心思。这边，他也为了这个想法做了充分的准备：给马儿隔出一块地方作为马舍，还给它准备了缰绳，方便夏天牵着它，还有一个现成置放在那儿的马车。喂马的草料成了现在最大的问题，不过，艾萨克已经提前想到了这个问题，所以，在去年的时候，他才会把最后的一片土地开发了出来，主要就是想有更多的地来种草，这样既能够在喂养一头奶牛的同时，还能够养好一匹马。现在，这片地里已经让艾萨克撒下了草种，就等它们长出来好让刚生下小牛的牛妈妈吃饱。

是的，在这件事情上艾萨克做的准备很是充分，他想跟以前一样，得到英格尔对他的夸奖和表扬。

艾萨克又听到了村里传来的一些事情：说是布里达布立克要卖田地和房屋，一些剩余的粮食、土豆和干草都能拿走，还有几头小牲畜，说不定也是可以一起带走的，告示都贴出来了，在教堂的外面。

英格尔惊讶地问道："他不会是要把家里所有的东西都一起卖掉吧，一点儿也不剩吗？那他以后住什么地方呢？"

"回到村子里住。"

实际情况就是这样的，布理德想要回村子里去。原本他还想跟艾瑟克尔·斯特隆讲通，好让他和巴布罗能够一起住在那里，但是艾瑟克尔并没有同意。布理德是肯定不会让艾瑟克尔和他女儿的关系破裂的，所以就没有再继续说服艾瑟克尔，虽然他在经过家业衰败之后，心理又受到了这一重击。原本，艾瑟克尔是想在秋天到来之前，就可以盖完新的屋子，可要是这样的话，那他怎么不跟巴布罗都去新屋子里住呢，这样就可以把旧房子给布理德住了。不过这是不会发生的，因为布理德就是这样的，他跟那些在荒郊野岭里居住的一般的农户想问题的方式是一点儿也不一样的，他对于艾瑟克尔那种为了给越养越多的牲畜腾出住的地方就盖新房子的做法很是不赞同，到以后，那个旧房子就给牲畜们当作住所。虽然他一直都在讲道理，想说明白这件事，可布理德还是不理解，在他看来，人类要比牲口重要得多，这是毋庸置疑的。可是，在这里安家落户的那个人心里可不是这样认为的，他的想法很直接，就是要安置好牲畜，一个人到了冬天的话，怎么都能找得到落脚生存的地方。这时，巴布罗开口了："照你这么说的话，你是觉得我们还不如那些牲畜重要是吧？我才知道你的想法。"之后，艾瑟克尔就跟他们成了对立面，因为他那令人不解的想法，还没有收留她的家人。但他是不会低头的，因为他的脾气很是不好，也不是一个傻子。与之相反的，他开始留心眼儿了，因为他知道要是她的家人都搬来新房子的话，他就得开始没日没夜地干活儿养活他们。布理德让妻子少说话，他说是因为自己对于山林里的生活感到厌烦了，想搬去村子里改善一下心情，所以才要把这里的房子卖掉。

　　但真实情况其实是银行和店老板都想要卖布里达布立克，并不是布理德一个人卖房产，说是他卖房子是想给足他面子。他之所以这样做，就是认为这样不会让他自己丢面子。但当他遇到了艾萨克，他就收起了那副没精打采的样子，自我安慰地说道，不管怎样他还都是那里的电路检测员，最起码还有一份稳定的工资，或许在将来还有职位上的升迁可能。不过，这些或许还是让他感到有些伤心，因为在过去的这些年里，对这片地他可以说是亲力亲为，开垦、播种，所以他对这片地是有感情的，要离开这里的话会很难过的。可是，布理德这个人，向来就不是能够长久忧伤的人，这一点也是他本人的长处。这是他人生中头一次突发奇想，想要当一名农民，那是一时的头脑发热。最后，这件事也没有成功，但他没有受到这件事的影响，又想着其他天马行空的事情，意外的是进展得还挺顺利，谁能说他这样不对呢，说不定他的那些矿石样本过不了多久就能让他大赚一笔呢！再说巴布罗，他已经把她安顿在曼尼兰了，他可以肯定，巴布罗是不会离开艾瑟克尔·斯特隆的，周围人都能够看出来。

布理德·奥森在原来的时候说过，他的身体只要健康，还能够为自己以及那些尊敬他的人做些事情，他就觉得足够了。孩子们都在一天天长大，而且年龄都已经不小了，能够上班了，凯瑟琳也去医生的家里干活儿挣钱了。这家里也就剩两个最小的孩子，算了，又一个快要出生了，对啊，但不论怎么样……

艾萨克听村里的人说，区长的夫人生了个孩子。英格尔好奇地问道："是男孩还是女孩啊？"

艾萨克回答说："有什么事吗？没听他们说是男孩还是女孩。"

在过去的时候，区长夫人在妇女俱乐部里总是八卦说穷人家里总是生孩子，还说要是给她们选举权，那对于她们的利益来说，就是得到了有力的发言权。现如今，她自己也生了孩子，应该就不再好说别人的事了。牧师的妻子说："区长夫人过去就喜欢掺和别人家的事，现在自己的家事都没处理好。"到后来，这句话就传遍了整个村子，成了人们的玩笑，其实村里人都知道这里面是怎么回事，英格尔理所当然也是明白的，这些人中毫不知情的就属艾萨克了。

对于艾萨克来说，最重要的就是工作了，除此再处理些个人杂事。以他现在的财力，他已经算是一个有钱人了，还拥有一个大庄园，尽管他收获了一笔意外之财，可他并没有随意挥霍，而把它们都存了起来。要是他现在是住在村子里面的话，或许会被外面的世界所迷惑。那是个繁华浮躁的世界，还有一些让人不明白的习惯和作风，要是被迷惑的话，艾萨克或许会花很多的钱买那些根本不实用的东西。就算是在平常的时候，也会穿着他那件只有在周日才会拿出来穿一穿的红衬衫。正好在这个偏远的山林里，他可以自由生活，不受那些生活方式的限制。在这里，有清新的空气可以让他呼吸，到了每周的礼拜天，早起洗漱过后，就可以去河水里面净身了，关于那几千块钱，就当作是上帝的赐予，按道理来说的话，应该好好保存起来。除了能做这些，他也不知道该再做些什么了。农场里收获的粮食还有牧牛羊的奶卖的钱，这些就足以供应他们的日常生活费用了，有时还会多出来一些钱。

艾勒苏很精于理财，他跟艾萨克提议说，可以把这些钱都存到银行里面。这个提议是很好的，可是却被艾萨克拖了很久，直到现在，说不准是他从心底里就不想去存。其实，艾萨克不是不想接受艾勒苏的提议，因为艾勒苏很聪明，并且后面的事情也都证实了。现在的季节正是要收割晾晒稻草的时候，艾勒苏手里拿着大镰刀，想帮忙一起收割，可是不管他怎么改正学习，他还是控制不了这个工具。所以，每次都会跟在赛维特后面，并让他帮忙磨刀。艾勒苏的胳膊比较长，没有人能跟他比割草的速度。这个时候，他和女佣简森、赛维特、丽奥波尔丁正在忙着收割年里的第一季稻草。艾勒苏卖力地干着活儿，一刻不停歇地割着稻草，一直干到手上磨起了泡才停下来用布条包扎起来。在上个星期的时候，他一直都没怎么吃饭，到今天干活儿的时候还是那么有力气。不知道他是遇到了什么事情，看他这个样子就像是经历了失恋一样，这个让他这辈子都不会忘记的事情倒是起到了激励他的作用。并且，他把从城里带回来的那些烟都抽完了。一般来说，这事情的严重程度足以让一个人在很多事情上发泄他的怒火。可他没有变得颓废，反而是越来越沉稳和冷静，腰杆子也挺得越来越直，称得上一个真正的男人。就连平时爱开他玩笑的赛维特也难为不了他了。就在今天，和艾勒苏在河边的石头上趴着喝水时，赛维特又开他玩笑，说给他弄些晒好的上好的地衣给他当烟抽，又问他："要不抽生地衣试一试？"

艾勒苏一手就把赛维特的头按进了水里，边按边说："我弄给你抽抽试试！"直到赛维特回家的时候，他的头发还是湿的。

艾萨克看到儿子干活儿的劲头，在心里暗想道："这么一看，我儿子真的是变了，变得更成熟了。"他问英格尔："我是这么想的，你说，儿子有没有可能在家里长久地待下去？"

她听后认真地想了想说："我也说不清楚，可我觉得他不会待很长时间的。"

"怎么，你问过他这个问题了？"

"没，对了，我跟他谈到过一点儿，好像是的。可是，我还是觉得他不是长久待在家里的人。"

"我现在很想知道他的想法，你说，我要是给他一块土地的话……"

"你这是想干什么？"

"假如给他自己一块土地让他经营，你说会怎么样？"

"我觉得不会怎么样的。"

"为什么？是你跟他说过什么了吗？"

"我没说过什么，你不会没看出来吧？不是这样的，我认为艾勒苏不适合干这个。"

艾萨克严肃地说道："你不能这么说他。我认为他最近在地里面干活儿很是卖力，很好。"

"算是吧。"英格尔顺从地说道。

艾萨克不高兴地大声说道："我不明白你为什么不能肯定儿子，他做的事情有什么问题吗？他最近一直在进步，你还要让他怎么做？"

"其实，他现在跟过去不一样了。要是不信，你去跟他说说背心的事情。"英格尔嘀咕道。

"什么背心？怎么回事？"

"他说过原来的时候，在城里面到了夏天就要穿白色的背心。"

艾萨克听后，没有说话，沉静地想了想。可他还是想不通。

"那他就去买一件白背心不就行了吗？"艾萨克觉得这有点儿不合情理，不过，他觉得这就是英格尔的胡言乱语。他认为，儿子要是想穿白背心就能穿啊，没有人不同意他穿，所以，不论从哪个方面来说，他都不认为这有什么问题，于是跳过这个事情，继续起刚才的话题。

"你觉得我要是把布理德的那块土地买下来给他管理怎么样？"

"谁？"英格尔问。

"艾勒苏啊！"

"给布里达布立克？不可以，这种事情不值得让你来办。"

但事实上，她已经把这个事情跟艾勒苏说过了，因为她早就从嘴不严的赛维特那里听到了这件事情。话说回来，这件事情为什么要让他保密呢？他的父亲告诉他这件事情，不就正是为了让他能够去详细地摸清楚情况吗？这次的事情也是他第一次把赛维特当成中间派。可是，艾勒苏要怎么回应艾萨克呢？还是要用原来在书信里的说辞吗？不可以的，他不能够放弃那些学到的知识，然后去当一个平凡的农民过完这一生。这就是他的回答。英格尔肯定跟他说了一堆劝他放弃的话，可他丝毫没有动摇，他对于自己今后的生活有着自己明确的方向。年轻人的想法是他们捉摸不透的。或许是因为上一次的事情，他不想再住在这里了，不想再跟巴布罗当邻居。谁又知道他是怎么想的呢？不过他是满怀信心地跟他母亲说这些事情的，还说过不了多久，他就会在城里找到比现在要强百倍的工作，去当更高职位的官员。他会过得很好，会有很大的成就的。可能就在几年后，他就可以升职成区长，或是灯塔的管理员，还有可能在海关局里当官。这个有学问的年轻人有很多大道通向他的光明未来。

无论中间怎么样，他的母亲最终还是被他说服，同意他的想法了。但英格尔还是有些担心自己的事情，怕别人对她的偏见还是存在。去年冬天的时候，她会不时地拿本祈祷书来读一读，她是从特隆金的组织里带回来的那本书。如今这么一看，儿子有天可能会当上区长呢！

"这些是会实现的。郝耶达尔原来也只是我们部门的一个小员工，现在不也成了区长吗？"艾勒苏说。

这么一听，艾勒苏前途是一片光明的。他母亲竟又开始劝他，让他坚持自己的想法。在这偏远的山林里生活，是不会有什么大成就的。

可是，艾勒苏为什么要在他父亲的农场上如此卖力地工作呢？真是搞不清楚，他肯定是有什么企图。也可能是他那份与生俱来的傲慢和自负在作祟吧，他不能让别人瞧不起他。再说了，离家前在父亲面前好好表现表现自己也是很好的。说实在的，他欠了别人不少钱呢，如果能立马还上，他的信誉就不会被毁掉。但是，那可不是一笔小数目。

艾勒苏可不笨，他可精明得很呢。他知道父亲回家后就会坐在窗前，然后眺望窗外，所以他一定要把握住这个机会，拼命地干活儿——这样做只会有好处不会有坏处。

　　艾勒苏还是变了。无论怎么说，他的心理已经开始扭曲了，渐渐地被侵蚀。他原本不是坏人，可惜现在被染坏了。难道是因为他成长的过程中没有大人的引导造成的？他的母亲什么都不会，怎么帮他呢？她能做的只有无条件地赞成和宠爱。她被儿子的话哄得团团转，总觉得他的前途一片光明，所以她经常在他父亲身边吹耳旁风，夸奖他——这点儿小事她还是可以做到的。

　　可是，后来她的不赞成还是惹恼了艾萨克。他认为，收购布里达布立克是一件名利双收的事。有一天，艾萨克经过那片乱糟糟的田地时，还特意停下马来巡视了一番。嗯，认真打理打理的话，一定能成为一片良田。

　　"你为什么觉得这样做没有价值？"他还在纠缠着英格尔，"不知道你是怎么想的，反正我这样做都是为了艾勒苏，我想尽可能地帮助他。"

　　"你不说关于布里达布立克的事，才是真的帮助了他。"她说道。

　　"嗬！"

　　"没错，他跟我们不同，他有自己的梦想。"

　　其实，艾萨克说这些话的时候还是很心虚的。不过，他还是说了。虽然这些话很难说服他，但是他不想就那么轻易地放弃。

　　"他一定要听我的话。"艾萨克大声喊道，生怕英格尔听不见，"我就是想告诉你，我绝对不会放弃。那块地的位置很好，周围什么都有，比如学校啊什么的。我等着看，看看他还能出什么幺蛾子。儿子不是白养的，他还能把我饿死不成？或许，你认为那样最好？对了，你知道我的亲生儿子为什么那么反对我吗？那么反对他的亲爸爸！"

艾萨克不再说话，他很清楚这样说下去不会有什么好结果。他本来想换一身衣服，甚至拿出了让自己最有面子的衣服。但是，他反悔了，他不想换了——这是为什么呢？"我劝你，你还是跟艾勒苏说一下这件事。"他随后说道。

"要去你自己去，他是不会听我说什么的。"英格尔答道。

好吧，这样最好，艾萨克才是当家的。艾勒苏不可能不同意！但是，他觉得可能会失败，所以转过身子说："嗯，我的确是要亲自去跟他说的。可是，我太忙了，有很多事要处理。什么事都需要我，真是忙死了。"

"啊？……"英格尔表示很诧异。

不一会儿，艾萨克就离开了，不过也没有去很远的地方，只是逛了逛周围的那片田地，无论怎么说，他都是离开了。他心事重重，总想着自己应该藏到哪里去。实际上事情是这样的：今天，他听到了村里的第三条消息，之前的消息跟今天的比没有任何可比性，这个消息的信息量太大了，他把这个消息藏在了树丛里。你瞧，那个袋子里装的就是那条消息，它就挂在树上。他小心翼翼地拆开包裹，哦，好大一台机器啊。有红的，有蓝的，漂亮极了，还有锯齿、刀片、接头、扶手、螺丝刀、车轮……原来是一台割草机啊。唉，艾萨克为了这台新机器，竟然把那匹新马牵了回来。

他静静地站着，脸上写满了难以置信，但是心里还是想了一遍店老板跟他说过的机器使用事宜。他一会儿拽拽弹簧，一会儿拧拧螺丝，然后把润滑油倒进每一个小洞和每一条缝隙中，等这一切都干完后，他又仔细地欣赏了一下整台机器。这是艾萨克人生中最美好的一个小时。他用手握着笔，把自己的名字慎重地签在了一份文件上——不得不说，这真是太冒险了。就像他原来买的那个新耙子似的，有很多奇奇怪怪的零件，他费了好大力气才安装好。不必说这个庞大的圆形割草机了，一点儿都马虎不得，也不能有任何的晃动，要不你就会发现，用不了多久它就会散架。这台机器，就像是一张巨网，上面全部都是钢丝弹簧、钩子、机械、螺丝钉……这可比英格尔的缝纫机复杂多了。

艾萨克把柄杆搭在了肩上，之后开始启动机器。这个时刻真是太美妙了。怪不得他宁愿当马呢！

如果机器没有安装好，是不是就启动不了？无法启动还可以，散架了可怎么办？幸好，这个悲剧没有成真，机器能割草。机器肯定能割草啊，那可是他钻研了好几个小时的成果呢。转眼间，太阳就要落山了，他又把柄杆搭到了肩膀上，然后启动机器。真好，这个机器竟然可以割草。割草机当然会割草啊！

一天的热气在傍晚时分渐渐散去，有了露水，男孩们扛着大镰刀去割草，为第二天做准备。艾萨克看着马上就到家门口了，说道："从今天开始，你们就可以不用镰刀了。你们可以把马牵到树林子里去。"

他说完后，并没有进屋吃饭。而那些吃过饭的人听到后，转身走了回去。

"要带着马车吗？"赛维特冲着他的方向喊道。

"不需要。"他父亲回答道，脚下的步伐也没有停下。

艾萨克此刻全身都散发着神秘和自负，走路都要跷起小腿来。不仅如此，他的步子迈得又大又稳。看起来很像手里拿着武器，一步一步靠近死亡的战士。

两个儿子牵着马跟了过来，看到那台机器后，都怔住了。这可是这个荒郊野岭中第一台割草机啊，当然也是唯一一台。它红蓝交织，光辉灿烂，美得让人想多看几眼。然而，他们的父亲，家庭中地位最高的男人却很淡定地说："你们把柄杆抬起来，启动一下试试。"他说话的语气让人有一种这个机器没什么大不了的感觉。

起初，是他们在赶马，然后又轮到父亲赶马。噗！机器在运转时一直发出这样的动静，很快他们就把草都割完了。两个儿子手中空空的，什么都没有，当然他们也不需要拿什么，一路开心地跟着父亲。父亲停了下来，回头瞧了瞧。哦，割得还不够好。于是，他拧了拧螺丝，调整了一下刀片的位置，让它靠近地面。弄好后，他又重新割了一次。糟糕，还是不行，草被割得坑坑洼洼，一点儿也不平整。刀片可能在割的时候不太固定。父亲和孩子们再一次对这台机器进行了研究，想找出问题所在。艾勒苏拿起来说明书，一字一句地读。"快看，说明书上说了，机器运行的时候如果有人坐在上面，机器就可以比较稳定。"他说。

"哦！对，就是这样，我想起来了。"他答道，"这个说明书我早就看透了。"说完他就站起身来，坐在了位子上，第三次启动机器，这次明显比前两次稳定。可是，机器却不管用了，刀片没有割草。"咦？这是怎么了？"父亲跳下了座位，满脸纳闷儿地查看机器。父亲和儿子们左看看，西瞧瞧，这个机器一定是坏了。艾勒苏突然站起来，手里还拿着说明书。"这是什么？螺丝吗？"赛维特边说边把那个东西捡起来。

"对，这一定是问题所在。"父亲肯定地说道。听起来这个机器不能使用的原因就是这个似的，"我一直都在找这个螺丝。"然而他们并没有找到适合这颗螺丝的螺丝孔——鬼晓得那个螺丝孔在哪儿。

这个时刻，艾勒苏知道了自己是多么有价值，因为说明书是他找到的。如果没有他，他们会怎样呢？他看了看说明书，指着一个螺丝孔说："我觉得那个螺丝是装在这儿的，这个地方跟说明书上的图很像。"

　　"对，是这儿。我记得它之前就是装在这儿的。"艾萨克附和道。紧接着，他为了自己的威严，又命令赛维特找找草丛中有没有遗落的螺丝。"我觉得不止这一个螺丝。"他说，一种假装聪明的姿态，说得好像他很了解那台机器的构造似的。"你发现另外的那个了吗？算了，算了，这可能说明其他的螺丝都没有松掉。就这样吧。"

　　父亲又重新启动了机器。

　　"停！这个地方可能不太对。"艾勒苏喊道。艾勒苏可是拿着说明书呢，说明书才是正确的，不容置疑！"说明书上的弹簧是在外边的。"他对父亲说。

　　"没错啊，怎么了吗？"

　　"但是，你把它装在里面了，反了。你看，这个钢丝弹簧就是装在外面的，如果不装在外面，螺栓会划到刀片的，图上画得很清楚。"

　　"好吧，我可能看错了，眼镜忘家里了。"父亲温柔地说，"你确定是装在外面？确定的话就重新装一下吧，我懒得回家拿眼镜。"

　　一切都没问题了，艾萨克站起身来。艾勒苏在他身后喊他："快点儿开，快点儿开！说明书上说开快了才能割好。"

　　于是，艾萨克奋力地开着，顺畅极了，机器有时还会"噗噗噗"地响。艾萨克驾车行驶过的地方，都会留下一条又长又整洁的路，路旁全是被割下来的草，这样的话，只要把草捡起来就行了。割完草后就能看到他们家的房屋了，女人们都走出了房门。英格尔抱着丽贝卡也出来了，尽管丽贝卡早就学会了走路。总共有四个女人和女孩，现在，都急匆匆地跑了出来。她们都瞪大了眼睛看着这个庞大的机器。哦，这是艾萨克的专属时光。此刻，他身穿节日的盛装，披着夹克衫，戴着高帽子，精神奕奕地坐在机器顶上。尽管他的衣服被汗水浸湿，但他依旧觉得自己很厉害、很伟大，散发着一种前所未有的骄傲。他沿着地的四周割了一圈，前进，割草……经过女人多的地方，这帮女人们看得眼睛都直了，这可是她们第一次见这种机器，机器则"噗噗噗"地开了过去。

之后，艾萨克把机器熄了火，从割草机上走了下来。因为，他很想听听那群女人在议论什么，她们说了些什么呢？他听见她们小心翼翼地交谈，不敢发出大的动静，好像是怕打扰到他的操作，她们低声询问着旁边的人，语气中带着尊敬，这些他都知道。他可是当家的，于是他温柔地鼓舞她们："行了，今天就先割这些吧。明天，你们别忘了把它们翻过来晒一下。"

"你很忙吗？忙也要吃饭啊。"英格尔兴奋地说。

"来不及了，还有很多事等着我呢。"他答道。

第二十章

　　荒野中不再只有赛兰拉孤独的一家，因为现在那里住了七户人家。只是处于割草季节中的这两天里，山上就来了一两个参观割草机的人。预料之中，第一个来参观的是布理德·奥森，紧接着是艾瑟克尔·斯特隆。随后，山脚下的村民们，就连住在山脚下的村民也来了。哦，还有那个老不死的奥琳，隔着几座山竟也跑来了。

　　跟往常一样，这次她依旧带来了他们村的新闻，八卦已经成了她生活的一部分，不让她八卦可不行。她带来的消息是：老赛维特的财产都算清楚了，少得几乎没剩什么东西！可以说，他的遗产数量总和等于零。

　　开口说了那么几句话，奥琳突然闭上了嘴巴，之后把每个人都看了一遍，她感到很疑惑，怎么人们一点儿感叹声都没有发出呢？房顶还牢固吗？终于艾勒苏憋不住了，哈哈大笑起来。

　　"容我们思考一下，你跟舅姥爷重名，对不对？"他轻轻地问道。

小赛维特也同样轻轻地回答道："是的，但是他过世后留给我的东西，我都送给你了。"

"价值是多少呢？"

"大约五千到一万吧。"

"银圆？"艾勒苏突然叫起来，模仿着他弟弟的声音。

毫无疑问的，奥琳认为此时不应该开这样的玩笑，因为会让她白高兴。尽管她有力地挤出了几滴眼泪，滴在了老赛维特坟头。艾勒苏心里很明白自己写过的那些数据，为了保证奥琳今后几年的生活，给她足够的安慰和支持，现在她需要多少金钱，等等。但是结果在哪里呢？令人白高兴罢了！

他们可能会留一些遗产给让人心疼的奥琳，让她感受到一道金色的光芒，充满活着的希望！一生中，奥琳没有感受到过这个世界的任何温暖，依靠谎言过日子。是的，用低级的小把戏度日，用她的狠毒的嘴巴到处乱说各种丑陋的事情是她值得骄傲的优点。没错，只是这样。这种来自死者的一点儿遗产足够让她陷入一个很糟糕的地步。她可以为了她的孩子们乞讨，为他们偷东西，她种了一辈子的地，养儿育女，想把自己会的全部东西都教给他们。她如此拼命，是为了让他们过上好日子，贫穷让她这个当母亲的不得不这么做。说实话，她的能力跟那些政治家们差不多，为了她和家人的未来，她懂得什么是明察秋毫之术，为的就是能得到一块奶酪或者一丁点儿羊毛。当然，她也能凭借这份假仁假义，识时务地生活下去。奥琳，可能老赛维特认为她是个风姿绰约，面色红润的年轻妇人吧。可是现在一看，她真是老了太多了，她的脸变得沧桑，也就只剩下一副残骸了，四处游荡。她总会有死去的那一天，可是谁又能知道她会被葬在哪里呢？她们家是没有祖坟的，最终她应该会和那些陌生人的尸骨一样吧，被葬进一个再平凡不过的坟墓里。是的，这就是奥琳的人生，她出生，然后死亡。她也有过青春。等她老了，会得到一丝馈赠吗？是啊，黄昏中最后的一道光！为此，这个一生都过着奴性生活的妇人，将合起双掌万般感谢。她相信正义会将这最后的恩赐带给她，因为不管是偷是骗，她已经为了儿女竭尽了全力。在这一瞬间，黑暗笼罩了她的内心，就如同从前。她会贪婪地睁大双眼，伸出手指讨要："多少钱？怎么，就只有这一点儿吗？"她会永不满足，这样的她又好似变回了从前。但不管过程怎样，她还是值得拥有一笔丰厚的奖赏的，毕竟她是一个多次生养、多次创造生命的母亲。

但事情的发展并不如想象中那样顺利。经过艾勒苏的清算，老赛维特的账目已经大体理顺了：农场、奶牛、养鱼场以及渔网最多只够填补亏空。多亏了奥琳，很多事情才不至变得更坏。因为她一心想多分到一点儿财产，所以多年来她的八卦消息帮了不少大忙。许多陈年旧账都被她翻了出来，那些她还没忘记的，或者有人为了保全别人面子而特意忘掉的。噢，这个奥琳现在再也不会说老赛维特的坏话了，他是好心才留了遗嘱的，身后一定留了不少遗产。但是部里瞒着她派了两个职员来处理，所以奥琳总是恨恨地威胁说："总有一天，这些会传到上帝的耳朵里。"

令人无语的是，她丝毫没有对老赛维特在遗嘱中提到她的这事感到奇怪。毕竟，这是一种荣耀，像她这样的人被写进遗嘱里应该不会再有第二个了！

赛兰拉一家人已经有所预料了，所以对这一打击倒不以为然。但是，英格尔却无法理解，为什么赛维特舅舅一直那么富有……

奥琳说："他应该还会像一个正直的富人那样站在耶稣和上帝的

面前，如果他的钱没被盗走的话。"

艾萨克准备出门到田里去忙活。"艾萨克，真可惜你就要走了，不然我还可以看看那台大家争相称赞的新机器，是吗？"奥琳说道。

"是的。"

"对啊，外面都在传它割起草来要抵得上一百把镰刀。你家里什么都不缺了，艾萨克，你什么都有啦，又这么富有！我们那里的牧师买了一把双柄犁，但跟你比，那才真是小巫见大巫呢！当着他的面，我一定会实话实说的。"

"你要看机器的话就去找赛维特吧，他就会用。"艾萨克说完就离开了。

艾萨克离开了家，他打算去布里达布立克参加一场拍卖会，现在走过去时间正好来得及。他并不是想要去买下那块地，毕竟这是原野中第一场拍卖会，不去参加，可能不太礼貌。

当他刚走到曼尼兰时，就碰见了巴布罗。本以为问声好就可以了，可巴布罗却喊住了他，然后问他是不是要下山。"是。"艾萨克说着就抬脚想离开。他可不想跟她在这里聊天，因为他要去的拍卖会就是拍卖她家。

"你要去拍卖会？"她问道。

"拍卖？不，我也就是下去逛一圈，你和艾瑟克尔怎么样？"

"艾瑟克尔？我不清楚。他早就去拍卖会了，也不知道他能不能得到一些便宜的东西，便宜可不能让人都占了啊。"

现在巴布罗的肚子越来越大，身体也越来越重了，嗯，还有嘴巴，也是越来越刻薄！

拍卖会正在进行中了，因为艾萨克听见了区长的叫卖声，还看到了一群人。靠近后，艾萨克发现其中一些人他都没有见过，应该是从别的地方来的吧。布理德似乎没有什么变化，依旧在一旁嘻嘻哈哈的，穿着盛装到处打招呼。"艾萨克，你来了啊，下午好。你能来我真是太开心了，我的荣幸。感谢，感谢，我们可是从未发生过矛盾啊，多年来都是好邻居，好朋友。"布理德说得有些让人感动，"唉，一想起来要离开这儿就很伤心，这里可是我亲手开垦经营的地方，我跟这儿的感情实在是太深厚了。不过也没有什么办法，不是吗？这也许就是我的命吧。"

"可能吧，我相信你以后肯定能比现在好。"艾萨克安慰道。

"是的。"布理德接着他的话说，"讲真的，我也这么感觉。把这里卖掉，我一点儿都没有后悔过。我不能说这块地给我带来了多大的财富，但那天总会来的。孩子们都长大了，也该离开家了，尽管我老婆又要生一个小孩子，但是……"布理德忽然又跟他说了一个大事件，"我不做线路检测员了。"

"你说什么？"艾萨克问。

"我不干电报线路的工作了。"

"真的不干了？"

"是的，今年就开始了。干那个什么好处都得不到，不是吗？如果我去外边打工，也就帮区长啊医生啊开开车。可我的本职工作是电报检测员，无论如何我都要把电报检测的工作先做好——哦，没有任何作用。不是有很多人闲得到处瞎逛吗？就让他们去干吧，这才是最合理的安排。像我这个工作呢，工资很少，随时都要去山谷里维修线路。再说了，我跟电报办公室的人发生过矛盾，他们一定会找我麻烦的。"

区长一遍又一遍地说着农场投标价，现在差不多喊到几百克朗了。按理说，这块地方卖这个价格还是很不错的。所以，拍卖的价格只能以五或十克朗的价格一点儿一点儿增加。

"有什么问题吗？哦，原来是艾瑟克尔在叫价啊。"布理德尖叫起来，急匆匆地冲了过去，"你到底想怎么样？我的农场你都不放过？你已经有很多农场了，还不够吗？"

"我……我是替别人买的。"艾瑟克尔吞吞吐吐地说道。

"行吧，算了算了，我好像也没有什么损失。你别误会。"

区长拿起了手中的小锤头，因为又有人在追加价格，并且还是一次性加了一百克朗，没人再竞价，区长重复了几遍价格，最终敲响了他手中的小锤头，成交。

谁得到了这块地？

艾瑟克尔·斯特隆——替别人拍下的。

区长拿出了一个小本子，记录下：代理人，艾瑟克尔·斯特隆。

"这块地是给谁买的？"布理德问道，"你别多想，我就是问问。毕竟这一切跟我无关，可是……"

现在，区长正和几个男人围在桌子四周聊着天。其中一位是银行的代表，另一位是店老板的帮手，产生了一点儿矛盾，债权人不太称心。于是，他们就把布理德叫了过去，可布理德一直沉浸在喜悦中，不管他们问什么布理德只会说"是是是，对对对"。突然，他喊了起来，对所有人说："虽然我们的拍卖会已经结束了，可是，难得区长大人能来，那我想把我农场里的东西通通都拍卖掉：马车、牲畜、耙子，嗯……还有磨刀石。这些东西对我来说没有任何意义了，那就都卖掉吧！"

于是，拍卖会开始拍卖这些小东西。布理德的老婆跟他真是一家人，只知道傻乐。她肚子里还怀着一个快出世的孩子呢，可是她全然不顾，一心卖着咖啡。看来她真的很喜欢当售货员，脸上的笑容收都收不住。不管谁喝她的咖啡，都是要付钱的，她的丈夫布理德也不例外。没想到布理德真的付给了她咖啡钱。"你真是一个好太太。"紧接着他又转头对在场的人说，"我真是幸运，找到了那么贤惠持家的妻子。"

马车被放在院子里风吹雨淋很长时间了，所以卖不了什么高价。结果，艾瑟克尔为了买下那辆马车竟多付了五克朗。买完那辆马车后，艾瑟克尔就没有再买其他任何东西。即便是这样，大家对此还是感到很诧异，艾瑟克尔是一个行事多么小心的一个男人啊，他竟然买了那么多东西。

最后，拍卖的牲畜。为了能方便地牵出它们来，就把它们关在了一个牲畜棚中。布理德把农场都拍卖出去了，留着牲畜还有什么用呢？布理德没有养奶牛和马，只是最开始开农场时养了两只山羊，当然现在已经是四只了，除此之外，他还有六只绵羊。

一只扁耳朵的绵羊被艾萨克买了去。布理德的孩子把它一牵出来，艾萨克就势在必得，果然他成功地拍下了这只绵羊，每个人都震惊地看着他。赛兰拉的艾萨克家境富裕，享有很高的地位，完全不需要买绵羊啊。布理德的老婆也停下了手中的咖啡工作，说："哦，艾萨克，真是太好了。虽然它年龄已经很大了，但是它每年都可以产出两三只羊羔，真的是这样，我可没有骗你。"

"好的，我原来见过这只绵羊，知道你不会骗我。"艾萨克盯着她的眼睛回答道。

回家的路上，他和艾瑟克尔·斯科隆一起走着，他手中还握着一根绳子拉着他刚拍下的那只绵羊。艾瑟克尔什么都没有说，但是给人一种很焦虑的感觉，可能在思考着什么吧。艾萨克琢磨了琢磨，还是没有答案，他觉得艾瑟克尔没有什么能感到苦恼的事啊。他们家的庄稼生长得很好，草料也都被收进了房间中，这段时间他还在忙着装修房子。艾瑟克尔的生活过得井井有条，有时想法可能会慢人半拍，但总的来说还是不错的。如今，他还买了一匹马。

"你买下了布理德的房子？是要自己打理吗？"艾萨克问。

"不是，是别人让我替他买的。"

"嗬！"

"你觉得怎么样？我买的是不是贵了些？"

"那倒没有。只要认真地打理一下，那儿将来一定是块好地。"

"其实，我是替一个兄弟买的，他现在在海尔吉兰。"

"嗬！"

"我想……我想跟他换块地，嘿嘿。"

"换块地？交换一下？"

"对，巴布罗肯定想让我这样做。"

"嗯，的确。"艾萨克答道。

之后，两个人又都沉默下来，默默地走着。突然，艾瑟克尔的一句话打破了宁静："他们还是总来劝我担任电报线路的工作。"

"电报线路？哦，布理德早就卸任了吧。"

"是啊。"艾瑟克尔笑起来，"不过，那并不是布理德的本意，他是被他们开除了。"

"真的？原来是这样啊。"艾萨克说着，心里想着该替布理德说两句好话，"可能干这个活儿需要花费的时间太多了吧，他没有时间。"

"他们早就找他谈过话，过年前要是不能很好地完成工作就开除他。"

242

"哦。"

"你认为我干这个工作怎么样？"

艾萨克沉思了很久，终于开口道："嗯……这个工作吧，给的工资福利还是很好的，可是……"

"他们答应给我涨一部分工资。"

"涨了多少？"

"涨了一倍。"

"涨了一倍？真是太好了，你可要好好想想。"

"可问题是，他们给我加了工作量，检测的线路加长了不少。哦，我真的不知道怎么做才是对的。我们这儿不跟你们那儿似的，我这里木材量很少。如今，我在建房子，有很多东西都要买。算下来，买这些得用很多现钞，可是，我田里的东西和牲畜卖不了那么多钱啊。我看，我还是先干一年检测员吧……"

他们两个都没有说"可能布理德干得会更好"这句话。

终于，他们走回了曼尼兰，发现奥琳早就从山上下来了。真是个怪人，胖得流油，像极了在地上爬来爬去的蛆，可是她都七十多岁了，怎么还到处跑。她安静地坐在屋子里喝着咖啡，看见有两个男人冲她走来，她知道躲不开了，所以就径直走出了屋子。

"哦，艾瑟克尔，下午见到你真开心，拍卖会结束了？欢迎回来。我就是来看看你跟巴布罗，没大碍吧？现在看来，你们的生活过得真不错，房子建了一座又一座，我相信，你们未来的日子会更好。哦，艾萨克，你怎么还牵了一只绵羊？"

"这是我刚买的，你可能之前见过它呢。"艾萨克答道。

"我见过？应该没有吧……"

"它有两只扁耳朵，不信你看。"

"扁耳朵？你想表达什么呢？之后你会怎么样？我想问，买走布理德农场的到底是谁？我刚才还在跟巴布罗说这件事呢，谁会在那条路上跟你们做邻居呢？我很好奇。巴布罗真让人心疼，她一坐下眼泪就止不住地流，好吧，这是应该的。可是，上帝让她又有了一个新家……嗯……扁耳朵？我可是见过不少扁耳朵的绵羊啊。艾萨克，我可告诉你，你的那台先进的机器我真是弄不明白。我不想问你它的价格，想想就知道那个价格肯定很高。艾瑟克尔，你如果看见那个机器肯定也会赞同我的说法。那个机器，就像……嗯……像以利亚和他发火时的双轮战车。请原谅我这样描述，上帝……"

艾勒苏把草料都搬运到了屋子里，之后着手回城的事情。艾勒苏早就写信跟工程师说了最近会回到城里。然而他却收到了一份让他感到诧异的回信，信中说，现在的经济不太景气，财政亏空，所以不再让艾勒苏回去任职，他的职务暂由他的领导担任。

真是个不好的消息！但是再考虑考虑，一位区检测员为什么要请一位办公室职员？艾勒苏年轻的时候完全可以被他带走啊！嗯，是的，能够向在原野中生活的一家人彰显他的威严。假如他一直帮助艾勒苏的衣穿住行到他受坚信礼，那艾勒苏也会用自己的文书能力回报他。可是，如今孩子都长大了，肯定不能和之前相提并论。

"但是，"工程师说道，"倘若你真的回来，我会竭尽全力为你在其他的地方谋一个职位。可是这并非易事，因为现在求职的年轻人越来越多，而职位空缺的太少。劳烦带我问……"

那是自然，艾勒苏一定会回去的，这一点不必怀疑。艾勒苏是不会自暴自弃的，他要让自己在世界上声名远扬。事态万千，有些变化他在家里只字未提，就算说出来也毫无用处，何况，说实在的，整个事态让他颇感烦恼。

总而言之，他只字未提，在赛兰拉住了一段时间后，这里的生活方式对他产生了一定的影响。虽然这儿的生活平平淡淡，可它静谧的同时又使人麻痹，是一种梦寐般的生活。待在这里，没有东西是他能够拿出来显摆的，就连那副眼镜都变得一无是处。长时间在城市里生活已经使他从别人中分散了出去，尽管变得比别人更加的杰出，可同时他也变得比别人更加的懦弱，他真真切切地意识到自己即将流离失所。他又重新爱上了艾菊的清香——这事就先不说了。类似这些都没有任何的价值，每个早晨村子内的少年都会伫立凝视着少女们，细听她们挤牛奶的声音，然后在内心告诉自己：快听，这是她们挤牛奶的声音，如同流水般清脆，真是妙趣横生。它不同于城市内救世军军乐队以及轮船汽笛的乐声，仅仅只是乳流流进奶桶里奏响的乐曲那般……

　　赛兰拉的一家都不愿过度地流露感情。对于向家人告别的那一刹那，艾勒苏感到担心害怕。他早就将行李收拾稳妥，可是母亲又拿给他一个大袋子，里面装满了做内衣裤的布料，马上就要出发了，父亲又委托别人带了一笔钱给他。钱——他的父亲艾萨克当真愿意拿钱给他吗？没错，正是钱。英格尔非常委婉地向他说明这可能是艾萨克给他的最后一笔钱了，因为艾勒苏即将要独自到外面闯荡一番……

　　"哼。"艾萨克说道。

　　家中被肃穆寂静的氛围笼罩着，在这顿别离宴上，每人都吃了一个熟鸡蛋，赛维特早已在门口等候，他打算帮助哥哥把行李拿下山去。艾勒苏是时候向一家人告别了。

　　首先他跟丽奥波尔丁告别，很好，她也跟他说了再会，应酬得很自然。然后他向那个叫简森的女佣告别，她正在纺羊毛，她也跟他说了声再会，倒是那两个女孩直瞪瞪地看他，真烦！

或许是因为他现在红了眼眶。他握住了母亲的手，不出意外的她大哭了起来，他本来是极其讨厌别人哭的，可她现在全然顾不上了。"再……再……再见…，上……上……上帝保佑，你……你……一定要平安！"她止不住地抽噎，说话都变得断断续续。最艰难的一关是他跟他父亲的告别，这让他感到非常的悲伤。唉，那么多令人伤感的往事；他是一位辛苦而又值得孩子依赖的父亲，他的双臂抱大了孩子，他给孩子们讲了海鸥和其他的鸟兽虫鱼，以及发生在田野中的有趣怪事，这都是不久以前，才几年而已……父亲靠窗而站，而后又突然转过了身子，他握住了儿子的手，别扭地说道："好吧，再见！有匹新马脱缰了。"刚一说完他就立即跑了出去。哦，实际上那匹马是他自己之前故意解开的，淘气包赛维特看到了他所做的一切，他看着父亲，暗自发笑。再者说，那匹马一直在那块留茬儿田地里。

　　艾勒苏终于和家人告别完毕。

　　接下来，他的母亲一定会再次走到门前的石板上，抽噎地说："愿上帝保佑你！"并给他一样东西，"你拿着，不要谢他，他说不让你谢。要记得给家里写信，常常写。"

　　整整两百克朗。

　　艾勒苏朝下看去，远远地看到了田野里的父亲，此刻他正在费力地把一根拴马桩打进地里，尽管土地相当柔软，但他看上去特别吃力。

　　兄弟俩沿大路走了下去，他们一到曼尼兰就看到巴布罗立在门口，她招呼他们到屋里坐坐。

　　"艾勒苏，你又要出门了吗？如果是这样，你们一定要进来坐一坐，喝杯咖啡再走也不迟。"

　　他们进了屋，艾勒苏现在已经不会因为失恋而伤心难过了，更是没有了跳窗服用毒药的主意。不，他将轻便的军大衣往腿上一盖，故意将银牌露在外面；紧接着他用手帕擦了擦头发，高雅地说道："今天天气真好，可不是嘛——妙不可言！"

巴布罗极为淡定，她转弄着一只手上的银戒指和另一只手上的金戒指。是的，就是这样，她还有一只金戒指——除此以外，她围了一件从脖颈一直拖到脚踝的长围裙，似乎是想要向经过的路人表示，她的美妙身段并未受到损害。当煮好了咖啡而客人也在品尝的时候，她首先拿白布做了会儿针线活儿，接下来又在一副领圈上做钩针活儿，姑娘们的手工活儿她可没少做。对于他们的造访，巴布罗并没有感到尴尬，她看上去落落大方；他们轻松自在地交谈着，艾勒苏也能时不时地显示出自己的风流倜傥。

"你把艾瑟克尔带到了什么地方？"赛维特问道。

"嗯，临近处。"她突然停了下来，转头问艾勒苏，"照这么说，很难在附近一带再见到你了？"

"嗯，应该是。"他说。

"对啊，早就习惯了大城市的人怎么会在这样的小地方生活下去呢。我真巴不得能同你一起去。"

"你说的不是实话，我很清楚。"

"不是实话？我非常清楚住在城市和住在这里的差别，何况我住过的城市比你住过的还大，就拿这些来说——我能不想去吗？"

"不，你误会我的意思了。"艾勒苏赶忙辩解道，"你是在卑尔根这样的大城市里住过的人。"莫名其妙，他怎么如此烦躁。

"如果不是我现在还能够看看报纸，这个地方我是一分一秒也待不下去了。"她说道。

"可是艾瑟克尔和其余的一切又怎么办呢？我在考虑这些

事情。"

"你是说艾瑟克尔吗？他和我没有任何关系。你呢，应该会有人在城里等着你吧？"

听她这么一说，艾勒苏免不了要卖一卖关子，他将眼睛闭上，舔了一口食物：没准还真的有人在等着他。如果不是因为赛维特在，他一定会抓住这个机会惩治她一番。眼下他只好说："你不要胡说八道！"

"哼，"她今天整个人都有些厚颜无耻，脸皮特别厚，"对啊，我胡说八道。在曼尼兰住着的人能有什么出息？我们这些小流之辈怎么能和威风凛凛的你相提并论呢——差远了。"

嗯，让她见鬼去吧，这一切跟他艾勒苏又有什么关系呢；她的面颊明显有些污痕，甚至如他一般单纯的人都能看出来她怀孕了。

"你可以弹弹吉他吗？"他问道。

"不可以。"巴布罗拒绝，"刚刚我想要说的是：赛维特，你抽空儿可不可以花一两天的时间帮艾瑟克尔建建新房子？你明天从村里回家的时候就过来做，行不行？"

赛维特思索了一会儿，说道："行是行，基本没什么问题，可惜我的衣服并不合适。"

"傍晚我会去山上取你的工作服，让你回来的时候有衣服可穿。"

"没问题。"赛维特说道，"如果你愿意跑这一趟。"

现在巴布罗表现得格外殷勤："啊，你能过来就太好了！眼看着夏天就要过去了，我们的房子一定得在秋雨来临之前建好屋顶才行。艾瑟克尔几次三番想请你帮忙，可他就是没好意思开口。你能够前来真是帮了我们的大忙！"

"我一定尽我的全力帮助你们。"赛维特说道。

这件事就这样说定。

眼下艾勒苏有些生气。她知道巴布罗精明能干，为了她自己和艾瑟克尔讨便宜谋利益，找人帮忙建造新房子，保留旧房子，可是她的姿态过于明显；就目前而言，房子的正式女主人还不是她，就在前不久她还亲吻过他——不要脸的女人。她就没有一丁点儿的羞耻心吗？

"嗯。"艾勒苏突然说道，"我一定准时回来，充当你孩子的教父。"

她瞪了他一眼，气愤地说道："教父，亏你说得出口。此刻我很想问问，到底是谁在那儿胡言乱语？你等我写信要寻教父时再回来也不晚。"艾勒苏听她这么一说，尴尬地笑了笑，并急于离开那里。

"谢谢啦！"赛维特站起身来，想要离开。

"谢谢啦！"艾勒苏也说了一句，可是他不像一个喝完咖啡表示谢意的男人那样，让他站起来鞠个躬——门儿都没有，如此利嘴的丑八怪，让她去见鬼吧！

"我瞧一瞧。"巴布罗说道，"我之前在城里，看到那儿的年轻人也挂着这样的银牌子，只是他们的比你的大多了。"她说道，"哦，赛维特，你回家来时就在这里过夜吧，我一准帮你把衣服拿来。"

和巴布罗的告别到此为止。

兄弟俩继续向前走去。艾勒苏丝毫不因为巴布罗的事而感到苦恼，她爱怎么样就怎么样吧——再说，他口袋里还有两张大票面的钞票。兄弟俩都没有提起伤心事，如父亲道别时神态异常、母亲的失声痛哭等。以防会在布里达布立克滞留，他们特意绕道而行，还为这个小小花招儿互相取笑对方。就在这时，他们看到了几米开外的村子，赛维特该转身回家了，两个人都没有了刚来时的豪情万丈。就拿赛维特来说，此刻他不舍地说道："你离开家后，家里一定没有那么热闹了。"

艾勒苏听他说完不由得吹起了口哨儿，他低头看着自己的鞋，去寻找手指上的那根刺，又乱掏口袋，全都是废纸片，他说，弄不明白……唉，如果不是赛维特最后使了个花招儿，如此尴尬的场面不知道何时才能结束。"摸一摸！"他忽然大声地喊道，拍了拍哥哥的肩头便一下飞奔而去。这么一来气氛好多了，在一段距离之外，他们向对方高喊了几声再见，便各走各的路了。

说它是命运也好，机会也罢，管它是什么呢。艾勒苏又回到了城市，去就一个早已不再聘用他的职位。与此同时，艾瑟克尔·斯特隆却有了盖房子的如意伙伴。

他们从八月二十开始干活儿，只干了十天就建好了屋顶。嗯，这座房子单从表面来看一点儿也不好看，况且相当的低矮；它最大的特色就是它是用木头造的，而不是茅草。不过，这意味着至少到了冬天，牲畜们可以住进华美的棚圈了，这个棚圈一直以来都是被当作住人的房子的。

第二十一章

　　九月三日那天，巴布罗就像消失了似的，谁也找不到她。其实也不是真的消失，她只不过是没待在房子里而已。

　　艾瑟克尔凭借自己仅有的经验做起了木工，时刻想着怎样为新房子装上一扇门和一扇玻璃窗，真是太尽职尽责了。午饭时间早就过了，但还是没有人来叫他去吃饭，他只好默默地走回小屋。小屋里一个人都没有。他饿极了，所以就自己弄了点儿吃的。吃饭的时候，他的眼睛还在四处乱瞟。巴布罗的衣服依旧挂在那里，她可能是去外边闲逛了吧。吃过饭后，他又去装饰新房子了，忙活一会儿就会回小屋看一下。哎——小屋中还是一个人都没有。她一定是不知道躺在哪里了。不行，他要去找她。

　　"巴布罗！"他边找边喊着。哦，他已经把房子附近都找遍了，树林里也没有放过。可是一个小时过去了，他还是没有得到任何回应。不知不觉中，他走到了很远的地方。突然，他在一棵树下发现了她。她光着脚，流动的溪水漫过了她的脚背，不仅如此，她还光着头，后背也被打湿了。

"啊，你为什么要躺在这儿呢？刚才我喊你的时候，你怎么不回应我？"

"我……我怎么回应啊。"她用嘶哑得发不出声的嗓子回答道。

"你这是摔下河岸了？"

"嗯。脚一滑就摔进水里了。"

"身体还疼吗？"

"没什么疼痛的感觉。"

"真的不疼吗？"

"对，真的不疼了。我们回家吧。"

"嗯……其他人呢？"

"你说什么，哪有其他人。"

"就是……就是那个孩子啊。"

"他死了。"

"什么？死了？"

"对，死了。"

艾瑟克尔听到这个消息后整个人都蒙了，怔在了那里。

"唉，好吧。但是，那个孩子被你扔在哪里了？"他问道。

"这你就不用管了，我们还是快点儿回家吧。他死了，你不必考虑那么多。我还能走路，你只要稍稍扶我一下就可以。"

在艾瑟克尔的搀扶下，她回到了家，坐在了椅子上，衣服上的水滴顺着衣角滴落下来。

"他真的死了吗？"他不依不饶地问道。

"我都跟你说多少遍了，你还不相信，他真的死了。"她答道。

"哦，那好吧。但是，请你如实地告诉我，你对他没有做过什么残忍的事吧？"

"你是要去闻闻他的尸体吗？对了，你吃饭了吗？"

"那你为什么会去水边？"

"嗯？我去水边摘点儿嫩松枝。"

"嫩松枝？你去摘那个做什么？"

"当然是拿回来刷水桶啊。"

"你说谎，那条路上根本没有什么嫩松枝。"

"你快去忙你自己的事吧。"她不耐烦地说道，"我为什么会去水边呢？因为我想去找点儿嫩松枝，拿回来可以做些扫帚。我问你吃饭了吗，听没听见？"

"吃了。你身体还好吗？"他说。

"嗯，没事了，挺好的。"

"我还是去找个医生来给你看一下吧。"

"随便你吧。你真是钱多到没地方花了吗？哼……"说完她就跳下椅子，到处找换洗的干衣服去了。

艾瑟克尔又去新房子干活儿了，可是也没干多少，只是故意发出了"砰砰砰"的声音，以便引起她的注意。最终，他还是装好了门窗，并且还用草根上的土糊住了门窗四周的缝隙。

那天晚上，巴布罗没有什么食欲吃饭，就出来四处溜达。一切都是原来的样子，她也是跟之前一样，忙忙这，忙忙那，依旧根据之前的时间给牛棚的牲口挤奶。唯一不同的是，她在进门迈门槛的时候很是小心翼翼。她晚上还是住在草棚中。艾瑟克尔夜间去看过她两次，每次去都看她睡得很熟的样子。嗯，这一晚她睡得真的很好，一觉到天亮。

第二天早上，她醒来后身体就恢复得很好了。不过，嗓子还是疼得厉害，无法清楚地说出一句话，脖子上也有一道狰狞的伤口。他们不可能心平气和地坐在一起聊天了。几天过去了，谁也没有再提起这件事情。毕竟每天都会有新的事情发生，过往的事也就渐渐被遗忘了。按以往的经验，新房子应该放一段时间后才能入住，这样木料才能变得更加坚固。可是他们等不及了，他们必须要尽快住进去，这样才能安顿牲口。因此房子一盖好，他们就住进去了。然后他们就开始忙着种马铃薯，收麦子。生活终于回到了原来的样子，按部就班地过着。

不过，事情没有那么简单。大大小小的现象表明，在曼尼兰很多事情都在慢慢改变。现在，巴布罗觉得自己跟普通的用人没什么两样了，在这里住着很不舒适，所以也不必长时间地待下去了。艾瑟克尔自从知道那个孩子死了之后，就慢慢地收回了她手中的权力。他原本很憧憬未来的生活，认为孩子出生后一切都会变得很美好。然而，他并没能如愿，孩子死了。到了后来，巴布罗摘掉了手指上所有的戒指，一枚都不剩。

"你为什么摘掉戒指？"他问。

"为什么？你说呢。"她仰起脸反问道。

这种暗示已经很明确了，她要离开他。

如今，他在小溪中找到了那个死去的婴儿。这倒不是他刻意去寻找、去打听的。其实，他心里很清楚尸体被丢在了哪儿，就是没有去找而已。现在，他不经意地看见了，就不可能再装作什么都没发生过。鸟在空中徘徊，起先只有几只松鸡和乌鸦叫着，后来竟又飞来了两只老鹰。最初，只有一只鸟发现那儿藏着东西，之后就像遇见新鲜事似的，疯狂地向外传递着消息。一传十，十传百。艾瑟克尔的内心最深处被触动了，他偷偷地去那里看了看。他看到了杂草和嫩枝后边的包裹，里面装着那个小家伙。他在好奇心的驱使下，一步一步地靠近那个包裹。他轻轻地拨开包裹的一个角，看见那个小男孩闭着眼睛，他有一头乌黑的头发，两条腿互相交缠在一起。包裹原本是湿的，可现在也被晾干了，整个尸体都皱皱巴巴的，看起来像一块拧得半干的抹布。

看到这幅场景后，他的内心久久无法平静。他不舍得把他一个人扔在这里，可能也有其他的原因，他怕这样会对他的农场造成不良影响。于是，他跑回了家，拿了一把铲子又跑了回来，之后在地上挖了一个很深的坑。但是这个坑在小溪边上，所以溪水就流了进来。他只好把那个坑填上，在距离小溪比较远的地方又挖了一个坑当作新的墓地。他原来很担心被巴布罗找到，但在他工作的时候这种忧虑竟然没有了。恰恰相反，心里多了一份反抗和愤懑的感觉。如果她过来，他就会让她很庄重地把尸体包裹好，不在乎他到底死了还是没死！他很明白，这个孩子对他有多重要，孩子的死对他的打击真的很大。可能，他失去的是一个未来能帮他的助手，从此之后，只能是他一个人孤单地在田里忙农活儿了——一直，一直这样下去，家里农场的牲口比原来翻了三倍，他的责任也就多了三倍。要是她来了，他才不怕呢！嗯，巴布罗——她应该知道他到了哪儿去，干了些什么吧。自始至终，她都没有出现，艾瑟克尔尽了自己最大的努力把尸体包裹好，之后很庄重地把他抱到了新墓地中。他按照之前的规矩，在墓地顶部铺上了一层草皮，盖住所有的东西。等他把这一切都做好后，一个青色的小土堆就屹立在草丛中了。

他收拾好回家，在家门口看见了巴布罗。

"你刚刚干什么去了？"她问道。

他把过往的一切都放下了，所以，他说道："哪儿也没去，倒是你，你干什么去了？"

他说这句话的时候脸上的表情很是凝重，令她感到惶恐。她什么也没有说，低着头走回了家。

他跟在她身后。

"我问你，你摘下那两枚戒指到底想表达些什么？"他气冲冲地问。

巴布罗可能也意识到了自己的错误，于是笑着答道："真是笑死人了，你今天怎么突然那么严肃，严肃得让我想笑。你是想让我每天都戴着吗？你要是想让我这样做，那我就一直戴着吧。"话音刚落，她就从口袋中掏出了戒指，重新戴在了手指上。

艾瑟克尔看到这一幕后开心地笑了起来，一脸满足。巴布罗看到他的表情后，壮着胆子说："我其他的事情没有做错吧？"

"嗯……没有了吧。希望你能回到你刚来这儿时的样子，跟那会儿一样好就可以了。"

其实，两个人能够一直和平相处还是很难的。

艾瑟克尔接着说："因为你，我把你父亲的农场买了下来。我想，你可能比较想去那里住吧，过段时间我们就一起搬过去，好吗？"

嗯，他依旧在迁就她。他很怕她会离开，因为他不想失去这个帮手。农场和牲畜他一个人真的忙不过来。

"嗬，这些话你之前就说过。"她冷冷地答道。

"嗯，我知道我说过。可是你从来都不回应我。"

"嗬，你让我怎么回应你。你的这些话让我感到恶心。"

艾瑟克尔觉得自己的心胸已经很宽阔了。他没有赶走布理德一家，而是让他们留在了布里达布立克，并且他还买光了农场上所有的粮食，干草也只是运出去了几车，马铃薯更是原封不动地还给了他们。他都做了那么多了，可是巴布罗还是敌对他，太令人费解了。很显然，她还是没听进他的话去，因为她问道："你这是想把我的家人都赶走吗？给你腾地方让你搬进去。"

什么！他愣住了。他的好意怎么能被误解成这样呢？不行，他要好好地解释解释，可是，他又能解释什么呢？最后，他只好答道："他们……他们不是要搬到村里去了吗？"

"我可不知道！谁知道你有没有给他们在那儿找房子住？"

艾瑟克尔一直隐忍着，他不想跟她吵架。但是，他脸上的表情因为她这句话丰富了不少，更多的是惊讶。

"你真是顽固不化的一个女人。可能，你也不是故意用言语伤人的。"

"我从来都是想说什么说什么，我说的就是我想表达的。对了，你为什么不同意我的家人搬到这里？这个问题你今天必须要给我一个答案。如果我的家人能搬来这儿，我妈妈还能帮我们干活儿。哼，也对，你肯定觉得不管我干什么活儿都不需要找人帮忙吧。"

她说的多少有点儿道理，可是大多数还是不太符合逻辑。布理德一家要来的话，他们就得搬到那个小屋里去住。那牲口怎么办呢？把牲口赶出小屋吗？那牲口就不得不又回到那个破破烂烂的牛棚了。真搞不懂那个女人是怎么想的，脑袋不是用来思考的吗？

"你听好了，你需要帮助的时候，可以找女佣来帮你。"他说。

"再过两天就冬天了，哪儿还有什么农活儿要忙。农活儿忙的时候你怎么没想到给我找帮手？"

她说得没错，这件事情的确是他考虑得不周到。她一个人忙不过来或者身体不舒服的时候才是最需要帮助的。可巴布罗往往自己一个人就能办好所有的事，在她眼中没有完不成的事。她好像又回到了从前，干活儿麻利，头脑灵活，自己解决所有的事情，再也不说请人帮忙的事。

"唉，我算是看不透你了。"他叹了口气说道。

寂静。

巴布罗问："你为什么要接替父亲的检测员的工作？"

"你说什么？谁跟你说的？"

"外面都传遍了，大家都这样说啊。"

"嗯，好吧……我也听别人说起过。我的确不能否认这件事，谁知道以后会发生什么呢。"

"哦！"

"你怎么想起问这些事了？"

"哦，只是突然想起来了。这样说来，你不仅要赶走父亲，还要抢走他的工作？"巴布罗说道。

寂静。

终于，巴布罗触碰到了艾瑟克尔的忍耐底线。他喊道："我这样跟你说吧，你对我来说一点儿也不重要，真不该对你和你的家人那么好。"

"嗯。"巴布罗边说边点了点头。

"枉费我的付出。"他说完后，站起身来，"砰"的一声用拳头打到了桌子上。

"我胆子大着呢，你别以为这样就能吓到我。"巴布罗战战兢兢地说着，身体不自觉地向墙边退去。

"我吓唬你？嗨，我问你，你到底对那个孩子做了些什么？他是被你扔到水里淹死的吧？"

"淹死？"

"我在小溪边发现了他。"

"哦，你……你见过他了？你是不是——"她到底还是憋回去了那句"闻过他身上的气味吗"。她还是害怕他脸上的那份严肃的，也知道这件事非同小可，所以没敢说出来，"你去了他死的地方，并且还看见了他？"

"他就漂浮在水面上。"

"嗯。"她回道，"那就是他吧。我当时生他的时候摔进了河里，怎么都站不起来，他就被淹死了。"

"你没有撒谎？真的摔进水里了？"

"我骗你干吗！没等我爬起来，他就出生了。"

"好吧，"他继续问，"那你为什么会带着包裹的布出去？难道你已经知道你要摔进水里？"

"包裹东西用的布？"她一个字一个字地说道。

"嗯，就是你从我衣服上剪下来的那块白布。"

"哦，那块白布啊。我原本是用来装嫩松枝的。"巴布罗答道。

"嫩松枝？"

"是啊，我不是早就跟你说过我要去采嫩松枝吗？"

"对，你之前的确是这样跟我说的。你还说你打算用那些嫩松枝做扫帚。"

"嗯，做不了扫帚还能做别的啊。"

两个人因为这件事又吵了一架。吵完后各自就慢慢地冷静了下来，一切又回到了往常。然而，这并不是绝对的平静，只是表面上比较平静罢了。巴布罗变得更加小心和谨慎，对艾瑟克尔也是越来越顺从。因为她心里很清楚，她现在的处境很危险。也是这个原因吧，曼尼兰的生活四周笼罩着一层低气压，让人感到很压抑。两个人从不敞开心扉，也没有体验过快乐的日子，而是把对方当作敌人似的防着。这种情形持续不了太长时间，可是她存在一天，艾瑟克尔就逼迫自己放宽心。是他把人家姑娘带到这里来的，并且喜欢上了她，占有了她，让她存在于自己生活的方方面面。一切都定了型，要想改变也不是件容易的事。巴布罗了解这里的所有东西：哪里放着锅碗瓢盆，山羊奶牛的繁衍周期，冬季需要的草料量，做奶酪和食物搭配多少牛奶。一个初来乍到的人绝对搞不明白，就算是能弄清楚，那他也不知道该去哪儿找人帮忙。

可是，艾瑟克尔有过很多次想辞退巴布罗的想法，他宁愿找其他的姑娘来帮助他。有时她的行为太诡异，让他觉得心惊胆战。但是，他也是幸福的，毕竟他们也有和平相处的时刻。当然，她突然爆发的坏脾气还是很有威慑力的。但是，她长得的确很美丽，不经意间就能打动人心，有时还会把头扎进他的怀里。曾经的确是如此美好，可现在那些美好都消失了。哦，感谢。但是，巴布罗不会再像从前一样动人了。如果想改变这样的情况，太不容易了……

"你……你嫁给我吧，我们现在就结婚。"艾瑟克尔说道。

"现在？那可不行，我的牙齿快掉没了，我得先去城里看牙医。"

日子还是跟从前一样过，不这样过还能怎么过呢？巴布罗已经没有工资了，不过她拿到的钱比那些工资多多了。她经常跟他要钱，他也会给她。这让巴布罗很开心，每次拿到钱后就会很郑重地感谢他。艾瑟克尔至今都不清楚她把钱花到哪儿去了，毕竟他们生活在一个人迹罕至的偏远山区，她能把钱花到什么事情上呢？难道她把那些钱偷偷藏起来了？可是，她那点儿钱能攒住吗？她攒钱的目的是什么呢?

艾瑟克尔还对很多事感到疑惑呢。他记得他送过她一枚金戒指,不是吗? 从那以后,他们的关系渐入佳境,不过那并没有持续多久。可是,他也不能每天都送给她一枚戒指吧。唉——难道她真的准备离开他了? 女人,真是令人捉摸不透。难道有其他男人在等她? 那个人比他更富有? 艾瑟克尔有时也会被这个女人气得要死,可是他还会尽量控制自己不用拳头砸桌子。

多么与众不同的一个女人啊。现在,巴布罗的脑子里装的全是卑尔根和那些城市里的生活。无可非议。事情已经发展到这个地步了,她为什么还要再回来呢? 真是太可恶了! 他父亲给她发的电报应该不能改变她的想法吧,她一定还有什么不可告人的理由。此刻,她还在这儿,清晨到傍晚,年复一年,她觉得什么都不顺眼。这儿没有结实的铁桶,所以用的都是木桶;也没有深一点儿的平锅,只有煮饭用的锅;不能随意散步去牛奶厂,必须一刻不停地挤奶;靴子又厚又沉,香皂是黄色的,枕头里塞的也都是干草。不仅如此,这儿连乐团、能说话的人都没有。枯燥无味的生活啊……

经历了那次较大的争吵后,他们也没能消停几天,小的争吵一直不断。唉,不知道下一秒他们会不会又争吵起来。"如果你还有点儿脑子的话,就什么都不必再说了。"巴布罗说,"请你不要再说起你和我父亲的那些事。"

"那好,不过我跟你父亲之间能有什么? "艾瑟克尔答道。

"别装傻了,不过检测员肯定不会是你。"

"真的吗? "

"千真万确,你想都不要想。让我相信也可以,前提是你真的当上检测员。"

"或许，你是觉得我胜任不了这份工作？"

"不，你做得已经很好了。但是，你不认识字，也不会写字。你从没读过报纸，不是吗？"

"这算什么借口，如果需要我掌握这些，我就一定能读能写。反倒是你，每天都在我耳边叽叽喳喳，听得我快烦死了。"

"对了。"他停顿了一下说，"那一枚呢？"

"嗯，如果你想收回你送给我的戒指，我一定会还给你。"她边说边做出摘戒指的动作。

"既然你那么想恶心我，我就遂了你心愿。你觉得我会在意……"还没说完他就离开了。

艾瑟克尔走了，巴布罗也没必要演戏了，不一会儿，她就重新戴上了那两枚戒指。

到了后来，她一点儿都不把他说的关于死婴的话放在心上。她从不认为自己有错，只是说："你说是我把他淹死的？好啊，你拿出证据来啊。你一直住在这个与世隔绝的地方，能知道外边的事情？"

忘记哪一次，他们说到了这个问题，她很真诚地想跟他说明白，好让他清楚自己的冥顽不化。那时，她在卑尔根时就听说有两个女孩干过这样的事，可是其中一个女孩太傻了，她没有杀死那个婴儿，而是让她在外边活活冻死的，就这样，她被监禁了两个月。而另一个呢，什么事都没有。"不会的，现在的法律没有之前那样冷酷无情。这儿除了我们没别人，不会暴露的。"原来有一个女人，她在卑尔根的旅店里杀了两个婴儿。她来自克里斯提尼亚，头上戴着有羽毛的帽子。人们只找到了她杀死第一个婴儿的证据，第二个至今也没有被查出来。

艾瑟克尔没想到她会说出这样的事来，打心眼儿里惧怕这个女人。他自己也偷偷地想过，想弄明白所有的事情，可想来想去都觉得她做得很对。他把事情想得太复杂了。巴布罗是个低俗的女人，不配拥有他的尊敬。害死婴儿这件事对她来说已经习以为常了，没有任何问题。可是，她也是女佣啊，她的思想局限于粗俗鄙陋，所以她就会从不好的一面去想问题，他本来就该想到啊。这很显而易见，在接下来的生活中，她还是没有任何改变，依旧不想用一个小时的时间考虑问题，还是我行我素，卑劣无耻，所以她这辈子只能当一个女佣。

"我还是要去看一下牙医，顺便买一件斗篷。"她口中的斗篷就是风靡了几年的中等长度的斗篷，她渴望拥有一件。

她把这些都当作是很应该的事，艾瑟克尔不知道自己该说些什么。他也没有一直怀疑她，毕竟她从没说过她做的事，她总是能很巧妙地否定一切，没有愤怒和反抗，也没有过度地坚持。可能她从没把这些当回事，习惯了而已，就像女佣不承认自己打破了盘子似的。一两周后，艾瑟克尔真的忍不下去了。这一天，他呆滞地站在屋子中央，像是明白了些什么。上帝啊！她怀孩子时的那个大肚子大家肯定都见过，凸出来那么多——如今她的身材又变成了没怀孕之前的样子——那么，孩子呢？如果有人来找应该怎样应对？迟早有一天，他们一定会问起来的。他们是不是不应该那么草率地把孩子埋在草丛里，而是应该很正式地去教堂把孩子安葬好……

"没那个必要，你要是那样做的话，大家只会觉得小题大做。"巴布罗反对道，"他们还要剖尸、验尸……不行不行，太麻烦了。"

"但愿一切顺利，不要出什么事。"他说。

巴布罗简洁地回道："怕什么？把他埋在那里就挺好的。"然后，她笑着问，"你怕他变成鬼回来找你吗？不会的，你放心，这件事到此为止，不要再说了。"

"那……那好吧。"

"你认为那个孩子是让我给淹死的吗？我跟你说过，是我不小心摔进了河里，他自己淹死的。你想的那些事我压根儿都没听过。肯定不会被人发现的，别紧张。"她安慰道。

"赛兰拉的英格尔和这件事是一样的，可他们就被发现了啊。"艾瑟克尔依旧不放心地说。

巴布罗想了想，说："我一点儿也不害怕。"她说，"法律相较于之前，有了很大的改变，这些事情报纸上都说过了。不只我们，还有很多其他的人都这样做过。可是，你有见他们遭到过惩罚？"巴布罗耐心地跟他说着，试图让他放下恐惧。她在外面待过一段时间，很清楚外面的世界是什么样子的，这还是很有用的。现在，她坐在他身边，这样看来，她还是配得上他的。她断断续续说了三点：第一，事情不是她干的；第二，就算是她做的，也没什么后果；第三，没有人会发现这件事。

"世界上没有不透风的墙，这件事迟早会败露。"他反驳道。

"你说得不对。"她答道。之后，她说出了一件让他感到更震惊的事。她这样说可能是想平复他的心情，或者是为了安慰他，也可能是虚荣心作祟，反正她还是一股脑儿都说出来了。

"我原来做过一件事，到现在都没被发现。"

"你确定是你？"他一脸怀疑地问道，"你做什么事了？"

"什么事？哼哼，我杀了一种东西。"

其实，她的本意并不想说那么多，可是不知道为什么，她并没有停下来。他愣住了，瞪大了眼睛一动不动地看着她。这可不是值得赞扬的勇气，只是她一个人的独角戏罢了，她只想借此树立自己的形象。他却没有一点儿兴致，低下头沉思着。

"你不信我说的话？"她吼道，"之前报纸上报道过一个'海港死婴'的案件，你还能想起来吗？那个婴儿就是我杀死的。"

"你说什么？"他说。

"哎呀，婴儿的死尸啊。还没想起来吗？那次是你给我带回来的报纸，我们还一起把那份报纸看完了呢。"

艾瑟克尔愣了很长一段时间，大声尖叫起来："你简直就是一个疯子！"

巴布罗听到艾瑟克尔的话后，显得异常亢奋，就像是得到了一股神秘的力量，促使她详细地讲起了事情发生的经过："我先是找了个箱子，之后把他装了进去。哦，别害怕，那个婴儿早就死了，我刚把他生下来的时候就把他杀死了。后来，我们要出港了，我就趁机把他扔进了海里。"

艾瑟克尔脸色阴暗，沉默地呆坐在那里。而她却滔滔不绝地说着，这件事发生在很多年前，那时她才刚来曼尼兰。她是想通过这件事让他知道，不是所有的事都会被发现。而他却一直坚持并不是这样！假如，不管大家做什么事都会被发现，那这个世界会发生什么呢？那些结了婚的城里人做过的事就要暴露了？他们在医生的帮助下让孩子胎死腹中。他们不想要那么多孩子，一个是最好的，最多两个，那多出来的就要趁孩子还没出生找医生帮忙打掉。哦，艾瑟克尔没到外边生活过，但是他也应该知道这些对外边来说都是小事情啊。

"哦！我想想，这个孩子也是医生帮你流掉的？"

"不，不是。"她斟酌一会儿说道，"我是意外流产的。"
到了这种时候了，她还是不忘减轻自己的罪恶，让别人觉得这很常见，不会出什么问题。从她的话语中，我们就可以看出来，她觉得这些事司空见惯，所以没必要大惊小怪。可能，她在杀死第一个孩子的时候内心还是有点儿忐忑的，可是第二次呢？她现在回忆起来，时间远得就像是上辈子发生的事，那仅仅是已经发生过，并且一切都处理完了的事。

艾瑟克尔听完她的讲述后，心情落入了低谷。其实，他并不是很在乎巴布罗有没有杀死她的第一个孩子，毕竟这件事和他没有任何关系。她曾经怀过孕，他也可以接受这个事实。她一点儿也不洁白无瑕，也不会装作洁白无瑕……就是可惜了那个孩子，他真的很想他。他可是一个孩子啊，一个被包裹住的小家伙。要是她真做了这件事，无疑是她害了他。艾瑟克尔剪断了他值得炫耀的纽带，一切都无法修复。或许，她没做过这件事，是他想多了。万一真的是她脚滑摔进了水里呢。可是那块裹布又怎么解释——她从他衬衫上剪下来的那一块……

时间慢慢流逝，不一会儿就到了晚饭时刻，那之后深夜降临。艾瑟克尔躺在了黑暗中，他的眼睛盯着黑暗，很久之后才渐渐入睡，再次睁眼后天已经大亮。新的一天开始了，日复一日……

巴布罗看起来和之前没什么两样。她去过外面的世界，她并不觉得山林中的人认为的大事是大事，对她来说不值得一提。从某些方面来说，这是好事。她聪明，比两个人的脑袋还灵光；还很淡定，这也能比得上两个人。她长得并不像凶狠的怪兽。难道巴布罗是怪物？答案是否定的。她长得很漂亮，眼睛是蓝色的，鼻梁稍稍耸起，行为动作麻利。可能，她早已过够了农场上的生活，刷够了那些没有尽头的木桶。当然，还有一种可能，就是她讨厌艾瑟克尔和这种冰冷单调的日子。然而，她连一头牛都没有杀过，也没有在半夜拿着刀子站在艾瑟克尔面前。

对，有一次他们碰巧提起了树丛中的那个死尸。艾瑟克尔说他们应该很庄重地给他安葬，可她却说埋在树丛中就可以。之后她还用一大堆理由说明她的想法是对的。哎，见多识广的人就是不一样，竟能把事情看得那么长远。想不到她那小脑袋的思考能力那么强。

"要是这件事败露了，我就去跟区长求情，我之前在他家帮过忙，区长夫人肯定也会站在我们这一边的。很少有人能请出他们来帮忙，可那些人也都没出什么大问题。哦，父亲跟那些大人物们都打过交道，他曾经可是什么助理。"

艾瑟克尔听后依旧摇头。

"你，你还有疑问？"

"你真的认为你的父亲那么厉害，什么事情都能处理？"

"哼，你最清楚！"她吼叫起来，"都怪你，是你毁了他和我们一家。你掠夺了他的农场，霸占了他的工作。"

她可能觉得她父亲名誉扫地会殃及她。这让艾瑟克尔无话可说，他只是一个默默无闻的人罢了。

第二十二章

寒冷的冬季里，艾瑟克尔再一次独自留在了曼尼兰。在故事的结尾，巴布罗去了其他的地方没有再回来。

巴布罗说："和待在卑尔根不同，这次我不会花费太多时间在城里，我不愿意待在一个地方很长时间，直到老去。"

艾瑟克尔问道："你这次去城里一共需要多少钱呢？"

"我也不清楚，不过我会通过自己的努力去挣，而不需要你给我任何资助。"她答道。

同时，她又说明了选这个时间去城里的原因。因为这段时间她比较空闲，在此之后，她就要多照顾两头奶牛和待产的山羊了。再过段时间地里的活儿也会多起来，大概一直到六月份，也不会有空闲时间了。

"如果你真的想去就去吧。"艾瑟克尔同意了。

她曾说过不愿接受他任何的资助。不过去城里总会花费一笔资金，旅途中的花销、聘请牙医的花费，还有她要准备新衣服和一些额外的必要花销。这些钱都是艾瑟克尔心甘情愿为她出的。

"现在你所拥有的金钱应该足够你的支出了吧？"艾瑟克尔问道。

"是这样的，不过没有一点儿剩余了。"

"一点儿剩余也没有了吗？"

"当然没了，以前在卑尔根的时候比现在的花销还大，你不相信的话可以去看一看我的行李箱，里面有太多东西了。"

"可惜我没有任何金钱去资助你了。"他说道。

他觉得她再也不会返回这个地方了。不过长期以来她对自己行为的放纵也使艾瑟克尔厌烦了，不再相信她。即使事情到了这个地步，艾瑟克尔还是资助了她一笔为数不多的资金。巴布罗还在临离开前，把屋子里平常储存的吃的也一起装进了行李，艾瑟克尔仍然没有说什么。最后艾瑟克尔又帮忙用马车帮她运行李，甚至一直送到了要坐轮渡的村庄里。

这是最后的结果了。

因为他在以前就已经做过农田里的活儿，所以现在他一个人也可以完成。不过现在面临的问题是，他不能同时兼顾家里和农田，如果去地里，家里的动物就没有人照顾了。奥琳虽然年纪很大了，但是仍然可以帮忙做一些农活儿，毕竟她有做这些工作的经验。所以村庄里开百货店的人向他推荐了奥琳。艾瑟克尔果真去聘请了奥琳，但是她没有回复。

于是，他只能一个人兼顾两边的工作。他要照顾家里的动物，还要砍木头和收一些小麦。他就这样一个人过着生活，没有人打扰。艾瑟克尔通过劳作所得来的东西几乎可以满足他生活所有的必需品。所以大多是从山上运下树木、农产品，但很少去采购一些东西。

之前，艾瑟克尔就经常碰到布理德·奥森，最近碰到的次数更是多，让人摸不着头脑。大概是为了让和他一起工作的同事觉得他很重要，可以继续工作下去而不被开除。作为一直不愿意搬走，强行住在这里的人，布理德一直刻意地避开他，大概是在巴布罗消失以后就一直无视他从房子前面走过，这不是他所该有的态度。所以有一天，他像往常一样想直接无视地走过时，艾瑟克尔把他拦住并询问了他离开的时间。

　　"我想知道她是怎样离开的，难道不是被你逼走的吗？"布理德反问道。接着他又回应说，"你从来都没有为她付出过什么，不管是精神上的还是物质上的，甚至因为你，她几乎去不了卑尔根。"

　　"你的意思是她已经成功到达卑尔根了对吗？"

　　"是的，根据信里的内容是这样子的，不过据她所说这里面没有你任何的功劳。"

　　"那我也需要明确地让你知道，布里达布立克不欢迎你。"艾瑟克尔回答道。

　　"是吗？你真是太好了。"布理德对他的话不屑一顾，"不用你赶，过新年的时候我会主动离开这里的。"把这些话说完，他趾高气扬地走了。

　　巴布罗终究是去了卑尔根，这件事情在他的意料之内，然而他并没有在意这件事，是真的不在意吗？她的离开对于他来说可能是一件幸运的事，如实地说，最初她离开的时候他还是存了她会回来的心。可能在别人看来不太相信，他的确是真心爱上了那个女孩，那个有点儿邪恶的女孩。她有着和别人不一样的吸引人的地方，让人欲罢不能。他是不想让她去卑尔根才给了她一点点的钱。令人意外的是，她仍然到了那个地方。房子里的东西总是让他想到她。她穿过的衣服，戴过的帽子，她都没有带走它们。想到这里，他有些许的伤感。更让他伤心的是，之前她曾订过一些阅读的刊物想让他看，现在还会定时送过来，这简直就是雪上加霜。

罢了，不能被这一件事所困扰，他是个真正的男子汉，他要去做别的事情了。他需要在明年春天的时候在北面的墙外面重新搭一个牲口棚。这需要在今年冬天之前准备好木材，艾瑟克尔的木材很少，农场外面有一点儿树丛，根本不够用，赛兰拉旁边的那一片木头在运回去的时候可以抄近路，所以他选择了那边的木头。

早上，他给牲口喂足了一天的食量后就离开家去伐木了。他带了斧头、中午的午饭和用来铲雪的耙子。前两天刚下了一场大雪，天气冷得很。他跟着电报线到达了目的地，脱下了夹克衫开始伐木。先把树一整棵砍下来，然后削干净树身上小的枝丫，并把小树枝堆在一起。

下完暴雪后，线路被损坏，布理德·奥森来了，他或许并没有什么要紧的工作，之所以来到这儿是因为他对这份工作超乎寻常的责任心。这几日，布理德确实对他的工作很上心。他们两个并没有理睬彼此。

突然变天了，风越吹越大。艾瑟克尔并没有因为风大而停下手里的活计。中午过去也没有吃饭。突然他被自己伐倒的一棵冷杉撞倒了。事情发生的时候他还没反应过来到底怎么了，大冷杉从树根开始摇晃，风朝相反的方向用力地吹着。本来他能躲得过去，但是在雪地上根本就站不稳，这才导致他掉进了一个巨大的岩石的石缝里，被卡住了，没办法动弹。

后来发生了什么呢？他的姿势非常别扭，他没有受伤，但是却卡在那里出不来了，等他费了很大的劲把一只手拿出来后却发现那个斧子距离他太远了。他环顾四周，希望有什么东西或者什么人能够帮助他出来。他一直试图把自己的身体从树底下弄出来，但是没有任何效果。等会儿布理德一定会回来的，希望他能够救自己。

刚开始的时候，他并没有很惊恐，反正布理德会路过这里，他一点儿都不担心自己的生命问题。撑住身体的那只胳膊已经没有知觉了，被压在石缝里的腿也毫无知觉了。布理德马上就会来了吧。

布理德并没有出现。

暴雪越来越猖狂，雪花打在他的脸上，刚开始他并没有多少担心，甚至还在感叹，雪下得好大啊。抬眼看了看周围，他慌了起来。他愣了一会儿才大叫了一声。风这么大，这声喊叫应该不会传出去多远，不过它大概能够传到布理德那里吧。他躺在那里，脑子里混乱极了。

如果他能拿到那个斧头的话，说不定还能再劈出条路。或者他能把手拿起来也行——现在有东西在扎着他的手，应该是块石头，它如此安静地躺在那儿，一般人可能想不到它那最尖利的边缘正在伤害别人呢。如果这儿没有那块讨厌的石头多好——不过这么好的事情还真没人碰到过。

如今天慢慢地黑下来了，时间也很晚了，雪还在下，而且没有停下或者减弱的迹象。艾瑟克尔几乎快要被雪给掩埋了。大雪一遍遍地盖到他脸上，之前雪还能化掉，但随着下雪的时间越来越长，他脸上的温度也越来越低，雪就不再融化了。不得不说，如今这个样子实在是太危急了。

他放开嗓门儿喊了几声，希望能听见回答。

他的斧头早就让大雪盖住了，现在也就还能看见那一点儿斧头柄了。吃的还在树上呢，他也拿不到——要是他能拿到食物的话，就可以好好吃顿饭了——唉，那个时候他应该已经饥饿如狼了。在这种想象下，他想要的东西更多了：如果他有件外套多好——温度越来越低了。他还是快点儿想办法求救吧……

布理德过来了。他停了下来，然后就在那站住了，他应该是听见了艾瑟克尔的求救，因为他朝那儿看了一眼。但也就是扫了一眼，可能想要弄明白到底发生了什么？

"可不可以把斧头给我送过来？"艾瑟克尔的气息已经有些弱了。

布理德却并没有回复他，尽管他已经明白都发生了些什么。他把视线转到了电缆那边，而且貌似还在吹口哨儿。他在想什么呢？这儿有人需要他的帮助啊。

"这边呢，能不能帮我把斧头拿过来？"艾瑟克尔又把声音加大了，"这棵树把我压在这儿了，我没法动弹。"

但布理德还是没有回复，现在的他前所未有地热爱他那份工作，他盯着电报线缆，尽职尽责。当然，如果没有他吹的口哨儿声的话。而且他的口哨儿带着一股子高兴劲儿，就像是在故意吹给艾瑟克尔听。

"喂，你该不会想让我死吧——帮我把斧头拿过来都不行吗？"艾瑟克尔的声音更大了。恰巧这个时候，应该是远方的电缆碰到了麻烦，布理德必须得去那儿了。他离开了，就这么离开了。

唉——就这样吧！不过，这样的话，算了，都算不了什么，只要艾瑟克尔能自己拿到斧头，那还有什么可担心的呢。他憋足了一股劲，希望能把树从身上挪开。哦，树的确是动了，不过还是停在他身上，他得到的只有从树上掉下来的雪花。在经过多次尝试之后，他安静了。

天完全黑了。布理德也离开了——不过他应该还在不远处。艾瑟克尔再次喊了几声，甚至快要骂他了。"你确定你就这么看着我在这儿等死吗？这样你和杀人犯有什么区别？"他喊道，"我现在情况危急，你这么看着良心上过得去吗？就算刚刚是头牛在这儿，你也会帮忙吧。那你呢，布理德，你真是蛇蝎心肠，见死不救。我会告诉大家，你就那么眼睁睁地看着我被压在这儿，甚至帮我把斧头递过来都不愿意……"

寂静。艾瑟克尔再次尝试着想要把大树弄起来，可惜这次他得到的还是一大片雪花。叹了口气，他又躺下了；现在的他，一点儿力气都没了，昏昏沉沉的；家里的牛羊还在屋子里关着，肯定已经饿坏了。巴布罗现在也不能照顾它们了——是的，巴布罗她逃跑了，而且还把戒指拿走了，金的和银的，全让她拿走了。天很黑了，已经算是晚上了，然后夜晚就会来到，算了……而且还有这越来越低的温度。他的胡子早就结冰了，接下来就会是眼睛。唉，如果他能够到树上那件夹克衫多好啊……这个时候他的腿已经麻了——哦，不会出事的。"就这样吧！"他告诉自己，或许这也是一种安慰。天确实是黑了，其实自己在这黑夜里死去也没有什么可怕的。这一刻，他的内心平静而祥和，对世界充满了爱意。这雪来自上帝，如此的圣洁！他甚至已经不再怪罪布理德，不再埋怨他……

当他变得平静之后，他开始犯困了，就像是有毒素在逐渐地侵袭他的身体。往四周看去，他只能看见一片白茫茫：树林和土地都是白色的，看上去和羽毛一样，然后是面纱、船帆，都是白色……那是什么呢？哦，不是，这儿只有雪。他现在躺在这儿，身体动不了，这都不是想象。

他又一次怒喊出声，声音前所未有的大。在雪地里待了这么长时间，他早就积压了满腔怒火，随着他一声声的喊叫喷发出来。"你就是个混蛋！"布理德又一次成了他宣泄的对象，"真没想到你是这样的人。你只要把斧子给我递过来就行，这你都不干，你的心肯定是黑色的吧，不，你压根儿都没有心。不帮是吧，不帮就不帮，随便你……"

他应该是之前睡了一觉，现在的他除了眼睛还能睁开外，身上都已经麻木了，什么感觉都没了。眼睛虽然是睁着的，但是也早就被雪盖住了，只能这么一直睁着——难道他刚刚睡觉时一直都没有闭眼睛吗？可能他仅仅睡了一小会儿，也可能是一个小时，没人知道，不过现在有人来了，是奥琳，真是不可思议。她在问他："奉耶稣圣名，你还活着，真是太神奇了！"然后询问他怎么会躺在这儿，刚刚是不是晕了。

奥琳一直都难以捉摸，带着一股子鬼鬼祟祟的气息。而且她还喜欢到处去窥探人家的那些小秘密，如果哪里有一些热闹或者麻烦，那就一定能找到她，这种事情通常都难不倒她。不然的话，她靠什么养活自己呢？艾瑟克尔让人帮忙送去的消息已经送到她那儿了，尽管她都七十岁了，她依然风尘仆仆地来到了这儿。之前由于暴风雪的原因，她迫不得已在赛兰拉待了一晚上，然后才到的曼尼兰。不过屋子里没有找到人，她把牲口给喂了，又在门板那儿站了一会儿，听着外面的动静，然后又帮着把奶给挤了。接着又去听了一会儿，这次好像听到了什么……

接着她就听见一声喊叫声，好像是在山上，是艾瑟克尔吗？或者是住在山上的哪家人，也可能是魔鬼哦——不管怎么样，都需要她亲自前去看看情况——去寻找一下声音的源头，看看那所谓的上帝这次又有什么想法——奥琳不会受伤的，这个女人根本对他构不成威胁……

　　然后她就站到了艾瑟克尔的面前。

　　斧头吗？奥琳按照艾瑟克尔的指点想去拿斧头，但她在那儿挖了好长时间都没看到。如果不用斧头的话呢——她想尝试着抬起那棵树，可惜她的力气实在是太小了，毕竟她已经七十岁了，能挪动的也就旁边那些树枝。这样的话，斧头就又成了他们最后的希望了——天很黑很黑，她不停地挖掘着，用尽了全部力气。艾瑟克尔没法给她明确地指出来在哪儿，他记得的只有他之前放斧头的地方，但已经下了这么长时间的雪，而且还有大风，斧头早就不知道在哪儿了。

　　"唉，谁让我们离赛兰拉的距离这么远呢。"艾瑟克尔说。

　　接着奥琳自己胡乱地翻找起来。"你别找了，斧头没放在那里。"艾瑟克尔对她说道。"这样啊，我不过是随便找一找而已。"奥琳说道。"咦，我找到了什么？"她说。

　　"让你找着了？"他问道。

　　"是的，感谢上帝的恩典。"奥琳堂而皇之地说道。

　　如今见她找到了斧头，艾瑟克尔再也骄傲不起来了，他必须面对这个事实——他错了，说不定头脑也混乱了。何况他现在动也不能动，即使找到了斧头又有什么用呢？还得奥琳为其砍条路出来。哦，还好奥琳会使用斧头，她这一辈子曾砍了无数担的木柴。

　　艾瑟克尔的其中一条腿从下至上一直到臀部都是麻木的，没有任何的知觉，因此无法挪动了，他的背部如针戳般地刺痛，疼得他不断地哼哼。没错，他现在感到自己被分成了两半，一半在这里，会痛会酸还有感知，而另一半还遗留在树下，不痛不痒也毫无感知。

　　"我不清楚，到底发生了什么……"他说道。可是奥琳清楚，她用非常庄重的言辞向他说明。是的，她知道她才刚从死神的手里抢回来一个人，伟大的上帝一个天使都没有派来，他将救人这一重要的任务指派给了她自己。就这一事来说，无所不能的上帝尽显仁慈和才智，对此艾瑟克尔深怀感激。倘若他高兴了，还能让虫子从土地里钻出来呢。就他而言，没有什么事是不可能的。

"没错，我都知晓，但是我不清楚自己到底哪里出了差错，总是有种奇怪的感觉……"艾瑟克尔说道。

"觉得怪怪的，是这样的吗？那么先等一会儿，不要着急。接下来慢慢地，慢慢地挪开脚步，使身体站直，缓过气来就好了。"他穿好了夹克，过了一会儿后身体开始变暖，他终于又活了过来。奥琳会终生记得，在最后一刻的紧要关头，是上帝派来的天使将她喊至门外，让她听到了来自丛林深处的呼救声。没错，就如同在天国一样，号角齐鸣，所有的人都围绕着耶利哥城行走……

是的，好怪的事情。艾瑟克尔在她的唠叨声中慢慢地尝试活动四肢，而且他已经挣扎着走路了。

奥琳救了他，是他的恩人，她搀扶着他缓慢地向家的方向前行。这一路上算是比较顺利，在山下走了不远就碰到了布理德。

"发生什么事情了？"布理德问道，"你是不是伤着了，让我帮你一把吧！"

艾瑟克尔不理睬他，他曾向上帝起誓，决不对他采取报复手段，也决不泄露他之前的所作所为，除此之外他不受任何的拘束。布理德怎么会在这个时间上山来？是不是他看到奥琳来到了赛兰拉，并猜到奥琳一定会听到呼救声？

"你也来了啊，奥琳。"布理德随口问道，"在哪里发现他的？什么，一棵大树底下？那这事可就怪了。"他说道，"我刚才在山路上顺着电线杆巡逻，恰好从那儿走过，仿佛听到了呼救声，于是我立刻停了下来，转过身仔细地听——布理德是见难必救的人啊。照你这么说，呼救的人是艾瑟克尔，他被大树压住了？"

"是的，我被压在了下面。"艾瑟克尔说道，"而你亲眼所见，亲耳所闻，却不肯拉我一把……"

"慈悲的上帝啊，帮帮我们吧。"吓傻了的奥琳惊呼，"我这种有罪的人都……"

布理德辩解道："没错，我着实是看见你了。可是你为什么不喊叫一声呢？倘若出了问题你得大喊大叫啊。而我只看见你在那儿，根本没想到你出事了，还以为你是累了，在那儿休息一会儿。"

"闭上你的嘴吧！"艾瑟克尔告诫他，"你是压根儿没搭理我，巴不得我从此以后再也无法站立了吧！"

奥琳听明白了，绝对不能让布理德横插一手，分走他对艾瑟克尔的救命之恩，她才是那个不可或缺的人，她要艾瑟克尔对她个人心怀感激之情。是她，她自己救的艾瑟克尔。于是她将布理德推到一边，将装有斧头和食物的篮子拿在自己手里。对了，此刻她同艾瑟克尔是一条战线的，可是下次，当她去布理德家喝咖啡与他叙旧之时，她肯定会站在他那一边。

"无论如何，斧头之类的还是交给我来拿吧。"布理德说道。

"不必了。"奥琳抢先帮艾瑟克尔说道，"他自己会拿。"

布理德继续为自己辩解："不管怎么样，你都该喊我一声的，我们又没有什么血海深仇。只是喊我一下你都不肯吗？你喊过了，哦，你的声音一定是太小了，那会儿狂风呼啸，我什么都没有听到啊……或者，你向我招招手也是可以的啊！"

"我怎么向你招手，你又不是没看到我当时的处境，我整个人被困在那里动都不能动，怎么还能抽得出手来。"艾瑟克尔说道。

"不是这样的，我可以起誓，我是绝对没有看到，也没有听到，把东西给我，我帮你拿着。"

"好了好了，不要再纠缠了。"奥琳插了一嘴，"因为受伤了，所以他现在需要休息。"

艾瑟克尔动了动脑筋。他对奥琳这个人是有所耳闻的，他知道如果她邀功说是独自救了他，日后不仅要花掉他一大笔的钱，还会给他带来无穷的麻烦。所以他计划着将功劳平分给两人。于是他故意说自己累了想要倒倒手，顺手将篮子递给了布理德。奥琳怎么会同意呢，她又将篮子抢了回来。双方心里都很明白，明里暗里地斗了起来。就在这时，失去平衡的艾瑟克尔向一边倒去，布理德立即将篮子撇向一边，及时扶住了他，艾瑟克尔才没有摔倒。

于是，他们三人一同走了一会儿，布理德搀着艾瑟克尔，奥琳帮他拿着篮子，奥琳拎是拎，心里却是怒火中烧。她觉得无法搀扶行走不便的人而只是帮别人提着篮子简直太糟糕了。布理德来干什么——见鬼去吧。

"布理德啊，听他们说你把农场卖了？"奥琳问道。

"是什么人在询问此事啊？"布理德反问道。

"这个嘛，我并不觉得此事有什么好遮掩的。"

"既然这样，那你为什么不来拍卖会的现场同大家一道喊价？"

"我——对，你应该瞧不起我们这些穷苦人吧！"

"你这是说的什么话，我认为身价高贵的应当是如今有钱的你啊，老赛维特那满满一箱子的财宝可是都让你拿去了，哈哈哈！"

提到遗产的事，它既没有使奥琳感到开心，也没有使奥琳心软。"没错，老赛维特心肠慈悲，一直挂念着我，对他我没得说。可是他去世后，并没有留下很多的财物，何况身上什么都没有，寄居在别人的屋檐下，你应该深有体会。如今老赛维特在天堂的大厦过日子，而你我之辈却只能在人间遭罪，受着非人的折磨。"

"呀，你是怎么讲话的！"布理德蔑视地说道，然后对着艾瑟克尔说道，"嗯，我很庆幸自己能够赶到，可以扶你回家。这个步速快吗？"

"不快。"

同奥琳交谈，站着和她辩论，从未有人能赢，结果只能是自讨苦吃。她这一生，不管做什么，从来都不认输，也从未有人像她一般谈天说地，不分好坏，将善良和恶意、毒害的和无意识的都掺和在一起。而现在，当着她的面，布理德全然一副要送艾瑟克尔回家的样子。

"我要说的是，布理德，之前那几位先生到赛兰拉去的时候，你有没有将那一袋一袋的石头都拿给他们看？"

"艾瑟克尔，还有一小段路，不如我背你走吧。"

"谢谢，我想还是不必了，你的心意我领了。"艾瑟克尔说道。

于是他们继续前进，家离得也不太远了，奥琳决定充分把握这一段时间。"如果当时是你在最危急的时候救了他就好了。可是布理德，你没有这么做。你明明看到了他当时的处境，也听到了他的呼救声，可是你并没有施以援手。"奥琳侃侃道来。

"你住嘴。"布理德说道。

踩着厚厚的积雪，提着重东西呼吸很是不畅，倘若她能闭上嘴巴，或许一路上不会感到那么累，可是她怎么可能轻易住嘴呢。她还有一句尖刻的话没说出来。对了，这个话题很冒险，可她还是说了出来。

"巴布罗，她现在怎么样了，怕是逃走了吧？"她问道。

"嗯，的确如此。"他不在乎地说道，"正好让出个位置，好让你来过冬啊。"

这样一来倒是为奥琳开了个好的话头，她可以趁机让大家了解她到底是怎样的为人，没有奥琳，任何人都无法长时间地应对——奥琳，是远近都要来请的人物。她原本会到两个，哦，甚至三个地方去做。牧师住的地方，只要她愿意去，他们都非常欢迎她。哦，另一件事也让艾瑟克尔听听好了，对他又没害——他们肯花高价请她去过冬，更何况还有一双新皮鞋和一张绵羊皮。她非常清楚自己想要去哪儿，她想要到曼尼兰来，曼尼兰的人都非常的无私、大方，他们给的工钱会比别人多得多，这就是她选择曼尼兰的主要原因。这么多年，上帝一直庇佑着她，为她打开了一家又一家的大门，将她请了进去。没错，上帝仿佛非常清楚自己做的事情，所以才会在那天将她送到曼尼兰，救回了一条生命……

此时的艾瑟克尔感觉非常劳累，双腿也快支撑不住了，仿佛要倒下去。真是怪了，他本来已经觉得好很多了，生命和热力灌入身体，逐渐恢复后，都可以行走了。但现在他必须靠着布理德才能使自己站稳。这种情况仿佛从奥琳刚开始谈她的薪酬时就开始了，当她又提到救他性命时就坏到了极点。他是否又在削减她的成就呢？谁知道呢——可他仿佛又在动脑筋了。就要到家了，他却突然停下说："我怕是不能回到家里了。"

布理德一听二话不说就将他驮在了背上，于是他们接着走。奥琳满腔的怒气，艾瑟克尔却任由布理德背着前行。

"刚才我说到巴布罗，她不是有了好几个月的身孕了吗？"奥琳终究还是问了出来。

"你说她怀孕？"身上负重的布理德上气不接下气地说道。他们几个人看上去有些奇怪，可是艾瑟克尔一直让人家背到了家门口。

布理德累得直喘粗气。

"是啊，有什么问题吗，她最后把孩子生下来了吗？"奥琳问道。

艾瑟克尔为了打断她迅速地对布理德说道："谢谢，今天多亏有你，我才得以回家。"同时，他也没有忘记奥琳，"也谢谢你，奥琳，你是最先发现我并对我施以援救的。我真诚地向二位表达我的谢意，谢谢你们的救命之恩。"

艾瑟克尔就是这样被救了……

后来的几天，奥琳无休止地跟别人谈着这件救人的大事，艾瑟克尔拦都拦不住。奥琳经常会指着家里的某个地方说，就是在那个地方上帝的天使将任务指派给她，她听到了呼救声。艾瑟克尔又回到树林里工作去了，砍了足够多的树，他就会将其运送到赛兰拉的锯木坊。

这个平常的工作，整整一冬都没有断过，将木头运到山上，再将锯好的木板运回来。当前最紧要的就是得提高工作效率，要赶在年前做完这批活儿，不然霜冻来了，锯子就无法操作了。所有的事情都按照预期的那样发展，皆如人愿。偶尔碰到赛维特空橇上山时，他会顺路帮邻居带些木材，两个人侃侃而谈，其乐融融。

"村里有什么新闻吗？"艾瑟克尔问道。

"没什么新闻。"赛维特说道，"他们说又有人购了一块地。"

一户新人家，并没有什么新奇的，可这毕竟只是赛维特的想法。前来购买土地的新住户越来越多，每年都有一批。如今布里达布立克下面就有了五家新住户。虽然山上的土地较下面的土地肥沃，但山上发展得很慢。艾萨克胆量最大，走得最远，他在赛兰拉落脚。然后来了艾瑟克尔·斯特隆，现在又来了一家新住户。曼尼兰的下面有成片的土地，他们想要在这里购置一片可以耕种的土地和树林。

"你知道那是怎样的一个人吗？"艾瑟克尔问道。

"不知道。"赛维特说道，"但他要带几套已经修建好的房子，安装一下就可以入住。"

"嗯，应该是个很有钱的人。"

"没错，可能是。他要带着妻子和两个孩子前来，还有牛和马。"

"那他一定是个富翁。你还知道些别的信息吗？"

"没什么别的消息了，他今年三十三岁了。"

"他的名字是什么？"

"听别人说他叫艾伦，他的那块地要叫斯多堡。"

"叫斯多堡？听起来占地面积应该不小。"

"他原来在沿海一带居住，还有一片养鱼场。"

"哦，养鱼场。不知道他是否懂得务农之道。"艾瑟克尔说道。

"还有什么消息？"

"没有了，据说他用现金一次付清了地契，我所听到的只有这些了。他们说他的渔场赚了不少钱，如今他要在这里开一家百货店。"

"百货店？"

"是的，我听他们说的。"

"哦，原来他打算开家百货店啊！"

这是一条爆炸性的新闻，两个人赶着马车上山的时候就此事反复谈论不已。这则新闻说不定是此地最重大的事件，没错，一说到这事，话就没完没了。新住户会跟一些什么样的人打交道呢？是早已在这定居的八家住户，或者是从村子里找顾客？不论如何，百货店就他们而言是极为重要的，没准还会给本地引来更多的安居户。土地的价格可能会有所提高，但这不是谁都能说得准的事情。

他们津津乐道地谈个没完。没错，两个人怀揣着和其他人一样的兴趣爱好，在他们眼里世界就是定居生活，务农、四季、庄稼则是他们生活的乐趣。那些兴趣和打击早就够多了！多到他们需要发愤忘食地劳作。可是他们从来没有抱怨，他们熬过去了，忍受住了，且没人受到影响，尽管在树下压了整整七个小时，可是四肢无恙，那么他们的一生就还是完好的。狭隘的世界，暗无天日的生活吗？不是这样的，即将出现的新斯多堡，一家商店，这些成为他们期盼出现的情景。

他们一直闲聊，直到圣诞节来临……

艾瑟克尔接到了政府寄来的信，信封上还印有狮子像。上面指示他从元旦起取代布理德·奥森的职位，接收电线物资，有一箱电板装置和工具器具，并接替电板线路的检测职务。

第二十三章

　　宽阔的原野上，行驶着一辆接一辆的马车，这些马车全都在为一位新来的住户搬运东西。他住在斯多堡的深处，是个商人，有许多东西需要搬运，因此车马来来往往地运了好几天。拉来的东西被工人们一一卸下，浩浩荡荡占了好大一片地方。商人希望能够建造一道坚固的墙体和两个用来储存东西的地窖，因此他命四名工人上山去采集石料了。现在，装修材料一车车地被运到了这里，房子也已基本搭建完成，来年一开春就可以进行装修了。这些窗子、房门、彩色玻璃等材料都有自己严格的尺寸要求，规规整整的，以便于量产和统一的装修。商人还命人运来了一车的小木桩。对于这些小木桩的用处，人们议论纷纷，一位定居者表明自己很清楚，他说："我是南方人，我们南方人喜欢花园，这些小木桩是给花园砌围墙用的。"于是人们猜测，这位新住户是想要在这里建造一个花园。一切都发展得很顺利。原本安静的原野一改原貌，现在原野上的车马川流不息，托这位新住户的福，当地租车马的人都狠狠赚了一番。对此，当地的居民都很高兴，因为这代表着这位商人来后，他们将会有很多的赚钱机会：商人的货物从各个地方运来，但无论来自内陆还是海上，都会需要大量的车马帮忙搬运。这对于他们来说无疑是一个天大的好消息。

商人的大部分东西都已经运到，剩下的只是很少的一部分东西了。但商人的年轻工头却始终不满意这个速度，经常说"车马太少，要来不及了"之类的话。这会儿他正对着几个手下抱怨着。

他们安慰年轻工头道："别担心，剩得不多了，下一趟我们就可以运完了。"

年轻工头指着另一堆杂物问："你觉得这些东西凭我们的几辆马车能一趟搬完吗？"

这时，远处传来一阵"嗒嗒嗒"的马蹄声，原来是赛兰拉的赛维特驾着马车准备回家了。

工头惊讶地发现赛维特的马车是空的，随即他大声嚷嚷道："喂，你的马车居然是空的！你本可以帮我们搬一些东西上去！"

赛维特回答道："啊，我并不知道你们需要帮手，我想我原本是可以帮你们的。"

"他是赛兰拉的赛维特，我听说他家好像有两匹马呢！"工头身边的一个工人悄声对他说道。

"你家有两匹马？我的上帝啊！这真是太好了！你把马带来给我们运货吧，我会给你丰厚报酬的。"工头激动地对赛维特说。

赛维特的兴致似乎不高，他说："先生，我想我很乐意帮您，但是我现在实在太忙了，没有时间过来给您帮忙，非常抱歉。"

工头惊讶极了，他觉得很不可思议，居然会有人没时间挣钱！

但事实上就是这样，赛兰拉一家经营着一个农场，他们的农场上永远有着做不完的事，今年他们还请了两名瑞典的采石工人帮忙搭建新牛棚。

搭建一个新的牛棚还是艾萨克的主意，他一直想着给牲口换一个住处，原来的那个年久失修的草屋对于这一群动物来说实在是太小了。今年这个想法总算成真了，他准备盖一个双层墙的石制牛棚，当然还要在牛棚下面挖一个大粪坑，这样动物们的排泄物就会好处理多了。虽然艾萨克想尽快完成这个牛棚，但由于他实在是太忙，于是，牛棚的事情就被耽搁下来了。明明不是非常困难的事，但究竟为什么一直没办法完成呢？这是因为他还有一座锯木房、一座磨坊、一个夏天用的牛羊棚和一个锻冶场要打理。这些大大小小的建筑零散地围在赛兰拉的屋外，锯木房可以解决木材问题；磨坊可以解决粮食加工问题；锻冶场更是了不得，许多琐碎的事情都可以在这里解决，比如修大锤、修马蹄铁之类的，若是东西坏了可以不用为此特地跑去村子里面找人维修，很是省时省力。

艾萨克的农场里的一切，除了人口数外，都在不停地变化着。这个深居简出，远离其他定居者的赛兰拉不断地扩张着他的农场，农场里的房屋和土地每天都在变化中，估计直到成为一个巨型农场他才会停手。当然，眼下的农场已经非常大了，每天都有许多的事情需要处理，所幸女佣简森一直在他家工作。简森的父亲常常会询问她什么时候回家，但这个温和的老人从没有强求她回去，他是可以这么做的，但是他没有，他有一些自己独特的想法。

农场上偶尔丢失一两只牛犊或者是羊羔，艾萨克清楚这是拉普兰人干的。这些人曾经常常上门讨要东西，不过如今他们已经不再这么做了，就算上门也拒绝进到屋子里。他们出没于人迹罕至的地方，像幽灵一样生活，而且为了不被人看见，他们宁愿选择绕道而行。艾萨克是个宽容的绅士，他能够容忍这些损失，因为他不喜欢争吵或是打斗，所以他尽管会射击，但是不会开枪，而且他也没有枪。他常常说不管怎么样，是不可以开枪射杀拉普兰人的，而且杀人是犯法的。

　　虽然艾萨克不在意农场上的这些小损失，因为农场还是会好好地存在于这里。但这不代表他是没有烦恼的。他的美丽的妻子英格尔，自从出了一趟远门后，就很是不满意这些年的生活，不过也许再过一阵子这种变化就会消失，但它可能还是会回来，就像她最美好的年代一样。现在的英格尔依旧精明能干，但是，她就不会再怀念特隆金吗？有时，她会热情高涨、充满活力，想要做各种事情，尤其是在冬天，不过她就一个人，办不成舞会，人多才能称为舞会。那精力充沛的她可以做什么呢？让她去祈祷或者思考吗？这样的生活的确令人神往，但事实上英格尔已经学会了满足——为了盖牛棚新雇用来的那两个瑞典采石工，他们为农场注入了新鲜的活力。陌生的面孔和声音使得英格尔很兴奋，虽然这两人沉默寡言且已不再年轻了，但这总比没有人要好，而且那个叫亚尔马尔的人在工作时还会哼唱好听的歌曲，英格尔常常会停下手中的事情听他唱歌。

　　除此之外，艾萨克还有许多烦恼，艾勒苏的事是其中之一。他给家里写的信上说自己失业了，但他马上又找到了一份新的工作，不过这份工作不能够立即上工，需要等待一会儿。然而，后来他又来信道希望家里寄些钱给他，他虽然马上就能获得一个一等职位，但现在没有生活费了。于是，艾萨克给他寄去了一百克朗。艾勒苏却觉得这太少了，都不足以偿还他的债务。

　　艾萨克想劝说艾勒苏回来农场帮忙，于是他让英格尔回信表明他需要给那两个采石工人发工资，再加上农场里其他杂乱的费用，实在没办法寄给他更多的钱，建议他回家帮一把手，不要老是在外面无所事事地乱花钱。但显然，艾勒苏是不会回来的，让他老老实实地待着是不可能的，如果真的变成那样，他宁愿选择饿死在荒郊野外。

嗯，可能他在城里也没有谋到什么好差事，只是艾勒苏可能根本就没有拼尽全力去奋斗。天知道——也许在读书写字方面，他也没什么特长吧。书写？他在书写方面已经胜人一筹了，不仅速度快，而且很上进，可是总觉得少了些什么。如果真的是这样的话，他要如何是好呢？

当他揣着两百克朗回到城里，他还要处理一堆旧账，还清这些账单以后，他还要把那把旧伞柄扔掉，买一把合心意的新手杖。还要买其他需要买的小东西，像和同事们一样的皮帽子——御寒用的，还有像别人一样的溜冰鞋、一支银牙签，这样在和朋友们一起品尝饮品时、交谈时，可以拿出来嘚瑟一番。只要他手里有钱，他就可以召唤朋友们相聚。在一次庆祝晚宴上，他买了六瓶啤酒，然后慢慢地全部打开。还给了女招待二十奥尔的小费，连朋友们都直呼："给十奥尔就足矣。"

可是他说："要大方一点儿。"

艾勒苏出手阔绰，一点儿都不小气。是的，他的家庭很富裕，父亲是一个大农场主，还有一望无际的树林、四匹马、三十头奶牛和三台割草机。艾勒苏说的都是真的，而且这些都不是从他的嘴里说出去的，而是那个区的检测员一时高兴说漏嘴的。可是这个传说多少还是有人信了，对此，艾勒苏并没有生气。他自己没做出什么突出的成绩，可是他的父亲却取得了不小的成就，作为他的儿子，他觉得这对他是有帮助的，可以让他更有信誉。可是这种情况是有期限的，等到他必须自己付钱的那一天，他要如何是好呢？他一个朋友给他想了个办法，请他去给自己的父亲帮忙，在一个很普通的、给农民提供日用品的小商店干活儿，可总好过没有工作。一个已经长大成人的小伙子在一家小商店里做着最简单的活儿，拿着最微薄的薪水，实在是有点儿说不过去。没有捷径可以直接成为区长，可是无论如何，总归还可以让他的生活继续下去，能帮他先渡过眼前的难关——噢，总的来说还不算太糟糕。艾勒苏在这里表现得很好，他乐意在这里待着，顾客都对他有好感。他在信上告诉家里人，自己在做生意。

他母亲对他最失望的地方也在于此。艾勒苏竟然在一个商店里做事——那回到村里的商店干活儿不是更好吗？在这之前，他还有自己独树一帜的地方，有别于其他人，只有他在城里生活过，还在事务所做过事。难道他已经没有宏伟的理想了吗？英格尔并不蠢，她非常清楚地知道，普通人和那些杰出人士是有区别的，尽管她不是时刻都将这个放在心上。艾萨克头脑比较简单，反应迟缓，他现在想事情，几乎不会怎么考虑到艾勒苏了，他已经慢慢将长子移出了他的思考范围。艾萨克已经不想把赛兰拉作为遗产，让两个儿子平分了。

春天已经到来有一段时间了，瑞典那边又有几位工程师和工人来了，准备修建公路，还把临时住房都建起来了，还有其他各项工作，像爆破、平整、搬粮食、租马车，以及和水边的地主们沟通等。什么——他们准备干什么？这可是偏远的山林啊，只有住在这里的人才会上来。嗯，事实上他们到这里来，也只是为了开采铜矿。

他们开始动手了，吉斯勒没有说大话。

之前来过的那两位大人物一定是因为有事而不能一起来。不过，上次那位工程师和采矿专家这次也来了。他们不仅买下了艾萨克余下的锯好的木头，还花大价钱买下了食物和饮料。他们交流得很开心，也很喜欢赛兰拉。几个人说："通过空中铁道从原野最高处用钢丝缆绳向下运到海边。"

"整个平原都要穿过去吗？"艾萨克有些惊讶地说。他们听了，笑出了声。

"不是的，是在路的另一面。从这儿到那边要好远。不对，应该是从荒野通到海那边。从这儿开始算还是有很大误差的，距离也近。用缆绳把装有矿砂的铁箱子运下去，你就知道怎么回事了。但我们要先开出一条路，所以得用马车先运一趟。我们需要五十匹马，待会儿还会有比现在多很多的工人来帮忙，这样就轻松了。那边还会有好几队人马要过来，只需把吃的、用的、住的都准备好，我们就能和他们在半山腰会合了，知道了吧。放心，我们一定能成功办好所有事，然后用船把矿运到南美洲。那样我们会赚到好几百万。"

"之前来过的那几位先生呢？"艾萨克问。

"你还记得他们啊？他们卖了股权，新接手的买家也卖了。现在那份产权的持有权在一家资产雄厚的大公司手里。"

"那吉斯勒呢？他到哪儿去了？"艾萨克又问道。

"我没听说过吉斯勒这个人啊。是谁啊？"

"他就是最先卖给你们产权的区长啊。"

"原来是他啊。他原来叫吉斯勒啊。不过我不知道他在哪儿。你竟然还记得他？"

这个夏天，山上要做的事有很多，许许多多的工人们都在进行着一系列工作。英格尔快乐地卖着牛奶和农副产品，这既能赚钱又能看到热闹的路，而艾萨克依旧辛苦地干着农活儿，仿佛什么都无法引起他的注意。赛维特和那俩工人合力盖好了牛棚子。因为从始至终就是他们三个人在忙这个事，赛维特还经常会离开一会儿去农场里帮帮忙，再加上他们一定要盖得坚实牢固，所以一直持续了很长时间才把它盖完。现在，割草机也被利用起来了，在割草季节里，一共有三个积极热心的妇女过来帮忙除草，真是让人喜出望外。

所有的一切都很好，荒原中充满了生命力，日进斗金，到处都显现出兴盛的样子。

再瞧瞧斯多堡家新开业的那家商店吧——生意火爆！艾伦真是太有头脑了，他一定早就预料到矿产的事了，所以做足了准备，想在这里开个商店，证明自己的能力。干买卖？他卖的东西足够供应给整个国家——是的，整个国家！起初，他只卖家电和工人的衣服，矿工们有的是钱，所以花多少钱一点儿也不在乎。他们不仅要买日常用品，还要买其他的东西。尤其是到了周六的晚上，说斯多堡的商店人山人海也不夸张，卖东西的钱塞满了艾伦的钱包。他的太太和帮佣都在忙活着收钱，他却忙着招待客人，推销商品——有时深夜里都还会有人来买东西。出租出售马匹的村里人说得对极了，马车送到斯多堡的东西多得吓人。很多次，他们都不得不另辟蹊径抄近路，最终，开辟了一条新路，跟艾萨克第一次开的那条又窄又破的小路完全不一样。艾伦给这儿带来福气，人人都感谢他。不用说别的，看他的那个商店和新马路就知道了。艾伦只是他的教名，并不是他原本的名字。他的真名叫阿龙森，反正他的妻子和他都是这么叫的。他们还请了两个女佣、一个男佣当帮手，真是很不容忽视的一家。

斯多堡的土地，至今没有被人们开垦过。阿龙森忙得没有时间去耕地——一个荒原，开垦了又能怎样呢？阿龙森可是有花园的人，真真正正的花园，周围环绕着篱笆，里面种了葡萄、紫菀、花楸树……除此之外还有很多树木——真是一座美丽的花园啊。园中铺着一条又长又宽的路，周末的时候，阿龙森就会叼着烟斗在这条路上遛弯儿。身后是游廊，还装上了各种颜色的玻璃花窗，红的、橘的、蓝的……斯多堡还有三个长得很机灵的孩子。女儿学着如何当一位合格的富商小姐，儿子们则学习生意方面的知识——对，三个孩子以后必定有大作为！

阿龙森一定是一个有伟大梦想的人，否则他是不可能来这儿的。他可以跟原来一样，一直养鱼，走运的话还能再挣一些钱，而这跟做大生意完全不同。一般人都梦想着可以养鱼，可是，没有人会摘下帽子对养鱼人毕恭毕敬地鞠躬。阿龙森之前的工作是驾船、划桨，可如今他要亲自开船了。"结现金。"成了他的口头禅。其实，这句话还是很万能的，在哪儿都能用。事情发展得跟他们料想的一样时，他们就会"结了现金"。如果他的孩子长大后有出息的话，他们的日子一定比他的日子更"现金"，这就是他的美好愿望——他们未来的生活幸福美满。

真好，所有的事情都朝着美好的一面发展。邻居们尊重他，不仅如此，他的孩子和妻子也受到了尊重。孩子们竟然也能被看重，真是太不容易了。矿工们要进山干活儿，一干就得好几天，无法见到自己的孩子，他们下山的时候，就能看见阿龙森的孩子们活蹦乱跳地在院子里跑着玩，这时他们就会温柔地和他们聊天。他们有时会给孩子们钱，可他们毕竟是商人的孩子，给钱这一招不会起任何作用。他们只好吹口琴取悦他们。下山的那些矿工中，性格最开朗的非格斯塔夫莫属，他总是把帽子歪在一只耳朵上，随口一说就能逗得人哈哈大笑，当然，格斯塔夫跟孩子们一起玩耍的时间是最长的。孩子们很喜欢他，一见到是他来，就欢呼雀跃地跑向前。他会一下把三个孩子都抱在怀里，抱着三个孩子一起跳舞。"哇！"格斯塔夫边跳边说。之后，他就会从衣服里掏出口琴，开始吹奏各种各样的曲子，女佣们也会被他的乐声吸引过来，不一会儿，她们就听红了眼眶。对，格斯塔夫真是太疯狂了，可是他又很清醒，他知道自己做的一举一动。

用不了多久，他就会进到店里，用自己的钱买很多不同的东西塞满背包。之后，他就会再次踏上公路，此时他的背包中什么东西都有。走了一半到赛兰拉时，他就会停下脚步，卸下背包，让他们看自己包里的东西。里边有印花的信封，新烟斗，白衬衫，镶花边儿的手绢……对了，还有送给女人们的糖，绚烂夺目的物品，有指南针的表链，剪纸刀——哦，真是多得数不过来了。他还买了烟花，打算周末的时候点燃，让大家开心开心。英格尔拿了牛奶让他喝，他却还在跟丽贝卡玩着，不停地把她抛向空中——"哇哦！哈哈。"

格斯塔夫问那几个瑞典人房子盖得如何了，他跟这几个瑞典人是朋友，因为他本身也是瑞典人。"虽然只有他们几个在干活儿，但是房子盖得特别顺利，你也可以来帮帮我们的。"其中一个人开玩笑地答道。

英格尔也附和着他说着玩笑话，这棚子得赶着秋天来临之前盖完，只有这样才能让牲口有居住的地方。

"砰"的一声，格斯塔夫点燃了一只花炮，他看着剩下的花炮心想：都点燃了一只了，留下这些也没什么用处。然后，格斯塔夫把所有的花炮都点燃了，一共六只。天空被花炮炸得五颜六色，好看极了。女人和孩子们看着这绚烂的天空呆住了，仿佛格斯塔夫是个魔术师。这是英格尔头一次看见烟花，烟花易冷人易散，引起了她无限的遐想，这烟雾缭绕的景象勾起了她以前看过城市灯红酒绿的回忆。割草机根本没法和这些比。婉转动听的口琴演奏结束了这场魔术表演，英格尔一脸崇拜地看着格斯塔夫，真想跟他顺着这条公路一直走到尽头再回来。

他们依旧在继续着矿上的工作，马队把矿砂运送到海边，一次又一次……载满了矿砂的汽船从海边驶向南美洲边界，其他的汽船在等待着装送下一批矿砂。这个工作真是太棒了！只要是还能动得了的人都上山观望着这一景观，真是了不起的景观啊！布理德·奥森费尽千辛万苦拉来了矿石的样品，然而那个瑞典的矿石专家已经回到了他的国家，显然他的努力白费了。星期天，村里的人们跑上了山，艾瑟克尔·斯特隆居然也来了，因为他一向很忙，但还是抛开了他的电报线路来看。基本上没人见过这山上的矿产和令人惊奇的景象。赛兰拉的英格尔都戴上了她的金戒指，穿上了正式的衣服上山去了，但是我们并不知道她去那儿干什么。

其实并没有什么事，也不去考虑工作进行得如何了，她就是想去让别人看看她。因为她看到其他的女人去了，就觉得自己一定也得去。她的上唇很难看，有一个疤痕，她的孩子们也都不小了，可是英格尔还是执意要上山。像别人那样，那些比她年轻的女人们，她要跟她们一决高低。她还是长得很漂亮，身材也没有走样，有着苗条的身材和姣好的面容。虽然她的面色不如当年好了，也不再多出众。但是，那些男人们应该再看看她的，是的，她就是想证明虽然自己年纪大了，但女人的韵味还是在的。

因为她多次给他们端送牛奶，所以工人们都认识她。而且如她心里所希望的那样，他们跟她热情地打招呼，并且还带她去参观矿井、临时草房、马厩、厨房、地窖和储物间；而有一些大胆一点儿的就紧紧挨着她站在一旁，甚至还轻轻地碰她的胳膊。但是英格尔丝毫没有一丝厌恶，反而还觉得舒服。在上楼梯的时候，她更是有意无意地撩起自己的裙摆，露出一小截小腿。但她就只是那么随意一撩，仿佛她根本无意为之一般。那些男人都忍不住在心里想，她真的是风姿绰约。

哦！她虽然是一个上了年纪的女人，但是依然能够让人对她心生怜悯之情。很显然，一旦他们之中某个年轻气盛的年轻人向她发来倾慕的目光时，她便万分感激，并回以一个暧昧的眼神。只要一想到自己还和那些女生一样，她就激动不已。噢！一直以来她都认为自己是一个正经女人，看来只是没有机会而已……

上了年纪？……

而格斯塔夫呢？他抛下了村里的两个姑娘和一个伙伴上山来了。毫无疑问，他清楚自己想要的是什么。他用着恰当的力度异常兴奋地握着英格尔的手，为了感谢上次在赛兰拉她为他带来的那个美好夜晚。但是他很小心，并不是十分热情。

"对了，格斯塔夫，你准备什么时候来帮我们盖房子？"英格尔满脸红通通地说道。格斯塔夫说再过不久他便能过去。他的同事们听到后，也都纷纷表示不久之后他们都能过去帮忙。

"噢！"英格尔说，"这么说来，这个冬天你们可以不用待在矿上了吗？"

工人们格外小心地回答着，看样子应该是这样，但是也说不准。但格斯塔夫胆子大一些，笑着说道："看样子矿里的那些铜都被他们搜刮得差不多了。"

"你说的不是真的吧？"英格尔说道。其他人赶紧插话让他当心点儿，别乱说话。

但格斯塔夫丝毫没有一丝在意，反而说得更多了些。而英格尔却觉着非常奇怪，虽然她不明白他是不是为了勾引她才这么做的，但是说实话，她的心开始为他着迷啦。虽然有一名工人也表演了风琴，可是却没能比上格斯塔夫的口琴；此外，还有一个机灵的小伙子为了引起英格尔的青睐，跟着音乐唱了一首歌，虽然他非常用心，歌声亦是十分嘹亮，可依旧没能打动她。没过多长时间，那个格斯塔夫不知道怎么回事，居然把英格尔手上的金戒指套在了小指上！既然他并未勾引她，那么这个戒指是怎么一回事？噢！不用担心，他虽然和英格尔一样镇静自若，但自有一套办法。虽然他们没有交谈，英格尔也仿佛不知道他正在玩着她的手。之后，他坐在屋里喝咖啡，这时她听到了外面的争吵声，没错，是两个男人的高声争吵，她知道他们为她争风吃醋，这让她很是称心。这对于一个上了年纪已不再年轻的女人来说还是很值得开心的。

可星期日那天，她是如何从山上回家的呢？是的，她依旧如去的时候那般风光无限，不多不少。有一大堆男人护送她回去，而且只要格斯塔夫还在她身旁，他们便不会离开。如若不是他们清楚格斯塔夫的目的，他们也不会不让他俩独处。英格尔再也找不到哪次像现在这般快乐，即使是她在外面生活的那段时间也不曾有过。

"你没丢什么东西吧？"他们问道。

"丢东西？没有啊！"

"比如，金戒指什么的。"

格斯塔夫一听到这话便把它拿了出来，在他拿出来的这一刻，他俨然成为他们的公敌。

"噢！多亏你找到了它。"英格尔说着，急忙忙地跟她的护花使者们道别。赛兰拉就在眼前，她已经看到了许许多多的屋顶，她的家就是立在那儿的那栋。她再次清醒了过来，重新做回了那个精明的妻子。她选择了一条近路去看看牲口。而在那条路上走着的时候，她知道有一个小孩葬在这儿；她曾把手上的泥土拍掉，并在坟墓上插了一个小小的十字架——可是，这是多久以前的事啊！现在，她心里想的就是女佣们有没有挤好牛奶。

矿上的工作照旧进行着，可是下面的工人却众说纷纭，说出了问题，产量并未达到预期的那样。之前回去的那位矿产专家现在又回来了，并且还带了另一位专家来协助他。他们在地上四处爆破，钻孔以及勘测。出了什么问题？铜质优良，并没有出什么问题。只不过是矿层太薄，深度还不够；越往南越厚，但是铜质最好的地方，俨然超出了公司的覆盖范围——再过去就是国家的所属地阿尔曼宁大荒原。可是，不管怎么说，第一批买家并没有想这么多。这本来就是一个家庭企业，是几个亲戚合买下来，准备用来投资的。他们当初并没有考虑买下一个直达山谷拥有几英里的整个矿区。不错，他们仅仅是买下了赛兰拉属于艾萨克和吉斯勒名下的那块地，随后又转手卖掉。

现在应该做什么呢？只有负责人、专家和工头的心里清楚：他们现在必须尽快跟国家签署协议。因此他们派人带着信件、策划案以及地图快马加鞭前往瑞典；他们则驾车下山去拜访区长，希望得到水域南部矿区的产权。可在这节骨眼儿上，他们受到了阻碍，法律阻挡了他们，他们不是本国人，因此没有权利买下这个矿区。是的，他们之前就知道了，也曾尝试过找解决办法。可南部矿区的地已经被卖掉了——这是他们所始料未及的。

"卖掉了？"

"是的，这都是好久之前的事了，有好几年了。"

"噢！那是谁买的呢？"

"吉斯勒。"

"什么？吉斯勒。那个家伙——嗯。"

"验证过地契并且进行了登记。"区长说，"那一带几乎都是岩石，没什么特别的东西，所以他没花多少钱就买了下来。"

"你们老是提起这个吉斯勒，他是谁？现在在哪儿？"

"鬼知道他在哪儿。"

于是他们又派人去瑞典找，他们必须得找到这个吉斯勒，以便了解他的情况，并且不能留下太多工人，他们还得再等等看。

格斯塔夫携带他的所有家当来到了赛兰拉，他终于到了。不错，他放弃了在矿上的工作机会，确切地说，上周日他当着那么多人说矿产的事被工头和工程师给听了去，这不，他被开除了。既然如此，那就离这儿好了，或许还正合他心意。这次他来赛兰拉是毋庸置疑的——他马上帮助他们搭建房子。

他们忙着堆砌石墙，没过多久矿上又辞退了一个人，并且他也过来帮忙。这下不用担心了，他们一定能赶在秋天之前完工的。

但是这次矿上开除了一个又一个工人，他们都选择回了瑞典。因此，矿上的工作都暂停了。

村里人听到这个消息后纷纷感叹，这些人是不是傻啊？他们难道不知道这试验性工作只是暂停而已吗？他们受到了一点点阻碍，便萎靡不振。这下好了，财产没有了，津贴还得被扣掉，甚至连斯多堡交易站的生意都惨淡了许多。这意味着什么？噢！是的，这将会打破许多计划。阿龙森在生意景气的时候就买了一支旗杆和一面旗帜以及一块上好的白色熊皮，准备冬天时把它铺在雪橇上。

另外，他还给一家人买了衣服。可这都是一些无关紧要的小事。还有一些事，两个新来的人在曼尼兰和赛兰拉之间买了一块开垦的地皮，并且这两个勤劳的人在那儿建了房子，开垦和挖地，不久就能完成。那个夏天他们早已在斯多堡买好了一切用品，但是当他们上次来的时候，那儿什么都不剩啦，存货什么的也没有，现在他那儿除了钱，什么都没有了。与邻居相比，阿龙森无疑是最为沮丧的，他的计划全都被打乱了。有人劝他好好耕地，等待机会，他说："我过来居住的目的不是种地。"

阿龙森实在是无法接受这个事实，最后他决定亲自去看看情况。这个星期天，他来赛兰拉打算叫上艾萨克同去，可是艾萨克一直在忙着，他并未打算去。英格尔见此只得打断他们的谈话："阿龙森特地来找你一起去，你还是去一趟吧！"可能英格尔希望他去，正巧是星期天，或许她也想摆脱他几个小时吧。最后艾萨克还是去了。

山上的情况跟艾萨克印象中的完全不一样，现在这里简直是一个小镇子，有茅屋、棚子和各种马车，地面凹凸不平。工程师带他们四处转了转，或许这会儿他并不是十分开心，但是也没有像居住在这儿的村民或者其他人那样满腔积郁——因为来的不是别人而是赛兰拉的农场主和斯多堡的商人。

作为一位矿产工程师，他懂得较多。所以他对矿砂以及矿砂中的岩石做了解释。矿里有铜、铁以及硫黄等。是的，他们都知道矿里有什么，乃至黄金和白银都是有的，只是量相对少些。

"现在是停工了吗？"阿龙森问。

"停工？"工程师十分惊讶地说道，"如若我们这么做，那南美洲怎么办？"这不只是暂停工作，还得看看这个地方，看它能生产出些什么东西；之后再在空中建立铁道，再到湖南部去工作。他转向艾萨克，"你知道吉斯勒在什么地方吗？"

"不知道。"

好吧，没关系，他们早晚能找到他。之后便能继续开工，想停工，做梦去吧。

突然，一架带有脚踏板的小型机器吸引了艾萨克的目光。他立刻明白这是车上使用的，随时都能拿下来的小锻铁器。

"这东西现在能卖多少钱？"他问。

"噢！那个锻铁炉吗？现在不太贵。"和这相似的机器还有几台，但是和放在滨海那边的相比，简直是冰山一角。艾萨克要明白开矿是需要在岩石中寻找裂缝，而不是动动手指就能行的。

他们四处走了走，工程师说再过几天他要去瑞典。

"还会回来吗？"阿龙森问。

"当然。"他相信政府和警察没理由不让他回来。

艾萨克又回到锻铁炉那儿停下看了看。

"这种机器得多少钱啊？"他问道。

"多少钱？"这个不好说，但也不少，可这对于矿上来说并不是什么难事。作为工程师，他举止文明讲究，即使遇见了什么不开心的事，也依旧保持一向的作风。他看着艾萨克最后还是想要那台机器，于是他便送了他一个，"拿走吧，这点儿小东西对公司来说并不是什么大事，就当送给你的小礼物。"

阿龙森和艾萨克在一小时后就回去了。不管怎么说，还是有机会的，阿龙森心里的那块石头终于落下来了。艾萨克扛着机器下了山。工程师表示过两日派人给他送到赛兰拉去，但是被他婉言谢绝了。他想自己亲自扛着回去，给家人一个惊喜。

但最后艾萨克确实被震惊到了。

他回到家的时候看到院子里有一匹马，一辆马车，车里装满了东西。赶车的是一个农民，而他旁边站着一位绅士——正是吉斯勒，这不由得让他颇感惊讶。

第二十四章

　　或许艾萨克也会对别的事情感到诧异，但他绝对不是一个一心
多用的人，所以他不可能在同一时间想许多事情。

　　"英格尔在哪儿？"他刚进厨房就发出了这样的疑问。他不知
道她是怎么接待吉斯勒的，所以他迫切地想要打听清楚这个过程。

　　英格尔自从艾萨克离开后，就陪着瑞典的那个格斯塔夫采摘草
莓去了。英格尔已不再年轻，可她还是再次陷入了爱情的旋涡，无
法挣脱。即使她的年龄越来越大，可她的内心却又一次感受到了爱
情的来临。

　　"我想去瞧瞧那些草莓和酸梅，你陪我一起吧。"格斯塔夫说。

　　这真是一个很好的机会，她怎么可能会回绝？于是，英格尔慌
张地跑回了她的房间，紧张地纠结了一会儿。格斯塔夫站在门口等
着她，可心却追随着她的脚步。她整理了一下自己的头发，又在镜
子前看了好久，最后才安心地走了出来。没有人会阻止她这样做，
毕竟多数人都这样做过。哦，女人真是可悲，她们根本无法清楚地

区分两个男人，总是把他们混为一谈。

他们就这样一起去摘草莓了，慢慢地寻觅着，终于在一片沼泽地中找到了草莓。英格尔有时会撩起裙摆，露出长腿。四周很是安静，连白色松鸡的鸡雏所发出的叫声也没听到。噢，那是因为它们都已长大。沼泽地中长满了树，形成了一片一片的小树林。周围安静极了，白色松鸡的鸡雏不再四处蹦跶、叫嚷，因为它们已经长大了。茂盛的小树林将整个沼泽地都遮盖得严严实实。才出发不久，他们已然停了下来。

"你竟然是这样的人，真是难以想象。"英格尔说道。她真是太爱格斯塔夫了，所以她觉得自己很可怜，于是她弯了弯嘴角，似乎是在嘲笑着自己。爱情会让你觉得很甜蜜，但也会让你感到残忍，既甜蜜又残忍。其实，她有控制过自己，躲着他。很遗憾，她没有成功。英格尔还是陷入了爱情的旋涡，深深地迷恋着他，她做梦都想陪在他身边，一直恩爱下去。

唉，一个年龄渐长的老女人啊……

"等你的活儿干完后，你就会离开吧。"她说。

不会的，他不会离开的。可是，过段时间他还是会走的。没关系，他现在还是留在这儿的，就算是走的话，那也是一周后的事情了。

"到回家的时间了吗？"她问。

"没有！"

他们休息完后又去摘了一些草莓。摘草莓时，他们找到了一个很隐蔽的角落。英格尔怒吼道："你是疯了吗？格斯塔夫，你怎么可以这样做！"很长时间过去了，久到他们都要睡过去了。睡觉？呵呵，在一片荒无人烟的伊甸园里能睡着，那真是太奇怪了。英格尔猛地一下坐了起来，听着周围的声音，说道："外面是不是有人？我听见脚步声了。"

太阳西下，黑暗降临，树林中充斥着黑暗，他们终于决定回家。回家的路上，他们两个人都看见了，他们总觉得有人在催着他们往前走。如果，你的身边有一个很帅气的小伙子，你会时刻提防吗？当然不会，英格尔也不例外。她浑身乏力，笑着说："真难以想象你是这样的一个人。"

终于，她回到了自己的家。幸运的是，她回来得很及时，如果再晚一分钟，大事就不妙了。她刚到家，就看见艾萨克正背着锻铁炉回来，身后还跟着阿龙森——竟还有一辆马车也赶了过来。

"你好！"吉斯勒向英格尔挥了挥手说。这时，所有的人都聚在了一起，那真是太好了……

吉斯勒再次踏上了这片土地。很多年前他来过这里一次，没想到时隔多年后他竟又回来了，他年纪也大了，双鬓微白，但精气神十足，跟原来一样。他穿了一件白色坎肩儿，手上戴着一块金表，显得很体面。他真是令人猜不透！

他是不是听到了什么小道消息？所以才再一次来到矿上？不管怎么样，他来了。他很神气地环顾四周，脸上洋溢着兴奋。不知他看到了哪里，突然摇了摇头，可眼睛中却发着光。这儿真的发生了翻天覆地的变化，地主们都拥有了更多的土地。吉斯勒赞许地点了点头。

"你背的是什么？"他问艾萨克。

"锻铁炉。"

"这可真是个好东西，锻铁炉在这个农场里能发挥很重要的作用呢。"什么？！他竟然说赛兰拉只是一个农场。

"你从哪里得来的这个东西？"

"矿上的一个工程师送给我的。"

"工程师？他在哪个公司任职？"吉斯勒问道，可能心中还存有疑惑。

吉斯勒怎么甘愿让铜矿工程师抢了他的风头？于是，他说："我听别人说你买了一台割草用的机器？正好，我有一台耙草机，就带过来送给你了。"说完，他还用手示意了一下东西就在马车上。这台耙草机红蓝相间，后面有很多巨型齿轮，不过就是需要马给它动力才能使用。他们小心翼翼地把耙草机从马车上搬了下来，仔细地研究了研究。不一会儿，艾萨克就把耙草机安装好了，迫不及待地在地上试了试。看着赛兰拉一件接一件发生的美事，他做梦都能乐醒。

"他们总是向我们打听你。"艾萨克说。

"他们？是谁？"

"就是那个工程师和其他几个男的，一直在打听你的消息，说一定要知道你的下落。"

艾萨克说完后才意识到自己说得太多了，因为他觉得吉斯勒生气了。嗯，吉斯勒真的很气愤，从他犀利的话语中就能感受到。他说："很好，如果他们还问起我，你就跟他们说我在这里。"

第二天，两名信使带着两位矿主从瑞典赶了回来。那几个人骑着马，看起来很健壮，穿得也很体面。他们并没有在赛兰拉待很长时间，只是停下来问了问路而已，连马都没有下就继续前行了。尽管吉斯勒就站在他们身边，他们还是选择忽视他。只有那两个马上装着东西的信使在这里停留了一个小时，跟修房子的几个人打听了打听吉斯勒的情况，不过很快他俩也离开了。奇怪的是，当天夜晚，打听过吉斯勒的一位信使又骑着马回来了。原来他是来给吉斯勒传达消息的，矿上有几个先生想见一下吉斯勒。听到这个消息后，吉斯勒表现得很淡定，只是说了一句："想见我的话就让他们亲自来找我吧。"

吉斯勒俨然变成了一个重要人物，觉得自己手中的权力可以控制世界，身份高贵，而想见他的人竟然只是那么草率地邀请了一句，这让他感觉不到任何被尊重。可是，他为什么偏偏在这个时间回到赛兰拉呢？还正好碰见那些寻找他的人？他一定是知道些什么。不管怎么样，那几位矿上的先生得知吉斯勒的态度后，还是亲自来赛兰拉见他了。不仅如此，他们还带了一名工程师和两位矿质专家。

历经重重困难，他们终于会面了。事情并没有想的那么简单，因为吉斯勒不太配合，他太高傲了。

这次见面，矿上的人表现得很谦卑，还向吉斯勒解释了只发出口头邀请的原因。只因为他们太累了，所以没有考虑周全。对方已经道歉了，吉斯勒也不好再说什么，只好客气地说："我也是刚回到这儿，身体还没歇过来，不然我一定会去矿上找你们的。"

相互寒暄完了，就要进入这次见面的主题了。他们能说服吉斯勒把湖南的那片地卖给他们吗？

"我有一个问题想问你，这块地是你自己想买呢，还是代替别人买的？"吉斯勒问。

其实吉斯勒心中早已有了答案，就是故意这么说的。矿上的那几个人都是有钱人，怎么可能会给人代买呢？紧接着，他们便开始商量细节了。

"那块地你打算卖多少钱？"他们问。

"多少钱？嗯——我想想。我觉得两百万吧。"吉斯勒答道。

"两百万？你是说真的吗？"那几个人笑着问道，而吉斯勒则一脸严肃地点了点头。

　　工程师和两位矿质专家开始对这块地进行检测、钻孔、打洞、爆破……很快他们就得出了结论：由于火山爆发，所以周围有很多矿砂，但是分布却很不均匀。所以简单的勘测结果就是，公司的领域和吉斯勒的领域交界处分布着最深的矿质，有开采价值，而最后一英里却不需要开采了，因为那儿一点儿矿砂都没有。

　　吉斯勒认真地听着他们的分析，脸上一点儿表情都没有。之后，他便从布袋中拿出来了几张纸，严肃地盯着他们。他拿出来的纸张不像是地图，更不像表格。再仔细一看，你就会发现，那几张纸跟他们说的矿产一点儿关系都没有。

　　"你们开采的力度还是不够大，挖得太浅了。"他说得很坚定，就像是从他们的讨论中得到的结果似的。听他这么一说，那几个人连忙应和说："是是是……"因为他们早就意识到了这个问题，而那两个工程师却表现得很茫然，因为他们不清楚吉斯勒是怎么知道的。"你怎么会知道？这可是你第一次来啊。"

　　吉斯勒勾起了嘴角，那感觉就像是他打了一个很深的洞，但是最后洞还是被他堵住了一样。

　　他们从各个角度把事情谈了个遍，之后看了看时间，竟然已是中午时分。他们把吉斯勒的价格压到了五十万，吉斯勒当然不会同意，只好一直僵持着。唉，他们肯定是在不经意间得罪了他。他们想错了，吉斯勒根本就不急着卖出去。真的是一点儿也不着急，要不然他不可能如此怡然自得。

　　事情到了这种地步，他们只好先开口说："我们觉得，价格在一万到两万之间还是很合理的。"

　　吉斯勒听到这个报价后，认真考虑了一下，但他还是觉得两万五才是更合适的。毕竟，他卖得并不是很着急。之后，其中一个人为了阻挡吉斯勒要高价，便插话说："哦！我想起了一件事。前两天，我在瑞典碰见了你的亲人，他们很想念你，还让我给你捎个好呢。"

"真是太感谢你了。"吉斯勒答道。

然而这句话并没有起到任何作用，吉斯勒的表情还是很淡然。于是，另一个人只好开口说："嗯……假如您这儿是金矿的话，给您两万五肯定是没问题的，可是，这不是金矿，而是铜矿啊。"

"嗯，我知道我这儿是铜矿啊。"吉斯勒说。

他们对吉斯勒的回答很是不满，渐渐地烦躁起来，五个人只好一遍又一遍地看着手中的表格。已经到了吃饭的时间，他们也不想再继续谈下去了。就这样，他们离开了，回到矿上用餐。

这次的谈判算是告一段落了。

此刻，只有吉斯勒一个人静静地待着。

他在想什么？心中打着什么算盘？或许，他只是呆坐着，什么都不想？不！他一定在想一些事情，不过，现在已经考虑好了。

午饭后，吉斯勒把头扭向了艾萨克，他说："我想再去逛逛我的那片地，上次是赛维特跟我一起去的，这次我还想让他陪着我。"

"哦，这真是太好了。"艾萨克迫不及待地回复道。

"唉，还是算了吧。他现在肯定很忙，没时间陪我去。"

"不会的，只要你吩咐，他一定会先来陪你的。"艾萨克边说边让赛维特过来。可吉斯勒却摇了摇头，轻声说："罢了罢了，不去了。"

他走到院子里，四处溜达着，时不时还和干活儿的人说几句闲话。尽管心中装着很多事，但他表现得还是很平静。或许，吉斯勒早已接受了命运赐予他的磨难，无论如何，他什么都不在乎。

他之所以到了这个地步，完全是碰巧了。最初，他把一块地卖给了他妻子的一个亲戚。然后，他才有足够的钱买下湖南的那块地。他为什么要买湖南的那块地呢？真的是想变成他们的邻居故意气他们那么简单吗？刚开始的确是这样，他其实只想买一块小的土地，如果能好好发展，说不定能发展成一个村落。没承想，他竟成了一个地主。那块地并没有花费他多少钱财，所以他也不想费太多工夫去划界限。正是因为这份懒惰，他平白无故地成了那块地的矿主，所有的土地都成了他的。他的本意是想要一块地来种草、搭棚子，谁知它却成了一块风水宝地。

那块土地已经换了多个主人，吉斯勒的首要任务就是要知道那块地现在在谁手中。第一批买家很随意地就买走了那块地，没有什么深思熟虑的过程。家族议会员中并没有人了解矿产，所以他们只是买了一小块土地，把吉斯勒的那部分买走仅仅是想跟他划清界限而已。第二批买家跟第一批买家的愚蠢程度不分上下，他们都是有钱人，买下这块土地可能就是觉得好玩吧，也可能是喝多了酒之后的一句玩笑话。等到真正开采时，他们没想到会遇到那么大的麻烦——吉斯勒。

可笑！高傲的吉斯勒心中或许是这样想的。因为他觉得现在自己的权利是最大的，大得可以不考虑任何人。所以，那几个人一直在想办法压制他的神气。他们以为他是个着急出手的卖家，用一万五或两万就能打发，没想到事情恰恰相反，吉斯勒不好对付。他们的行为真是太可笑了！他们对吉斯勒一无所知，而此刻的吉斯勒却高傲地站立在土地上。

他们那天回到矿上后就没有再下来。很显然，他们不想让吉斯

勒看出他们的焦急。直到第二天，他们才出现。一大早，他们骑着
驮马为回家做准备。谁知连吉斯勒的影子都没有看到。

人呢？不在？

他们本来还想速战速决，不下马就做成买卖，挽回一些面子。
可面对这样的意外，他们不得不跳下马，耐心地等着吉斯勒回来。你
知道吉斯勒去哪儿了吗？没有人回答，因为大家都不知道他去了哪
里。吉斯勒对赛兰拉的一切都很好奇，所以经常四处转悠。听说有人
在锯木坊见过他。他们就立刻派信使去那儿找他，可惜还是没能找到
他。不管信使怎么呼喊他，都没能得到他的回应，或许他早就去别的
地方了。又等了一会儿，吉斯勒还是没有出现，那几个先生却已不耐
烦了，眼神总是飘向表针。之后有人开口说道："我们不能再这样傻
等下去了，要是吉斯勒真的想出售他手中的那块地，他就会老老实实
地待在这儿。"此刻，他们说话的态度好了一些，不久，所有人也都
消了气，再仔细一想竟觉得有些可笑，都能当成一个笑话讲给别人听
了。现在，他们将面临一个很大的危机，那就是他们迷路了，要在荒
芜的土地上过一夜了，很可能随时会被饿死。他们的亲人找不到他们
的尸体，连哀悼都没有。唉，真是可笑。

终于，他们还是等来了吉斯勒。吉斯勒环顾了一下四周，应该
是刚从牛棚回来。

"估计过不了多久，那个地方就不够用了啊。现在牛棚里有几
头牲口？"他问艾萨克。

对，他完全忽略了等他的那几个人，不慌不忙地问着艾萨克，
当然，他更不会注意到他们手中拿着的表。吉斯勒的脸看起来很红
润，应该是喝了不少酒。

"哦，走路走出了一身汗。真是热死我了。"吉斯勒说。

"没想到你竟然不在家。"有人说。

"真是不好意思。你们也没有跟我说你们要来啊，我要是知道你们来，一定不会到处乱走的。"吉斯勒答道。

行吧，等到了吉斯勒，应该能够谈生意了吧？吉斯勒是否会同意他们给出的报价？他不可能每天都会有得到一万五或两万这样的好事——嗯？当然，如果他不爱钱的话……

最后的一句话让吉斯勒很是恼火。他凭什么这么说！哦，也对，毕竟他们先生的气，如果不是这样的话，他肯定不会这样说的。对于吉斯勒来说，也是一样，假如他的脸不红，也不会因为这句话察觉到他的脸色煞白。之后，他顶着一张惨白的脸，无情地说道："我并不想知道你们的报价，我只在乎我是否能接受你们给的价格。那片矿地的价值我还是有所了解的，所以我不想跟你们多说什么，我坚持我昨天说的价格。"

"两万五克朗？"

"没错！"

那几个人听到后转身就骑上了马。其中一个人喊道："好，我们给您两万五。"

"你们非要继续这样开玩笑吗？"吉斯勒说，"我想请问你们，你们敢不敢卖掉山上的一小块矿地？"

吉斯勒的话让他们感到诧异，但是没有办法，他们还是说："什么？好吧，让我们再想想吧。"

"我想买。"吉斯勒答道。

吉斯勒竟然这样说！院子里的人很多，所以吉斯勒的话很多人都听见了。赛兰拉一家，搬运工们，信使……他们都听见了。可是，他去哪儿弄那么一大笔钱呢？他应该会有办法吧。谁也不知道。吉斯勒本来就是一个难以捉摸的人。无论怎样，他的话语让马上的那几个人很慌张。这难道是一个陷阱？他是想用这样的方法提高他那块地的价格吗？

那几位各自思考完后，又头凑头地商量起来。之后，他们便下了马。终于，工程师忍不住了，插了一句话。他说话的分量似乎很重，因为院子里的人都在等着他开口说话。

"不卖！"他说。

"真的不卖吗？"他的伙伴们惊讶地问。

"不卖。"

接着他们又商量了商量，最终还是骑上了马。"两万五。"一个人冲吉斯勒喊道。可是吉斯勒并没有理会他，而是侧着身跟工人们说着话。

就这样，最后一次的谈判结束了。

吉斯勒并不在意结果是什么，依旧四处乱走，东逛逛，西看看。很快，牛棚上的横梁吸引了他的注意。他下定决心用一周的时间帮着改造牛棚，然后搭一个顶棚，等这些都做完后就可以再建一个饲料棚。

艾萨克并没有吩咐赛维特让他去建棚子，也没有给他安排任何工作，而是让他闲着。他这样做并不是毫无道理，因为只有这样，吉斯勒才会让赛维特陪他去山上勘测。可是，艾萨克失策了，吉斯勒并没有想上山的想法，就像什么事都没发生似的。他嘱托英格尔备了一些食物，顺着马走的路走，天色很晚了才回来。

他正好经过赛兰拉下面刚开垦出来的两块土地，便和那儿的主人说了两句话。之后，他又走到了曼尼兰，打算去看望艾瑟克尔·斯特隆，询问一下他这一年的生活。不过好像没什么变化，不如他的预想，但是他的确对他的那块地尽力了。吉斯勒对这块地感到很好奇，于是，他问道："你这儿有马吗？"

"当然有。"

"很好，我带回来了一台割草机和一个耙子，现在在南边放着呢，你要是需要的话，我可以带上来给你。"

"需要花费多少钱呢？"艾瑟克尔不认为那是免费的，所以心中开始盘算着分期付款的价格。

"我不收你的钱，送给你。送礼物怎么能收钱呢？"吉斯勒答。

"真的吗？太难以置信了！"艾瑟克尔激动地说。

"当然，我有个条件。我把机器送给你，你要帮你上面的新邻居开垦荒地。"

"好好好，当然可以。"艾瑟克尔虽然这样爽快地答着，但他的心里还是很疑惑，他不知道吉斯勒为什么会把机器送给他，"南边还有很多你的机器和工具？"

"我那儿还有很多东西呢。"吉斯勒答道。说是那么说，可他的东西已经不多了。他只是很享受这样说的过程吧。割草机和耙子都是小东西，小镇中到处都有卖的，他只要买一个送给艾瑟克尔就好了。

他和艾瑟克尔聊了很长时间，之后便说到了周围的一些开荒者。比如说斯多堡的交易站、艾瑟克尔的哥哥，他的哥哥前段时间结了婚就搬去了布里达布立克，并且还挖了个能引水的沟渠。艾瑟克尔说没有一个女人肯来帮他，当然叫奥琳的那个老女人是个例外，除此之外，他没有任何助手。虽然那个老女人并没有出多大的力，但他却认为她功不可没。在那个夏日中，艾瑟克尔总是忙得昼夜不分。他觉得是时候该从海格兰德找个女助手了，但是找到后要给她路费和工资，这可不是一笔小钱。艾瑟克尔还说，他很后悔任职线路检测员这份工作。

"只有布理德那种人，才能胜任这份工作。"吉斯勒说。

"嗯，你说得很对。不过，那份工作的酬劳还是很可观的。"艾瑟克尔答道。

"你家有几头牛？"

"嗯……四头牛。对了，还有一头小公牛。不过没有赛兰拉家的牛大，差的也不是一星半点儿。"

艾瑟克尔突然想起来了一件很紧急的事，于是迫不及待地跟吉斯勒说："巴布罗的事可能暴露了。也对，她的肚子一天天地大了起来，当然会暴露了，可是她最后竟然就这样一走了之，连孩子都不要了。你说这到底是什么情况？"

吉斯勒知道事情的前后因果，于是插嘴说："跟我来。"艾瑟克尔只好跟着他走出了房间。吉斯勒装出一脸威严的样子。他们一同坐在树下，之后吉斯勒开口说："把事情的细节跟我说说吧。"

暴露了？那是肯定的，不暴露才奇怪呢。这个地方早就住满了人，别忘了家里还有个奥琳呢。奥琳和这个事情有多大联系呢？唉！她开始敌对布理德·奥森了，多么糟糕啊。奥琳知道了所有的事情。可怕的是，她待在这里，迟早会把艾瑟克尔的秘密都挖掘出来。这就是她存活的方式，是的，从一些方面来说，正是因为这些，她才能好好活着。此时此刻，正是奥琳所希望的那样，她一定会打破砂锅问到底。说实话，奥琳已经老到无法照看曼尼兰家的牛羊了，她早该回家安度晚年了。可是，她怎么肯在这个关键时刻离开呢？她还没有找到事情的真相，并且还有很多秘密等着她揭露呢。她忙活完了冬天的工作，又忙活完了夏天的工作。其实，她做的这一切都是为了看布理德女儿的笑话。春天，雪还没有全部融化，奥琳却早已出发寻找证据了。她在小河边上发现了一个小青冢，靠近后又看到很多带有草根的土铺在上面。很偶然的一次，她竟在那里看见了艾瑟克尔，他那时正用脚踩踏着上面的土。所以，艾瑟克尔什么都清楚！奥琳晃了晃长满白发的头，嗯，轮到她出场了。

艾瑟克尔这个人很小气，并且很难相处。他知道家中奶酪的具体数目，甚至连羊毛线都必须要缠得一丝不苟，奥琳根本无法办到，真的是一点儿都办不到。对，去年还发生过一件事，奥琳救了艾瑟克尔一命。倘若艾瑟克尔懂点儿事，就一定会把这件事的功劳都算在奥琳身上，之后自己再报恩。可是，他并没有这样做，他把一半的功劳给了布理德。是啊，他一定会说，就算是奥琳没有去，他也只是在雪地中睡一夜而已。可在回家的路上，布理德还给他提供帮助了呢。这就是他报的恩。于是，这成功惹恼了奥琳——万能的上帝当然可以选择忽视他的子民！艾瑟克尔完全可以从牛棚里牵出一头牛，之后对奥琳说："很感谢你，我就用这头牛来报答你吧。"然而，他没有做任何事。

好吧，那就等着看吧。他付出的代价一定会比一头牛大得多。

那个夏天，奥琳没有放过任何一个机会，向每一个过路人都说着一样的信息。并且，她说完后总会加一句"可别跟其他人说这件事是我告诉你的。"不仅如此，奥琳还去了好几趟村里。所以，现在村里的人到处都在讨论着这件事，就像人们的脸上蒙上了浓雾，可声音还是能进入他们的耳朵一样。到了后来，就连到布里达布立克上学的孩子们都知道了这件事，并对此议论纷纷。事情已经发展到不得不让区长出面解决的地步了，所以，区长只好向上级请示，请求他们给个解决方案。之后，他拿了一个笔记本，带了一个助理来到山上。那天，他亲自来到了曼尼兰，做了详尽的调查，记满了笔记本，然后就离开了。没想到，三周后他又来了，还是像上次一样，做调查、记笔记。不同的是，这次他把河边的小青冢挖开了，在里面发现了一具尸体，仔细分辨后才知道那是个孩子的尸体。奥琳给他提供了很多有用的线索。为了报答奥琳，他只好回答了奥琳所提出的所有问题。对于其中的一个问题，他答道："没错，我们很快就会来逮捕艾瑟克尔。"听到这个答案后，奥琳吓了一大跳，慌张地摆起了手。她很后悔问这个问题，因为这样很容易把自己卷入这个事件，她真的很想逃离这个地方。

"那个……那个叫巴布罗的女人会受到牵连吗？"她小心翼翼地问。

"哦，巴布罗啊。她早在卑尔根时就被通缉了，你放心，法律是公平的。"区长答道。说完后，他就抬起了那具小男孩的尸体，看样子是要抬到村里去。

这样来说的话，那艾瑟克尔的焦急就能解释通了。看来，他已经向区长说了所有的事，并没有隐瞒什么。毕竟，这个孩子的死跟他还是有一些关系的，他应该承担一部分责任。所以，他给那个孩子挖了一个坟墓。现在，他必须求助于吉斯勒，因为他不知道接下来还会发生什么事。他会不会被带到城里？再面临一次更严肃的审问，然后就一直被关在那里。

吉斯勒早就变了，不再是之前的那个他了，可他还是听完了艾瑟克尔的诉说。之后他显得很疲惫，也不知是什么原因，现在感觉他的动作不再敏捷，反正不如早上那般精明高傲了。他看了一下手表，站了起来说："我得好好想想，容我回去仔细考虑一下吧。放心，我一定会在我离开前给你一个答案。"

吉斯勒离开了。

那晚，他回到赛兰拉家后只吃了几口饭，接着就回房间休息了。到了第二天，吉斯勒也是很晚才醒过来，看来睡得很好。其实，他和那几位矿主见面后就觉得自己的身体很乏力。果然，两天后，他就跟周围的人告别了。这时，他终于有了一些精气神，付了这段时间的食宿费。哦，他还给了小丽贝卡一枚闪着光的布朗。

临走前，他还对艾萨克说："这次的买卖没有做成，不过没关系，你也不要太当回事儿。相信我，生意总有做成的那一天。现在，我的目标是阻止开矿，以待后续的观察。嗯，那些人呢——真是可笑！他们想都别想以那么低的价格买走我的地。他们出的价格你也知道，两万五！"

"对。"艾萨克说。

"唉！"吉斯勒边说边晃了晃手，像是要挥走心中的那份不痛快，"如果我真的妨碍了他们开矿，估计是不会对这块地产生什么坏的影响的。恰恰相反，这还能让人们知道怎样和自然和平相处呢。不行，这样做会引起村民的不满，去年夏天他们可是凭借这个挣了很多钱啊。现在吃得饱，穿得暖，生活水平也有所改变。要是这一切没有了的话，他们该怎么办。哦，下面的那些人应该很庆幸对我那么好，只有这样，事情才会有一点儿转机。那就看我心情吧。"

话虽然这样说，可他离开时的表现却完全不像是一个有那么大能力的人。他手中提着一袋子粮食，刚来时穿在身上的白色坎肩儿也不再干净。他这次的经费可能还是从他妻子手中要过来的呢。唉，也没人能说得清，或许是他妻子给他的。无论怎么说，他现在是真穷了。

下山离开的时候，他又去看了看艾瑟克尔，跟他说明了自己的想法。

"我思来想去，还是觉得你应该把事情发生的每一个细节都说出来。当然，那是你被传讯之后的事。现在案件处于暂停审问阶段，你可以放心了。"

然而，这些话并没有什么用。吉斯勒可能回去后就没想过这件事情。艾瑟克尔听完吉斯勒的话后感到很伤心，但是他还要表示赞同。可吉斯勒最后的话又让他燃起了希望，因为他说："如果你被传讯了，我会尽量想办法去陪审的。"

"真的吗？你要是真的能去，我一定会很开心的。"艾瑟克尔激动地说。

吉斯勒立刻下定了决心："我尽量吧，如果时间允许的话。可是，我还要去处理南边的那些事呢。不过要是能来的话，我一定会来的。再见吧，朋友。过两天我就会把机器给你寄过来。"

吉斯勒说完就走了。

谁也不知道他还会不会回来。

第二十五章

在矿地上干活儿的最后几个工人也停止了工作，周围的空气再次被安静填充了。

赛兰拉那边的任务也终止了。他们用暂时性的屋顶来对付寒冷的冬季。屋顶下是很多个房间，还有宽敞明亮的卧室。在中间有一个大厅，在最两边有两间大卧室。之前这里还是一间小草屋的时候，曾住过艾萨克和他的小羊羔，但是现在的赛兰拉却几乎看不到草屋了。

现在已经安装好了饲马厩、食槽和垃圾箱。还有两个能干的工人在忙活着，想把剩下的活计干完。格斯塔夫以不会木工活儿为借口离开了，不过他最擅长石工活儿，他力气大得很。他还会在迷人的夜晚给大家吹口琴，让大家得到放松和休息。他还经常帮助女人们干活儿，比如帮她们把木桶装满水再提回来。但是，现在他却要离开这里。他看起来并没有他自己说的那样对木工活儿一无所知，或许他离开这里的目的只是想脱身而已。

英格尔问："可不可以明天再走？"

没办法再等了，这里的活计已经不需要他了。如果他现在就离开的话，还可以去山的另一边和那一批下来的工人一道回去。

英格尔难过地苦笑着问道："那我的木桶呢？还有谁能无私地帮我提满？"

格斯塔夫早已做好了应对的准备："嘉玛尔。"在两个石匠里，嘉玛尔还算是年轻，但是最年轻的还是格斯塔夫。

"你说，嘉玛尔？哈？"英格尔的语气里充满了轻蔑。但是她突然又想到，她要让格斯塔夫忌妒嘉玛尔。于是她说，"还好还有嘉玛尔在，他唱歌倒是蛮好听的。"

"反正，对他来说这并没有什么。"他脸上毫无波澜。

"无论如何都要待一晚再走吧？"

格斯塔夫无法再延迟了，他必须要到山那边和其他人会合。

格斯塔夫感觉到自己对他们俩之间的事情充满了厌烦。他在那么多人面前把她搞定，而且还在他留下来的几个星期之内拥有了她，这确实是一件充满挑战性的事情。但是他要离开了，要么就回去找他的情人，要么就回去干点儿别的。他不可能和她在这里熬日子，他有使这一切有一个结果的充足理由。英格尔自己应该也清楚。但是英格尔毫不在乎，并且不计后果。他们两个在一起并没有很长时间，但也足够让他感到厌烦，他迫切想要离开这里了。

英格尔非常难过和失望，一腔孤勇的忠诚感情让她对他的表现感到非常心痛。这件事对她来说太难了，她对他的感情是真实的，不是所谓的虚荣心和占有欲。她一点儿都没有感到羞耻，表面上她很刚强，其实内心还是个温柔的女人，她只是想听从内心的想法。这是她进入中年时期后心里的热情，这与其他的事情是一样的。她哭得上气不接下气，却还是坚持给格斯塔夫装完了要带的食物，她此刻已经毫不顾及自己做的到底对不对，符不符合常理了。她完全沉浸在了和他在一起时的美好时光里。艾萨克或许会以将她摔下屋顶的方式来惩罚她吧。但这并不能使她退缩，她根本就毫不在乎。

她拿着那些刚刚准备好的食物去给格斯塔夫。

她想最后尝试一下，看看他还愿不愿意和她谈谈，所以她把木桶放在了那里，如果他愿意就会和她一起去河边打水。或许她会和他说几句话，顺便把自己的金戒指送给他。她现在可以做得出任何超乎常理的事情来。不论怎么说都是要有个结尾的。格斯塔夫对她表示了感谢，然后就道别离开了。

她直直地站在那里。

她大声地喊道："嘉玛尔！"实际上她完全没必要用那么大的声音喊出来。她决定要让自己开心起来，要不然她会难过得放声大哭。

格斯塔夫仍旧头也不回地往前走去……

在秋天里，不论是山上还是村庄里，农田里的活计依旧是有序进行的：把土豆从地里收起来，把谷物收入仓库里，让牛羊出来吃草闲逛，等等。有八个农场都忙忙碌碌的。唯独斯多堡交易站那里很是清闲，只有一个花园，也不需要收谷物、喂牛羊什么的，更没有什么需要人去忙活的生意。

赛兰拉那里有一种叫作芜菁的，能让牛群为之疯狂的块根类植物。那些畜生一旦从围栏里冲出来，就会疯狂地朝它那从土里长出来的翠绿的叶子上扑过去。后来，只能让丽奥波尔丁和小丽贝卡去那片芜菁田里镇守。小丽贝卡负责拿着长棍子四处搜寻牛群并且赶跑它们。在附近干活儿的她的父亲会时不时地关心一下她冷不冷的问题。丽奥波尔丁已经是个大孩子了，她可以在看管牛群的时候分神去织一些用来抵御寒冷的袜子和手套。她是在特隆金出生的，来到赛兰拉时已经五岁了。城市里的灯红酒绿以及在船上度过的那段日子她都遗忘了，她渐渐地脱离了那种生活。她成了一个在农田里奔跑的孩子，她丝毫不知道村庄外的世界是怎样的。她仅仅只是在村里的教堂做过两次礼拜，前年的时候还在那里接受过洗礼。

平常的生活里还有很多小事情需要解决。比如坏了的马路需要修补一下路面。那次艾萨克还和赛维特约定，要一起去山下给那段路排水，毕竟那地方有两个泥沼。

艾瑟克尔·斯特隆曾经应允过要加入进来，他有一匹马并且与他们顺路。但是现在他突然又说自己有很急的事情，也没说明具体是什么事情。不过他把他在布里达布立克的哥哥叫过来了，哥哥可以代替他。

他哥哥的名字叫弗雷德里克，他刚结婚没多久，脾气好，还很幽默，相处起来很轻松。这不禁让人想起了赛维特，他俩确实有些相似。早上上山时，弗雷德里克顺便去看了看斯多堡。他那个叫阿龙森的邻居和他聊了下与生意有关的问题。弗雷德里克以想要买烟叶为话题与他开始了对话。

阿龙森回答他："我可以卖给你，但是现在不行，因为我也没有。"

"居然连你也没有烟叶？"

"因为没有人买，所以我没有订货。我自己又用不到。"

阿龙森的心情在那天早上跌到了谷底，瑞典的矿产公司可能欺骗了他，他的商店已经在这儿开张了，但是他们却让他关门！

弗雷德里克毫不在意地拿阿龙森开着玩笑。"他从来都不到那块地里去干活儿。"他说，"他连喂牲口的东西都没有买，我告诉他我没有这些东西。'难道你不想赚钱？'阿龙森吃惊地问，他认为钱的重要性至高无上。他把一百克朗钞票放到了收银台上说：'看到了吗？这就是钱。'我说：'你说得对，钱是个顶不错的东西。'他说：'用现金进行交易。'是的，他沉迷于此，他的妻子同他一模一样，每天都戴着手表和表链，可是她从来不记得看时间。"

赛维特问道："你有没有听阿龙森提起过一个叫作吉斯勒的人？"

"他提起过，吉斯勒想要卖给他一块他正需要的田地。阿龙森勃然大怒，说他是一个'被现任区长代替了的没用的家伙'，还说他'肯定是一个连五克朗都没有的穷光蛋，他应该去死！'我对他说'或许你可以再等等，说不定他会卖给你的'。'不可能，你千万别相信他，我可是个见多识广的商人'，'并且，一个人愿意出二十五万而另一个人仅仅只愿意出两万五，在这种情况下这笔生意谈成的概率小得可怜，不过我不会去掺和的，我倒要去看看他们会谈出什么结果来'。他说'要是当初我没有进入这个陷阱就好了，这对我和我的家人来说都是一场灾难'。我顺势问他有没有卖掉自己那块土地的想法，他说，'是的，我正在考虑这件事。这简直就是个寸草不生的沙漠或是荒无人烟的沼泽地！整整一天，我连一克朗都没见到'。"

他们毫不顾及地嘲笑着阿龙森，一点儿都不同情他。

艾萨克问："你们觉得他把地卖掉的可能性大不大？"

"卖地这个事情嘛，他确实说过。他辞掉了店里所有的伙计，阿龙森真是一个怪人，就是这样的，他把一个可以帮他忙的伙计和一个可以专门在寒冷的冬天里帮他运送燃料和草料的伙计都给辞掉了。令人匪夷所思的是，他居然留下了一个石匠，还叫他主管。他说留下这一个就足够了。他店里没有任何存货，一整天赚不到一克朗也毫不奇怪。他把那个主管留下有什么用呢？或许，他只是想让柜台上有个人在算账什么的吧，哈哈哈，阿龙森就是这样的人，他就喜欢这样子。"

他们三个一直忙到午后才休息，吃完篮子里的午饭后又聊了会儿天。他们在议论着这个地方的人们的好与坏，话题一直没有停下。这些事情看起来很小，但实际上却关联着太多东西，所以他们议论得都很小心、很严谨。再说，这几个人思维清晰，智商正常，不会胡乱说些什么的。寂静的秋天里，周围的高山沉静肃穆，太阳明晃晃地挂在天上。在晚上，这里还有好看的星星和月亮。所有的事物都遵循着它们应有的规律，所有的东西都可以连成一个整体，使人感到非常亲切和友好。这里是人们空闲时休息的好去处，他们可以躺在石楠丛里，枕在手臂上放松一会儿。

弗雷德里克还说起了布里达布立克，说他在那儿待的时间有点儿短，没有干出什么好的成绩来。

艾萨克说："不是这样的，我下山时看到了，他干得很不错。"

艾萨克是这三个人中最有资历的，而且他本身就是个奇迹，所以能得到他的赞美对弗雷德里克来说是很值得骄傲的。他毫不掩饰地问："您现在的想法真的是这样的吗？但愿以后会越来越好。今天什么事情都不顺利，房子没有建成，又赶上下雨，看起来有要倒塌的趋势。草棚还要拆了重建，里面没有任何一个像样的牲口圈。我的母牛和小母牛已经远远超出了布理德那时候了。"弗雷德里克非常骄傲地说。

艾萨克问："你做得挺不错啊，顺顺利利的。"

"是的，这没错，我承认。我的妻子也是这样，原因是我们有一个可以欣赏窗外风景的好房间，我们可以随意地看到马路。房子周围还有一片种满了桦树和柳树的小树林，那里景色宜人。有机会我会在屋子的另一边也种上植物。沼泽地自从在去年被疏通了以后就成了一块田地了，这真是个好消息，不过为难的是，不知道应该在上面种些什么。这可以说是很顺利了吧，我们有家庭、房屋、田地，这对我们两个人来说已经足够了。"

赛维特拿他们打趣道："你们会永远都是两个人吗？"

弗雷德里克毫不犹豫地说："扩大家庭嘛，这没问题的，我的妻子正年轻并且没有疾病，健康得很，这没什么好顾虑的。"

他们忙活到夜幕降临，这才伸展了一下筋骨，又时不时地交流了一下。

赛维特说："也就是说，你没有买来烟叶？"

"是的，没有买到。这也没什么影响，烟叶对我来说并没什么用处。"弗雷德里克说。

"烟叶对你来说没有用处？"

"对啊，那只不过是我去阿龙森那里听听他的话的一个借口而已。"两个人因为这个事而大笑不止。

回去的路上，两个人都很沉默，他们好像习惯了互相没有交流。但是艾萨克却心事重重。他喊："赛维特？"

"有什么事吗？"赛维特回答他。

"没，没什么事。"

他们走出去很远后，艾萨克又问他："阿龙森那里情况如何？都没有东西卖，还有生意吗？"

赛维特说："是啊，那里人不多，进了货也没人去买，根本卖不出去。"

"那个，你真的是这个想法吗？有可能事实真的是这样，嗯……"

赛维特并不懂他要说什么。没多久，他父亲又说："现在已经有八户人家住在这里了，以后或许还会有人来这里，嗯……我也不确定。"

赛维特更加困惑了，父亲到底想说什么？两个人沉默了一路，终于快到家了。

艾萨克说："你觉得阿龙森那块地多少钱可以买下来？"

赛维特嘲讽地说："你想买那块地？我果然没有猜错，对吗？"不过他突然明白过来了这其中的用意：艾萨克这是买给艾勒苏的，他和母亲都在用同样的方式记着这件事，以便让他与土地更加亲密，永远离不开赛兰拉。

赛维特说："大概不会很贵。"艾萨克听见他说这些话的时候，就知道自己的想法被他知道了。艾萨克不想让儿子继续猜测自己的想法，所以转移了话题。路终于被修好了，这真是件让人高兴的事情。

后来的两天里，赛维特经常和他的母亲在一起，两个人说着什么悄悄话，他们还一起写了一封信。赛维特在星期天那天，突然提出来想要下山，去山下的村庄里。

艾萨克用很不愉快的语气问他："去山下做什么？你也不担心自己把鞋子穿坏了。"他讽刺地看着赛维特，其实他知道赛维特是要去邮局寄那封信。

赛维特说："我要去教堂那里。"

这是他唯一能说得过去的理由，他父亲疑惑地说："是吗？你去那里有什么事吗？"

赛维特要去教堂的话，正好可以把小丽贝卡也带过去，他可以帮他们准备好马车。小丽贝卡不仅是大家宠爱的孩子，她还整天看守着芜菁田，按理说应该让她出去一次。准备好马车后，他们让女仆简森也去了，她可以照顾小丽贝卡。赛维特从头到尾都没有表达自己的意见。

　　阿龙森的那个店员从斯多堡出来正要往山上去的时候，正巧遇见了出发没多久的赛维特他们。这真的是巧合吗？或许只是很单纯的一件事，那个叫安德森的店员按照店主的要求去山上一趟。并没有什么其他的用意。赛兰拉一家人并没有因为他的到来而多么的兴奋和激动。不过在以前的时候，英格尔会非常热情地招待每一个来到这里的陌生人。英格尔现在变了很多，性格安静多了，也不怎么经常出门。

　　那本祈祷书像是拥有着什么奇特的能力，它好像既可以做你前行的引路人又可以做你道路上的绊脚石。那一次，英格尔摘草莓迷了路，当她想到那个小屋和那本祈祷书时，她就找到了回家的路。她现在对上帝充满了敬重和崇拜。她记得在以前就算是被缝纫机弄伤指头都会破口大骂，她是在机构里和同事相处时学会的这些不好的习惯。然而现在，她遇到了这样的事情后只会默默地把血擦掉。英格尔的改变远远不止这些。把一个人的本性改变到如此程度，可以说是一个很不错的胜利了。工人们都离开了，石工活儿也都收尾了，赛兰拉再次安静了起来，英格尔的日子又开始难熬了。她经常悲痛地大哭，不过她经常怪自己，并没有怨别人。她现在的脾气秉性都非常好，如果她可以对艾萨克说出所有的心事，她就可以得到救赎，使自己好过些。但是赛兰拉这里的解决途径显然不是这样，他们从未对彼此说过自己的心事。她能做到的就是轻声细语地过去叫他回家吃饭，而不是站在门口大声吆喝。她还会在晚上给他缝补衣服，是的，她做了很多。那天晚上，她把头撑起来侧过身子问："艾萨克？"

艾萨克问："有什么事吗？"

"你睡了吗？"

"没。"

英格尔说："没什么事。"顿了一下后她又接着说道，"有一件事我不该做，但是我却偏偏做了。"

艾萨克也侧起身子对着她问道："怎么了？"

两个人开始躺在床上聊天。英格尔是一个与其他人不一样的女人，并且对他也是真情实意。她说："我做的这件事很对不起你，所以我觉得很伤心。"

这样寥寥几句话语使他无比感动，没错，这个大男人被感动了。虽然他对她所犯的错毫不知情，但是他此刻只想安慰她。他只承认她是这个世界上独一无二的女人。

艾萨克耐心地安慰着她："亲爱的，不要再继续哭了，犯错是每个人都不可避免的啊。"

她非常感谢地说道："是这样的，你说得很对。"艾萨克的胸怀真的很宽广，他很擅长挽回一些看上去毫无办法的事情。"没人可以避免犯错"，是的，他说的没有任何问题。他是心灵上的神——他是神这没错，但是他也没少走弯路，他也会选择去冒险寻求刺激，从他的面容以及穿着来看，他一定是一个粗鲁的人。他能在绣着玫瑰花的床上翻滚着，回忆过去的事情，他当然也能大费周章地拔出脚下的刺。他当然不会因此而寻死觅活的，他只会和以前一样活蹦乱跳的。他如果选择了去死那才真的是见了鬼！

英格尔终于逐渐摆脱了烦心事。她每天都会在固定的时间里祈祷。这或许可以让她得到一点儿救赎。现在的她既勤奋又体谅别人，还非常有耐心。她觉得艾萨克是独一无二的，除了艾萨克以外，她谁也不想要。是这样的，艾萨克在很多方面都比不上现在的年轻歌者，比如样貌和处理事情的方式。但是他已经非常棒了，他已经做得很好了。这又一次证明了对上帝的尊敬和畏惧是多么的重要，当然还要有容易满足的心态。这都将是她最宝贵的财富。

在这周礼拜天，安德森——就是那个斯多堡的店员来到了赛兰拉。英格尔看上去平平静静的，连牛奶都是让丽奥波尔丁帮他倒的，女仆人简森出门了。丽奥波尔丁现在有足够的力气去端起一大杯牛奶了，她把牛奶递到他手里，说："您喝吧。"不过她却羞红了脸，当时她穿的是礼拜天的很整洁的衣服，根本毫无必要觉得丢人。

安德森说："谢谢，你真的太客气了，对了，你的父亲在不在家？"

"在家，不过不知道在哪里。"

安德森喝完牛奶，擦干净嘴角后，看了看手表。

"这里距离矿上有多远？"他问。

"不是很远，大概就是一个小时的路程。"

"我想去看看他们，对了，你听说过阿龙森吗？他是我的店主。"

"嗬！"

"你或许是认识我的，我在阿龙森的店里做活儿，你以前应该到我们那里买过东西吧。"

"没错。"

"我对你有印象，你去买过两次东西。"安德森说。

"真令人惊讶，你还记得这么清楚。"丽奥波尔丁说完这句话，忽然觉得全身都没力气了，她不得不扶住了身边的椅子。

安德森丝毫没有这种感觉："清楚？清楚地记得你来过吗？我当然记得了。"他又接着说，"你愿不愿意和我一起去矿上？"

但是丽奥波尔丁的眼睛却出了一点儿毛病：她看到的东西都成了红色、形状迥异的样子，连地板也开始向下坠落。不过，唯独安德森的声音从遥远的地方传进她的耳朵："你可以拿出一点儿时间吗？"

她说："不能。"

大概除了上帝就没人知道她是怎样走出厨房的。她母亲觉得不对劲儿，问她怎么了，她说："没什么事。"

当然没什么事情，不过，就现在的情况来看，丽奥波尔丁已经是一个处在青春期的孩子了，她现在正处于想要展现自己的阶段。她是个大姑娘了，她身段丰满，容貌美丽，就在不久前还受了坚信礼；她可是一个质量上乘的祭品。她已经按捺不住了，她拥有和她的母亲般好看的诱人的双手。她甚至还会跳舞！不过没人知道她是在哪里学的。赛兰拉或者是别的地方都可以让她学习跳舞。赛维特和丽奥波尔丁都会跳舞。这种新型舞蹈是从新建成的那块土地上逐渐演变发展过来的。这种舞步动作幅度大并且很狂放，莎底士、玛祖卡、华尔兹还有波尔卡舞的不同元素都被其囊括。丽奥波尔丁可以和其他人一样打扮得光鲜靓丽地出门，去发现她的爱情并且为此充满幻想。是的，和大多数人一样！在教堂的时候，她被允许戴上了她母亲的戒指，这并不是什么有罪的事情，相反这可以使她更加美丽。在她去领取圣餐的时候，她一直等到圣餐被领完才把戒指戴上。戴了戒指的她美丽无比，她毕竟是大地主的女儿，这在当地算是个大人物了。

从矿上下来去往赛兰拉的安德森遇见了艾萨克，艾萨克请他进去一起吃饭，并且请他喝了杯咖啡。全家人都在聊天。安德森向大家说，是老板阿龙森派他来的，他想了解一下矿上现在的情况怎么样了，什么时候可以动工。不过没人知道他的理由是真是假，可以肯定的是他肯定有属于自己的目的。不论怎样，他都不可能在如此短的时间里去一趟矿上，然后还能再回来。

　　艾萨克说："就现在来看，复工有点儿艰难。"

　　安德森赞同他的观点，但是阿龙森还是让他来了，多一个人多一分保障嘛！

　　英格尔终于打算问出口了，她说："阿龙森要卖掉他那块地的事情是真的吗？"

　　安德森回答："他是有这么个想法的，他有那么多钱，当然可以想干什么就干什么了。"

　　"嘀！他很有钱这种事看起来像是真的吗？"

　　安德森点头回答："是的，他确实是很有钱，这一点不假。"

　　英格尔再也沉不住气了，她毫不客气地问道："你能告诉我那块地打算以什么价格卖出去吗？"

　　艾萨克想买下这块地的想法并不低于英格尔，但是他想买下斯多堡的打算他并不想让更多人知道，所以他只能表现得看上去像是很随意的样子，搭话道："你问这个是有什么想法吗，英格尔？"

　　她说："我随口问问而已。"他们都在等着安德森说出答案。

　　安德森并不知道确切的价格，但是他却知道当初阿龙森花了多少钱买来的。

　　英格尔着急地问道："多少？"

　　安德森说："一千六百克朗。"

英格尔听到价格后惊讶地拍起了手，女人一般对土地价格没什么数。不过，在这种荒凉的小村庄里一千六百克朗并不是个小数字。英格尔担心艾萨克觉得价格太贵而放弃买这块地。不过艾萨克并没有什么大的情绪波动，他只是神色淡淡地说："没错，他盖了一个很大的房屋。"

安德森接话道："这是没错的，那可真是一座又大又漂亮的房子啊。"

丽奥波尔丁在安德森告辞准备走的时候，突然溜了出来。不知道为什么，她居然害怕和他握手告别，真是奇怪。她只是在那个新建没多久的牛棚窗户那里默默地目送他离开。她脖子上戴了一个从来不曾戴过的蓝色丝绸带子，也不知道她是什么时候戴上的。他要离开了，看背影有些矮还有些胖，不过走路的步伐倒挺轻快的，他比她至少大八岁，满脸的胡子。不过，在丽奥波尔丁眼里他长得还不错。

去教堂的那几个人到礼拜天的晚上就回来了。一路上都非常顺利，小丽贝卡后来在车上还睡着了，把她抱进房间都没醒过来。赛维特听说了很多大新闻，但是他的母亲问他有什么新鲜的事情时，他却说："没有什么大事，对了，艾瑟克尔不知道从哪里得来了一台割草机和一个耙子。"

他的父亲对这件事很感兴趣，于是问道："你们在讨论什么？你亲眼看到了？"

"是的，没错，在码头上。"

他父亲说："原来这就是他去城里的原因啊！嗬！"赛维特很神气地坐在那里，实际上他知道的远不止这些，但是他选择了隐瞒。

他的父亲和母亲肯定都以为艾瑟克尔急匆匆地进城是去买一些

机器。可笑的是，实际上他们两个没有任何一个是这么想的。野地里的灭婴案这个事情的风声走漏了不少，他们也知道一些。

父亲提醒他说："你该上床睡觉了。"

赛维特装着一肚子的所谓的新闻爬上了床。艾瑟克尔被传讯的时候是区长陪他一块儿去的，这件事可不是一件小事。就连刚生了孩子的区长夫人也跟着一同去了。孩子留在了家里，好心的区长夫人还帮他去陪审团求情了。

现在村子里流传着各种小道消息，这使赛维特再次想起了早些时候的那个灭婴案。他们走出教堂后，本来议论纷纷的人瞬间就噤声了。如果不是大家都认识他，知道他是一个怎样的人，恐怕人现在都走光了。那个时候，赛维特的生活过得还不错，他算是家庭富裕吧，再加上他父亲还是个农场主，他自己也很有想法，人也能干。与其他人比起来，他的档次要高一些，还算是比较受人们敬重的。人们一直都很喜欢赛维特。如果在那天回到家之前，简森没有听到这么多混乱不堪的消息的话，那就容易得多了。赛维特也会有属于自己的烦心事，住在田野里的人自然也会像平常人那样，激动得面色红润或者紧张愤怒得脸色泛白。简森和小丽贝卡从教堂走出来的时候看见他了，但是都没有理他。他在那儿等了没一会儿，就去铁匠铺接她们了。

去时铁匠铺全家人正围在一起吃饭，他们邀请了赛维特加入，但是赛维特借口说自己已经吃饱了，谢了他们的邀请。

铁匠的妻子说："我们这里的饭菜肯定不如你们那里的好吃。"铁匠问道："教堂里有没有什么新鲜事啊？"不过他自己也去过教堂。

当简森和小丽贝卡坐在车上准备走时，铁匠妻子对简森说：

"再见，简森，我们马上就会把你叫回来的。"赛维特听了之后，觉得这句话不止一个意思，但是他并没有吭声。如果她的话能更加明目张胆一些的话，他可能就会说些什么了，但这次他只是皱着眉头等他们道别，别的什么也没说。

在回去的路上小丽贝卡一直不停地在讲话。教堂真是一个很独特的地方，教父们穿的圣袍，牧师们戴的银子做的十字架，还有那里的灯光以及风琴吹出来的曲子。过了很长时间，简森突然开口说："巴布罗简直太不知羞耻了。"

赛维特问道："临走时你母亲对你说的话是什么意思？"

"那句很快就让我回家的话？"

"没错，你是不是不想继续待在我们家了？"

她说："怎么可能，或许他们只是想让我偶尔回去一次而已。"

赛维特让马车停下说："不如你现在就回家一趟吧，行吗？"

简森看向他，发现他的脸色很不好。

"不。不要送我回去。"不久她突然哭了。

丽贝卡惊讶地看着两个人。这一趟幸亏有丽贝卡在，她终于把简森哄得开心地笑了起来，然后她又故意生气地看着哥哥，甚至是要下车去找一根棍子打他，赛维特也被她逗笑了。

简森问他："你来问我这些又是怎么想的呢？"

赛维特快速地回答："我的意思是，如果你在我家待够了，我们可以想一些其他办法。"

简森过了很久才说："丽奥波尔丁也长大了，她完全可以代替我去做那些事情。"

没错，这次的旅途真让人难受。

第二十六章

　　走在山路上的那个男人看上去心情很好，刮风下雨都没有阻挡得了他。秋天的雨下得毫不留情，但他一点儿都不在意。这个人就是艾瑟克尔·斯特隆。他被释放了，城里的法庭并没有判他什么罪。这个男人现在的心情很不错，他的割草机和耙子还在码头上，他被无罪释放了！灭婴案也和他没有任何关系，这一切都再顺利不过了。

　　他不过是一个成天在田地里劳作的庄稼汉，出庭做证这件事对他来说，真的是这辈子最难的事情了。他很少说对巴布罗不利的话，因为放大她犯下的罪对他来说并不是什么好事。他还对自己所知道的事实做了适当的隐瞒。在法庭上，他每句话都说得很艰难，虽然大多数时候他都是在回答"是"或者"不是"。这些就已经够多了，他不可能在真实事实的基础上再去添油加醋了，毕竟也有很多时刻是很严重的。那几个看起来很严肃很正经的法官在判刑这件事情上好似处置得很随意，就像需要看心情一样。不过他们应该没打算直接判她死刑，他们或许是善良的人。况且巴布罗的人缘还是很不错的，竟然还有几个具有影响力的大人物在暗中帮她。

他还能有什么烦心事呢？

巴布罗当然不会傻到让他加重自己的罪行，更不会去刁难他的前一任主人——也就是他的情人。这件事的所有细节她都知道，而且她还知道与这个事件类似的那个早期的案子，她不可能会傻到这种地步的。没错，巴布罗很精明，她替艾瑟克尔说了有利于他的证词，说他对孩子出生这件事一无所知，直到孩子出了事他才知道。在某些方面，他确实和其他人有差异，他们的相处并不是相安无事，不过他的性格确实是异常沉默的。品行什么的也都是非常好的。不可否认的是，他确实挖了一个新的棺冢，并且把孩子埋了进去，原因是原先的地方湿气太重了，虽然在常人看来那里是干燥的，这只能归于艾瑟克尔的奇怪的脑袋了。

巴布罗把所有的责任都怪到了自己的身上了，艾瑟克尔根本就不用担心任何事情。何况，巴布罗的事情已经有大人物出面替她打点了。

郝耶达尔区长夫人接手了这个案子，她为了这个案子东奔西跑，还要在法庭上作出证词来为她辩论。当她发言的时候，她在大众面前妙语连珠，不禁让人感叹她着实是一个了不起的女人。灭婴案被她从每个方面都剖析了一遍，并在法庭上做了一个圆满的演讲，好像早就得到了允许似的。并且，她还是郝耶达尔区长夫人，她也很了解当时的政治局势和社会情况。她的长篇大论让所有人都觉得很奇妙。首席法官曾试图告诫她不要跑题，但还是放弃了，选择了任由她说下去。到了演说的结尾时，她除了上交了一些稍微有用的信息外，还提出了一个让所有人都惊讶不已的建议。

除去了那些晦涩难懂的法律术语后，她的演讲是这样的：

她说："虽然我们妇女的人数占了全部人口一半，但是我们却常常遭遇不幸和压迫。男人们自以为是地制定了法律和各种规章制度，而女人们却没有任何权利来提出自己的想法。从来没有哪个男人与分娩的女人换位思考，他们从来不知道分娩有多痛苦，并且也从没有感受过那种疼痛，也不曾有过在分娩时因为疼痛而大喊大叫的经历。

"在眼下这种情况下，一个生下了孩子的女佣，一个没有结婚就怀孕的女孩。当她知道她已怀孕的时候，一定会用尽所有的办法来隐藏这件事。她选择隐瞒只是迫于社会的压力。因为社会鄙视未婚先孕的人。社会非但不会给予她保护，反而会蔑视、侮辱、伤害于她。这个女孩不但要承受生下这个小生命带来的痛楚，还要为此而承受罪责的惩罚。我可以毫无畏惧地说，被告席上这个孩子的母亲，她的孩子因为意外而死去并不是一件坏事，相反，这对她和她的孩子来说是一件极好无比的事情。假使我们所处的社会一直持有这种观点，那么这位未婚母亲即使真的杀死了自己的孩子，那也应该是情有可原的，是无罪的。"

首席执行官听到这儿不禁小声说了句什么。郝耶达尔区长夫人说："无论如何，这个惩罚对她来说都太严重了。"她接着说，"我当然知道，大家都觉得这个无辜的孩子不应该就这么死掉，但是这个社会是不是应该为这个母亲制定一个具有人性化的法律制度？她不仅要在妊娠期间忍受痛苦，还要不能让别人发现自己怀孕，还要为孩子出生后的事情作打算。她所遭受的压力是常人难以想象的。"她说，"这个母亲选择杀死自己的孩子也许是出于好意。她想让自己从这种生活状态下脱离出来，也想让孩子不用承受接下来的痛苦。她没有办法去承受整个社会给她带来的嘲讽，于是她想到了这个最坏的办法——把孩子杀掉。在她把孩子生下来的这一天里，她的精神状况非常不好，她很慌乱、很无措，她的意识处于一种不正常的阶段，正因为如此，她不需要为她在那一刻犯下的错承担责任。事实上，在她杀死自己的孩子时，她一点儿都不知道，自己正在犯下这个无法弥补的过错。她生下孩子后浑身疼痛不已，但是却还要忍受痛苦去把这个孩子杀死，并且藏起来——她需要为此克服多少困难啊！没错，我们不能忍受任何一条无辜的生命遭受杀害，我们希望任何一个孩子都可以活下来。这件事情所导致的后果，都源于这个社会对这个母亲的冷酷、漠视以及孤立。正是它，利用了这一切的优势去毁掉了一个濒临崩溃的未婚母亲。

"不过，即使社会如此不公平，遭受社会暴力的母亲依旧可以重新振作起来。这些犯下了过错的年轻母亲们，在犯错之后才把自己高贵的人格和品行展现出来。法庭大可以去未婚母亲和非婚生孩子的收容所里求证这个问题。结果显示，这些曾经杀死自己孩子的女人们都会成为一个不错的保姆。这个才应该是需要大家认真探究的问题吧？

"我们从问题的反面看一下，为什么男人就可以躲过法律的束缚？那些杀死自己孩子的母亲却要在监狱里遭受惨无人道的伤害？但是那些孩子的父亲，那些让这个孩子来到这个世界的男人却逍遥法外，没有因此受到一丝惩罚。况且，相对来说他的罪责要重于母亲才是。他是整个事情的罪源。他为什么可以得以自由？因为男人才是法律的制作者。这才是真正的答案。上帝参加了男人制定法律这件充满恶意的事情，并且，女人们在选举时并没有发言的权利，为此我们却一点儿办法都没有。

"就算这是需要承担罪责的，换种说法——那些杀死了自己孩子的母亲确实是有罪的，那么那些有嫌疑但是并没有杀死自己孩子的母亲，又应该得到什么样的惩罚呢？社会并没有因此而给她任何补助。我可以证实，我在很早之前就认识这个姑娘了，在她小的时候就认识了，她的爸爸是我丈夫的助理，她也曾在我家做过事情。我们女人有足够的勇气去反驳男人们的压迫，我们大胆地拥有自己的思想。首先，这个姑娘隐瞒了自己怀孕并且生下孩子的事情；其次，她置自己的孩子于死地。正因为这两点她才被逮捕。我对她没有犯罪这件事坚信不疑——法庭得出的结论也会是这样的。孩子在白天里的野外出生，在那里找不到任何一个人，这正是孩子出生被隐瞒的原因。还有她杀死了孩子，我们可以假想，母亲不小心滑落到河里，这时孩子出生了。可是，她没有任何一个去河边的理由，但是她是一个女用人，她的日常工作是打扫房子，当她想要取一些嫩松枝当作工具，路过河边的时候她不小心掉进了河里。她倒在了水里，恰好孩子却出生了，然后毫无意外地又被淹死了。"

郝耶达尔区长夫人停止了她的演讲，法官和旁听的观众脸上的表情体现了她的演讲有多么精彩绝伦。所有的人都沉默了，巴布罗情绪激动地一直在擦眼睛。郝耶达尔区长夫人结束讲说时，说了下面一段话："我们女人并不是没有善意，没有情感的。我拜托陌生人去照顾我的孩子，而我自己则千里迢迢地来这里为这个姑娘做证人。女人的思想并不会因为男人制定法律而被制止。我想，这个姑娘已经得到了她应有的惩罚，况且她是无罪的。让她无罪释放，给她自由吧，我为她担保，她一定会是我们家最优秀的保姆。"

郝耶达尔区长夫人说完后就下了台。

法官接着说道："刚才你的意思是，只有杀过自己孩子的女人才会是最好的保姆，对吗？"

不过，这位法官并不是有意反对郝耶达尔区长夫人的，他为人和蔼慈祥，就像神父那样。后来，法官们没有说话，只是认真记录了公诉人向证人提出的问题。

由于证人比较少和案情简单的原因，刚过晌午，审讯就结束了。本来信心百倍的艾瑟克尔·斯特隆突然又被很严格地盘问了一次。由于他没有上报孩子死亡和把孩子掩埋了的原因，公诉人和郝耶达尔区长夫人好像要给他点儿颜色看。幸好他突然看见吉斯勒在法庭上，否则他会垮掉的。吉斯勒出现在法庭上的这件事给了他很大的勇气，他与法律做斗争这件事不再是只有他自己了，他不会再失败了。吉斯勒朝他点了下头。

吉斯勒到城里来并不是因为要出庭做证人，但是他还是来了。在开庭之前，他用了两天的时间来琢磨这件事情。并且记下了在曼尼兰时艾瑟克尔对他说的事情。对于吉斯勒而言，大多数的文件都不能满足他：郝耶达尔区长夫人一直想证明艾瑟克尔也是共犯。这个小气的女人，简直愚蠢至极：她不可能了解田野里的生活，更不可能知道艾瑟克尔想要用孩子来留住他的女用人。

吉斯勒和公诉人的谈话看上去不需要介入了。他想帮助艾瑟克尔回到自己的农场，不过，看起来他并不需要他的帮助。在巴布罗的想象中，案子并没有这般顺利。如果她被判无罪释放，那就不会有共谋的说法了。当然，证人的证言才是关键。

当那几个证人先后被传唤完以后，已到了中午的休庭时间了。奥琳并没有被传唤，区长、艾瑟克尔、专家和村里的两个姑娘都被传唤了。吉斯勒又上去找了公诉人，公诉人告诉他现在的形势是完全有利于巴布罗的，这是最好的一种情况了。这主要是由于郝耶达尔区长夫人做的演讲，现在的关键就在于法庭会如何裁决了。

公诉人问："你很在意这个姑娘对吗？"

"是的，或许有一点儿吧，不过如果说关心这个男人会更恰当。"吉斯勒回答。

"她有没有给你当过用人？"

"不，一直以来他都没有给我当过用人。"

"我说的是那个姑娘，她从法庭那里得到了怜悯。"

"她同样没有在我家当过用人。"

公诉人说："他的形势不太好，毕竟是他自己偷偷地把尸体埋在了树林里。"

"他原本只是想让那个孩子被埋葬得好看一点儿。开始时并不是他。"吉斯勒说。

"那个女人是不会像男人那样有力气去挖土的，毕竟她生完孩子已经用尽了所有的力气。"公诉人说，"总而言之，我们对灭婴案的审判已经很具有人道主义了。如果法官是我，那个姑娘就会被无罪释放，根据这个案子的情况来看，她也不会有罪的。"

吉斯勒给公诉人鞠躬："非常感谢您的话。"

公诉人接着说："我多说一句，从我自己的角度来说，我是不会为杀死自己孩子的未婚母亲判任何罪的。"

吉斯勒说："这很有趣，您和郝耶达尔区长夫人的见解是一样的。"

"是郝耶达尔区长夫人啊……我觉得她的讲话很棒，无论如何，给这些人判刑是毫无利处的。未婚母亲在生下孩子之前独自承受了很多了。周围人对她们的冷酷无情已经是很严厉的惩罚了。"

吉斯勒站起来问道："话虽如此，那么那些死掉的孩子又算什么呢？"

公诉人说："这些孩子确实是无辜的，但是换个角度想，私生子的日子并不好过。"

吉斯勒对这个身材挺拔、言辞得意的法律人士存在某些偏见。他说："伊拉兹马斯也是个私生子。"

"……伊拉兹马斯。"

"是的，莱昂纳多也是私生子。"

"你说的是莱昂纳多·达·芬奇？这是个例外而已，但是总体来说……"

吉斯勒说："我们有提出一些对珍贵的动物实施的一些保护措施，但是却没有任何一条法律是保护孩子的，这难道是理所当然吗？"

公诉人严肃地拿起桌上的文件，意思大概是他并不想继续进行这次谈话了。

他有些恍惚地说："是的，确实是这样……"

吉斯勒表示受教颇多，道完谢后便离开了。

为了提前准备好，他再次在法庭上坐了下来。他或许为自己知道的所有真相而感到得意扬扬。那个包裹婴儿的裹布是由男人的衬衫做成的，还有那个用来做扫把的松树枝，以及在卑尔根港上的婴儿浮尸。他大可以随意地使法庭上的局面天翻地覆，他随意的一句话就会是一把致命的利剑。不过，毫无疑问，他不会在未到关键时刻之前多说一句话。没有他的掺和，所有的程序都很顺利。就连公诉人都已经把私心偏向了被告一方。

人们陆陆续续地来到大厅，又开庭了。

在这个小城市里，人们无疑当这个事情是一场闹剧。有严肃的公诉人，还有振振有词的被告辩护人。法庭的责任好像就是通过旁听来了解巴布罗杀害孩子的整个经过。

话虽如此，不过，做最后决定是一个非常难的事情。公诉人身着正装，看起来并不像坏人，如果他选择了按照法律来处理这件事，那么他很可能是最近的生活过得不顺利，也有可能是突然意识到了作为国家司法人员的职责而已。这是一个让人捉摸不透的事情，但却可以很清楚地感受到与早上相比，他的态度发生了变化。他说，如果犯罪被证明是事实，那么这件事就很难办了。证人的证词现在已经非常不利于那个母亲。证人的证词一旦被证明是事实，那么就非常糟糕了。决策权在法庭手中。他告诉了大家三点非常重要的问题：第一，他们有没有隐藏孩子出生的事情，法庭那里有没有准确的资料。关于这一点，他向大家说了自己的意见。第二，包裹婴儿的男衬衫，被告随身携带是不是已经有了预谋。这个问题他深入研究了一下。第三，那个早已经准备好了的坟墓，并没有人向神父和区长上报孩子死亡的事情。那个人应该承担主要责任，法庭有义务作出正确的判断。这其中的重要性是显而易见的。假设男人是共犯，独自掩埋尸体，那么就说明女人犯罪在先，共犯的说法才能成立。

法庭上有人出声道："哼。"

艾瑟克尔·斯特隆察觉到自己的处境又开始危险了起来。他抬起头看向周围，没有任何人与他对视，所有人的注意力都停留在说话的公诉人身上。不过他终于看到了坐在后面的吉斯勒，他表情高冷，十分鄙视的样子，双眼盯着天花板。严肃庄重的法庭上，他显得尤为冷漠，还有他那声惹人注意的"哼"，给予了艾瑟克尔无穷的底气。他忽然感觉有人与他并肩作战了。

现在的局势又出现了好转。公诉人感觉自己说得已经很到位了，他把所有的嫌疑和矛头都指向了这个男人。他停了下来，并环顾四周，但是他却连判刑的要求都没有提出来。最后他只是稍微说了几句，就证人的证词来看，他自己不对法庭提出惩罚被告的决议。

局势很不错，艾瑟克尔想——这件事到这儿就该结束了。

辩护人开始讲话。这个年轻人专门学过法学。他受人委托给这个案子进行辩护。他对这个案件的态度从他的语气就可以看出来，他的特长就是为无罪的人辩护。那天早上他准备的关于"几个方面"的言论被郝耶达尔区长夫人在他之前借用了。她用了"社会"这个说法。他因此而特别生气，否则的话他完全可以以社会为主题大讲一番。首席法官因为动了恻隐之心而没有阻止她的讲话，这件事也使他很生气。他为这场辩护所准备的说辞很简单，但经过此事后，他几乎没什么好说的了。

他把巴布罗的一生重新讲述了一遍，她的家人都很勤劳能干，但是家中并不是很有钱。她很早就外出帮佣了，第一次的时候是在区长家。她的女主人在那天早上对她的描述就是最好的证据。后来，巴布罗去了卑尔根。公诉人还念了在卑尔根聘用过巴布罗的两个年轻人写的证明书。他们是信任她的。再后来，就是巴布罗来给这个田野里的男人当了管家。从这儿开始，她的麻烦事就开始了。

她发现自己怀孕了，孩子正是这个男人的。很有学问的诉讼人非常体贴地稍微提了一下隐瞒有孩子这件事。巴布罗并没有瞒着自己的事情，更没有否认自己怀孕这件事。那两个为她做证的姑娘可以证明她确实怀孕了。不过在问起来的时候她的态度一直都很模棱两可。一个年轻的姑娘，在这种情况下也就只能模棱两可了。再说了，也并没有别的什么人来过问这件事啊。她没有女主人，更不可能去跟女主人说明这一切，何况她自己就是女主人。不过，她有一个男主人，但是作为一个姑娘，她又怎能把这些事告诉她的男主人呢？她唯一能做的，就是独自承受这件事情的后果。她不能歌唱，不能独自呢喃，只能闭口不谈。这对她来说并不是隐瞒事情的真相，而是将这件事埋入了自己的心底。

她生了一个健康的男孩。他出生后曾经自由地呼吸过，生存过，但是后来却因为窒息而死亡。他出生后的情况已经被法庭所了解了。他的母亲不小心掉入河中，正巧他出生了，他的母亲没能把他救回来。她就那么躺着，一动也不动。孩子身上没有受虐的痕迹，也没有能够证明他被故意杀害的证据。他在出生时被淹死，这就是事情的真相。

他那个学问高深的同行，提出了自己的疑问。他质问她随身携带半件衬衫的理由。实际情况摆在那里，她为了捆绑松枝而不得不带了半件衬衫。她完全可以带一个枕套或者别的什么去，但她恰巧带了那半件衬衫。无论如何她都需要带一个东西去捆绑松树枝，她总不可能用手抱回去吧，这并没有什么好怀疑的。

不过仍然有一点让人感到疑惑。被告在怀孕期间有没有人来照料过她？她的主人对她好不好？如果真的对她好，倒也是件好事。在审判过程中，孩子的母亲提到了男主人的好品行。艾瑟克尔·斯特隆从来没有为女方增加负担的想法，也没有责骂她。他的做法是很正确的，也是很理智的。从全局来看，女方的审判结果在很大程度上影响了他的结果。如果女方获得了刑罚，那么他自然也就有罪。

从这个案子的所有证词和材料来看，这个姑娘的处境让人心生怜悯。不过，她不需要可怜，她只需要人们能用公正的和充满人性的态度来看待就行。从某种程度上来讲，她与男主人已经完成了订婚。只是由于各个方面的阻碍，还没有结婚。姑娘拒绝将自己的下半生与这样一个男人共同度过。重新说回那块布的事情，这确实令人非常不悦，值得我们注意的是，姑娘没有选择带自己的内衣而是带了男主人的衬衫。那么问题来了，这件衬衫是不是男主人故意给她的？由此看来，艾瑟克尔就有了同谋的嫌疑。

这时，观众席上再次传来了"哼"的一声，这个声音很明显，很刻意。说话的人停止了他的讲话。所有的人都朝着声源地看过去。首席法官皱起了眉头。

辩护人调整了一下自己的精神状态，从这个方面来说，被告人应该感激的是她自己。虽然将自己的罪责分给别人有利于她，但庆幸的是，她从来没有那样想过。她去河边的时候，虽然带的是他的衬衫，但是她用尽了自己的力量帮他开脱了罪行。被告所说的话完全符合事实真相，她说的这一点完全可以不被怀疑。男人给她衬衫如果是真的，那么在这件事情之前，肯定会有一场合理的谋杀，不过被告并没有为这个男人捏造这样一个罪责。她的坦诚和直率，让所有人心生尊敬。她并没有信口开河，把罪责强行加到别人身上。这种美好的品德，被告曾经在法庭上多次表现出来。例如，她将婴儿很好地包裹起来，并且把婴儿很好地埋在了区长发现的那个地方。

首席法官说到这儿，象征性地插了句话，艾瑟克尔将他从一号墓移到了被区长发现时的二号墓。

辩护人对法官的态度很尊敬，他说："事实就是这样，我会接受并改正。"这肯定是正确的，艾瑟克尔的陈述也是这样的：他只是从一个墓移到了另一个墓。充满母爱的母亲比一个男人更擅长包包裹这件事。

首席法官点头表示同意。

如果这个姑娘没有如此好的品行，她大可以简单点儿——直接埋掉赤裸的婴儿。她可以用很多种残忍的方法让婴儿死去，例如：她可以选择将婴儿直接丢弃到垃圾堆里，或是赤裸着将其冻死，又或者是将婴儿扔到火炉里烧死，更甚者是直接将婴儿扔到赛兰拉河中，但是她却没有那么做，她把婴儿仔细地包好然后埋了起来。因此，坟墓被挖开后，大家看到的婴儿还是那么整洁，这充分说明完全是出自一个温柔的女人之手。

　　辩护人继续说："现在的关键就是巴布罗会被法庭判什么罪名了。"从辩护人的角度出发，她不会有什么罪名了。除了他们把孩子死了并且知情不报这件事当作犯罪来处理。但是，孩子死亡已经是一种不可更改的事实。他们只能选择，让那个孩子在那个整洁的坟墓里长眠，因为这里距离牧师和区长那里都太远了。再说，婴儿父亲犯下的罪都可以不去计较，那么，把婴儿埋起来这个行为就几乎可以忽略了。现在，责罚罪犯的主要目的是使他变好，而不是单纯地为了惩罚他。这种以其人之道还治其人之身的惩罚方式，仅仅存在于《圣经·旧约》里面了。单纯地惩罚罪犯已经是一种非常落后的制度了。那种法律状态在现在社会中已经没有了。现在的法律与人道主义相挂钩，犯罪动机和目的的不同，可以改变处罚结果。

　　不！这样的姑娘绝对不应该被法庭判刑！审讯的真正目的是为社会增添一个有用的好人，而不是为监狱增添一个罪犯。被告现在正有一份好的工作等待着她，她会受到监督。郝耶达尔区长夫人很了解这个姑娘所有的情况，况且她还是一个母亲，她已经答应了可以让她去她家。法庭的责任就是把这个姑娘进行无罪释放。最后，他对学识渊博的诉讼人表达了自己的感谢之情，宽宏大量的他没有要求判被告刑罚，这体现了他的人道。

辩护人坐下来。

接下来的审讯很快就结束了，把双方的陈词重新陈述一次就总结完毕了。当然总结的语气相对来说比较官方，也很无聊。总体来说，还是不错的。法庭应该想到的问题已经被公诉人和辩护人双方都提出来了。所以首席执行官的任务很轻松。

天花板上两盏昏暗的灯光亮了，可是这光亮实在太不足了，以至于法官连自己的笔记都看不清。他郑重地宣布——没有上报孩子死亡的问题，父亲应该承担大部分责任，因为母亲刚刚生完孩子身体虚弱。接下来就是宣布生孩子不上报和杀害孩子这两件事是不是证据确凿。整个案件从开始到结束的过程被重新复述了一遍，接着，就是惯常的流程：要重视法庭之前提到的责任问题。然后按照惯例提醒，假设案情存在疑点，案情有利面偏向被告一方这件事应该被允许。

所有的事情都已井井有条起来。

法官们从法庭进入另一个房间，他们需要去确认一下另外一个法官带来的那个文件。大概五分钟后，他们出来了，文件里的问题答案均为"否"。

巴布罗并没有杀害自己的孩子。

首席法官宣布巴布罗无罪释放。

观众们都离席了，闹剧结束。

吉斯勒抓住艾瑟克尔·斯特隆的胳膊说："你没事了。"

艾瑟克尔说："对啊。"

"不过这件事也占用了你很长时间吧。"

艾瑟克尔回答："是啊，不过结果还不错，事情的处理还算可以，这令人很庆幸。"他好像缓过神来了。

吉斯勒恶狠狠地说："多亏了这样，否则要他们好看！"艾瑟克尔觉得这个案子他肯定在暗中帮了不少忙，他一定加入了，或许是吉斯勒对局势有所把握，才可以使案情进行得如此顺利。总而言之，这是个谜团。

艾瑟克尔知道吉斯勒自始至终都是他的战友。

他伸出手，说道："太谢谢你了。"

吉斯勒问道："谢我什么？"

"为这所发生的一切。"

吉斯勒的态度开始有点儿敷衍。"我做得并不多，这太烦琐了，有点儿不值。"他虽然是这样说的，但是还是因为听到了期望中的感谢而感到欣慰，"我快没时间了，你明天就要回去了是吗？再见吧，愿你有个好运气。"

他在船上遇到了在法庭上的大部分人，比如区长和他的夫人，巴布罗以及为她做证的姑娘。

郝耶达尔区长夫人说："你为这样的结局而感到高兴吗？"

艾瑟克尔说："是啊，确实很高兴。"如此顺利的结局。

区长插入了话题，说："这是我遇到的第二个类似的案子了，赛兰拉的英格尔也是如此。法律需要的是公正，这种类似的事情得到认可并不是一件好事。"

郝耶达尔区长夫人意识到，在之前法庭上她说的话会使艾瑟克尔很生气，她现在必须说些什么来缓和下气氛。

"昨天我说的那些话中真正的原因，你应该知道吧。"

艾瑟克尔说："是的——我知道。"

"我就知道你肯定会明白的，我绝对不是故意为难你，我一直觉得你是个很不错的人。"

艾瑟克尔虽然很开心听到这些话，但只是"嗯"了一声。

郝耶达尔区长夫人说："我这么说完全是为了大局，如果不这样的话，巴布罗和你都会被判刑的。"

艾瑟克尔说："真的非常感谢你。"

"是我四处找关系为你俩求情，我们不得已把一部分罪责推到你身上，因为只有这样才能得到现在这样顺利的结果。"

艾瑟克尔说："是的。"

"你不会觉得我是真的要害你吧？我一直很敬重你。"

自从发生了这些丢人的事情后，再听到这样的话多多少少都会被感动的。艾瑟克尔觉得自己需要表示一下，他或许可以做一点儿力所能及的事情。他有一头小公牛，秋天到了，可以把牛肉送给郝耶达尔区长夫人。

郝耶达尔区长夫人真的如她所说，把巴布罗带回家去了。在汽船上，她也很照顾她，担心她挨饿受冻，还注意她和那个卑尔根男人的相处。她第一次看到的时候只是不着痕迹地把巴布罗叫到了身边。没过一会儿，巴布罗又笑着过去和他一起用方言聊天了。女主人终于把她叫过去了："巴布罗，你现在要休息一下了，你忘了自己经历了什么吗？忘记了你刚从哪里回来吗？"

巴布罗说："我只是和他说说话，我能听出来他是个卑尔根人。"

艾瑟克尔始终没有和她讲话，不过他观察到她脸色有些苍白，皮肤还不错，牙齿也比以前好了。她并没有戴他送的戒指。

艾瑟克尔独自走在回家的路上。刮风下雨都没有阻挡得了他——秋天的雨下得毫不留情，但他一点儿都不在意。他去看了在码头上的割草机和耙子。在城里的时候吉斯勒对这件事一句话都没提。没错，吉斯勒是一个性情古怪、难以猜测的人。

第二十七章

　　秋天的大风刮过，吹响了墙上的警铃，也带来了新的麻烦。这不，艾瑟克尔回家稍微休息了一会儿后就又出门了，他要去看看出了问题的线路。

　　这个工作太麻烦了，都怪自己当初只看中了它能赚钱。他在下山拿工具的路上，遇到了布理德·奥森，他竟然用要挟的语气对他说："去年冬天我救你的事情你好像忘了呢？"

　　艾瑟克尔回答："是奥琳救的我。"

　　"真的是这样吗？难道你不是被我背下来的吗？说来说去，你在夏天买走我的房子，搞得我现在连家都没有，你真的很棒呢！"布理德气急败坏，"我家的电报和那些乱七八糟的东西都送给你好了。我和我的家人要去村里寻找更好的生活机会了，不过这也无须让你知道，你就看着吧。或许，我们会开一家卖咖啡的旅馆，我们一定会经营得非常好的。我的妻子会留在店里卖东西，生活得也一定会比别人好；我出去做生意也一定会超过你。我完全可以和你说，艾瑟克尔，我很熟悉电报，我完全可以破坏它。毁坏电线杆和电路什么的，对我来说简直太简单了。那时候，无论你在忙什么，你都不得不跑去一趟。我想和你说的就是这些，你记住了！"

原本，艾瑟克尔是要下山去码头拿机器的，那些机器精美无比。本来他完全可以花一整天的时间，去研究怎样去使用这些机器，但是现在看来，他必须要放下了。因为，修理电路而放弃自己的工作是一件让人很恼火的事情，但是这关系到钱的问题。

遇到阿龙森时他已到达山顶了，这个生意人就像是魂魄一样在四处游荡，眺望。他这是来干吗？或许，他是不能放心，所以亲自来矿上看一看情况。是的，阿龙森的所作所为都是以家人的未来为前提的。他站在一座光秃秃的山岭上，看到的景象是地上放着的机器已经生锈了，马车和各种工具都随意地丢在露天里，看起来十分荒凉。手写的告示贴满了墙壁，上面写着不允许偷走公司的任何财物——工作的用具，马车以及一些建筑物。

艾瑟克尔和这个可怜的生意人搭了几句话，问他是不是要出来打枪。

"你说打枪？是的，要是他被我抓住了！"

"你说的是谁？"

"就是那个无论如何都不愿意卖给我那块地的人，让我们不能正常工作，让我的公司解散了的那个人，我们都被他毁了！"

"或许，你说的是吉斯勒？"

"我说的就是他，最应该枪毙的就是他！"

艾瑟克尔听他说完，笑了笑说："前几天的时候吉斯勒还在城里呢，在那儿就能找到他，不过我建议你还是别去惹他。"

阿龙森大怒道："为什么？"

"你早晚会知道他这个人有多么奇怪的。"

关于这个问题，他们说了好大一会儿，阿龙森竟也越说越激动了。后来，艾瑟克尔说："就这样吧，不管怎样，你不至于在这荒山野岭就把我们都抛弃了，自己逃跑了吧。"

"嗬！你以为我会愿意一直跟着你们在这沼泽地里堕落下去吗？我在这儿得到的报酬连个烟斗都买不起！"阿龙森生气地喊着，"替我去问问有没有想买地的人，我要把这块地卖了。"

"你要把地卖了？"艾瑟克尔问道，"这可是一块肥田啊，若是你好好打理，养活一家人绝不是什么问题。"

"我以前说过，我是绝对不会碰这块地的！"阿龙森大声吼道，"我不种地会比现在更有出息的！"

艾瑟克尔说如果真是这样的话，找到买主倒也不是什么问题。但是阿龙森却嘲讽地大笑起来——住在这荒野里的人都买不起他的地。

"没必要一定是这里的人，也许是其他地方的人。"

"这里充满了肮脏和贫穷。"阿龙森愤懑地抱怨着。

"对，大概是这样的吧。"艾瑟克尔有些生气地回复道，"但是赛兰拉的艾萨克还是能买得起的。"

"你连这个也信？"阿龙森说。

"与我无关，信不信就看你自己了。"艾瑟克尔说完就转身离开了。

阿龙森在他后面喊道："你回来，把话说清楚！你刚才是说艾萨克能买得起这块地是吗？"

"是的。"艾瑟克尔说，"如果用钱来衡量的话，他的钱能买下五个斯多堡了。"

似乎是怕被别人察觉，阿龙森上山的时候刻意地避开了赛兰拉；但是下山的时候，他却特意走了过去，找到了艾萨克，并和他聊了聊。但是艾萨克说他并没有买地的打算了，拒绝了阿龙森，他也没有将这件事情放在心上。

这种情况一直持续到圣诞节，在艾勒苏回到家的时候，艾萨克才稍微通融了一点儿。但是他依然拒绝买下斯多堡，他认为那太疯狂了，以前也从来都没有考虑过这件事。但是，如果艾勒苏想要在这块地上有所作为，那他会考虑是否要买下这块地。

艾勒苏感觉无所谓，也就一直在犹豫，可以买，也可以不买。但是他想要在家里有所作为，那么他就要放弃他在城里的工作。家里和城市里还是有一些不太一样的。有一年秋天，很多人都一起去参加庭审，他就一直很小心，不想在这里遇见那些小地方出来的熟人，以免暴露自己。那完全就是两个世界。现在他这是要回来了吗？

他的母亲很赞成买下这块地；赛维特也同意。所以他们一直在劝说艾勒苏最好能买下它。有一天，他们三个为了真正地了解这块地的神秘之处，一起开车来到了斯多堡。

但是在阿龙森真正了解了这块地的价值之后，他的态度却发生了很大的变化。他一点儿也不担心是否能卖出去了。尽管他离开了这里，这块地也可以一直放在这里。这可是上好的房产啊，简直就是一个"现金交易"的地方，想卖随时都能卖，不需要担心。

"我出价很高的，你们可能不会买。"阿龙森说。

他们将房子、仓库、货栈还有棚子通通都参观了一遍，把仅剩的一点儿存货也参观了一下，有几把口琴、表链、彩色纸盒、几只有灯饰的灯，这都是一些连当地居民都不会去买的东西。旁边还有几盒铁钉和印花的棉布，再没有其他的了。

艾勒苏想要炫耀一下自己，神气地说道："这些东西对我一点儿用处都没有。"

"那你可以不用买这些东西。"阿龙森说。

"这样的话，我可以拿出一千五百克朗把这块地买下来，包括仓库里的东西，牲口还有其他的。"艾勒苏说。但是，其实他并没有真正地认真思考过，说这些话都是为了装装自己的面子而已。

之后，他们就驱车回家了。交易没有达成——艾勒苏给出的价格太低了，甚至都让他感觉到有些可笑，阿龙森感觉到他可能是在羞辱自己。"年轻人，你这样会让人讨厌你的。"阿龙森说。阿龙森叫他年轻人，因为他太无知了，只不过是在城里住过一段时间而已，居然想在阿龙森面前装作对货物的价格十分了解的样子。

"你叫谁年轻人呢？"艾勒苏十分生气。这件事给他们以后的关系埋下了隐患。

阿龙森决定以后要靠自己站起来，而且他不想再低价出售地的原因就是，自己对去矿上工作依然抱有一点儿期望。

村里曾经因为吉斯勒拒绝出售自己的那块矿地的事举行过一次会议。受到影响的不仅仅是这片田野里的人们，甚至还会有整个区的人们。

不管是好是坏，人们不能像开矿之前一样正常生活了，确实是这样的。他们对美味的食物和店里高档的衣服以及高额的工资产生了依赖性。他们习惯了可以随意支配金钱的生活，金钱在他们眼中占据的分量正逐渐增大，但是他们却失去了金钱。这对他们来说，简直可怕至极。他们该怎么解决这种境况呢？

人们十分肯定地认为，这一切都源于上一任区长——吉斯勒。原因是他辞职这件事不光有上级的因素，还有大多数人们的意见。不过他们也小瞧他了，他仅仅只是耍了个小聪明，就使价格变得混乱不堪，就轻易地使整个区的发展都受到了阻碍。是的，他确实不是盏省油的灯！最后一次见到吉斯勒的人是艾瑟克尔·斯特隆，他完全可以证明这一点。巴布罗从受审问到被无罪释放这期间，他一直都在。不要说些吉斯勒是个平庸之辈的话，要知道他送给了艾瑟克尔·斯特隆一个贵重的礼物——那些崭新的、闪闪发光的机器。

整个区的人们的命运都掌握在他手里。他们想说服吉斯勒同意卖掉那块矿地。这个问题一定要得到解决，不论结果如何。吉斯勒没有同意那几个瑞典人两万五千的出价。但是，要是全村的人一起把这个缺口补上的话，他们能不能复工呢？如果没有这个如此高的价格的话，倒是可以试一试。海滨交易站的老板和阿龙森都同意私底下捐出一部分经费。他们将钱投资在这里，以长久的目光来看的话，一定会收到成果的。

后来他们找了两个代表去面见吉斯勒，去商量这件事，相信他们用不了多长时间就会回来的。

正是因为这样，阿龙森才产生了一点儿希望。他认为要保持足够的尊严与脸面——在所有想要买下斯多堡的人面前。不过，保持的时间并不是很长。

两个代表在一周后回来了，他们带来的是否定的答案。最开始，他们做的决定就是错的，他们居然因为觉得布理德·奥森的时间充足，而给他找了个同伴让他们一起去。他们找到吉斯勒后，吉斯勒只是笑着让他们回家了，并且给了他们回家的路费。

除此之外，这个区真的毫无办法了吗？

阿龙森勃然大怒后做了一个决定，他把斯多堡卖了。艾勒苏花了一千五百克朗买下了整个宅子，还有牲口和棚子，以及仓库里的东西。后来，清查货物的时候，他们发现很多印花棉布被阿龙森的妻子当作私人物品给使用了。在艾勒苏眼里，这只是区区小事而已，他也只是说了一句人不可以太狭隘自私的话。

艾勒苏的心情并没有因为买下这里而得到好转，这意味着他就要在这个荒郊野外埋头苦干了，他的命运已然如此。他需要把他曾经的豪言壮志全部放下，他已经不是公司里年轻的员工了，更没有机会可以当上区长了，甚至无法在城区继续生活。在父亲和外人面前，他都是一副低价买来斯多堡的得意骄傲的样子，证明他自己一直都很成功。不过这种小小的胜利并不能说明什么，安德森也被他在这次交易中收拢过来了，这是令他骄傲的另一件事。安德森在阿龙森那里已经没什么用处了，所以他为自己另寻了一条出路。安德森来求艾勒苏收留自己的时候，使他的自我认可得到了极大的满足。艾勒苏头一次开始尝试自己做一个主人。

"我到卑尔根和特隆金去谈生意的时候，恰巧需要一个可以留在这里照看的人，你就留在这里吧。"他说。

安德森用时间证明了自己非但不是一个好吃懒做的坏人，还是一个勤劳能干、吃苦耐劳的好帮手。不过，刚开始时，阿龙森留给他的坏习气——装腔作势，还留在他身上，但是后来他改了。泥塘里的冰在春天时融化了，水变深，赛维特来给开沟挖渠的哥哥搭把手，他是从赛兰拉来到斯多堡的。安德森也会时常去那里一块儿干活儿。他就是一个这样的人啊，那明明不是他的本职工作。他们离计划要挖的长度还有很远，不过也已经完成了一部分了。斯多堡泥塘里的水，艾萨克早就想要排出来了。这个小店只是为了使人们在需要一点儿小东西的时候，不再往遥远的村里跑。

赛维特和安德森在干活儿时，会经常地聊两句。赛维特很想把安德森不知从哪里得来的价值二十克朗的金币变成自己的东西。但是安德森却把它保护得很好，他经常把它用纸巾包好，并放在胸口的位置。赛维特提出用摔跤来决定金币是属于谁的，但是安德森并不想冒这个险。赛维特提出用二十克朗与他交换，还有如果他答应的话，这里所有的活儿都由他来完成。安德森听明白他的意思后，非常生气地说："等回家后，你肯定会告状我干活儿不认真。"他们两个经过商量，一致同意用二十五克朗的纸币换那个金币。当天晚上，赛维特就偷偷回去向他的父亲要钱去了。

年轻人的脾气总是如此，充满热血，他用一晚的时间赶回去拿钱，第二天还要继续干活儿。对于年轻人来说，这基本属于小事一桩，那个闪闪发光的金币完全值得他去做这些。安德森忍不住想调侃他，但是赛维特也有他的把柄，他每次都说："丽奥波尔丁问我你的情况……我差点儿忘记告诉你……"安德森会因为他的话而满脸通红。

他们一起开沟挖渠的那些日子过得非常快乐，一起干活儿一起说话逗乐。艾勒苏有时候也会来一起干活儿，不过他的体力不行，还有他的毅力也远远不够，不过，总体来说，他还是不错的。

赛维特经常开玩笑说："奥琳来了，你去店里给她拿东西吧。"艾勒苏也很开心这样做，毕竟这比挖土容易多了。

奥琳是一个惹人同情的老人，她经常来买咖啡，有时候是从艾瑟克尔那里得到的钱，有时候会用山羊奶酪交换她需要的物品。奥琳已经不如从前那样意气风发了，她年纪大了，已经干不了曼尼兰的活儿了，她的身上烙满了岁月的痕迹。不过她从来不服老，如果她是被辞退的，那么她怕是要出去胡言乱语的。奥琳也是一个不服管的老女人，她干完活儿后总喜欢四处唠嗑，打听八卦。当然，她有权利那样做。艾瑟克尔并不是个话多的人，所以在曼尼兰时她没有话题可以闲聊。

关于巴布罗的事情，奥琳甚至觉得很失落。法庭居然无罪释放了他们两个！布理德的女儿平安无事，但是英格尔却白白坐了八年牢。在奥琳看来这是非常不公平的，她有一种非基督教徒式的气愤。不过她相信，万能的上帝一定会惩罚她的！她对法庭判决结果的强烈不满经常在与雇用她的艾瑟克尔发生争执时表现出来。通常她会用尖声细嗓的语气来尽情嘲讽："如今的法律怎么开始维护起人们所犯的错了呢？不过，上帝仍然是我的指引者，也是顺从他的民众的避难港湾。"

艾瑟克尔非常厌烦这个管家，想让她赶紧离开这里。但是春天的农忙时节又要到来了，他一个人根本干不完，前景堪忧，他哥哥的妻子写了封信从布里达布立克寄到了海格兰德，信中说给他找一个踏实能干的女人来帮他干活儿，但是还没有消息。不过可以肯定的是，他要报销那个人的路费。

巴布罗谋杀了自己的孩子后无情地走掉了，她真恶劣。他忍受了奥琳两个冬天和一个夏天，不知道何时是个尽头。巴布罗在意吗？那年冬天，他在村里同她说话时，从来没见过她掉眼泪。

"我送给你的戒指呢？"

"戒指？"

"没错，就是那两枚戒指。"

"现在不在我这里。"

"嗬，那就是已经不在了？"

"咱们两个不是已经结束了吗？既然分开了，那我就不能再戴那个戒指了。"

"好吧，那你告诉我，你把戒指放哪儿了。"

"你想让我还给你吗？"她说，"你居然让我这么没脸面。"

艾瑟克尔想了想说："我可以以其他的形式补偿给你。我是说，不会让你吃亏的。"

巴布罗已经把戒指拿下来了，连把戒指还回去的机会都不会给他。

她即使这样做了，仍然是一个可爱美丽的人，她穿了一个很美的围裙，还围了一个白色的围巾。没错，的确很好看。有风言风语说她找了一个很不错的小伙子当恋爱对象，不过也只是传言而已。郝耶达尔区长夫人将她看管得很严，从没有让她参加什么晚会之类的活动。

郝耶达尔区长夫人确实做到了，就在他们两个讨论戒指的事情时，郝耶达尔区长夫人突然就出现了，说道："巴布罗，你怎么还不去店里？"然后巴布罗走了。接着，她又对艾瑟克尔说："你来的时候没有带点儿什么过来吗？"

艾瑟克尔摸着帽子说了句："嗯。"

郝耶达尔区长夫人去年还说过，他是一个不错的人，并且一直很尊敬他。毫无疑问，他需要报答她。艾瑟克尔对这些事情并不陌生，当贫穷的乡下人与富裕的城里人打交道时经常用这种方式。当时他就想把自己的公牛杀了，把肉送给她。秋天都结束了，公牛还好好的。公牛留给自己还能干点儿活儿，要是送了别人，他自己就困窘了。别的不说，这头牛可是非常好的。

艾瑟克尔摇了摇头，说："您好，是的，我没有带什么东西来。"他确实什么也没拿。

郝耶达尔区长夫人好像什么都知道，她说道："我听说你有一头牛？"

艾瑟克尔说："是的，没错，我有一头牛。"

"你想留着它？"

"是的，我想留着它。"

"噢，我知道了，那你有没有要杀掉的羊呢？"

"没有，我没有可以用来随意屠宰的牲畜。"

郝耶达尔区长夫人说："好吧，没有事情了，我知道了。"说完就走了。

艾瑟克尔回家时又想起了刚才的事情，他有点儿担心自己是不是做错了。区长夫人算是一个很重要的证人，无论是支持还是反对他，她都很重要。那个令人不堪回想的事情，总归是过去了，他决定回去杀一只绵羊。

这个决定还是因为巴布罗，如果他送东西给她的女主人，这样会给她留下好印象吧。

日子慢慢地过去了，什么不好的事都没有再发生过。他又驱车去了村里，不过车上还是没有绵羊。后来他还是抓了一只很大的羊羔，并不是那种很小的小羊崽。当送给郝耶达尔区长夫人时，他说："这只羊的肉有点儿老，送给你有点儿不好意思出手。不过也没有太差劲。"

郝耶达尔区长夫人拒绝了他的礼品。

"你愿意出个价钱吗？"她说，她是如此不愿意白白接受礼物的人啊。后来，艾瑟克尔用这只羊换得了一大笔金钱。

他并没有见到巴布罗。区长夫人一见到艾瑟克尔就找理由让巴布罗去做别的事了。巴布罗让他在一年半里没有了助手，不过还是祝她好运吧。

第二十八章

　　就在那一年，正值春季，既让人意想不到又极为紧要的事情悄然发生了：矿区重新运转了，吉斯勒售卖了他自己的土地。这真是一件让人难以想象的事情。对了，吉斯勒一向深不可测，他既能够同意一笔买卖，也能够拒绝另一笔，摇一摇头说"不行"或者点一点头说"行"。他能使村子里所有的人都笑逐颜开。

　　或许他的良心受到了谴责，让他继续看着他曾经出任区长的地区的人靠自己磨的薄粥充饥，过着穷苦的生活，他于心不忍。也许，他得到了属于他自己的二十五万元？或者，吉斯勒需要一大笔钱，迫不得已将自己的土地卖了出去？无论如何，两万五或者五万都是很大一笔钱。实际上，有谣言说一切都是他大儿子做的，他代替他的父亲做了这样一笔买卖。

　　无论如何，工程又重新运行了，原来的那个工程师将他的员工带了回来，所有的工作又重新开始进行了。是的，工作和以前没有任何区别，可是目前的情况与之前却大相径庭，像是在倒着干的。

所有的工程都按部就班地进行着，来自瑞典的矿主带来了工人、炸药和钱，难道还有什么不对头吗？商店之前的老板阿龙森一起回来了，他想要将斯多堡从艾勒苏那里购置回来。

"不可以，我不愿意将其卖给你。"艾勒苏说道。

"倘若我出的价足够高，你应该不会拒绝我吧？"

"会。"

实际上，艾勒苏压根儿没想要卖斯多堡。就眼前的情况，他的想法早已有所改观，坦诚地说能够在山上的一家商店里当老板也不算太糟糕；他阳台上的玻璃是彩色的，在他环游全国的时候，还有一个伙计能够帮他将店里所有的事务都打理得井井有条。是的，和上等人一起做一流的旅行。或许，将来他能够到美国去逛一逛，一直以来，这都是他最大的心愿。尽管他到南方去是为了接洽生意，可是几次短的旅行已经让他感到很满足了，他能够回味很长一段时间。不能说他放荡不羁，租整艘轮船来在旅途中开狂欢宴会，事实上他并不怎么喜欢狂欢。艾勒苏这个人很是古怪，他早就不再倾心于女人，儿女情长对他来说已经毫无意义。不管怎么说，他还是大地主的儿子，这一点是无法改变的事实，进行一流的旅行、买进大批的货物都是必然的。他每一次回到家乡，都会比上一次更加时髦、新潮；最后一次，他为了使双脚不会潮湿，竟然穿了高筒皮靴。"你穿的鞋好奇怪啊，难不成是两双鞋子？"大家纷纷询问道。

"近段时间，我的脚生疮了。"艾勒苏解释道。

然后，所有的人都对艾勒苏心生怜悯："真可怜啊，他长了冻疮。"

神仙般的美好生活——无拘无束逍遥自在。他不准备出售斯多堡，一方面，他不想回到小城市的犄角旮旯，在一家小店里站柜台，完全没有自己的伙计；另一方面，他决心大规模地开拓生意。瑞典人再次回到这里，他们一定会流水般花钱，现在让他放弃这个赚钱的机会，怎么可能，他又不傻。阿龙森一次次地来，一次次地遭到拒绝，由于自己缺乏远见放弃了这块土地而越想越后悔。

唉，阿龙森再怎么责怪自己也没有任何意义，同样地，艾勒苏也不用好高骛远保持着中庸的本色。尤其重要的一点是，村民们根本无须那么自信：每个人的脸上都带着笑容，而且还在揉搓着自己的两只手，像一个接受了太多祝愿的小天使——其实只要明白一点就会知道，根本不需要这样。如今失望来临了，而且看上去还不小。不会有人考虑到，工人们已经重新工作了，这没什么错——问题是他们在八英里外和吉斯勒所属地的南端交界处，可以称为是另一个地方了，那里本来就和他们没什么关系。工程需要从那儿开始，然后一点点地往北延伸开来，最后到达源头，即艾萨克的所属地，那才能够给人们带来好处。而这个过程最少需要一年，多的话几年甚至一个世纪都有可能。

这个消息的到来像是晴天霹雳，打乱了人们平静的生活。村子里立刻被悲伤所包围。都是吉斯勒的错；是吉斯勒那个魔鬼，他又一次要了大家。所以大家重新集合开会，再选出一个新的让人信服的代表，去矿产公司找工程师。遗憾的是，这次并没有得到什么答复。工程师的回答是，因为南部靠近滨海，这样就不必再在空中建立一条新的通道，而运费也就可以缩小为零，所以他们必须从南边开始动工。工程一定要这样进行下去，不用讨论了。

所以，阿龙森开始去找寻新的希望、新的解决办法。而且他还想把安德森一块儿带走。"你待在这鸟不拉屎的地方能做出什么成就来吗？"他说，"还是跟我一块儿离开这儿吧。"可惜，安德森并没有答应他——真让人惊讶，但他确实是留下来了，这里有一些因素让他不能离开——他就像颗种子一样，在这儿扎了根，而且生机勃勃。这里还是以前那个景象，发生改变的只有安德森。人跟物都没有什么改变；矿业的发展目标已经去了另一个地方，但人们却没因为这而变得手忙脚乱；他们还需要种地，打理庄稼和牲口。虽然这些东西并不贵重，但都是人类生活所必需的。

就连艾勒苏也会随着钱的消耗而变得悲伤；更加绝望的是，他曾在当时那个高亢的情绪下购买了大量的货物，但现在却没法儿卖出去。嗯，存下来也挺不错的；毕竟，这么多货物看上去还是很壮观的。

不，在野外生存的男人是不会慌乱的。空气还是会让人心旷神怡，赞赏新衣服的人也不少，但就是没有人去买钻石。他从《圣经》中迦南的宴席里认识到了酒。他这种生存在野外的男人，已经不可能因为那些无法得到的东西而伤心了；像那种不是生活必需品的，比如报纸、奢侈品、政治，它们的价值完全取决于人们愿意出的价格。土地就不一样了，它可能会是任何一个价格；毕竟那是人类仅有的资源，是一切事物的发端。那是匮乏而贫瘠的吗？不是的。一个男人获得了全部的东西；在他之上的神灵，他的挚爱、梦想，以及他的信仰。有一次，赛维特顺着河流前进，然后他停了下来：他看到一雌一雄两只鸭子在水面上。同样，鸭子们也看到了他，察觉到有人靠近它们，鸭子们有些害怕：其中有一只好像在小声地说着什么，它的那句话应该是用了三种不同的声调，然后另外的那只鸭子用相同的声音回复它。接着它们就飞走了，就像是在河面上翻滚的小圆轮，升上去，降下来。其间它们又和刚开始一样进行了交谈，相互附和着；说话感觉和之前没有什么不同，但却流露出一股子高兴劲儿——音阶变高了！赛维特就那么注视着它们飞走了，好像他的灵魂也一起飞走了。

那些话语里流露出的高兴劲儿，到达了他的内心深处，他呆呆地在那儿看着；还记起了一些自己曾经认识的野生且壮观的事物，不过他后来就不记得了。他走在回去的路上，没说什么，更别提去夸耀什么了。有一些事物是没办法用语言来描述的。但赛维特看到了，这个来自赛兰拉的平凡人，只有他看到了。

他看到的并不单单只有这些——还有很多，而简森的离开也让赛维特觉得心烦意乱。

唉，事情还是发生了，太遗憾了，简森早晚都是要离开的；她一直都想离开这儿。噢，不会有人去说她什么，她并不是一个平凡的女孩子。赛维特曾经想要开车把她送回去的，但是她哭了，太可怜了；虽然她后面反悔了，而且也坦白地告诉别人她反悔了，并且说她想要走。这很好不是吗？

简森的离开实在是太让赛兰拉的英格尔激动了，她早就对这个女仆人失望了。但奇怪的是，她也搞不清楚简森哪儿做得不好，但就是看到她就想生气，她已经无法接受简森继续待在这了。很明显，英格尔的心思实在让人捉摸不透。一整个冬季，她的情绪都是低沉的，她信奉宗教，而她的这种情绪有可能会延续下去。"你想要走？这样啊，很好，可以。"英格尔说道。这一定是上帝的奖励，作为她每天晚上进行祈祷的回复。自己家里的两个女儿已经长大了，那还要简森这个到了结婚年纪的女人做什么？思绪到这儿，英格尔有些气愤，或许是自己也曾经历过那个适婚的年龄吧。

因为内心的信念，她仍然信奉宗教，英格尔的内心深处并没有什么不好的念头；可以这样理解，她曾经体会过那种感觉，但她并不想就这样生活下去——她非常讨厌那种念头。矿地和矿工都不在原来那个地方了——感谢上帝。这就是美德，不光需要去忍耐，同时也一定要拥有；是的，就是一定，那是一种独特的恩泽。

"嗯，或许吧。"艾萨克是这么说的，"不过春天来了，简森又离开了，那夏天谁干活儿？"

"割晒草料这种事我跟丽奥波尔丁就可以。"英格尔说，"我甘愿不眠不休地干下去。"她悲痛地说着，眼泪差点儿流出来。

艾萨克有些不能明白她为什么会变成这样，但他也是有自己的见解的，所以他带着撬棍跟镐子去了树林里面挖石头去了。艾萨克还是不能够理解，简森到底是因为什么走了，简森干活儿是很有条理的。说真的，艾萨克不懂的东西实在太多了，他只能理解一些比较浅显易懂的事情，就像他干的活儿一样。这个男人，他有着强壮的身躯，他一向走正道；吃得多，长得快，而且从来都没有因为别的事情慌过。

嗯，这是块石头。那儿还有挺多，不过还是从这儿动手吧。艾萨克想得很长远，将来他会在这儿给自己和英格尔盖间屋子，正好现在赛维特到斯多堡了，他才能在这儿动工。否则的话儿子又会问出不少东西来，艾萨克现在还不希望他了解这个情况。自然，以后赛维特会使用这儿的所有的东西——人老了总是要出去的。是的，赛兰拉好像永远都在盖屋子，尽管横梁和厚木板已经就绪，但牛棚上的草料间还是没准备好。

行，就这个。虽然它露出来的地方没有多大，但是去撬的话又一动不动——肯定重量不小。艾萨克在旁边挖了几下，然后用撬棍，石头没有动；再挖，再撬，好几个来回之后，石头还是一动没动。所以他又回去拿了一把铁铲，先把旁边的土弄干净，再挖，再撬，不过石头还是没动。艾萨克耐心地琢磨着，难道是因为太重了？之后他又挖了很长时间，不过石头貌似更深了，直接没法儿撬了。但他要是用爆破的方法又显得小题大做了些，声音这么大，一定会吸引不少人。他接着挖，然后回去拿了根杠杆——依然不动。他又接着挖。艾萨克因为这个大石头生气了，他皱着眉，盯着它，就像是领导下来检查，然后发现了这块特别难搞的石头一样。他很生气地看着它：没错，就是这块满脸写着蠢字的大石头，太难应对了——他马上就要说它畸形了。爆破？不，不需要，他难道还战胜不了一块石头吗？

他接着去挖，这的确是个辛苦困难的任务，但他是不可能放弃的。后来，他把杠杆的一头放了进去，想要试试看，但遗憾的是，石头还是没有动。单从技术角度分析，这个方法很棒，但就是没有看到成果。到底是什么原因呢？他这辈子和不少石头打过交道，难道是他身体变弱了吗？不可能的，哈哈哈！其实挺好笑的。是的，他这几天觉得自己的身体大不如前了——也可以说，他从来都没关心过自己的身体，他一点儿都不担心——全是自己想的。他又一次进行了尝试。

噢，即使他已经用上了自己的全部力量，但很遗憾，石头依然没动。他仍然在那儿撬，就像是巨人。他有着属于自己的高贵，他的腰围如此的让人惊讶。

但石头仍然一动不动。

没办法，他还是要接着挖。爆破？不，不可以，要接着挖。必须把它弄出来！我们不可以说他顽固，一切都是因为他对这土地爱得深沉，一点儿柔情都没有。看上去很好笑吧：先从旁边一点点挖掘，然后对准石头，打下去；再在旁边挖，用手试探着，一点点把土送出去。没错，他的工作就是按照这个顺序进行的。一点儿抚摩的迹象都找不到，全都是温暖，那种从内心深处散发出来的近乎疯狂的温暖。

要不重新试一下杠杆？艾萨克找到了一个能让力气发挥到最大效果的地方，把杠杆放到那儿，然后用力——不，那讨厌的石头好像一直在抵抗，但是看上去好像动了。艾萨克又一次进行了尝试，他现在觉得这破石头也没多么倔强了。然后杠杆打滑了，艾萨克摔倒了。"见鬼！"他骂了一声。他倒下去的时候，帽子也跟着歪了，现在的他看上去就好像是强盗，或者是西班牙人。他吐了口唾沫。

就是这个时候，英格尔的声音传了过来。"艾萨克，来吃饭啦。"她是如此愉悦和热情。

"哦。"他回答，但是他并不想让她过来，更不想回答她的一些问题。

很明显，英格尔并没有看透他的想法，因为她已经越来越近了。

"你是在思考什么问题吗？"为了让艾萨克平复一下心情，她提出了这个问题，就像他经常可以有一些与众不同的想法。

只不过艾萨克依然很气愤，他很冷酷地回答道："没法儿说，我也不清楚。"

英格尔这样实在太讨厌了，她为什么还不走。

"你能看明白吧，"艾萨克补充说，"这块破石头，我在挖它。"

"哦，我们是要把它弄出来吗？"

"没错！"

"我可以帮上什么忙吗？"她问道。

艾萨克摇了摇头。但不得不说，她想要帮忙的这份心是好的，他不能太冷漠了。

"你在这儿稍微等一下。"然后他就回去拿锤子了。

他的想法是先让石头稍微粗糙点儿，然后弄下一块来，那样的话更能给杠杆找到一个合适的用力点。定位锤在英格尔的手里，艾萨克就在旁边敲击着石头，直到敲下了一块石头他才住手。"幸亏有你在旁边，但现在不用关心我吃饭这件事，我要先把它弄出来。"

不过英格尔不愿意走，说实在的，有英格尔在旁边艾萨克还是很开心的——从多少年以前就是这个样子了。杠杆已经撬起了一个点，他又用了点儿劲儿——石头动了！"它动了。"英格尔说。

"胡说什么呢！"艾萨克说。

"不，是真的，它确实动了！"

这点儿进展——可以说很让人激动了。最起码，如今的石头不再是在他的对立面了；他们已经是同一条战线的了。艾萨克继续用力撬着它，很可惜，动完那一点儿之后，它又回到了原来的那个状态：再用力，没动。这一刻他猛地明白了原因，不是石头太重，而是他老了，他不再是当年那个年轻力壮的硬汉了。要说重量的话，他可以很轻松地把一根两端包着铁皮的杆子弄断。不是的，他的身体已经开始衰弱了。这一刻，这个一向沉默的汉子忽然觉得人生真是不容易——而且英格尔还在旁边，看到了他的衰弱。

想到这儿，他抓起了铁锤，带着满腔的愤懑砸向了那块石头。帽子依然是他摔倒时的那个造型，像极了强盗。然后他站稳，气势汹汹地围着石头转圈走，想要寻找一个最有利的位置——哼，他一定要把它弄烂。有什么不对呢？这个男人现在生气了，当一块石头惹怒了男人，它的下场只有被打烂，如果它还想抵抗，尽管让它来吧，看谁最后会输！

显然，英格尔明白了他在气愤什么，所以她很谨慎地询问道：

"要不我们两个一块儿用棍子试一下？"她口中的棍子也就是杠杆。

"不！"艾萨克很生气。但他思索了一会儿后又说，"也可以，正好你在这儿——尽管你回家更好，一块儿试一下吧。"

两个人从最角落的地方开始，然后弄出来了一些，艾萨克的心放下了。

但他们发现了一个让人疑惑的地方：这石头的下方非常整齐，如同刀割过一样，平整而光滑。显然，这块大石头被人切成了两半，那么，另一半应该离这儿不远。艾萨克也明白这点：随着时间流逝，另一半因为霜冻被推开了。惊讶与喜悦充斥在他的胸腔：这石头很适合做门板。就算是现在有很多的钱摆在艾萨克面前，他也不会比这更兴奋了。"是块很棒的石板！"他很激动。

英格尔这个单纯的女人再一次问道："天哪！你是如何知道这有石板的？"

"当然。"艾萨克有些得意，"难道我还会随便挖吗？"

两个人一起回了家。艾萨克还没有从这突如其来的惊喜之中走出来，那原先不在他的方案中，但这也相当于是自己发现的啊。别人会认为他是因为需要个门板，所以才选择了刚刚那块石头。而且，以后他在哪儿干活儿别人都不会产生疑心了，他可以说是为了寻找另外的那一半石头，他想停多长时间都行。如果赛维特回来了，还能让他来一起找。

但要是有一天他没办法独自出门也不能抬起一块石头的话，那就糟了。

这样的话，前路就有些黑暗了，如今就得用最快的速度把地整理出来了。他年纪已经很大了，很快就要待在火炉旁了。门板带给他的愉悦心情过几天就会消失了，那毕竟只是一个没法儿长时间保存下来的假象。现在的艾萨克走路时后背也已不再挺直了。

几年前的时候，他还是一个因为"石头"和"大地"而疯狂的人，但现在的他已经不行了。当时，那些跟排水活儿有些矛盾的人也会躲着他。如今的他已经慢慢看开了这些事情：唉，所有的东西都在发生着变化，土地早就不是原来的土地了，宽广的马路经过森林，还多了电线杆，水流激打着岩石——这都是从前没见过的。物是人非：人们见面也不问好了，有的相互之间点个头，还有的直接冷着一张脸擦肩而过。

但是——以前同样没有赛兰拉，有的仅仅是个小草屋罢了，但现在——而且那时候也没有地主的存在。

那现在这个地主又要怎么去评价呢？他也只是个上了年纪的老人，普普通通，同样经历着生老病死。尽管他现在胃口还不错，吃得也挺多，可他力气小了，又能怎么办呢？如今力气最大的就是赛维特了，还好有他——不过要是艾萨克力气也很大多好！当人上了年纪，看着自己的身体机能逐渐衰弱却无能为力，那是件很绝望的事情。过去的他身体强壮，能搬起重量很大的东西；但现在的他必须不停地休息才能坚持更长时间。

艾萨克很不开心，情绪压抑。

地上有个防水帽，已经破到烂掉了。可能是风吹过的时候一块儿把它带了过来，或者是那些年轻人小的时候拿到这儿来玩的。它就那么待在那儿，春去秋来，现在的它已经烂得不成形了——最开始，那还是顶崭新的黄色的帽子。艾萨克现在还能想起来，当年他把这顶帽子从商店带回来的时候，英格尔还夸过他。一年之后，艾萨克给它换了个颜色，他把它换成了黑色，边缘染成了绿色。当他再次回家，英格尔又说它更加好看了。英格尔一直觉得所有东西都是美好的，那是段让人经常想要回味的幸福生活，英格尔就在旁边注视着他干活儿——那简直是他人生中最幸福的时刻。三四月份来临的时候，他会跟英格尔在树林里嬉戏玩闹，如同鸟兽一般快活自在；五月份的时候，艾萨克会播种下小麦跟土豆，每天眺着地里的作物一点点长大。每天醒着的时候要劳作，恋爱，睡着之后做个梦，生活悠闲而潇洒。如同他最开始养的那头公牛一样，他也活得像个国王一样，心情愉悦。只不过，现在已经没有这种五月了，彻底消失了。

艾萨克低沉了很长时间，那段时间里天空都是灰的。他一点儿都不想过问饲料间的事——可能将来会让赛维特去干吧。他如今只想把那座房子建完——他的最后一座房子。他瞒不了赛维特多长时间，清理地基这个过程还是有很多人明白的。那天他跟赛维特说了。

"你要是想找石料的话，那儿还有不少可以用的。"他说，"像这个。"

赛维特看上去一点儿都不吃惊，仅仅回答道："是的，看上去挺不错。"

"你是明白的吧，"艾萨克说道，"我们打算把那一半门板弄出来；然后就在这儿盖间房子，我不能确定……"

"可以啊，这里很好。"赛维特眺了一下四周的环境后说道。

"你也这样认为？我也觉得如果这里有座房子的话，客人们就可以在这里休息了，那是个很棒的主意吧。"

"是的。"

"那样的话，两间卧室应该就可以。像之前那几个瑞典人，他们就没找到地方休息一下。然后再加个厨房，你认为呢？"

"嗯，房子里如果没有厨房很不合理。"赛维特答道。

"你的方案就是这样的吗？"

艾萨克没有说话。赛维特马上反应过来，如果来的是瑞典人，那房子应该是盖成什么样；他也没接着询问什么，就说道："另外我们可以在北墙那个地方盖个小棚子，客人们洗了衣服可以在那儿晒一下，挺不错的。"

艾萨克立刻答应着："主意很棒。"

两个人接着去搬石头。艾萨克又询问道："艾勒苏是不是还没回来？"

赛维特回答得有些敷衍："很快就回来了。"

艾勒苏一向如此，他更愿意在外面的世界闯荡——其实可以写封信然后订货，但是艾勒苏不这样，他一定要亲自到生产地买回来。虽然那样能省些钱，嗯，或许吧，但是还有旅费啊。他一向都有自己的见解。更何况，不得不说一句，他进这些长烟斗、黑白草帽什么的有什么用呢？生活在山上的人压根儿用不着那些东西，当地的村民只会在钱不多的时候来斯多堡。艾勒苏在人们印象中是个精明的人，他通常拿着笔写一些东西，算一些东西，人们都会称赞他："你实在是太棒了。"事实确实这样，但是他花钱一点儿分寸都没有。村民们经常来他这儿买东西，但是钱要先欠着，有个冬天连布理德·奥森都去了，他一分钱都没花就拿走了印花棉布、咖啡、糖浆和石蜡。

艾勒苏的店铺和他的旅费基本上都来自艾萨克，但是他卖矿剩下的钱已经不多了，以后又该怎么办呢？

"你认为艾勒苏的买卖做得好吗？"艾萨克问道。

"这个嘛。"赛维特并不是很想回答。

"看上去没有多乐观。"

"但不是说一切都会好起来吗？"

"他跟你说的？"

"不是，是安德森说的。"

艾萨克思考了一会儿："不是吧，我觉得他赚不着钱。"然后又说道，"真让人忧心。"

说到这儿，本来心情就没多好的艾萨克更加郁闷了。

但赛维特接下来的话又让他高兴了不少："好像山上又要来人住了。"

"你再说一遍，我有点儿不敢相信。"

"有两户人家买了我们的地，他们应该很快就搬过来了。"

艾萨克有点儿呆愣：真是一个好消息，实在是太好了。

"这样的话，我们这儿就有十家人了。"他说。艾萨克对这个地方很熟悉，他了解每一块地，每一户人家。他点点头："嗯，那两块地不错，到处都是树，他们烧火就不用愁了。地是朝着西南方向斜的，很不错……"

定居者——他们是不可战胜的——如今又来了新的人家。矿业上没能得到什么，但是土地却越来越好了。这里已经不再是以前的荒野了：有两个刚来的男人，他们用自己勤劳的双手在这儿开辟了新的天地，他们盖了房子，并在这儿成家立业了。

对了，就在森林里面，那儿有很多小路，有一间茅草屋，一条小溪，而且不远处还有孩子和牛羊。之前那儿长满了马尾，现在只能看见麦穗儿，还有风信子。房子外面的花因为阳光的照耀而闪闪发亮。生活在这儿的人们可以四处逛一下，他们可以相互交流。

艾萨克是第一个来这儿开发的人，他就是这个新世界的创造者。他最开始来的时候，这儿的草几乎能把他围起来，但是他还是毅然决然地留下了。后面又有不少人来到了这儿，他们经过了阿尔曼宁大草原，到达这儿；越来越多的人选择了这儿，那儿就出来了一条路；再到后来，那儿就成了马路。艾萨克很开心，他甚至有些骄傲，毕竟，他是第一个来到这儿的人，他就是领头羊。

"哦，我们必须尽快完成草料间了，最好今年就能盖完，这样的话，我们就不能把时间都耗在这儿了。"

这个瞬间，艾萨克又充满了斗志，他像是濒临绝境的人又看到了生的希望：他找到了新的精神动力。

第二十九章

　　一场夏雨哗哗地降下，好像筹划了很久一样，一个正拖着步子走上山来的女人被淋湿了，但她满不在乎，她心中有别的烦恼。这个淋湿的女人就是巴布罗——布理德的女儿。烦恼，对的。这次冒险的结果如何谁都不知道，她辞掉了在区长家的帮佣工作，已经离开了村子，就是如此。

　　因为她不想碰到任何人，所以她刻意避开了道路旁边的农田。她的背上背着一个布包，可以让人很轻易地知道她要去的地方——曼尼兰。是的，她要去投靠她的旧主人。

　　她已经工作了十个月，把白天和黑夜加起来算的话，在区长家工作的时间已经是不短了；如果是用期望和烦闷来算的话，那是更加难熬。刚开始的时候，虽然区长夫人会督促着她，还可以勉强接受，因为她还算得上和善，只是提出让她穿戴得干净整洁一些，再围上一个围裙而已。因为，穿得干净利落到铺子里去买东西时会有面子些。因为巴布罗小时候在这个村子里生活过一段时间，所以她认识那里的所有伙伴。她不仅在那里上过学，而且还曾经亲过那里的男孩子；她还和他们一起玩耍过石头和贝壳的游戏。刚开始的大约一个月内，她还可以勉强接受，但之后郝耶达尔区长夫人的看守变得更加严厉了，圣诞节期间，是对她最为严厉的时候。这样做的结果是没得到什么好处，事情正向着变坏的方向发展着。巴布罗只得晚上偷偷出去放松一下，不然她根本无法忍受这种高压；她偶尔会出去偷偷玩耍，但都选择在夜里两点到六点这几个小时之间，因为在这几个时辰里她是安全的。厨房里的那个女厨师从来没有打过小报告，是为什么呢？因为每当女厨师出去的时候也是从来都不请假的！那么说来她也是个好女人？其实，按正常的情况分析，她算是个正经女人。她们互相遮掩着，轮流出去，过了很久她们的行为才被发现。伤风败俗？她可是很矜持的。当年轻的小伙子第一次邀请她去圣诞晚会的时候，她会推托说"不去"；第二次的时候还是说"不去"；直到第三次她才会说"我看看吧，凌晨两点到六点的时候能不能有时间吧"。她处事浮夸，但看起来又和良家妇女一模一样，也是为了让自己看起来像个规矩女人。郝耶达尔区长夫人过来试图教导她好好学习，并把书借给她看，但简直白费力气。巴布罗可不是从农村来的无知丫头，她曾经在卑尔根生活过，不仅读过报纸，而且进过戏院！

但最后郝耶达尔区长夫人还是对她产生了怀疑，于是，她在凌晨三点来到女佣房间里喊道："巴布罗！"

"我在。"女厨师答道。

"巴布罗呢，她不在吗？你把门打开。"

女厨师打开了门向区长夫人解释说巴布罗临时有事回家去了，其实这是她们之前已经串通好的说辞。她大半夜有事回家去了？郝耶达尔区长夫人因此而发了好大的脾气，并在早晨起床后又把布理德叫过来吵了一架，郝耶达尔区长夫人问道："巴布罗昨晚三点钟的时候回家了？"

布理德根本没有准备，但却答道："三点钟的时候吗？对，在的，是在家呢。我和她商量了些事情，所以一直坐到半夜才睡。"

紧接着，区长夫人宣布了巴布罗以后不能晚上出门的规定。

"不，她不会了。"布理德说。

"只要我在家里，她就不能出去。"

"好的，好的，她不出去，你看看，巴布罗，我跟你说过不能随便回家的。"她父亲说道。

"你可以在白天的时候回家看你的父母。"女主人说道。

一向聪明睿智的郝耶达尔区长夫人从没有放弃她的怀疑。于是，她在一个星期后的凌晨四点又去检查了。"巴布罗！"她大声喊道。哇哦，这次女厨师出去了，巴布罗没出去，因此女佣房这下子一点儿纰漏也没有了。于是，区长夫人不得不暂且用别的话来掩饰这次的尴尬。

"你有没有收昨天洗的衣服？"

"我都收好了。"

"很好，今晚的风刮得很大呀……晚安……"

为了能验证她的怀疑，郝耶达尔区长夫人不仅要让丈夫在半夜里叫醒她，而且还要嗒嗒嗒地跑到女佣房里去查问她们在不在。这样实在是太麻烦了。因此最后她也就由她们去了，懒得管她们了。

如果不是几天前出事了的话，巴布罗本来可以一直这样，一直做到年底。但现在也只能说是她的运气不好。

一天早上，巴布罗在厨房里和女厨师大吵了一架，她们互相指责着，声音很高，完全忘记了要避讳着女主人。女厨师其实是一个奸伪狡猾的小人。在一个星期天的晚上，本来没有轮到女厨师出去，但是她却溜走了。那么她溜出去的理由是什么呢？是跟她去美国的敬爱的姐姐告别吗？完全不是。女厨师根本没有和巴布罗说理由，只说巴布罗在很早以前就欠她一个星期天的夜晚了。

"你一丁点儿的诚实和信用都不讲！"巴布罗说。

说这句话的时候，区长夫人正站在门口听了个正着。

可能一开始的时候，区长夫人只是觉得厨房里太吵了，于是，她就走出来看了看。但是现在区长夫人站在那里一动也不动地盯着巴布罗的围裙看，是的，她还凑过去仔细看了看。这是一个非常煎熬的时刻。那究竟是什么东西呢？突然，郝耶达尔区长夫人尖叫了一声并跑到了门口。巴布罗一边疑惑着一边低下头去看那个东西。我的天哪！只是一只跳蚤而已。于是，巴布罗只是笑了笑，马上就拍死了那只跳蚤。什么也不用说，她最会见机行事了。

"它在地上！丫头，马上拿起来，谁让你扔到地上的？！"郝耶达尔区长夫人叫道。于是，巴布罗就开始在地上假模假样地寻找。然后她装作已经捉住了跳蚤的样子，同时把它扔进了火里。

"你究竟是从哪里把它带来的？"女主人生气地说道。

"我带来的？"

"不错，老实交代你是从哪里带来的。"

她本来应该回答"在店里"，这样就足够了，但巴布罗却指向了女厨师。她怀疑跳蚤是从女厨师身上掉下来的，因为——她也不知道自己是从哪里带来了这个东西。

"你自己身上的跳蚤不要污蔑别人，你怎么能说是我身上的？"女厨师一听就不乐意了。

"但是，昨天晚上出去的只有你自己啊。"

她本来应该什么都不说——这又是一个错误。在这种情况下，女厨师只好把一切事情都说了出来，因为她没有理由不吭声了，于是她一五一十地讲了巴布罗晚上出去的事。郝耶达尔区长夫人听后暴跳如雷，她一直在监督巴布罗，没有关注女厨师，因为她对巴布罗的人品做了保证。其实，巴布罗是可以没事的。只要巴布罗肯低头承认错误，为这件事感觉羞辱，并保证以后不会再犯了。但是，她没有！当女主人不得不提醒巴布罗自己为她付出的一切的时候，巴布罗竟然还顶嘴了，这是错误的。不只是这样，无知的巴布罗还说了非常无礼的话。可能巴布罗比表面上看起来要聪明得多，也有可能是她早就打算好了要摆脱这个地方。郝耶达尔区长夫人说道："可是我从法律的宣判中把你救出来的。"

"我倒是希望你没救我！"巴布罗回道。

"你就是这么报答我的？"女主人说。

"你还是少说点儿吧，对你有好处。"巴布罗说，"我做满就走了，还有一两个月而已。"

郝耶达尔区长夫人竟然无言以对了，于是就这样沉默了好一会儿。她张了张嘴，然后又闭上了。接着她张嘴叫巴布罗滚开，她被解雇了。

巴布罗说："无所谓。"

巴布罗在事情发生的那几天里，一直和父母住在一起。但她也不能一直和父母住。她的母亲在卖咖啡，是的，会有人来买，但这样下去也不是办法——或许她有其他原因想找个安稳的工作。所以这天，她背着一个布包，沿着沼泽地上山去了。她现在担心的是，艾瑟克尔·斯特隆还会要她吗？毕竟在上周日时，她在教堂里贴了一张结婚的预告。

　　巴布罗深一脚浅一脚地在路上走着，尽管天正在下雨，并且脚底沾满了泥。傍晚来临了，但是天还没有黑。巴布罗和以前一样，丝毫没有怜惜自己的身体，而是勇敢地冒着雨一直向前走去。她要从头再来，所以现在的她迫切需要找到一处安身之所。是的，她直到现在依然可以保持着干净和整洁，就是因为她一直都很乐观，也很勤快罢了。巴布罗虽然有些小聪明，学东西很快，但是却经常给自己带来麻烦；那么，这样的话她还可以指望什么呢？她可以在极其危险的时候躲过很多个灾难，就是因为她学会了自己救自己，同时她也有一些非常好的品质——她对小孩子们吃的东西毫不吝啬，虽然她根本不在乎一个婴儿的离世。她通晓音律，能同时弹着吉他唱歌，用沙哑的声音低声吟唱或喜悦或忧伤的歌曲。她这是怜惜她自己？完全不是的；事实上，她从根本上完全不会，她甚至会付出她所有的心力而毫不心疼。她会经常小声地哭泣，甚至也会伤心，就是因为一些发生在生活中的小事，但是这是很正常的。她将埋于心底的感情全部都隐藏在了这些曲子以及她的歌声里；她不仅瞒住了她自己，还瞒住了其他人。所以今夜她带来了吉他，就是想着要为艾瑟克尔演奏一曲。

　　她特意选择在傍晚的时候到达曼尼兰，这个时候，周围一点儿声音都没有了。瞧瞧，艾瑟克尔已经开始割草了，他已经割完房子周围所有的草了，而且还有一些已经搬进来放好了。她猜测年纪比较大的奥琳应该睡在那个小房间里；艾瑟克尔一定睡在放干草的棚子里，和过去的她在这里的时候一样。她屏住呼吸轻轻地走过去，小声叫道："艾瑟克尔。"

　　"是谁？"艾瑟克尔被惊醒了。

"是我呀，巴布罗。"巴布罗边说边走了进去，"我能在你这里借住一晚吗？"

艾瑟克尔穿着内衣内裤坐在那里，盯着她，一时半会儿还没有回过神儿来，"噢，是你呀，你这是要去哪儿？"他说。

"这个嘛，我的归处就取决于你的态度了。"她说。

艾瑟克尔想了一会儿，说道："照你这么说，你不打算回到原来的地方去了？"

"对，我现在已经和区长家划清界限了。"

"要是这样的话，你也知道，到了夏天我这里确实是需要人帮忙的。"艾瑟克尔说，"那你是想回来工作吗？你是不是这个意思呢？"

"不是的，你不要管我的事情。"巴布罗说，她想要把这事给遮掩过去，"我明天就打算走了，打算到了赛兰拉以后再翻过山去，我在赛兰拉那边找到了一个职位。"

"那你和那边的人说好了吗？"

"说好了呢。"

"但是我这里夏天也确实需要人来帮忙。"艾瑟克尔又说道。

巴布罗现在急需把湿透的衣服换下来，她浑身都被淋湿了。庆幸的是，她包里还装了其他的衣服。

"你不要管我了。"她说着向门口走了几步，然后就不动了。

巴布罗换衣服的时候，他们还一直在说着话，艾瑟克尔还总是时不时地把头转过来看一眼。"我觉得你最好是出去一会儿。"她说。

"现在？"他说。今天的天气根本不适合出门。

又过了一会儿，他们干脆躺在了一起聊起了帮佣的事。不可否认，夏天的时候他这里确实需要人帮忙。

"他们以前也说过这个。"巴布罗说。

现在的农场里又变成了他自己一个人割草，然后晒干。巴布罗能看得出来，他现在完全处在困境中——她很了解这个情况。从另一方面说，之前是巴布罗自己偷偷地走了，把他自己留下来了；而且他肯定还在怨恨她还把他送的戒指也带走了。还有那份报纸仍然在不断地送来，这是最重要的事情，并且也是最难堪的。他可能一辈子也无法摆脱掉那份卑尔根报纸了。要知道的是，她走了之后，他可是付了整整一年的报费啊。

"那些人实在太可恨了。"巴布罗随着他的意思说。

艾瑟克尔看到她这么听话温柔，他承认了他继承了她父亲的工作，并且不再难为她了。其实，巴布罗是有理由生气的。他说："我现在可以把这份工作还给你的父亲，而且，我也没有力气再做这份工作了，实在是太费时间了。"

"嗯嗯。"巴布罗说。

艾瑟克尔思考了一会儿，便干脆利落地问道："那你是打算就做一个夏天吗，你到底是怎么想的呢？"

"不是这样的。"巴布罗说，"我得看看你是怎么想的。"

"这是你真实的想法吗？"

"当然，我会认同你的意思。这样的话，你以后就不用再怀疑我了。"

"很好。"

"我说的都是真的，我已经申请到结婚预告了。"

艾瑟克尔躺着想了很久很久，他觉得还不错。他这辈子将要有一个妻子和贤内助了，如果她这次不再骗人的话。

"我原本可以请一个别的女人过来帮忙的。"他说，"她回信说，她也会来的。但是她从美国过来的路费得我来支付。"

"嗯……她现在在美国吗？"巴布罗说。

"对的。她现在不想在那儿待了，因为她已经去了一年了。"

"你先别想她的事情了。"巴布罗说，"你说说你是怎么想我的事情的？"她伤感地说道。

"你不要担心，我没和她把这事定下来，就是因为你呀！"

在这个时候，巴布罗就必须要表现点儿什么了。她坦荡地说自己确实有个谈对象的小伙子，他现在在卑尔根，他是一个大型啤酒厂的货车驾驶员，一个很不错的职位。"要是他知道我现在作出的决定的话，他一定会伤心的。"巴布罗小声哭泣着，"艾瑟克尔，你知道我对你的感情有多深，我从没有忘记你和我在一起的时光。不过，倒是你都忘干净了吧。"

"我怎么可能会忘掉你？"艾瑟克尔说，"亲爱的，你完全没有必要为这种不存在的事情伤心。"

"嗯……我信你。"

巴布罗在说完了实话之后，感觉瞬间轻松了很多，她接着说道："照我说，实在是没有必要叫她大老远地从美国跑过来，还得花路费，再说有我在这儿，也实在是没有必要再雇用一个人的……"看来巴布罗是打算在这里安定下来和他一起生活了。

那一夜里，他们两个把所有事情都商量了一遍，并统一了意见。其实，在之前他们都已经讨论过这些事情了。现在反倒是巴布罗急着想把婚礼办了，就在圣奥勒夫节和秋收之前举办，正大光明的，热热闹闹的。艾瑟克尔并没有因为急着结婚而有什么不高兴，相反因为她的决定他更是欢喜和有信心了。作为一个庄稼人，一个粗人，他并不擅长过分细致地看待各类事物。他只晓得自己需要做什么，只看得见对自己有用的事情；况且，再次回归的巴布罗不仅完全和从前一样漂亮，而且对待他也比以前温柔多了。结婚告示已经贴出来了，这就好似巴布罗是一个被他啃住的红苹果一样，已有主人了。

在他们的交谈中，完全避开了那个死婴和那次审讯的内容。

但奥琳却是他们无法避开的，该怎么甩掉她呢？"是的，她肯定是要走的。"巴布罗说，"她除了挑拨离间和在人家背后说长道短之外，什么都不会。而且，我们什么都不欠她。"

但是事实证明奥琳可不是那么好打发的。

那天早晨，当奥琳看到巴布罗的时候就知道她的雇用工作已经到了终点。她的心中忐忑不安，但是她又拼尽全力地努力让自己表现得正常一些，随后她拿了一把椅子出来。当时，一些重活儿，比如说挑水和担柴是安排给了艾瑟克尔，其他的活儿一直是由奥琳来做的，曼尼兰的工作安排可以说是很合理。奥琳也打算就按照这个安排，她将在此度过余生。但是现在，她的计划被巴布罗打乱了。

"可惜了，家里连招待你的一袋咖啡都没有。"她对巴布罗说道，"可还打算离开这里继续前行吗？"

"不，不打算离开了。"巴布罗说。

"哦？不打算走了？"

"是的。"

"嗯，对，和我也没什么关系，"奥琳说，"那你是打算下山去？"

"不是，我以后就待在这里，也不下山去了。"

"你是打算待在这里吗？"

"是的，我想以后我都要待在这里了。"

奥琳那狡猾的大脑开始了工作，她思考了好大一会儿。"这样也很好，这样你就可以帮帮我，你能留在这儿我很高兴。"她说。

"哦？是吗？"巴布罗嘲笑道，"在这段时间里，艾瑟克尔难道经常为难你吗？"

"艾瑟克尔为难我，这话从何说起？老太婆都是半截身子埋在土里的人了，你还计较她的话做什么呢。每天，艾瑟克尔友好得就像是上帝派来的神父和信使一样，我说的都是真的。你知道，我的亲戚都住在山的那边，我在这里一个亲戚和朋友都没有，孤单困苦，没有依靠，居住在别人家里，依附着别人生活……"

虽然他俩并不想留下奥琳，但是在结婚之前他们却一直无法把她赶走，因为奥琳总是赖着不走。到最后奥琳才不情愿地答应了，但是她又刻意地要多待几天，理由是当他们下山去教堂结婚的时候，她可以帮着照顾牲畜。就这样又过了两天，他们结婚回来以后，奥琳还是没有要走的意思。她一天一天地耗着，今天说身体不太舒服，第二天又说天气不好。她还总是巴结巴布罗，夸赞她的食物。啊，现在的曼尼兰和从前有很多不一样了，饭菜不一样了，生活也完全不同了，连咖啡都变了；啊，有些东西奥琳明明比巴布罗懂得多，但是还要问巴布罗，简直是见缝插针。

"你觉得，挤奶的顺序是按着奶牛站立的顺序来还是先从包德林开始？"

"你想怎么办就怎么办吧。"

"哎呀，我就经常说，"奥琳叫道，"你跟我这样的人大不相同，你是见过大世面的人，接触的又都是上等社会的得体人物，什么都了解。"

是的，奥琳真的是尽可能利用一切可以利用的空间或时间，整天暗地里策划坏事。例如，她坐在那儿对巴布罗说自己从前和巴布罗的父亲布理德·奥森是朋友，感情非常好！噢，他们在一起度过了很多快乐的时光，布理德多么有钱又容光焕发啊，等等，她可是从来没有说过一句重复的话。

巴布罗和艾瑟克尔都不想让奥琳再待下去了，所以不会永远这样，而且巴布罗也开始接手了奥琳的所有工作。奥琳虽然嘴上没有抱怨，但是她不仅总是经常狠毒地看着这个女主人，而且她说话语气也变了一点儿。

"是的，是个厉害人物。艾瑟克尔，上次秋收时他就在城里，你在那里碰到他了吗？没有，我记起来了，你那时候在卑尔根。但是他为了买一台割草机和一只耙子，真的到城里去了。赛兰拉一家现在都没法儿跟你们相比，他们什么都比不上！"

她话里有话，但即便是这样也一点儿用处都没有。他俩再也不用顾忌她了，有一天艾瑟克尔直白地说明了让她离开。

"离开？"奥琳说，"如何离开？爬着吗？"不，休想让她离开，她的理由是她是个可怜虫，已经走不动了。有一次，他们把她手上的工作抢走了，她没有事情可以做，然后她就突然瘫倒在地，彻底地病了，这是最不好的结果。尽管如此，她还是又赖了一个星期，艾瑟克尔非常不高兴，恶狠狠地看着她。后来，因为怨恨艾瑟克尔的无情，她彻底病倒了。

卧病在床的她并没有老老实实地等待着最后的好结果，而是在计算着离下床走动还有多久。在荒野中从来没听说过的是，她还要请医生来。

"你疯了吧？"艾瑟克尔说，"还要请医生？"

奥琳好脾气地说："你说这话是什么意思？"好像她不明白这句话一样。是的，她自己有付给医生的钱，她声音温柔和顺，说话很清楚，她很高兴自己不用麻烦别人。

"呃，你能吗？"艾瑟克尔说。

"怎么了，难道我不可以吗？"奥琳说，"我可不想躺在这儿，像个哑巴畜生一样等死，你不能让我这样吧？"

这个时候，巴布罗插嘴说了一句很不中听的话："哎，我很不明白，你躺在这里有我给你端茶倒水的，你还有什么不满意的！再说，我奉劝你还是不要喝咖啡了，对你的病情不利。"

"是巴布罗在说话吗？"奥琳问道。她因为生病，眼睛只能眯着，看起来十分可怜，所以她只是转了转眼睛，没有看她。"是的，巴布罗，如果一小滴咖啡对我有危害的话，那一勺咖啡叫我死掉就足够了，或许就像你说的吧。"

"如果是我的话，我现在不会只想咖啡，而是赶紧地想想其他的事情。"巴布罗说。

"对啊，我就说嘛！"奥琳回话道，"你肯定会希望自己的同伴可以好转，并且能存活下来；你才不会巴不得自己的同伴赶紧死掉。什么……是的，我躺在这儿，什么也看不清楚……巴布罗，你是怀孕了吗？"

"你在瞎说什么？"巴布罗愤怒地叫道。然后又继续说："嗬，我就应该把你丢到外面的粪堆上去，就为了你这恶毒的舌头。"

听到这话的奥琳沉默着想了片刻后，嘴唇在抖，她想努力笑出来，但还是没笑。

"昨天晚上，我听到有人在喊叫一个人的名字。"她说。

"她已经精神错乱了。"艾瑟克尔低声说道。

"不，我没有精神错乱。你听，是从森林里传来的声音，好像是有人在叫；也可能是从小溪边上传来的声音，好像是个孩子的哭声，很奇怪。巴布罗呢？"

"她出去了，你的胡言乱语真让人讨厌。"艾瑟克尔说。

"胡言乱语，精神错乱吗？估计是有点儿吧，但是还远远没有到你所说的那个样子。"奥琳说，"不，万能的上帝还没有下命令叫我过去，他还没有这个意思。别担心，我很快就会康复了。我可是知道曼尼兰的所有的丑事。我要快点儿好起来，艾瑟克尔，你最好还是请个医生来。还有，你说好要给我的那头奶牛出了什么事了？"

"送给你的奶牛？什么奶牛？"

"就是你答应送给我的那头奶牛。兴许是包德林？"

"你神经错乱了。"艾瑟克尔说。

"在我救了你的命的那天，你答应要送我一头奶牛，你晓得的。"

"我都不知道呀，没有吧。"

听见这句话后，奥琳抬起了头，双眼紧紧地盯着他一眨不眨。艾瑟克尔看到奥琳那瘦得皮包骨头的脖子上立着的又白又秃的脑袋，感觉像极了一个巫婆，就像是故事里的吃人的女妖怪。艾瑟克尔被奥琳的这副形象吓了一跳，不禁将门后的门闩拿在了手里。

"咳，"奥琳说，"你居然说话不算数！唉，好吧，我们先不说这个了。我到死也不会再提奶牛了，没有它我也能活得下去。但是你今天的表现却使我看清你了。是的，以后我就知道了。"

但是在那天夜里的某个时候——奥琳死了。总之，第二天，她已经全身冰冷了。

艾瑟克尔和巴布罗终于永远摆脱了她，他们将她埋葬了，虽然依旧会有些伤心。但是，他们现在终于可以省心了，不用再防范她了。除了巴布罗的牙齿又犯病了，一切都还不错。巴布罗每次说话都要把那只耐用的羊毛口罩拉开——太烦人了。艾瑟克尔已经注意到了巴布罗在吃东西的时候总是小心翼翼的，对他来说，她的牙疼一直是个疑问。但他也没看到她到底是哪颗牙坏了。

"你长了新的牙？"他问。

"是的，长了。"

"新牙也会疼吗？"

虽然艾瑟克尔没有刻意地问起，但是巴布罗却生气了，说道："哎！你真是愚蠢。"她在愤怒和怨恨中说漏了嘴，"你难道一点儿也没有看出来什么吗？"

艾瑟克尔凑过去看了看她，她怎么了？他只感觉她比以前胖了些。

"哎，你又怀孕了——是吗？"他说。

"怎么，你应该知道的。"她说。

艾瑟克尔傻傻地盯着她看了一会儿。忽然就坐在那里数了起来："一个星期，两个星期，三个星期，还不……"

"不是……我怎么会知道……"

还没等艾瑟克尔说完，巴布罗突然大吵大闹了起来，就像是受了伤的动物一样，她已经沉不住气了，她说："好呀，你大可把我拉出去埋掉，这样你就可以将我摆脱了。"

很奇怪的是，为这种奇怪的事而大吵大闹，这让艾瑟克尔很不理解。

艾瑟克尔是个粗人，他只知道什么对自己有好处，并且他就从来没有想过要埋掉她；再说，他根本也不需要一条铺满鲜花的小路。

"那这样，夏天你就不下地干活儿了吧？不适合。"他说道。

"你说不用我干活儿？"巴布罗说，她被震惊了。然后，很奇怪——女人现在为什么又笑了起来？艾瑟克尔本以为巴布罗会非常高兴，但是她却又突然叫道："你等着看吧，艾瑟克尔，我以后一定不再偷懒了，我不仅要把你安排的活儿干完，还会多干很多。只要你好好待我，哪怕是累断双手，我也会把活儿干完的！"

从那之后，巴布罗变了很多，爱哭了也爱笑了，对艾瑟克尔也更加温柔了；在只有他们两个人的田野里，没有人打扰；在夏暑里，门开着，苍蝇在嗡嗡地叫着。巴布罗心里全是柔情，没有一点儿勉强；是的，只要他想，她就愿意，而且是一点儿都不勉强的。

太阳下山之后，他站着套上了割草的机器，还有一点儿草可以割下来，留给明天再晒。巴布罗急匆匆地跑出来，好像有很重要的事一样，她说道："你从美国请人过来，你是怎么想的呢？艾瑟克尔，要她做什么呢？她只能冬天才到吧，到时候来了还有什么用呢？"她必须马上跑出来把这件刚刚跑上她心头的事情说清楚，这件事好像很重要。

艾瑟克尔一开始就知道，只要巴布罗留下来，就可以全年帮他，所以，巴布罗的担心是没有必要的。艾瑟克尔已经有媳妇可以帮忙了，他并不是那种犹豫不决，想法不切实际的人。所以，短时间内他还可以照料下电路的事，这可是一年里的一笔不小的收入，正好可以弥补他们的需求，不会因为收获不多而没有副食可以买。这样现实一片美好，一切就会很顺利了。他现在是布里德的女婿，因此再也不用担心布理德在线路上做手脚了。

是的，这对艾瑟克尔来说，一切顺利，前程一片大好。

第三十章

时光飞逝，冬去春来。

艾萨克今天要去村里干什么？又该怎么去呢？他说："不，我不知道。"他清理干净了马车，将座位在马车上放好，还带上了一堆食物，这些都是要带给在斯多堡的艾勒苏的。有什么不可以的？几乎每一辆从赛兰拉下山的马车都是给艾勒苏运东西的。

大多数的时候都是由赛维特驱车下山，而艾萨克下山的次数屈指可数，所以，每当他下山的时候，人们都会把这当成个大事件，甚至是每当他下山时，下游的两个农场的门口都会站满了叽叽喳喳的围观人群，大家会说："快看哪，艾萨克亲自赶车呢，你猜猜他会干什么去？"当艾萨克到曼尼兰时，巴布罗便会站在玻璃窗后面，抱着孩子说道："是艾萨克本人！"

他在斯多堡前停下马，问道："艾勒苏在家里吗？"

艾勒苏从家中走了出来。对，他在家，没有离开。但是他马上就要出发去南边的城市春游。

他父亲对他说："你母亲让我给你带了点儿东西来。虽然不知道是什么，但是我想应该也不是什么了不起的东西。"

艾勒苏说了声谢谢后，就径自拿过东西，问道："应该还有一封信吧，我想？"

他父亲摸了摸口袋，说道："是的，据说是小丽贝卡写给你的，在我这儿呢。"

艾勒苏接过了这个让他等了很久的信。顺便摸了摸，是一封很厚的信，于是艾勒苏对他父亲说道："顺便说一句，幸好您来得及时，再过两天，我就动身离开了。如果可以的话还得麻烦你稍等一会儿，我有一只箱子需要你帮我带走。"

艾萨克下车拴牢马车并且在周围走了走。艾勒苏的手下安德森非常能干，竟然在赛维特的帮助下把农场管理得如此美好，可见他自己也为农场做了不少，给泥塘排水，雇人来挖沟填渠。这一年几乎都不用再购买草料了，等明年的时候，艾勒苏就会拥有属于自己的马，真是多亏了安德森来治理这块田地。

"箱子已经收拾好了。"过了一会儿，艾勒苏就站在上面向他喊道。他穿了一件上等的蓝色外套，白色领子，脚踩一双橡胶靴子，还拿着一根行路杖，看上去他已经准备好了。虽然他的船还得再等两天才出发，但是没关系，他在哪儿等都一样，在村子里也一样。

安德森看到父子两人一同驱车下山，在店门口祝福两人旅途愉快。

艾萨克想着要把座位让给儿子，可是艾勒苏没答应，而是坐在了他的旁边。当他们到达布里达布立克的时候，艾勒苏突然说："我忘了拿东西！"他父亲"吁"的一声，问道："忘了什么？"

噢，是他的伞！艾勒苏不能直接解释他忘了拿伞，只能说道："没事，继续驾车吧。"

"你不回去拿吗？"他的父亲问道。

"不拿了，走吧。"

这真是讨厌，他居然忘了拿伞！他之所以在匆忙之中忘了，正是因为他的父亲在等着他。好吧，等他到了特隆金后，他可以再买一把新伞，这也不是什么要紧事。艾勒苏因为这件事心情一直不好，于是他跳下了车，跟在后面走着。

不过这样做他们就不方便在途中交流了，每次艾萨克都要转过头去与艾勒苏说话，艾萨克说道："你打算去多长时间？"

艾勒苏回答："噢，大概是三个星期或者一个月。"

"生活在城里的人们从不迷路，也一直可以找到回去的路，真是奇特。"他的父亲说道。艾勒苏解释，那是因为他在城里住习惯了，所以从来不会迷失方向。

艾萨克觉得有些过意不去，因为一直自己坐着，于是对艾勒苏喊道："我累了，你来帮我赶一会儿车吧。"

艾勒苏制止了父亲下车的举动，主动坐到了旁边。首先他们需要吃点儿东西，于是艾萨克把东西从装得满满的包里拿了出来，然后继续驱车前进。

当他们到了最下面的两户人家那里就可以清楚地看到离农场不远了，两处房子都在正对着大路的小窗户上面挂了白色的帘子，就连草料棚顶上都被他们插满了旗杆，这一切都是为了迎接即将来临的立宪日。

在马车途经两家新农场时，那里的人说道："看，那就是艾萨克。"

最后艾勒苏终于把自己的事情抛诸脑后，不失礼貌地问道：

"您今天驾车下山是有什么事情呢？"

"今天并没有什么事，我这次下山是为了去接简森，她是铁匠家的女儿。"他的父亲回答道。本来不想告诉他，但想到艾勒苏将要出远门，还是告诉他了。

"为什么赛维特不去，而需要您亲自去接呢？"艾勒苏说。唉，在简森毫不在意地离开赛兰拉以后，赛维特可是再也不想见到她了，更别说去喊她回来，可是，这一切，艾勒苏并不知情。

没错，就在去年晒干草时出了事，英格尔就像她承诺的那样拼尽全力补救，丽奥波尔丁也赶来帮忙，而且还有一台用马拉着的耙草机器。赛兰拉不仅面对着数不清的十分重的草，还面对着一片大草地，这让它变成了一片看不到边际的广阔地带。女人们的事情太多了，割草是每日的必备工作，之后还要照料牛羊，准备一日三餐，制作黄油和奶酪，烘焙面包，洗衣服，等等，母女两人每天都从早忙活到晚。因此艾萨克打定主意，为了明年不重蹈覆辙，一定要尽最大的努力请回简森。英格尔现在变得理智多了，对于这件事情她也没有多说什么，就说了一句："就按照你的想法来做吧。"是的，英格尔终于变回了以往那个通情达理的她，虽然这的确花了很多时间。这个冬天让充满愤怒和想肆意宣泄情绪的英格尔冷静了下来，可她如今仅存着一点儿必要的温度。铁匠的老婆能说英格尔什么坏话呢？她平素最敬重英格尔了。不完美的外表让她在自己的黄金时代里错失了年轻的乐趣，然后又因为人为的环境，她又失去了作为人妇的美好的六年，但她在中年的时候误入歧途又有什么奇怪的呢？这表明她仍然具有生命力。英格尔走了歪路，迷失了自己聪明善良的本性，变得邪恶了，可是，或许，她比铁匠的女人好多了。

父子两人继续驱车来到布理德·奥森的客栈。现在已经到了晚上，他们把马拴在棚子里，自己走了进去。

布理德·奥森租下了这所原是商店老板外屋的房子，将它改装成了两间客厅和两间卧室，地点也很便利，所以常常有生意上门，有人来喝咖啡，也有为等船而寄宿的。

布理德好像突然运气变好了：他得感谢他的妻子帮助他找到了合适的营生，开咖啡屋兼客栈都是他妻子那天在布里达布立克拍卖会上卖咖啡的时候突然想到的好点子。卖东西能真实地感受到钞票在手上，这真是一件太让人开心的事情。自从他们下山在这里开店，生意做得风生水起。卖咖啡，提供住宿给一些找不到地方休息的人，布理德的妻子简直像行者们的福音。她还有一个已经长大且学会服侍人的女儿凯瑟琳，她可是一位得力助手。当然，她也不会永远待在父母的店里，再过一阵子她应该就能找到一份更好的工作。不过最重要的事是他们目前的收入很可观。店铺刚开始的时候非常顺利，如果不是配咖啡的蛋糕和甜点的货不够，应该做得会更好。因为通常过节的时候，店里的客人来喝咖啡，都会再来点儿饼干和蛋糕，这可让店老板吸取了教训，下次绝不会重蹈覆辙。

卖剩的咖啡和蛋糕成了他们的食物，布理德一家人都觉得自己都过上了好日子。靠着这些，不仅他们活了下来，孩子们看起来也变得文雅精致。村里的人都说，蛋糕和点心可不是每个人都能吃上的东西。看来，布理德的日子是越过越有滋味了，他们甚至还养了一条会到处跟客人讨食的狗。那条狗长得越来越胖，成了一条肥壮的好狗。它就是这家店的活招牌，它到处晃悠，别人一看见它，就知道这家店里的食物到底有多丰盛了。

布理德在家中，是扮演着丈夫的角色，在外面他还有别的身份。曾经的一段时间里他工作繁重，因为他当上了区长的助理和代理人。可惜的是，他女儿巴布罗和区长夫人在去年秋天仅仅因为一只跳蚤而闹翻了。自此之后，布理德就不像以前那样受欢迎了。但最后布理德也不觉得自己有多大的损失。他自己说过，现在有为了气气区长，经常来找他去工作的人，例如，当医生的司机，做牧师，等等。每次杀猪的时候，他们总是开心地叫布理德过去。诸如此类的事情太多了。

即使如此，偶尔布理德一家人也会遇上有困难的时候。可是，多谢上帝，还好布理德没那么敏感。他说："孩子们都慢慢长大了。"虽然很快他们就会被新的小孩们替代。成年的孩子可以到外面自己谋生，还能偶尔补贴家用。巴布罗嫁到了曼尼兰，而赫尔吉则选择在鲱鱼渔场工作，他们惦记着家里，会不时地寄过来一些钱或是值钱的东西。上个冬天，家里很困难，在家当侍应的凯瑟琳都把一张五克朗的钞票塞给了她父亲。布理德不禁说："她是我们的好女儿！"布理德到最后也没问凯瑟琳这钱的出处或是用途。孩子们总是挂念着自己的父母，在他们需要的时候伸出援助之手。

可是在这方面，布理德对他的儿子赫尔吉就感到不满了，因为他总是在店里和一些人说孩子应该孝敬父母这些大道理。"你们说我的儿子赫尔吉，我知道大家都有年轻气盛的时候，所以他偶尔抽烟喝酒，我也能包容他，可是他不该在信上只写一些祝福的话语，更不该让他的母亲因他伤心落泪。年轻人怎么能选择这样一条路？这和以前完全不一样，孩子们一成家立业就要补贴家用才是正确的。难道他们忘了是谁生下他们，养育他们，并费尽心血地把他们培养成人的？不正是父母吗！"

就像听到了父亲讲的这番话似的，没过几天，赫尔吉便来了一封家书，里面还有整整五十克朗的钱。然后布理德就拿着钱肆意挥霍了一阵，他们不仅买了鱼和肉，还买了一盏灯，挂在了最好的房间的天花板上，满堂通明。

他们努力过着日子，别无所求。虽然布理德勉强地维持着生计，可他们也没有什么需要担心的事情。对他们来说，这已经足够了。

"哟，这可真是稀客！"布理德说道，他将艾萨克和艾勒苏带到那间刚装了新吊灯的房间去参观，"艾萨克，我真没料到能见着你来，你自己似乎从不出门的，是吧？"

"对，只是到铁匠家去办点儿事而已。"艾萨克说。

"哦，那艾勒苏呢，又要去南方？"

艾勒苏住惯了旅馆，只见他把衣服挂在墙上，点了咖啡。他父亲把食物在一个篮子里放好后，凯瑟琳端着咖啡进来了。

"凯瑟琳，可不能向他们收钱，先不说我在赛兰拉吃了不少东西，我可还欠着艾勒苏钱呢。"布理德这么说道。可是艾勒苏还是坚持得付钱，在付了钱之后，他还习惯性地付了二十东欧德小费。

艾萨克到街道对面铁匠家去，而艾勒苏留在原地。

出于礼貌，他同凯瑟琳说了几句话，但显然他更愿意和她父亲聊。不，由于曾经有女人给艾勒苏留下阴影，他现在对女人已经不感兴趣了。他应该不会再为女人动心，因为他与女人已经自动保持距离。他像荒野中的一个怪人：有一双会写字的手，是一位文质彬彬的绅士；喜欢精致的小物什，像一个女人一样，喜欢用手杖、雨伞，习惯于穿靴子。一个被吓怕过的不婚者，以至于他的上唇从未长出胡须来。是生于富人之家的年轻人被世俗的环境给熏陶了，所以变坏了，还是被办公室和商店的艰苦给改变了，让他失去了自己的本性？是的，也许是这样的。总之，现在他变得平庸柔弱，麻木不仁。只能听从上天的安排过日子了。他已经失去忌妒每一个同在荒野里生活的灵魂的雄心。

凯瑟琳问他是否又要到南方去看望心上人，因为她习惯了和客人开玩笑。

"我可还要考虑别的事情呢，这次出去是为了接洽生意。"艾勒苏说道。

"不要如此随意，凯瑟琳！"她父亲教训道。布理德·奥森理所应当地对艾勒苏毕恭毕敬，因为他在斯多堡还欠着钱，赊着账，这不正说明了他的聪明嘛。可艾勒苏也很享受别人的尊敬，所以他也礼貌文雅地回礼，总是笑着称呼布理德为"我亲爱的先生"。
"当我们路过布里达布立克时，我才记起得带伞。"

布理德问道："今晚是否可以到店里喝一杯？"

"嗯，也许可以，但我父亲应该会和我一起。"艾勒苏回答。

布理德勉强地笑了一下，继续说："后天要去美国的人要来。"

"你的意思是他已经回过家了？"

"是的，这些年他都在外面。在这个冬天，才总算回家了。他家就在这个村子上面，他已经把他那只漂亮的箱子用车子运下来了。"

"我也有过去美国的念头，虽然只有一两次。"艾勒苏坦白道。

布理德惊讶地说："你到那里去干什么呢？根本没有必要啊！"

"关于这个，我并不是就直接居住在那边，而是我已经走过很多地方，所以也想去美国看看，游玩一下。"

"嗯，这当然很好啦。听说美国钱多物丰。就像我刚才提的那个人，他在不久前的冬天可是花了不少钱花天酒地呢。到了我这儿，就说：'给我上一壶咖啡，拿出你所有的蛋糕。你想看看那只漂亮的箱子吗？'"

他们走到过道里去看那只简直是人间奇物的箱子，整个箱子的每一角都由金属制成，还包着闪亮的薄片，闪闪发光。箱子下面有三个支撑架搭着，甚至还配一把锁。布理德说："这就是防盗锁吧。"

他们回到房间，艾勒苏因为这个美国佬而陷入沉思，因为这个美国佬比他厉害，他感觉和这个人一比他自己什么都算不上。不过对布理德来说，他能同高级官员一起外出交游，已经是可以惊呼的大事了。艾勒苏又要了些咖啡和蛋糕，为了摆摆阔，把蛋糕都拿给狗吃了。可他觉得自己哪里有别人气派，他没有那么华丽的箱子，只有一只连边缘都磨破了的帆布包！这和别人怎么比。他又想到，等到了城里我也买一只华丽的箱子，走着瞧。

"拿蛋糕喂狗有点儿浪费了呢。"布理德说。

艾勒苏一听，心里瞬间舒服多了，他又可以炫耀了。

"真是太奇特了，一只畜生怎么能被养得这么壮。"他说。

奇怪的想法一个接着一个，艾勒苏不再和布理德讲话，而是跑到了外面的牲口棚里去看马。他在那儿从兜儿里掏出了一封信，打开后没看里面装了多少钱就马上收好了。以前就有收到过这样的家信，一般里面都会夹着一些对路上的他来说很有帮助的钞票。可是这到底是什么？没有钞票，只有一大张灰色信纸。上面除了涂满了小丽贝卡写给自己的话和母亲的几句话就什么都没了。

他母亲告诉他：卖铜矿的钱用来买斯多堡，买货品，还用作给他四处游玩的旅费，等等，现在已经所剩无几了。家里已经没有多余的钱给他了，还有些剩的钱总得留着给弟弟妹妹。所以这次旅行得靠他自己了。祝旅途愉快。爱你的母亲。

没有钱！艾勒苏把斯多堡里为数不多的现金都拿来了，但他的路费还是不够。噢，他还愚蠢地把本可以慢慢付清的钱一次性付给了卑尔根的商人。当然，如果他在出发前就拆开信，他就不会带着箱子下山到村里来了。可是现在的他进退维谷……

把铁匠家的事情谈妥后，他父亲就回来了，简森准备明天一早就和他一起回去。看哪，简森就是一个那么容易被说服的人，很快就明白赛兰拉在夏天需要人手，所以做好了充足的回去的准备。

他父亲说着话，艾勒苏却心事重重。他把那个美国人的箱子给他看了，说道："我真希望能去美国。"

他父亲答道："也许那样也不错。"

第二天早上，艾萨克已经做好了回家的准备：在车里放好食物，然后去接简森和她的箱子。艾勒苏看着他们走进了树林里，直到离开他的视线，他才回来，付完钱之后，还多加了小费。"我把箱子先寄放在这里，之后再来拿。"他跟凯瑟琳说，说完便走了。

那艾勒苏去了哪里？他又朝家里走去，毕竟那是他唯一可以去的地方。回家路上，他留心不被父亲与简森看到，一直悄悄跟着他们走。艾勒苏为此都嫉妒生活在荒野中的人了。

真是可惜，艾勒苏竟然变成了这样。

不禁问道，他不是经营着斯多堡的生意吗？怎么会这么落魄呢？事情是这样的，在斯多堡的生意并没有赚到什么钱。艾勒苏借着接洽生意的名义到处游山玩水，外出的时间实在是太多了，并且他还不喜欢"穷游"。"不能吝啬。"艾勒苏说道，给十欧尔就可以撑场面的时候怎么都得给二十，可他的这些高等品位和他赚的钱根本不成正比，因此艾勒苏只能向家里伸手要钱。斯多堡拥有足够的农田，可以生产足够的马铃薯、小麦和草料，但另外的副食都得靠赛兰拉供应。这还没结束，赛维特还得免费替他哥哥从轮船上把货物卸了，再运上山。这还不够，为了供他出游，他母亲还得到他父亲那里去给他拿路费。

　　这还没结束，最坏的事情还有呢。

　　艾勒苏根本不会经营生意。他得意着人们从村里到斯多堡去买东西，他答应所有人提出的赊账请求。这事被大家知道以后，越来越多的人上山来买东西，可是，他们都不付钱，而是赊账。这样的结果当然是生意失败。可艾勒苏却表现得十分随意，那就这样吧。店里没有商品了，那就再买点儿东西装上就好了。可这些又是谁来买单？当然是他父亲。

　　"艾勒苏是家里最聪明的孩子，他才刚开始做生意，我们不得不帮帮他？再想想他才花了那么一点儿钱便将斯多堡买下，而且一开始就直接定了价钱！"在开始的时候，他母亲还会像这样为他讲好话。当他父亲觉得他的生意经营得不好时，她又为他辩护说："你怎么能够说出这样的话呢？他可是你儿子啊！"艾萨克说艾勒苏好像忘了自己的身份。

　　他母亲是见识过大场面的，她很清楚艾勒苏已经过惯了上等社会的生活，再让他回到荒野他会很不适应，也根本找不到和自己志同道合的人。他选择做生意的本意并不是要将父母的钱全部败光，他其实也是冒着风险的，毕竟谁也不清楚那些生意人是否都是讲诚信的老实人，不过，他自己本身倒是个善良诚信的实在人。他选择做生意也只是要帮助那些生活水平比自己差的人的一种方式罢了。毕竟，谁不知道他是一个凡事亲力亲为的人？你瞧，他的白手帕可是很经常洗的呢。当人们提出要向他赊账的时候，都是怀着一颗信赖的心，若是他丝毫没有考虑就直接回绝说："不可以"，那么很可能别人就会误认为他不再是那么高贵的人了。同样地，他的优越感赋予了他同等的责任，他可是同胞中唯一一个在城里长大的，是他们当中的天才。

没错，他母亲将这一切都牢记在了心里。

但是他父亲却一点儿也不理解。等到家里卖矿的钱基本花完的时候，说不定他母亲才会幡然醒悟，到那时他父亲就会说："家里已经没钱了。"

"钱都花哪儿去了？怎么就剩这一点儿了？"他母亲问道。

"全部被艾勒苏花掉了。"

她拍了拍空空的手掌，只得表示艾勒苏以后得自力更生了。

时间流逝，青春转瞬即逝，风水轮流转，他变成了可悲可怜的艾勒苏。或许，要是他是一个一直在田里耕作的人还好些。可现在，他虽然是个善于书画的人，但却没有远大的目标和深刻的内涵。可就算这样，我们也不能说他是十恶不赦的罪人。你会发现很难去评价这个人，他没有什么雄心壮志，对恋爱也并无追求，你甚至无法说出他到底坏到什么程度。

或许是命运执意地和他开着玩笑，他的内心似乎一直在被什么东西腐蚀着。如果不是那个工程师在他小时候注意到他，并把他带出去"好好培养"一番的话，或许现在艾勒苏会是不一样的样子吧。没想到时过多年，这孩子长大了，却没有志气抱负，还得迎接苦难。这是因为他总是渴求着一些他自己抓不住的东西，一些向着黑暗的东西。

艾勒苏不停地走着，在车上的人驾着车绕远路来到斯多堡。他想他回来又能干什么呢？守着自己的家，自己的交易站，自己的店吗？车里的两人在傍晚的时候到了赛兰拉，他也一路跟着到了。赛维特在院子里看到简森的时候一脸震惊，两人笑着握了握手后，赛维特把马牵回了马厩。

被视作这个家里骄傲的艾勒苏鼓起勇气偷偷溜上去，他在马厩里碰上了赛维特，轻声对他说道："是我。"

赛维特看着眼前的哥哥，再一次感到了震惊，说道："怎么连你也回来了！"

兄弟俩小声地交谈着。艾勒苏想让赛维特向母亲去要点儿钱当路费，当然，他保证这是最后一次。他已经厌倦了这种生活，很早以前，他就起了这个念头。他想逃离，去往美国。就是今晚，他要踏上这段漫长的旅程。

"你说什么，我没听错吧，你要去美国？！"

"你别这么大声，我已经决定了，不能再这样下去，我要远走高飞找寻新的生活。你现在要帮我，向母亲要些钱。"

"但，那可是美国，太远了，你不能去啊。"赛维特反对道。

"我已经决定要走了。如果现在回去，还可以赶上这趟船。"

"那你总得先吃点儿什么吧。"

"不，我不饿。"

"那连休息都不休息一会儿？"

"不了。"

赛维特用他最大的努力挽留哥哥，可艾勒苏坚决要走。赛维特心想，今天到底是怎么回事？先是见到了以为不可能再见到的简森，现在又听到艾勒苏要离家出走，离开这个地方，前往美国的消息。这一切都太让他感到震惊了。

"你要怎么处理斯多堡呢？"赛维特问道。

"留给安德森吧。"艾勒苏说。

"为什么要给安德森？"

"他应该是要娶丽奥波尔丁的吧？"

"这我倒不是十分清楚，可是没准他就是这么想的。"

他们一直小声地交谈着，赛维特认为最好把父亲叫出来让艾勒苏可以和他当面谈，艾勒苏压着声音说道："不行，绝对不行。"艾勒苏觉得自己可不是那种可以直接和别人交涉的人，他现在需要的是一个能够传递信息的中间人。

"我明白了，我可以帮你，但是这最好不让母亲知道，你也知道她的脾气，要是她知道了，肯定挂着两行泪珠，嘴上还数落着你呢。"赛维特说。

"是的，不能让她知道。"艾勒苏说道。

赛维特离开了很长时间，回来的时候带了很大一笔钱。"给你，这可是他所有的钱了，你觉得够了吗？你点一点吧，他没数过有多少。"

"父亲他说什么了？"

"他什么都没说。你等我一会儿，我拿上几件衣服和你一起下山。"

"你还是回去睡觉吧，我一个人走就行了。"

"我知道你是因为怕黑才不让我走的吧。"赛维特尽力地开着玩笑，让这个离别的时刻变得高兴些。

他一会儿就穿好衣服出来了，肩上还扛着父亲用来装食物的篮子。他们出去的时候看到父亲站在外面。

"看上去你准备走了？"艾萨克说。

"是的。但我还会回来的。"艾勒苏说道。

"时间不早了，那我也就不留你了。"那个老男人模模糊糊地说完，就转过了身。

他用他异常沙哑的声音说："祝你一路顺风！"说完就马上离

开了。

兄弟两人沿着下山的路走着，走了没几步，就坐下来开始吃东西。艾勒苏太饿了，他狼吞虎咽地吃着。这是个晴朗的春日夜晚，听着黑松鸡在山顶上嬉笑打闹，听到这亲切的声响，让这个即将离开的移民一时间失去了离开的勇气。艾勒苏缓缓地说："今天晚上可真不错，你还是现在就回去吧。"

"嗯。"赛维特答应着，却继续陪他往前走。

他们到了布里达布立克，在途中经过了斯多堡，山里到处传出不像城里军乐的声音，但这种声音却在宣告：春天来了。就在这时，一只在树上的鸟儿突然嘶叫了一声，惊醒了其他的鸟儿，最后所有的鸟儿都发出了悦耳的叫声，都可以比作是一首歌、一首赞美诗。这个即将离开祖国的人，心里突然泛起一阵思乡之情，这时，他内心最柔软的地方突然被触动，变得无力。可那是美国，最适合他待的地方。

"赛维特，你回去吧。"艾勒苏说。

弟弟说："那我走了，你保重。"

他们在树边坐了下来，在这儿可以看到下面的村子、商店、码头还有布理德的店。看着那边的轮船，周遭围着人，准备上船。

"我可没有时间再坐在这里了，得走了。"艾勒苏说完站了起来。

"说实话，我从没想过你会离开这里去美国。"赛维特说。

艾勒苏答道："你等着我吧，我一定会回来的，到了那时候，我会带着一个更漂亮的箱子回来。"

到了道别的时候，赛维特把一个纸包塞给了艾勒苏，艾勒苏问了这是什么，他没回答，只说"记得常常写信回来"就离开了。

艾勒苏打开纸包，看到了那块二十五克朗换来的金币。

他冲着赛维特离开的方向喊道："我不能要这钱，你不用这么做。"

赛维特走了没一会儿，又回到刚才的树林坐下。他看着港口的轮船，那里的人比刚才更多了。旅客们正在登船，他看到艾勒苏也走了上去。终于，轮船起航，他看着船越来越远，对着那里说："艾勒苏，再见了，好好在美国活着。"

艾勒苏这一去就再也没回来过。

第三十一章

　　一支非常显眼的队列不断接近着赛兰拉，起初人们都当作笑话来听，可实际上真是大错特错了。三个男人的肩膀上挂了很多沉重的袋子，袋子就这样耷拉在他们的胸膛和后背上。尽管他们被重物压得直不起身，但三人一路上还是笑声连连，不甘落后地向山上走去。小安德森作为店里最老的店员，一直走在队列的最前方。不过这也很合理，毕竟这支队列是他带头组织起来的。当然，组织者还有赛兰拉的赛维特和布里达布立克的弗雷德里克·斯特隆。安德森在队列中很是引人注目，作为一个年轻的男子，他的肩膀已经被重物坠得无法保持平衡，夹克的领子也都挤到了肩膀的一侧，可他还是咬着牙坚持着，脚步一刻也没有停过。

　　斯多堡和艾勒苏都有遗留下一定的产业，他是最有资格得到的人，嗯……也不一定，可是安德森还没有凑够足够多的钱来支付，所以只好先缓缓，万一以后能免费得到呢。安德森是个聪明人，他选择了依靠自己的力量暂时管理这个地方。

打扫仓库时，发现仓库里竟然堆积了很多存货，都是艾勒苏没有能力卖出去的东西，比如牙刷、印花桌布之类的生活用品。当然，还有一些其他奇怪的东西，就像是装有弹簧，一捏就乱叫的小鸟。

事到如今，他也只好背着这堆东西出发，翻过高山去矿上，把东西卖给矿工们。他之前有给阿龙森帮忙看店，所以知道有钱的矿工们想买什么就买什么。很遗憾，艾勒苏在卑尔根订购的那六匹摇晃的木马实在是背不了了。

商队最终到达了处于拐角处的赛兰拉的院子，之后就把所有的货物卸了下来。他们并没有在这里停留太长时间，三个人只是喝了杯牛奶，假装出一番在这里卖东西的样子，之后就又挑起重担离开了。他们的离开不是为了迷惑人心，而是真正地离开，穿越树林，一路向南。

直到中午，他们才稍稍停下脚步歇息、吃饭，一吃完就立刻继续前进了，一直走到了太阳落山为止。天渐渐黑下来了，三个人只好堆起柴点上火，露宿山头，偶尔躺在地上眯一会儿。赛维特躺在一块巨石上，那块巨石被他称为圈椅。哦，赛维特真是聪明极了。巨石被太阳照射了一天，傍晚时，上面还留有一些余温正合适睡觉。可与他同行的伙伴就不如他聪明，并且还不听他的劝告。他们依旧睡在草丛中，不过很快就被冻醒了，一个劲儿地打着喷嚏。一夜过去了，三个人匆匆忙忙吃过早餐后就又继续前进了。

他们很用心地听着周围的声音，不放过一丝爆炸声，就是想早日到达矿上，见到矿工。按道理，矿应该早就开到这里了，经过水边到赛兰拉的方向也挖了一段很长距离了。可是他们三个什么声音都没有听到，一上午过去了，他们连一个人都没有见到过，只看到地上有一个个被挖开了的洞穴。这暗示着什么呢？想必沿着洞穴走去，会找到很丰富的矿砂吧。他们一定是挖到了某些重金属，要不然不可能挖那么多洞穴。

到了下午，他们又发现了几个矿地，可是依旧没有发现一个矿工，他们只好接着向前走。夜幕降临，他们竟然走到了海边，隐隐约约能听见"哗哗哗"的声音。几个人坚持不懈地前进着，走过了荒芜的废矿地，可是什么声音都没有。真是太令人费解了，可是又有什么办法呢？他们只知道，晚上又要露宿野外了。几个人开始感到不安，于是谈论着：不再开矿了吗？他们要掉头回家了吗？"大家不用怕。"安德森安慰道。

第二天早上，一个面容憔悴的男人进入了他们的帐篷，然后皱着眉头目不转睛地盯着他们。"你是安德森，对吗？"男人问道。没错，这个男人就是曾经的店老板——阿龙森。几个人给了他一杯咖啡和一些食物，他欣然接受，之后便坐了下来。"我从下面看到这里冒着烟，所以就上来瞧一瞧。"他说，"真没想到能碰见你们，我还以为是那群失去理智的矿工想明白了，重新开工干活儿了。你们这是要去哪儿？"

"这儿就是我们的目的地。"

"你们拿的是什么？"

"一些小东西，什么都有。"

"东西？"阿龙森喊道，"你们想卖给那些矿工？现在连人都没有了，卖给谁？那些矿工上周就都走了。"

"走了？都走了？"

"是啊，一个都不剩。我的仓库里还存了很多东西卖不出去呢。你们有什么需要的吗？我可以卖给你们。"

哦！店老板阿龙森再一次窘迫起来，毕竟已经停止开矿了。

他们接连不断地递给他咖啡，想让他平复一下不安的心情，之后再仔细地打探一下消息。

阿龙森无奈地摇了摇头，说："事情发生得既突然又复杂，我还真不知道该从何说起。"他还表示他之前的生意一直很好，每天都能卖很多东西，挣很多钱。村民们也都跟着矿业沾了些光，很多人都发了财，生活过得越来越好。不仅如此，村里还建立了一个新校舍，每家每户都安上了吊灯，穿上了原本只有城里人才穿得起的高筒靴子！谁知道，矿上的那群领导人竟然说什么开矿挣不到钱了，所以一夜之间，所有的矿都关了。不挣钱？他们之前挣的不是钱吗？爆破出来的东西不是铜矿吗？真是可笑，一群骗人的东西。"他们是不会顾忌我们的想法的。你说，矿关了，我们该怎么办啊？唉，我跟之前没什么两样了，他们说对了。最大的罪人就是吉斯勒，如果他不来，矿上就不会停工。真是的，也不知道他听到了什么谣言。"

"吉斯勒？他也在这里吗？"

"当然在这儿。真想杀了他。他来到的那天，一下船就去山上找工程师了，说：'怎么样？一切都好吗？'——'到目前为止，没出现任何问题。'工程师答道。听完回答后，吉斯勒并没有离开，而是一直站着不动，之后又问：'嗬，你确定？'——'嗯，我非常确定。'工程师答道。不管你信不信，不一会儿，吉斯勒坐的那艘船上带着的邮筒就到了，工程师收到了一封信和一份电报，意思就是开矿已不再挣钱，必须立刻关矿。"

远征的三个人听完这些话后显得不知所措，有些泄气，不过领导者安德森还很有信心。

"你们还是尽早离开这儿吧。"阿龙森劝告道。

"离开？不可能。"安德森边说边收起咖啡壶。

阿龙森震惊地看着三个人，一个一个地看了个遍，之后说："一群疯子。"

你们看，安德森已经完全不把他前任老板的话放在心上了，他只为自己而活着，他就是自己的主人。这支远征军是他亲自建立起来的，花费了他不少的人力、财力。现在一点儿事都没办成就回去，还不得让人笑话死，以后还怎么树立自己的威严。

"好吧，那你们今后要去哪儿？"阿龙森感到很生气。

"不一定。"安德森答道。其实，他的心中早有了答案。三个人彼此陪伴着，他们带的货物中不乏玻璃串珠和戒指之类的小商品，或许能卖给当地的村民。"一切都会好起来的。"他跟其他两个同伴说道。

或许阿龙森早上就意识到了，不过都已经走了那么远的路了，再往前走一走又何妨？最后确定一下还有没有开着的矿、没离开的矿工。可是，现在那几个人要继续向前走，肯定会影响他卖东西，为了自己的利益他一而再地劝他们放弃。阿龙森气得浑身发抖，蹿到了队列的最前方，冲着他们大声谩骂，想让他们赶紧离开。然而他并没有得逞，因为队列很快就走到了矿区中心的茅屋前。

矿区中心搭着很多临时茅屋，可如今里面一个人都没有。开矿的工具和器械都被堆在了屋檐下，长杆子、厚板子、破旧的马车和吃饭用的炊具扔得满地都是，其中有几扇门上还贴着"闲人禁止入内"的告示。

"你们瞧！"阿龙森大声吼叫着，"我跟你们说这里没有人，你们不相信，现在知道我没骗你们了吧。这里真的一个人都没有。"之后，他又面目狰狞地吓唬那几个人说："我现在就去把区长找来。"他这个人没什么怕的，他们去哪儿他就会跟着去哪儿。他发誓他一定要找到他们做非法生意的证据，然后让他们遭受奴役之苦或者卖给别人当奴隶。

忽然，一声"赛维特"传入了他们的耳朵。哦，原来这个地方还有人住啊，不是一片纯粹的荒芜之地。一个男人正站在房子旁边，摇晃着手示意他们过去。赛维特背着沉重的货物走了过去，之后才恍然大悟，原来那个人是吉斯勒啊。

"真没想到能在这儿遇见你啊，我真是太开心了。"吉斯勒说道。他面色红润，鼻梁上架着一副墨镜，因为他的眼睛不太好，受不了强光的照射。他还是跟原来一样善谈。"真是太好了。"他说，"看来我不用再去赛兰拉了，我还有很多事情要处理呢。阿尔曼宁荒原现在住着几户人家？"

"嗯，十户。"

"十户？很好，这已经足够了。你的父亲很优秀，国家需要像你父亲一样的人才，三万两千名才能变得更强大。我说的可都是实话，毕竟我算了那么久，不会算错的。"

"赛维特，还要继续往前走吗？"那两个还等着的人问道。

"当然不走了。"吉斯勒听到这个问题后厉声喝道。

"等我一会儿，我马上回来。"赛维特边说边卸下重物。

两个人只好停下来，互相说着话。吉斯勒看起来心情很不错，精神焕发，嘴巴一刻也停不下来，只有赛维特插话时他才不得不停一下，不过等赛维特说完后他又会继续说。"真是太开心了，我必须再重复一下我的喜悦。什么事情都变得顺利了，此刻遇见了你，我就不用再去赛兰拉了。家里一切都还好吗？"

"还不错，谢谢您的关心。"

"搭在牛棚上的草料间盖完了吗？"

　　"都已经搭好了。"

　　"那就好，最近有很多事必须要我亲自去处理，忙得要死。比如说此刻咱俩坐着的地方，你觉得如何，赛维特老弟？一座被遗弃的城镇，想当初，这可是人们付出了很大的代价才建立起来的啊，说实话，这件事都怪我。是啊，我只不过是这个工程的代理人罢了。你还记得吗？小时候，你父亲送给你了一块石头，你总是拿着它玩耍。就是从那时开始，我成了代理人。我心里很明白，人们都能买得起这些石头。没错，我自己开了个价格，之后把它们收入囊中。之后，石头被不停地倒卖，结果损失了很多钱。一晃那么多年过去了，如今，我又回来了。我回来的目的就是把这里再买回去。"

　　吉斯勒停顿了一下，又转头看了看赛维特。最终他的视线落在了麻袋上，问道：

　　"麻袋里都是些什么东西？"

　　"商品，我想把这些商品卖给下面的村民。"

　　吉斯勒并没有认真听他的回答，显得很心不在焉。他接着说："之后把它们买回来，对！上次的那笔生意是我儿子做的，他把它们都卖光了。他年龄和你差不多大，都那么年轻。他是我们家庭中的闪电，我是雾，心里清楚自己的职责却不想去做。他这道闪电已经去工商界工作了。上次就是他把我的矿地卖掉的，我比他懂的事情多，他真的是什么都不明白，他只是一道闪电而已，赢在了动作迅速，就是一副现代人的作风，可闪电都是转瞬即逝的。瞧瞧你在赛兰拉的家吧，瞧瞧环绕在你们四周的那一座座山峰吧。那里的一切都没有什么价值，只有破旧的矿区和光秃的山峰。但是，它们依旧是我们的朋友。你站在这里，上边是天下边是地，你已经被融合

416

进它们的世界里，跟所有古老的东西生活在一起。不用手握利刃，可以放下你的戒备心。这样，你们就能够和谐共处。哦，这就是大自然的魅力，彼此善待，共享欢乐。人类和自然本身就是一体，他们不会抛下任何一方，只会共同前行。你们赛兰拉一家人生活得也是如此。有原野、森林、湿地、草原，对了，还有天空和星星。其实，它们一点儿都不渺小，毕竟是数不清的。你听我说，赛维特，你要学会知足。你的生活有保障，前进的目标也很明确，你甚至还有崇高的信仰。你的母亲生下了你，你肯定也会哺育下一代，你是大地所器重的人啊——并不是每个人都能受到大地的器重。因为大地需要你，大地依靠你们延续生命，是你们让生命永世永代地传下去。你们死后，你们的子孙会传承你们的责任，继续延续生命。这就是永生的真正含义。你在这个过程中有获得什么吗？答案是有的，你得到了永生的纯洁和正经的生活。除此之外你还会得到什么呢？你们赛兰拉一家人可以不受法律的约束和管辖。你们人人平等，有一样的义务和权利，还有同样的友善。这就是你们获得的全部东西。你可以依偎在母亲的怀抱中，吮吸着香甜的乳汁，把玩母亲温暖的双手。你的父亲呢，是三万两千人中的一分子。其他凡夫俗子呢？我多少有点儿能力吧，可是却像雾一样到处漂泊，有时可以发挥滋润旱地的作用。可是其他人呢？比如说我儿子，他就像转瞬即逝的闪电，行动力很强罢了。"

"没错，我儿子的形象就是我们这个社会中很多人的形象。他不会质疑他学到的知识，不管是犹太人还是美国人教的。对于那些知识，我只能无奈地摇摇头。可我并不认为我儿子是个难以捉摸的人，老实说，我只有在家时，摇头才像雾。其实，我没有能够反悔的特异功能。假如有的话，那我现在一定是道闪电。很可惜，我没有，所以我只能是一团雨雾。"

一瞬间，吉斯勒像是振奋起来了，问："搭在牛棚上的那个草料间盖完了，对吧？"

"是的，盖完了。我父亲打算再建一座新的房子。"

"再建一座？"

"对，家里来了客人的话可以住在那里。哦，他还说过，万一哪天吉斯勒再回来了呢？"

吉斯勒安静地想了想，坚定地说："很好，那我就再去一趟吧。嗯，我一定是要去的，你跟你父亲先说一声。不过我还有很多事情需要处理。我这次来的目的就是买地，我想好了，所以让工程师去跟瑞典人说明一下情况。我要想想接下来会发生什么。其实都一样，不用着急。那个工程师带了很多东西上来，人、马、钱、机器……你该见他一面。他觉得事情的发展会很顺利，但答案是否定的。他认为挖的石头越多就越挣钱，他现在做的自认为最聪明的事其实是最蠢的。他本以为这样做可以帮助国家富裕起来，但他不知道的是，灾难也正一步一步地靠近他。一个国家并不需要太多的钱，有一些就足够了。国家缺少的是人才，像你父亲那样的人才。那些用尽一切见不得人的手段达到自己目的的人还在得意扬扬。真是一群疯子！他们从来不劳动，也不耕地播种，一门心思玩掷骰子。他们疯狂地赌钱赢利，结果到头来都是一场空，他们活该，是不是？你看他们啊，真是什么都敢当作赌注！可是他们这样做对吗？赌博不是勇气啊，就连鲁莽的勇气都不算，只是惶恐而已。你清楚赌博的含义吗？赌博就是恐怖，你额头上冒出来的汗珠就是赌博。他们没有正确认识到的是，他们脱离了生活，急于求成让他们走在生活的前面，把自己像楔子一样刻在生活中。他们周围的人就会说：快停下脚步，东西坏了，快点儿修一修吧。周围的人让他们停下来！可是他们一旦停下，必定会和生活相撞。因此，他们就开始发牢骚，说生活多么不公平，生活多么可恶。每个人都有自己的脾气和性格，就像有的人会埋怨生活，而有的人则平静地接受生活，但绝对不会有人恨生活。我们不要对生活有那么严苛的要求，要用一颗怜爱之心看待它，永远与它为伍。做不到的话就想想那不要命的赌徒吧，看看生活是怎么容忍他们的。"

吉斯勒再一次充满斗志，说："行吧，让一切都随风，不管它了。"他说这句话的时候喘得很厉害，可能是太累了吧，但他还是继续说，"我们下山吗？"

"当然。"

"不用着急，我们可以在这山上再逛逛。赛维特老弟，我可记得你答应过我要陪我一起爬山的。你有没有闻到什么气味？嗯，真是一种熟悉的味道。我一年半前在嘉木桥上的谷仓中时，曾闻到过这种气味。算了，不管了。我们赶紧去山里吧。你背的那个包可真是太不方便了，包里有什么？"

"商品，安德森打算卖出去。"

"好吧，我是个很清楚该做什么但不愿去做的人。"吉斯勒说道，"就是因为这个，我只能成为一团云雾。我想趁早把这块矿地购买回来，这是有可能的。可假如我真的买回来了，我肯定不会冲天空喊'空中铁道''南美洲'哦，还是让赌徒去说这些话吧。附近的人说我是魔鬼，我不过是比他们先知道矿区关闭罢了。我一点儿也不难揣测，相反，我是个很简单的人。蒙大拿拥有了一块新的铜矿区，这就是他放弃这儿的原因。这个生意就是在赌博，但是美国人比我们更有先见之明。我们这儿的矿资源并不丰富，他们在南美洲断了我们的后路啊。我儿子是一道闪电，他打探到了消息，所以我赶紧飘了过来。事情就是这样，一点儿也不难理解，对吗？我也就比瑞典人早几个小时得到消息，就是那么简单。"

吉斯勒费力地喘着粗气，之后站了起来，说："你要是下山的话，就跟我们一起吧。"

最终他们决定一起下山。吉斯勒耗尽了体力，所以只能慢腾腾地跟在后面。不一会儿，远征队就停下了脚步，原来已经到了码头。弗雷德里克·斯特隆精神头很好，开起了阿龙森的玩笑："卖给我点儿烟草吧，我的都没了。"

"不可能，我是不会卖给你的。"阿龙森恐吓道。

弗雷德里克哈哈大笑起来，之后抚慰道："阿龙森，别那么伤感。我们的想法是让你看着我们把这些东西卖出去。等都卖完之后，我们就回家。"

"走开，你还是先涮一涮你的臭嘴吧。"阿龙森愤怒地吼道。

"哈哈哈！你不要那么暴躁，快站好，要拍照喽。"

吉斯勒累得精疲力竭，那副墨镜也成了摆设，因为墨镜下的眼睛是闭着的。

"赛维特老弟，再见吧。我真的累到了极点，怕是走不到赛兰拉了。你先给你父亲说我现在很忙吧。以后我一定会去——嗯，就这样说吧……"

阿龙森站在他的后面，吐了口唾沫说："真该拿枪把他毙了！"

远征队卖的商品三天之内都被抢光了，挣了不少钱。尽管矿区都倒闭了，但生意做得非常顺利。毕竟村民们有一定的积蓄，并且花钱又很随意。弹簧鸟是最畅销的产品，他们买回去后就把鸟挂在了大厅的柜子上，有的人还会顺便买了一些裁剪日历的裁纸刀。阿龙森气得怒发冲冠，说："我的店里也有这些东西啊！"

店主阿龙森急得团团转，他时刻盯着那几个卖货的小贩和他们的麻袋。可是，那三个人竟学会了分头行动，阿龙森是多么希望自己能有三个分身啊。起初，他放弃了不说正经话的弗雷德里克·斯特隆；之后就沉默地盯着卖东西的赛维特；最终他还是选择盯着他的前任伙计，企图用这种方法赶走来买东西的人。唉，安德森早就看透了他的这位老板——他根本不会做生意，甚至连公平交易都不懂。

"嗬，你说什么？英国线可是违禁品，你不知道吗？"阿龙森得意扬扬地说道。

"我很清楚它是违禁品。"安德森答道，"所以，这次我一卷都没有带来。不过，我可以卖到别的地方去。不信的话，你可以搜查我的袋子。"

"随便吧。什么是违禁品，什么不是违禁品我都清楚得很，所以你不必来教训我，反正我早已给你看过了。"

阿龙森在旁边监视了一整天，终于不再盯着安德森，回家了。从那以后，他再也没有回来过。

后来那几天，他们生意做得游刃有余。那个时代女人们喜欢在头上戴假辫子，正好安德森就卖假辫子。嗯，他偶尔会把黄色辫子卖给黑肤色的女孩子，当然，也会因为没有浅色的辫子向顾客道歉。比如灰色的辫子，那可是最好看的一个颜色。三个年轻健壮的销售人员每晚都会在规定的地方报到，然后说一下自己一天的销售情况，彼此之间交换一下需要的商品。安德森有时也会拿着锉刀坐在地上，除去运动员口哨上的德国标签，抹去笔上的文字。安德森就是一个坚实的后盾，从来都是这样。

赛维特就不是这样，真是令人感到遗憾。他的商品卖不出去不是因为他懒——他很勤快，卖的东西也是最多的，只是利润很少罢了。"你就不会给商品换个包装吗？"安德森说。

确实，赛维特不会油嘴滑舌，他是个很老实的农民，特别好相处。卖商品的时候该说些什么呢？再说了，赛维特一心只想快点儿把商品卖完，早点儿卖完早点儿回家干农活儿。

"简森把他叫回家了。"弗雷德里克·斯特隆答道。春天时，弗雷德里克也要忙很多农活儿，所以时间显得很紧张。不过就算是这样，他也要抽出一天时间来跟阿龙森争论。

"这儿还有一些空的麻袋，我想卖给他。"他说。

他一个人走了进去，安德森和赛维特待在外面。突然，店里传出了一阵吵闹声，弗雷德里克很大声地笑了出来，紧接着阿龙森就打开了房门，赶走了客人。哦，弗雷德里克怎么还没出来？他一定在拖延时间，为他要说的话争取时间。果然，他们最后听到弗雷德里克在向阿龙森推销那几匹摇晃的木马。

后来，三个身强力壮的年轻人商队就踏上了回家的征程。这趟挣了不少钱，于是他们就在路上放声歌唱，也感觉不到累了，在野外睡几个小时就继续赶路。终于，他们在星期一时回到了赛兰拉。他们回来时，艾萨克已经在播种了。也对，这正是一个播种的时节，空气潮湿，太阳光照充足，有时天空中还会出现彩虹。

商队完成了他们的使命后，面临着解散——再见吧，再见。

艾萨克播着种子，他是一个憨厚朴实的男人，也没什么奇特的地方。身上穿着自制的羊毛衣服，脚踏牛皮靴，光着头播着种子，看上去很是认真。其实，他的脑袋上只是秃了一小块，别的地方头发还是很茂密的，络腮胡也长成了扇子的形状。他就是这片地的拥有者——艾萨克。

他一般是不清楚日期和月份的，再说了，他知道了也没有任何用处啊。他没有在某一天必干的事情，日历上画出来的都是奶牛产崽的日期。可是，他能准确地判断出秋天圣奥勒夫节，因为那个时节要把干草都放到屋子里；他还知道春天的圣烛节，那天之后的三周里，大熊就会出没。他知道的这些都是他必须要清楚的。

他是一个把自己的全部都奉献给大地的人啊，默默地开垦着，守护着。他从过去走来，又向未来走去。他是在这块土地安定下来的第一个开荒者，如今他已经九十岁了，可他依然是个现代人。

是啊，铜矿并没有对他产生很大的影响，毕竟挣的那些钱早就没了。当铜矿倒闭，森林变成荒漠时，财富从何说起？阿尔曼宁大荒原没有消失，那片土地孕育的十户人家也没有离去，甚至有成千上万的人要来到这里。

那里没有东西能生长吗？不，所有的东西都在那里繁衍着。人、动物、植物，什么都有。艾萨克还在播种，夕阳洒在了他手中的麦子上，那仿佛不是麦子，而是一粒粒的黄金，黄金撒在了土地上。此刻，赛维特赶来耙地，耙过来，耙过去，不停地耙着。森林和田野都默默地看着他们。这儿的一切都是那么的神圣——只为有次序地工作。

"丁零零"的牛铃声从远处的半山腰传过来，不仅如此，声音还在慢慢地靠近，夜归的牛羊回来了啊：十五头牛，四十五只绵羊和山羊，加起来一共是六十只。丽奥波尔丁、简森和小丽贝卡几个妇女都提着装牛奶的桶，拉着牛肩上的牛轭往家的方向走去，三个人都没有穿鞋子。英格尔是地主的夫人，所以没和她们一起去，而是在家里做晚饭。她身材修长，动作优雅，走来走去的样子像极了女灶神。英格尔也经历过一段惊心动魄的时光，那时她自己一个人住在城市中，而如今她还是回来了。世界那么大，飘浮着无数的尘埃——英格尔也不例外，且只是其中的一小粒。人不就是这样吗？都是那一粒微乎其微的尘埃。

　　好了，夜晚已至。

克努特·汉姆生作品年表

1859 年　在挪威古德布兰斯达尔谷地出生。

1861 年　举家搬迁至北方哈马罗依岛汉姆生农场。

1867 年　被家人送到叔父家做工。

1872 年　回到父母身边，在一家杂货铺做工。之后开始自学写作，并从事多种职业。

1874 年　回到哈马洛伊，在当地一个有钱有势的商人手下干活儿。

1877 年　发表了处女作——诗歌《再次相逢》，但未引起文坛关注。

1879 年　创作了中篇小说《弗丽达》。

1885 年　他改名为"汉姆生"。

1889 年　创作了《现代美国的精神生活》。

1890 年　出版成名作——小说《饥饿》，成为新浪漫主义派的代表。

1892 年　创作了长篇小说《神秘的人》。

1894 年　创作了长篇小说《牧羊神》。

1898 年　出版了长篇小说《维多利亚》，这部小说使得汉姆生在世界文坛上获得了声誉，还被评论界列入世界爱情小说名著。

1917年 出版了《大地的成长》（又名《大地的果实》），小说代表了汉姆生创作的最高峰，汉姆生也因此获得诺贝尔文学奖。

1946年 挪威最高法院判汉姆生犯有叛国罪，因其87岁高龄而逃过枪决，后被软禁在奥斯陆一家老人院。

1949年 创作了最后的作品《在杂草丛生的小径上》。

1952年 2月19日汉姆生以93岁高龄因病辞世于格里姆斯德自己的农场，死时一贫如洗。